燃人氏

东莞市文化精品专项资金扶持项目

一座城池

Yi Zuo Chengchi

的

de

Yibai Zhang Miankong

一百张

面孔

詹谷丰　著

SPM
南方传媒　广东人民出版社
·广州·

图书在版编目（CIP）数据

一座城池的一百张面孔 / 詹谷丰著. —广州：广东人民出版社，2023.3

ISBN 978-7-218-16408-3

Ⅰ.①一… Ⅱ.①詹… Ⅲ.①散文—中国—当代 Ⅳ.①I267

中国版本图书馆CIP数据核字（2022）第252657号

YIZUO CHENGCHI DE YIBAI ZHANG MIANKONG

一座城池的一百张面孔

詹谷丰 著

出 版 人：肖风华

选题策划：汪　泉
责任编辑：汪　泉
文字编辑：姜懂懂
装帧设计：萨福书衣坊
责任技编：吴彦斌　周星奎

出版发行　广东人民出版社
地　　址：广州市越秀区大沙头四马路10号（邮政编码：510199）
电　　话：（020）85716809（总编室）
传　　真：（020）83289585
网　　址：http://www.gdpph.com
印　　刷：佛山市迎高彩印有限公司
　　　　　（佛山市顺德区陈村镇广隆工业区兴业七路9号）
开　　本：889毫米×1230毫米　1/32
印　　张：12.25　字　数：300千
版　　次：2023年3月第1版
印　　次：2023年3月第1次印刷
定　　价：48.00元

如发现印装质量问题影响阅读，请与出版社（020-83716848）联系调换。
售书热线：（020）85716833

目　录

CONTENTS

第一章

末世的悲歌

1 拒食元粟

如果以南宋为界，东莞的历史，应该从一个名叫李用的人开始，从一句"生不食元粟，死不葬元土"的誓言开始。

这是一句没有进入《汉语成语辞典》《常用典故辞典》等工具书的誓言，是独属东莞的，与这句誓言相关联的，是"不食周粟"。我从南宋上溯两千多年，终于在首阳山里，找到了历史的遗骸。

中国地图上的首阳山众多，如今只有河北省迁安市南边的一片苍茫大山，才是这典故的发源地，只不过它用"岚山"的名字，掩盖了伯夷、叔齐的尸骨。

《一座城池的一百张面孔》在纸上落笔的当天，我接到了一个邀约吃饭的电话。晚宴的地点，是我的脚步从未到达过的南城白马。虽然离我的住宅莞城不算太远，但由于没有公交车直达，所以心灵的路程便显得漫长和犹豫。

聚贤庄餐馆，是一个非常普通的招牌，没有人能够从这五个汉字中读到与古人有关的内涵。地图上标示的方位和地址为：东莞市南城白马管理区和厚路1巷3号。紧挨着聚贤庄餐馆的，是一条为名"竹隐"的小道，竹隐路上虽然车水马龙，但在一座繁华都市双向四车道边，终究显得狭窄和寒伧。

就在上午，我刚刚在空白的纸页上写下"李用"这个令我仰视的名字。到了晚上，缘分，就通过一个朋友的饭局，让我找到了"竹隐"的来路。

这是2020年10月21日，离李用彼时"生不食元粟，死不葬元土"的誓言，相隔了744年。

所有的文献和后世的研究者，都没有记录"生不食元粟，死不葬元土"的出处、年代和语言背景，我只在日本华侨史研究专家罗晃潮研究员的文章《李用东渡日本传播理学事略》中看到一些历史的蛛丝马迹："81岁卒，生前遗愿生不食元粟，死不葬元土，故二夫人便把李用遗体运回交趾安葬，由日本门生和两队各穿红袍、白袍的哀乐仪仗队护送上路，一路上吹着悲壮的'过洋乐'。"①

罗晃潮研究员的文章，比较清楚地表述了李用"生不食元粟，死不葬元土"是他临终前的遗言，而在我的理解和想象中，李用的遗言，应该是一个死节之士的誓言和豪言，这句话最合适的出处和场景，应该是他在东渡扶桑之前的家宴上，是他对女婿熊飞和儿子李春叟的遗训。

那一次家宴，成了李用"最后的晚餐"。粗疏的历史，不会记载这个晚餐的具体年代、日期、菜肴和场景，所以，普通的家宴，不会像鸿门宴那样出现在太史公的笔下。在我的推测中，南宋德祐二年（1276年），应该是这次家宴最准确的年份，而且，也只有在这个时刻，李用才能看清南宋灭亡前的回光返照。这个时候，离左丞相陆秀夫背负少帝赵昺崖门跳海殉国，只剩下两年时间。

东莞学者杨宝霖先生的《李用遗事考》②，是最接近李用浮

---

① 罗晃潮《李用东渡日本传播理学事略》，《东莞乡情》1995年第1期。

② 杨宝霖《李用遗事考》，《东莞人物丛书·历史人物卷》，广东教育出版社2008年版。

海东邻年代时间的文章：

> 李用动员其婿起兵之时，宋恭帝已降元，元已进军江西，势如破竹。李用出于忠于故国之情，所以动员熊飞抗元，熊飞起兵后，李用之所以浮海至日本者，他明知宋运将终，耻食元粟也。
>
> 宋恭帝德祐二年（1276年）三月十一日，元兵逼南宋首都临安，宋帝出降。五月，宋帝昰即位于福州，改元景炎。李用动员女婿榴花村人熊飞起兵抗元。七月，文天祥经略江西，熊飞率兵往隶，起行之日，李春叟送行。

如果杨宝霖先生的文章成立，那么，李用东渡日本的时间，当在德祐二年（1276年）的五至七月。

李用劝女婿熊飞起兵抗元，在我的想象里，应该是以家宴的方式进行。这场家宴包含的另一层含义，是一个只有在酒后公布的秘密。

作为岳父，李用应该是最了解熊飞的人。李用对女婿的劝说，因为顺理成章水到渠成，所以所有的文献均无记载。出现在后人文章中的记叙是当年七月，熊飞率兵前往江西，以响应文天祥。历史，在此处省去了许多笔墨，它只以李用长子李春叟写给妹夫的一首诗送行作为结束：

送熊飞将军赴文丞相麾下
龙泉出匣鬼神惊，猎猎霜风送客程。
白发垂堂千里别，丹心报国一身轻。
划开云路冲牛斗，挽落天河洗甲兵。

马革裹尸真壮士，阳关莫作断肠声。[①]

七百多年前的情景，通过一首诗穿越到了眼前。我看到了一个男人离别老母和妻儿，在滂沱大雨中率领士卒奔向沙场的豪壮，世世代代语言讲究吉利，文字处处避讳的岭南文人，竟然用"马革裹尸"这样的凶词，向自己的亲人告别，为自己的亲人送行。这种决绝，在李用身上尤其明显。

李用在家宴上的郑重宣告是另外一种形式的石破天惊：浮海赴日，请兵勤王。

生不食元粟，死不葬元土。第一次读到这句话的时候，我立即联想起了"不食周粟"这个成语，我想象中的李用，就是商朝孤竹国君两个志行高洁的儿子伯夷和叔齐。以我的见识，不可能想到"请兵勤王"这样的抱负和理想。即使是今天，李用的异国借兵，依然超出了一个写作者的想象和逻辑能力。

翁婿两代人，以一场家宴作为告别，同时也作为两人的分工计划，请兵勤王和起兵抗元，在1276年的家宴后启动。专家的研究，为李用宏伟目标的实现，提供了可能性和合理性。

南宋末期的日本，是中国友好的近邻之一。作为友邦，日本政府主持正义，不承认元朝政权。日本的对宋姿态，让朝廷大臣张士杰、陈宜中、沈敬之产生了海外求援的想法。作为民间人士和读书人，李用日本请兵勤王的动机并非异想天开。被后世的研究者定义为"学者""理学家"的李用，毫无疑问知道中日交往的现状。罗晃潮研究员的文章，描述了当年中日贸易交往的景象：

---

① 李用著：《送熊飞将军赴文丞相麾下》，崇祯《东莞县志》卷七《艺文》。

当年李用浮海至日本，正是镰仓幕府时代，处于封建社会中期，封建制度日益完善，农业、手工业和商业得到发展，日宋之间商贸往来频繁，而南京时期比北宋更为活跃，他们与日本商人、领主所进行的日中民间贸易更因幕府的统治放松而越发兴旺。通过这种贸易和交流，一个商业城市的雏形——博多开始形成，并在现今的福冈市博多区吴服町十字路口附近修筑起日本第一个人工港——袖凑，成为当年日宋贸易的中心，一直延续到十四五世纪，许多宋商也定居在附近的祇园町和管崎宫前一带，据史载，到12世纪中叶在博多地区居留的宋人就有1600余家，还形成了一条唐人街，一些富商巨贾，拥有管崎宫的领地竟达26公顷之多，其中如诃国明便拥有在玄海的一个小吕岛，还与当地豪族结为姻亲，这些宋商和工匠还在祇园町唐人街兴建了许多中国式的祠堂，被称为"宋人百堂"。

以请兵勤王为目的的东渡，出现了李用没有想到的结果，但却成了"生不食元粟，死不葬元土"这句话的最好实践方式。

2　死不葬元土

伯夷和叔齐的事迹，一般的史书，都归之为隐士。而从来没有一个研究者，将入世的李用，划入许由、巢父之列。能够将一个抗元的死节之士同两个拒绝新朝的遗民关联起来的，只有那个千年不朽的成语：不食周粟。

伯夷和叔齐是商末孤竹国国君的儿子，伯夷为长，叔齐为少，国君临终之前，用遗嘱立叔齐继位，叔齐以长子继位的理由拒绝，而伯夷则以违背父亲遗愿为不孝的逻辑坚辞。两兄弟拒绝继承王位，之后又拒绝在周朝为官。商朝灭亡之后，伯夷、叔齐以做周朝臣民为耻，躲进了首阳山中，决心不食周粟，只以山里的野菜、野果和溪水为食，最终饿死首阳山中。

后世的人，都将伯夷、叔齐放在德行品行志行的最高点上，用"行若夷齐"这个词，表彰那些道德高洁之士。

李用在开往日本的商船上，并没有想到绝食饿死的志行，请兵勤王，不需要伯夷叔齐那样的孤傲和清高。李用更没有预料到的是，一个书生的理想和现实之间的距离，比东莞到日本的水路还要遥远。

一个书生的行迹，在屈大均的《广东新语》和《广东历史人物辞典》中都有记载。在李用词条中，我读到了"潜心研究周程理学近三十年，人称竹隐先生。用濂洛之学教育学生，注意循序渐进，培养不少人才"的简单介绍，而在东莞探花陈伯陶的《东莞遗民录·李用传》中，则有情节和人物的描述。

李用用放弃科举的非功利方式，在周敦颐、程颐、程颢的理学著作中刻苦钻研近三十年，"非亲友婚丧，足不出户"，所以，师从李用者众多，"馆无虚日"。李用的名声，传到了李昴英的耳朵里，这个理宗宝庆二年（1226年）进士，官至龙图阁待制吏部侍郎的番禺人，不畏路途艰辛，专程来东莞拜访。文献省去了所有的礼节和客套，直接用"座谈终日，未尝有倦容"形容两个人的会面和深入交谈。李昴英走后，逢人便用"今日才见到有道君子"夸赞李用。

临别之时，李用赠《论语解》一书给李昴英，纪念两个人的相见恨晚。李用没有料到的是，李昴英将《论语解》献于朝廷，所以，宋理宗的召见和授校书郎让李用措手不及。在世俗的逻辑中，饱读诗书的李用，应该感恩戴德，三呼万岁，然而，李用坚决地推辞，让人大失所望。幸好朝廷开明，并没有因为李用的"著书岂干禄计哉"而恼怒，而是颁旨刻印《论语解》，发行天下。理宗手书"竹隐精舍"，匾赐李用，这让一个民间读书人，享受到了来自朝廷的最高赞誉。

假使以请兵勤王作为衡量的标准，李用的浮海日本，无疑是一个失败的个案，但是，如果放在个人奋斗和教化异邦的天平上，李用的东渡，显然有着不同凡响的意义。

李用请兵勤王的失败，其实是一种审时度势的命中注定。罗晃潮研究员认为："他以满腔热血和悲忿出现在博多的华侨社会，胸藏为大宋请兵勤王的死节之志，可惜他终究只是'一介儒士'，俗语所谓'秀才造反，三年不成'，更何况他身处异域，虽有客观的有利环境，但势孤力单，也就回天乏术。"

开馆授徒，传播理学，应该是李用请兵勤王不成之后的谋生转向，一个发誓不食元粟的人，决不会回到元朝的土地。李用以自己最擅长的方式，在日本的土地上生存。七百多年过去了，已经没有人知道李用开馆的数量、收授过多少弟子、产生过多大影响，多少年的心血，化成了《东莞遗民录·李用传》中的寥寥数语："以诗书教授，日本人多被其化，称曰'夫子'。"

数百年之后，日本已经成为了中国的敌人，第二次世界大战中的日本军队，用烧光、杀光、抢光的"三光政策"，在中国土地上大肆作恶。广东是抗日战争中的重灾区，自1938年10月12日日军从惠阳大亚湾登陆之后，东莞就成了一片血腥之地。这样的局面，是李用无法想象的。

侵略军攻占东莞之后，李用的家乡篁村白马，也没有被恶行遗漏。一队日军进入白马村之后，立即冲进了一幢祠堂，这幢大门口挂着"人心怀教德活遍百万生灵；天下想高峰志论三千事业"牌匾的祠堂，由于建筑显赫，李氏宗祠自然成了重要目标。就在日本士兵点火准备焚毁祠堂的时候，为首的军官忽然看见祠堂正中挂着的一幅人物画像眼熟，他近前观看，突然叫了起来："夫子！"

侵略，是个罪恶血腥的动词。从日本到中国，数千公里的遥远距离，眼前的夫子遗像，却在瞬间让他们回到了日本。当这队日军最终确认了李用的遗像，确定了白马就是"夫子"的家乡之后，他们排成整齐的队列，向李用鞠躬，然后退出了李氏宗祠，退出了白马和篁村。

除了鲜血和死亡之外，战场上亦有人性的传奇，发生在李用家乡东莞篁村白马的意外，无疑得益于李用的荫庇。那些未经抵抗侵入白马村的日军士兵不会想到，这里是在日本传播理学人称夫子的中国人李用的家乡，恶贯满盈的日本军人，双手沾满了中国人的鲜血，但李用的遗像，让他们回到了理学的课堂。

这个最早见于《东莞乡情》1995年4号的故事，被罗晃潮研究员在《宋末东莞学者李用东渡日本传播理学事略》中引用。2020年10月21日的晚宴，我提前两个小时到达，我在竹隐路和聚贤庄附近一遍遍地徜徉，城市的高楼大厦和车水马龙，已经让南宋的尸骨无存。当南城这个词取代了篁村之后，这片已经彻底城市化了的土地，肉眼已无法看到李用和"生不食元粟，死不葬元土"这句不朽名言的蛛丝马迹。

所有的文献，都用生卒年不详这句话遮蔽了李用的生卒年月，"卒年81岁"，成了李用留在人世间的时日。虽然没有李用故世的原因，但81岁，已经是那个年代的高寿了。李用到日本之后娶的第二任夫人，在李用去世之后，践行丈夫"生不食元粟，死不葬元土"的遗望。因为二夫人是交趾人，所以遥远的交趾，成了李用入土为安的归宿。

我在东莞生活近三十年，经常见到东莞民间丧葬的场景，那些用锣鼓钹镲唢呐组成的简单乐队，还有两队身穿红袍和白袍的仪仗队伍，为死者作最后的送行。一个对东莞历史文化天然隔膜的写作者，从来没有想过这支凄婉哀伤曲子的来历，更没有想过这种亲情告别仪式和李用的关联。

李用的门生和两支各穿红袍和白袍的仪仗队，用悲壮的"过洋乐"一直将李用护送到了安南。一个饱读诗书的学者的人生，最后在交趾画上了句号。为死者送行的过洋乐和乐人的倭衣倭帽，后来流传到了李用的家乡东莞。由于时光漫长，历史久远，丧葬改革，风俗失传，东莞已经少有人知道过洋乐了。只有杨宝霖先生，将这段历史，记于纸上：

李用卒后，于今七百年，至今莞人送丧，所用"鼓手"，乐人与乐曲，与他处大异。富有之家，雇用"鼓手"两队，一红袍，一白袍，各八人。乐人均戴花帽，帽以麦草编制，直径约60厘米，上饰以红花绿叶，绢制。红白两队，花帽同而袍色异。"鼓手"为专业，人死，雇用。吹打于丧家门前，相当于报丧，吹打一番之后，即停，有亲友祭吊，即起乐，与祭吊相终始。出殡，"鼓手"前导，如两队，先红后白，直至坟场。葬毕，前导而归，谓之"番丧"，直至丧家门口而止。送丧之曲、番丧之曲，各自不同。时至今日，其风未泯，不过，多因陋就简，用红袍数人而已。[①]

　　杨宝霖先生的描述，和我屡次见到的场景相同。

3　铜岭死节

　　最早知道熊飞，不是在故纸文献中，而是在离莞城不太远的东城榴花公园里。

　　熊飞那个时代，东莞地图上，并没有一个叫榴花公园的地方。只有铜岭，以坚硬的姿态，立在东江边。如今的地名，虽然以"公园"这个漂亮而时髦的名词取代了铜岭，但公园山上的熊飞铜像，依然是这里最美的风景，是最真实的历史。

　　熊飞是在妻兄李春叟的《送熊飞将军赴文丞相麾下》的诗中出发前往江西的。出征时刻的倾盆大雨和誓死报国的悲壮情怀，全部浓缩在一首短短的送行诗中。

　　江西，并不是熊飞抗元的福地，首次出兵的熊飞，败于元将黄世雄的兵马之下，熊飞只好退回东莞。当他再度起兵之时，打算征收财谷以充军费。这个时候，退隐在东莞温塘的诗人赵必瓘，主动找上门来，愿以家资三千缗、米九百石供军需，以免百姓惊恐。这个宋朝的赵氏宗室，晓以大义说："闻

---

　　① 杨宝霖著：《李用遗事考》，《东莞人物丛书·历史人物卷》，广东教育出版社 2008 年版。

王师驻海上，欲遣赵溍、方兴安抚广东，莫若用宋号，通赵、方二使，尊宋主，然后举兵。事成，则可兴复；不成，亦足垂千古。"

熊飞同元将招讨使黄世雄的第二次交手，是在广州。熊飞依然不胜，再次退回家乡。黄世雄派部将姚文虎乘胜追击，却没有想到，熊飞家乡的铜岭，会成为他的死亡之地。姚文虎在铜岭被熊飞的义兵包围，死于乱军之中。冷兵器时代，战争的胜负，往往只在一役之间，姚文虎被杀，乘胜追击的主动权，就易手熊飞了。在接下来的进攻中，黄世雄力不能支，撤出了广州，熊飞则在广州城头上，竖起了胜利的旗帜。

熊飞攻占广州的时间，《广东通志》和《东莞县志》遗漏了具体的记录，只有《永乐大典》卷一中的《南海志·取广州始末》，为后人寻找历史，找到了根据。

敌强我弱下的胜利，只有短暂的喜悦。元兵元帅吕师夔、张荣实兵至梅岭，直指广州之后。宋制置使赵溍，命令熊飞和夏正炎领兵北上御敌。南雄一战，熊飞未能取胜，只好率兵退守韶州。元兵围城，突围无策，熊飞昼夜督兵，登城拒敌。

古代历史上失败的守城之战，往往有叛徒或者内应资敌。熊飞的韶州城保卫战，也是由于部将刘自立的叛变，当城门大开，元兵鼓噪而入，熊飞的失败就是必然的结局了。《东莞历史人物》一书中描述了熊飞在危急关头用民间的几案作屏障，与元兵展开巷战，最后寡不敌众，壮烈而死。

相似的一个情节，出现在南明永历四年（清顺治七年，公元1650年），广东南海人邝湛若在清兵围城的情况下，死守广州，因为西门外城守将范承恩通敌，大开城门，致使清军涌入，广州失守。

杨宝霖先生的文章中，记录了一批跟随熊飞抗元的东莞壮士：

许之鉴，莞城人，集义兵千余，助熊飞铜岭之战，随熊飞北上南雄。熊飞战死，许之鉴走从文天祥于江西汀州，随文天祥屯潮阳，五坡岭之战，文天祥被擒，许之鉴不屈而死。

伍凤，石碣人，有膂力，从熊飞起兵，随至江西。在攻城野战中率敢死士冲锋陷阵。第一次攻广州，失手为黄世雄所擒，世雄爱其骁勇劝降，伍凤睁目大骂，跃起绳断，为世雄部下蜂拥向前乱刀砍死。

姚凤，善游泳，以勇力为熊飞卫士，铜岭之战，姚凤立功最多。熊飞战死，姚凤从浈江潜水逃回东莞，元兵元帅张弘范叫署东莞县事张元吉招之，姚凤说："我鲁莽，不能降。"饮酒大醉，哭熊飞三日而死。

叶刚，字永青，熊飞妹夫。熊飞起兵，刚与两弟叶判、叶钊一同参加，败元兵于铜岭。随熊飞驻兵南雄，韶州破，叶判战死，叶刚、叶钊化装逃回。景炎二年（1277年）二月随文天祥恢复江西，会昌之捷，叶钢立功。八月，元将李恒袭兴国，叶刚随文天祥出走，至空坑，为保护文天祥力战而死，年五十二。叶钊觅其尸归葬京山，墓今尚在。

七百多年之后，铜岭依然坚固，只是，满山苍翠，英雄无觅。幸好，三百年之后，茶山人袁昌祚和温塘人袁应文集资在铜岭最高处，兴建30米高的八角七层榴花塔，依稀让后人记起熊飞抗元的铜岭之战。

时光，是记忆的敌人，是人类遗忘的杀手。幸好有文字，可以让后人抵抗时光，在故纸中抵达历史的现场。

岭南学者屈大均写于永历十三年的《文烈张公行状》一

文，为东莞留下了悲壮的文字：

> 东官为忠义之乡，宋末有将军熊飞、许之鉴，以布衣起兵于花溪银塘之间，从文丞相大破元兵，复韶、广二州，失机以死，国朝有都督陈策、镇抚关镇明，以五千之兵，遮满州数万于浑河口，血战数日，杀伤相当，绝援以死，四君者，皆英人之杰，义不与强胡并立，煌煌忠烈，载在史书。中兴之初，则复有张文烈公其人焉。
>
> 自熊飞起于东莞，终元之世，粤人所在横戈舞干，怒气凌云，无一日不思为宋复仇者。计元八十年间，与粤人力战，盖无虚岁，元可以得志于中原，而不能加威于吾粤，粤人之为元患也，久矣，而东莞为甚。东莞豪杰，在皇明开国，则有何真；在中兴，则有张文烈。呜呼！讵不伟哉？

我从《广东历史人物辞典》中进入，一眼就看到了赵必璈的皇家血统：

> 赵必璈（1245—1294年）字玉渊，号秋晓，南宋东莞人。宋太宗十世孙。咸淳元年（1265年）进士。官高要县簿、署四会县令。时乡民斗殴，令争斗双方各自收尸，以免连累乡民。以南安军南康县丞归家。劝熊飞起兵拥戴宋室抗元，捐助钱财充当军费。追从文天祥，任惠州军事判官，力图恢复。入元不仕，隐居温塘村。工词赋，著有《覆瓿集》。

升平盛世的皇孙公子，都是荣华富贵的坐享者，然而赵必璈却生不逢时，家破国亡，心无寄托。"隐居东莞温塘时，足迹不入城郭。每望厓山，则伏地大哭。又画文天祥像于厅事上，朝夕泣拜。终日纵饮呼号、长歌短吟，以抒不平之气。"

　　后世的研究者，将赵必璖定位于"宋季杰出爱国诗人"，这个判断和《广东历史人物辞典》中"隐居温塘村"、"《覆瓴集》"这几个汉字，为我的散文埋下了伏笔。

第二章

乱世枭雄

4 何真起兵

从李用开始的东莞南宋历史，至一个名叫何真的人这里终止。在一代枭雄何真出场之前，东莞石冈人王梦元、王诚父子为元朝拉开了大幕。

文献中的王诚，多用"王诚"的名字出现。王诚的一生，都是何真的敌人，而他的父亲王梦元的名字，则是在历史的褒义词。来源于黄常的《王府君墓志铭》《元史》卷三八《顺帝纪》、陈伯陶的民国《东莞县志》卷三〇《前事略》二、卷五四《人物略》等文献，赋予了王梦元"为人乐义好施，为乡里所推动"等赞语。

王梦元的口碑，最早刻在东江的防洪大堤上。东莞近海，地势平坦，自古以来就是水患之地。东莞福隆堤，为宋代东莞令姚孝资所筑，延袤数里，溉田二万顷。但由于年岁久远，堤多溃败，王梦元捐出家财，倡议乡人，共修福隆堤。

元顺帝至元三年（1337年）时，广州增城朱光卿反元，号称大金国，得到东莞人唐道明响应。莞城沦陷之后，王梦元从为乡民造福的慈善人士，变成了领兵打仗的豪雄。他组织了乡兵，攻破了唐道明的据点，唐道明在慌乱中被生擒。

王梦元的勇气并没有到此结束，六年后的至正三年（1343年），东莞主簿张云龙叛乱，王梦元又率乡兵，反复攻打，俘虏了张云龙的部将陈成可，张云龙败走。王梦元立功，被授官职，坚辞不受。

王诚和何真的交锋，开初并非旗帜鲜明的敌对营垒。王诚因为"捐家财，募兵士，据石冈、福隆、石涌、横沥、龙眼冈、茶山、水南等地，保土安民，元封为宣武将军广东道副都元帅"的时候，何真还只是淡水盐场管勾。元朝的官员品级共分九品，正九品官级中，都可以查到枢密院解盐场管勾这个职务，这个最低层级的职务，同从四品的宣武将军之间，相差了许多级台阶。何真不是打家劫舍的强盗，"好读书，善击剑"的修养，使他一生都具有对儒家的敬畏，所以，若干年之后，大开杀戒的何真，对大敌王诚手下留情，皆因为王诚为正统朝廷命官的缘故。

在出任淡水盐场管勾之前，何真还当过河源县务副使。何真想通过正常仕途而致其治国平天下的目的，是和平社会里读书人人生发展的正常逻辑，然而，元末的岭南，已非太平治世，"时中原兵起，岭海骚动"，各种武装力量如雨后春笋，惊慌的百姓，听到了拔节的声响。何真的家乡东莞，更是乱象四起，除了王诚占据了石冈、福隆、石涌、横沥、龙眼冈、龙湖头、茶山、水南等处之外，其他地方也纷纷成为豪强的天下。《庐江郡何氏家记》记录了豪强割据的分裂场面：

李确据靖康场，文仲举据归德场，吴彦明据东莞场，郑润卿据西乡、黄田，杨润德据水心镇，梁国瑞据官田，刘显卿据竹山下、萍湖，萧汉明据盐田，黎敏德据九江、水崩江，黄时举据江边，封微之据枫涌、寮步，梁志大据板石、老洋坪、柏

地、黄澚，袁克宽据温塘，陈仲玉据吴园，陈子用据新塘，王
惠卿据厚街，张祥卿据篁村，张伯宁男张黎昌据万家租，小享
（亭），曹任拙据湛菜。

何真那个时代，东莞地盘没有被如今的行政区划蚕食和瓜
分，深圳，只是东莞大地上的一角，荒蛮之地上，长出了荆棘
和莠草，在家乡的土地上称霸的人，用野心将东莞这块锦缎，
强行撕扯成了碎片，王诚和陈仲玉，兵马强壮，傲视群雄，他
们和后起之秀何真，才是用保境安民的旗帜，将破碎的山河缝
缀成国家衣衫的有抱负之人。

何真回乡之后与王诚的首次交锋，并不是兵马的直接厮
杀，而是一次举报。这个发生在至正十五年（1355年）的举
报，是何真人生的一次挫折，也是他明白世无公理、人心险恶
的开始。何真赴元帅府告王诚、陈仲玉策划作乱，他以为胜券
在握，却不料是以卵击石。由于受了王诚的贿赂，元帅府官员
鞑靼以诬告之名将何真拘捕，打入牢中。

何真的越狱，完全在王诚的意料之外。这个一定要将何真
置于死地的元朝正统官员，用悬榜的方式，许诺百金，通缉对
手。逃出牢房之后的何真，从此断了官府告发的想法，他决心
组织军队，用武力击败王诚和陈仲玉。

逃过劫难之后的何真，立即"举兵攻成"。在文献的记
载中，至正十八年（1358年）之前，何真尚未有自己的军队。
所谓的"举兵攻成"，只不过是由何氏族人和看家护院的家丁
组成的乌合之众，由于不具备军队的战斗力，所以攻打以"不
克"告终。

招兵买马，绝不是一蹴而就的事情，在条件不成熟的时
候，聪明的何真，以退为进，投奔了文仲举和郑润卿。在文

仲举和郑润卿的手下，心有谋略的何真，扮演了一个带兵打仗的角色。"常请代领其兵，战无不克"，日后何真指挥千军万马，攻克一个个堡垒，统一岭南，而历练是从此开始的。

文仲举和郑润卿，都不知道善战的何真，为他们攻城拔寨时的雄心壮志。羽翼丰满之后的何真，很快就结束了与文仲举的"蜜月"，"至正十六年，与文仲举绝交，又与郑润卿交好，到至正十八年（1358年），郑润卿轻信谗言，想铲除何真。"

何真计划起兵的时间，是秘密，没有人知道的。郑润卿轻信谗言，将何真逼到了绝境，起兵时间提前，成为了迫不得已的公开行动。

何真起兵之后的第一仗，是与郑润卿、吴彦明的瓢湖迳、东西涌血战，这场战斗以何真大胜结束。所有的文献都没有战斗过程的描述，只有"斩首七百六十余级，生获者四百余人"的结果，折射了战争的残酷与惨烈。

获胜之后的何真，以一鼓作气的攻势取代了踌躇满志的庆祝，在巩固黄冈、黄田场、海南栅、山下营基地的基础上，何真的兵力，加速了扩张。在元末的地图上，沈惠存与梅林营，堂叔何汉贤与赤岭营，欧孟素与黎洞营，林一石与林村营，邹子龙与岑田营，二兄何华与黄坑营，都成为了积蓄力量进攻的据点，半个东莞乃至香港新界地区的黎洞、林村、岑田，都成了何真的势力范围。

在元末的地图上，东莞如同一片嫩绿的桑叶，而何真，则是一只精神抖擞的饿蚕。两年之后，水里的孙德贤和都乐里的韦景俊，先后成了何真的俘虏，九江水的黎敏德，屡次成为何真手下的败将。何真胜利的步伐，山川都无法阻挡。在官田梁国瑞归顺之后，何真又同水心镇的杨润德联姻，化敌为亲。

曾经在瓢湖迳、东西涌大战中遭受何真重创的郑润卿与吴彦明联军,在至正二十一年(1361年)再次被何真击败,走投无路之下,郑润卿和吴彦明用屈辱的投降,结束了与何真的生死较量。"望风披靡"这个成语,成了何真在战场上的形象写照。

魏可道的失败,没让何真费吹灰之力。瞬息万变的战场,出现了武力较量之外的意外,这样的战争情节,没有发生在军事教科书上,却出现在何真的敌人魏可道的营垒里。何真战场上的节节胜利,让对手胆寒。魏可道尚未想出破敌良策,却被手下战将黄友卿一条绳索绑了,以自己的主人作为归降的见面礼。

何真并没有一味沉浸在胜利的喜悦中,他牢牢记住了这个出人意料的归降情节。在后来与王诚的斗争中,他将这个情节完美放大,上演了出奇制胜的战场奇迹。

5　大战王诚

王诚与何真的第一次交手,以何真的大败告终,何真最终越狱,侥幸保住了一条性命。王诚与何真的最后一次交锋,王诚大败,而且,没有人预料得到,王诚输得如此窝囊,成为千古笑柄。

何真发起这场大战的时间,是至正二十三年(1363年)。双方投入的兵力、战争延续的时间、战争的手段方式和战场的范围,是何真与王诚交锋以来前所未有的。

何真是这场决战的进攻方。何真集中了清塘、板石、江边多个地方的兵力，大举进攻王诚的乌湿营。鏖战数日之后，王诚败退，退至福隆。何真一边穷追，一边分兵攻击王诚分布在石涌、横沥、龙眼冈、龙湖头等地的营寨。王诚无法抵挡，再退至茶园，最后凭借水南营的坚固，据守不出。

在王诚的作战地图上，水南，是一个吉利的地名，是用滔滔江水构筑起来的天险，何真的锋芒，可以摧城拔寨，却奈何不了柔软的江水。

水南，与熊飞大战元兵的铜岭仅仅一江之隔，遥相呼应。但是在何真那个年代，江水宽阔，桥梁还是河流的一个梦想。何真放弃了重兵集结铜岭，与王诚隔江对峙的方式，而是打造了许多木船排筏，将陆军训练成了水师。浩浩荡荡的水师，从惠州起程，顺流而下，直达水南。水南城下，成了人类残杀的战场。在江水和城墙构成的双重护卫之下，何真下令，湛莱守将曹叔安火速支援，王诚则向卢述善、邵宗愚、张黎昌求救。

六百多年的漫长时光过后，战场沉寂，人类的肉眼，已经无法穿透泥土，看到当年的人头和鲜血。我许多次在铜岭和水南的江边，看江水浩荡，烟波浩渺，将想象的翅膀展开，再也看不到了楼艒数百，杀声震天，江水染红的战争惨状。

相持数日的水南大战，双方伤亡惨重，因为曹叔安"额中火筒死，筏师败衄"，又适逢大雨，何真便下令退兵。何真的退兵并不是息武，而是转移战场，各个击破。转征之后，何真击败了张黎昌，逼迫他退回了万家租。张黎昌的败退，影响了篁村张邦祥、赤岭陈希鲁、厚街王惠卿，他们放弃抵抗，投降了何真。随后，李确溃败，退守海南栅，而归德的曾伯由、白石文七和侄儿文朝贵，则主动举起了白旗。

水南争夺战，虽然未分胜负，但那粒火星引燃的战火，弥漫了大半个东莞。何真的局部胜利，让王诚彻底看清了敌人的军事实力和潜在威胁。

所有的文献，都是历史这棵大树的主干和分支，忽略场景和人物心理活动的枝叶，是所有史家的粗心。后人只有用想象，弥补历史人物的言行举止和喜怒哀乐。我多次掩卷沉思，在何真的节节胜利中，王诚一定会深深地后悔，他轻视了当年那个去广州元帅府状告自己叛乱的乡民，让一只小兽越狱逃出元帅府的牢房，却成了一头让他头疼棘手的"吊睛白额猛虎"。

是猛虎，就一定会吃人！

至正二十五年（1365年）十月，何真部下骁将马丑汗叛变，这粒火星点燃了，战争的另一个引信。

一个人的变节，总是有原因的，但历史在这个关键节点上，却深藏起了马丑汗的隐私。我只在书上看到"以博罗、河源、龙州、兴宁、循、梅三州"和"阴结王诚"的交代：

> 未几，王诚率舟来攻，时，潦淹城半，贼舟尾楼，典城高并，相与交锋，攻技竭，守愈固，……贼沮遂退。[1]

叛变者，在新的主子那里，是有重要价值的。屡战屡败的王诚，不可能比马丑汗更熟悉何真，更了解何真的排兵布阵。所以，当马丑汗提出放弃惠州的建议时，立即得到了王诚的采纳。王诚果断地放弃了惠州，集中兵力，围攻何荣镇守的安和镇。安和镇，是何真战术地图中的一个薄弱点，幸好，何荣手

---

[1] （明）何崇祖撰：《庐江郡何氏家记》，江苏广陵古籍刻印社 1987 年版。

下，有一个名叫詹受卿的骑将，他在危急之时，选择了三百壮士，组成了敢死队，奋勇冲击马丑汗的阵地，一阵乱箭之后，马丑汗身亡。

马丑汗的战死，是王诚没落的转折。

何真后人写的《庐江郡何氏家记》，记录了何真胜利之后的情景："攻石冈营，旗帜蔽日，往者降，贼人至是皆归附。成据福隆圣，一鼓而溃，老洋坪、石涌山、鸡萌诸营争降。"在何真的凯歌声中，王诚只能无奈地退守茶园营，树栅为障，坚壁不出。

一个地方的地形地势，是大自然的造物。东莞少山，王诚退守的地方，多是丘陵平地，并无天险可据。那些用木头树立起来的栅栏，挡不住何真军队的铁蹄。水南，成了王诚最后的营垒。

十一年前，初出茅庐的何真向元帅府告发王诚反叛，反遭觌鞑陷害。侥幸逃出监牢之后，又被王诚布告悬赏，那些重金的许诺，化成了白纸黑字，张贴在城楼、街门、衙门和交通要道。那些冤屈，那些墙壁上的白纸黑字，何真从来没有忘记。何真用布告的方式将"能擒贼首王诚者赏百金"的许诺，贴满了水南的城墙。何真的复制，收到了立竿见影的效果。完美演绎"重赏之下必有勇夫"这个成语，是王诚身边的家奴。张进祖和雷万户，成为了何真导演的剧中主角。

当张进祖和雷万户将王诚五花大绑，押到何真营帐时，一场旷日持久的生死战争，最后以一种举重若轻的戏剧性结果呈现。

两个家奴智擒王诚的方法，始终是文献背后的一个谜。这是两个充满了智慧和心机的小人，他们是何真百金重赏之下的叛徒。后人无法知道张进祖和雷万户是如何让他们的主人束手就擒的，文献将历史的精彩之处，转移到了赏赐的环节。钱谦益的《国初群雄事略》《明史·何真传》《崇祯东莞县志》和《庐江郡何氏家记》，不约而同地用情节记录了王诚羞辱之时的喜剧。

> 未几，成奴缚之以出。真释之，引坐，笑谓曰："公奈何养虎遗患。"成掩面惭谢曰："始以为猫，孰知其虎。"奴求赏，真如数与之。使人具汤镬烹奴，驾转轮车，数人推之，令奴妻嘘火。号于众曰："四境有如奴缚主者视此。"于是人服其赏罚有章。

何真亲自为王诚释绑并且引坐的情节，可以让人联想《三国演义》中诸葛亮七擒孟获的情节，只有智勇双全的英雄，才能让敌人甘拜下风，口服心服。只不过，对于何真来说，《三国演义》已成历史，何真不是孔明，王诚也不是孟获。

至此为止，作为东莞豪强与枭雄的王诚在文献中画上了人生的句号，所有的文献中，从此再无王诚的踪影。胜者英雄败者寇，历史，已经不再关心一个失败者的命运，后人唯一关心的是，作为胜利者，何真为何不杀一个与他多年作对的强敌？放虎归山之后，王诚是否会卷土重来？

在文献回避的地方，东莞地方文史学者杨宝霖先生，回答了历史的疑难。杨先生认为，与何真为敌的东莞数十股武装，都是正史定性为草寇和蟊贼，只有王诚，是元朝政府的命官。以维护元朝正统为目的的何真，实无反叛之心，在没有朝廷旨意的民间战争中，何真不敢擅自将"捐资募士，屡抗大敌，以功授广东道副都元帅"的王诚处死。

6 剑指广州

对于广阔的岭南来说，东莞，只是地图上的一个圆点。

何真保境安民的理想，注定他不会有赵佗封土称王的雄心和抱负。但是，战争这台庞大的机器启动之后，任何人的一己之力，都无法刹住滚滚向前的车轮。

统一东莞的时候，何真在元廷的功劳簿上，只以一个惠州路总管的官职记录在册。这个官职，只是国家机器上的一个零件，俯首听命，何真别无选择，他的敌人，由王诚变成了"各据乡土，自称元帅"的南海龙潭人卢述善和三山人邵宗愚。

早在至正十三年（1354年），御史台命令广东都元帅府和万户府调集各县兵马分道征讨卢述善、邵宗愚的时候，何真也是征讨大军中的一员，只不过那时的何真未成气候，只是东莞督兵明安手下的战将。由于明安不识战阵，何真在"率楼船入深港与敌交战"中败下阵来。

九年之后，邵宗愚和卢述善打着平息叛乱的旗号进攻广州，杀死江南行台侍御史八撒剌不花，不仅"纵火杀掠，居民丧亡甚众"，而且还"恣纵搜城间美女为婢妾，群下骄恣，民皆切齿"。

在《元史》记载中，何真第二次进攻广州是在至正二十四年（1364年）。在德庆州、岐石、盐步、西南、山南、清远、四会、紫坭、白坭等多路兵马声势浩大地进攻中，邵宗愚先自胆怯，放弃了抵抗，主动退出广州，回到了三山。

一年之后，邵宗愚、卢述善卷土重来。邵宗愚、卢述善用一年时间积蓄力量，超出了此前的战斗力。小径、车陂、瓦窑、冼村、大水坑、东澜纷纷失守，何真堂弟何汉贤战死，何汉贤长子何彦宗被俘，何真第四子何贵受伤被俘。在数百艘海船的进攻下，何真的沿海营寨形势告急。与此同时，邵宗愚又同元江西右丞跌里迷失、廉方司副使广宁率兵攻击广州。迫不得已之下，何真仓促退守广州。

困守在广州城中的何真，时间成了他的大敌，"城中粮尽，尽食蕉头麻根至煮皮笼靴鞋御饥"，无计可施的何真，为了保住惠州，只得放弃广州，在撤退的尘土中回望，何真看见了邵宗愚插在广州城楼上的旗帜。

何真再次率兵来到广州城下的时候，已是一年之后了。由于东莞境内反元的残余势力已全部肃清，何真的根据地和后方得以巩固，进攻准备充分，力量强大，所以在文献的描述中，一片胜利气象："沿途西乡、南头、增城、白沙、石湾诸营皆望风而降，又破车陂、冼村诸营，于五月进抵广州城下，何真军势甚盛。"

与两年前的失利败退相比，如今已是天壤之别，在"旌旗蔽日，戈甲鲜明"的何真大军面前，邵宗愚和跌里迷失、广宁皆不敢出战，只以宽深的壕沟和坚硬的城墙拒敌。

此时何真的眼里，已经没有了壕沟的宽深和城墙的坚硬，他七日破城的命令，传遍了军营和每一个将士，号令之下，立刻有俊祖、黄友卿和詹受卿三员勇将挺身而出，自告奋勇，率领三百敢死队员，架云梯攻城。

激烈的战斗场景，在《庐江郡何氏家记》[①]中有生动的记录。

---

① （明）何崇祖撰：《庐江郡何氏家记》，江苏广陵古籍刻印社1987年版。

时月没夜暗，俊祖分三部，俟潮退，涉清水濠、太平桥水，越西庙，至第三桥，以梯靠城，接踵上，迅速如猱，举火城上。火未发，先长兄、三兄屯众东门桥外，以梯顷城，寂不动。又令登高，望城西火起，即擂鼓。及闻鼓声，督兵登梯越城，敌支不得，兵攻东门，鼓声炮响，敌人股熠踰城，兵杀逐守者，开东门合杀，敌奔小市正、南二门去。跌里迷失随（朱）宝安遁，副使广宁因贼入家，军乱伤死。民家闭户，兵无犯。

六百多年前的攻城之战，在何真的率军中重现于世，那些影视一般的文字，令人身临其境。

六百多年之后，我能想象得到，收复广州之后的何真，站在千疮百孔的城墙上眺望的情景，地上的鲜血渐渐风干，狼烟烽火，缓缓熄灭。一个从东莞走出来的书生，将宝剑收回鞘中，他的目光，越过河流、山川，越过府县州城。这一年，元朝廷再次授何真资德大夫，"仍分省广东，兄叔诸将升赏有差，钦赐龙衣御酒"，江西福建合并一省之后，又改任何真为江西福建行中书省左丞，仍治广州，最后升为右丞，"东连潮惠，西连苍梧，皆真保障"。

这个时候，何真的目光，应该看到了辽阔的远方，看到了"岭南"这个词的遥远边界。

由大庾岭、骑田岭、都庞岭、萌诸岭和越城岭组成的浩瀚岭南，始终是广东以外的异乡人理解这片群山的屏障。在广东生活的二十多年里，我一直在"岭南"和"广东"两个名词之间犹豫和徘徊，我的无知最后在六百多年前何真的征讨和统一中现出原形。五岭以南这片广袤的地区，其实从遥远的唐朝就开始了"岭南道"的命名，唐朝官员快马驰骋时的长鞭，指向了广东、广西、海南三省全境和越南的红河三角洲一带。朝代更替，只是这个名词标尺上起伏的水位线，它的辽阔和广袤，永远是岭南的胸怀。

7 削平群雄

何真在岭南四面征讨，追求保境安民的时候，中原一带的朱元璋正在鄱阳湖与陈友谅展开争夺天下的惨烈水战。似乎风马牛不相及的两场战争，却在命运的安排下，数年之后让战争的主角产生了交集。

战争，并不是何真和朱元璋人生命运交集的唯一因素。

父母双亡的安徽凤阳人朱元璋离开皇觉寺外出流浪乞讨的那一年，广东东莞人何真正在广东河源县务副使和淡水盐场管勾的职位上谋生。没有人从穷困潦倒的乞丐身上看到一个人日后的前景，也没有人从一个衙门官吏的行为中测卜到他人生的未来。贫穷和富贵，是两条不同方向的小径，只有神的伟力，才能让不同方向的小径在某一个时间交会。

皇觉寺里和尚和流浪四方低微的乞丐，并没有让朱元璋的人生沉沦。朱元璋命运的转折出现在红巾军起义的乱世中，投奔郭子兴，成了一个帝王的奠基。史料记载中的朱元璋为了活命，不得已投奔郭子兴参加了义军，但当他驰骋沙场，发现自己原来竟可以统领千军万马，能够掌握自己乃至别人的命运。

在一个没有发明照相技术的时代，所有人的音容笑貌都只能通过笔墨线条留存下来。我看到过的所有朱元璋画像，均以一种怪异的容貌出现，他的五官比例和脸部轮廓，严重变形和失调。这种符合古典小说"双手过膝，两耳垂肩"的帝王相貌描述的特征，也许就是上天安排的异象。当年郭子兴喜欢上朱元璋，就是看中了他"姿貌雄杰，奇骨灌顶，志意廓然，人莫能测"的奇异长相，而《元史》中何真"少英伟，好书剑"的书生形貌，则不是帝王气象的写照。

削平群雄，是每一个王者的必然之路，犹如华山的险阻，并非每一个攀登者都可以成功。在累累白骨中登上顶峰的成功者，凤毛麟角。

在削平群雄的过程中，何真与朱元璋遇到的对手都可以用强大来形容，每一场战争，无论胜负，都是尸横遍野、血流成河的惨烈。只不过后来朱元璋打下江山，当了明朝的开国皇帝，历史便放大了那些战争的宏大和残酷，而何真扫平群雄的战场局限于岭南，最后又不愿意用岭南百姓的生命作抵挡明朝大军的盾牌而和平归顺，所以何真指挥的血战被五岭严密包围而缩小和淡化。

至正十六年（1356年），何真尚未建立自己的武装，还在文仲举和郑润卿之间寻找个人发展的机会，而北方的朱元璋，已经亲率大军，渡江占领了集庆（南京）。集庆城里，胜利者朱元璋严格约束士兵，并出榜安民，得到了百姓拥护。朱元璋将集庆改名为应天府，设立大元帅府和分封诸将的行动，向天下表明了他的远大志向。

六百多年之后，何真的家乡遍地高楼大厦，桥梁与高速公路、铁路天衣无缝地融为一体，让人忘记了东莞这个南海边的水乡曾经的交通阻隔。我多次去当年的古战场水南怀古，除了一条东江蜿蜒流过之外，我再也找不到了元至正二十三年

（1363年）何真与王诚水南城下恶战的场景，当年的艨艟，早已上岸，那些遮天蔽日的旌旗和震撼军心的鼓声，早已像烟云一样消散。

历史只用简略的语言一笔带过了何真与王诚的水战，却用浓墨重彩描述了另一场水上交锋。鄱阳湖，以中国最大淡水湖的身份和数十天的耐心，容下了朱元璋与大汉皇帝陈友谅的生死搏斗。

陈友谅用特制楼船数百艘和六十万大军包围洪都（南昌）的行为挑起了这场旷日持久的水战。洪都守将朱文正死守了八十五天之后，迎来了朱元璋率领的二十万援军。陈友谅退到鄱阳湖迎战朱元璋，在三十六天的激战中，鄱阳湖见证了无数生命的死亡，鄱阳湖水在鲜血中逐渐变色，水里的鱼虾，被人类的疯狂杀戮震惊从而产生了深深的恐惧。陈友谅的兵马全军覆灭，而他自己则在血战中被飞箭射穿头颅殒命。

一年之后，朱元璋领兵征伐武昌，陈友谅的儿子陈理投降。朱元璋挟鄱阳湖大战的余威，轻而易举就在中国大地上抹去了"大汉"这个短命的国号。何真则东讨西征，将半个岭南揽入怀中。两场水战，以朱元璋和何真的胜利告终。相比鄱阳湖的大战，何真的胜利显得微不足道，在胸怀大志的朱元璋心中，广东东莞的水南战争，不足以在他的地图上插上红旗。而对于何真来说，鄱阳湖水战的残酷和朱元璋的威名，当是他耳边震响的一颗炸弹。何真的眼光被苍莽绵延的五岭遮住了，他无法看到，四年之后，朱元璋进攻的帅旗将冲破山岭的阻隔，直指他的城下。

一个王朝灭亡之前，为此王朝领军征战的武士会最早从血泊和人头中感受到风暴的摧枯拉朽。远在岭南的元资德大夫，江西、福建行中书省右丞何真，从快马的蹄声中听到了朱元璋攻克湖州、嘉兴、杭州、绍兴，吴王张士诚被俘和之后平定浙江方国珍、福建陈友定的消息。

江山易帜改朝换代最终以元至正二十八年（1368年）正月初四朱元璋在应天称帝，定国号大明，建元洪武为标志。朱元璋北伐南征大军在"驱逐胡虏，恢复中华，立纲陈纪，救济斯民"的旗帜下刮起了明朝的"飓风"。而统治了中国98年的元王朝，以元顺帝在应昌的死亡而告终。元朝大臣何真，听到了从遥远的应昌（今内蒙古克什克腾旗达里诺尔西）传来的丧钟。

8 归顺明朝

用二十年的时间，朱元璋将自己铸成了一柄无坚不摧的长矛，没有一面盾牌，能够抵挡它的锋芒，这柄长矛所向披靡的时候，险峻苍茫的五岭大山，也只不过是一道可以跨越的矮丘。

廖永忠的到来，使何真走向了一生中最艰难的十字路口。这个明太祖命名的征南将军，率军水陆并进，声势浩大，旌旗蔽日。平定福建，擒获陈友定的胜利威风，尚未散去。廖永忠招降书中的每一个汉字，都潜藏着杀气。况且，陆仲亨率领的另一路大军，顺赣州而下。两路大军合围之下的广东，有如明朝巨掌中的一枚鸡卵。

何真的一生，复杂曲折，然而并没有文学作品中的悬念。

何真用"归顺"两个艰难的汉字，作了廖永忠招降书的回应。一位元朝大臣，用心灵的痛苦，换成了明朝的喜悦和廖永忠的笑容。

何真的归顺，没有悬念，但是，归顺的过程，却充满了戏剧性。史书的记载，在此处开枝分蘖，让后世的读者站在了三岔路口。《明史·何真传》记载：

> 洪武元年，太祖命廖永忠为征南将军，帅舟师取广东。永忠至福州，以书谕真，遂航海趋潮州。师既至，真遣都事刘克佐诣军门上印章，籍所部郡县户口兵粮，奉表以降。

正史的记述，得到了黄佐《广东通志》、郭棐《广东通志》的印证，都认为廖永忠先下书劝降何真，何真接书后归降。但是，《庐江郡何氏家记》记载却有所不同：

> 洪武元年春……有先差都事刘尧佐、检校梁复初航海贡于朝，回福建，会大明遣将台汤和、征南将军廖永忠克定福建，擒友定。征南将军廖永忠奉命征广东，付书尧佐回。父答书云。……委尧佐赍书航迎。时河源守将一宗飞报，大明陆仲亨兵从赣来，即奉表于朝，躬往东莞场，迎见廖永忠。

廖永忠下书招降和何真复信归降这些共同的史实之外，《庐江郡何氏家记》的记载中多了两个耐人寻味的细节：一是洪武元年何真仍继续派遣使者，向元廷朝贡，使者在回归途中遭遇廖永忠；二是大明军队已兵分两路，分别从福建和江西进逼广东，福建一支且已进入广东潮州，近呈兵临城下之势。

　　《明太祖实录》中的记载与《庐江郡何氏家记》相同，但是更明白和具体：

　　洪武元年元月甲戌，元江西分省左丞何真籍所部广东郡县户口、兵马、钱粮，遣使奉表迎降。初，汤和等平福建，真遣使由海道赴表于元，遇和兵，遂改其表文请降，且请人回报真。至是，征南将军廖永忠遣人送其使及表诣京师。

　　从众多的史料中，我看到了洪武元年廖永忠兵临潮州时何真的困境。对于元朝来说，何真绝对是一个忠心耿耿之人。至正二十五（1365年）年，江西、福建、浙江这些通往京城的陆上交通被陈友谅、陈友定和张士诚用战争阻断之时，岭南的何真却"命造舶，遣省都事鲁献道进表贡方物于朝"，元顺帝的感动溢于言表，称赞说："四方世臣尚改扈，岂期岭海自能克复藩镇奉表来闻。"朝廷的赏赐，立即通过对何氏一门的赐封得以体现。何真的资善大夫，江西、福建等处行中书省左丞，何迪的中奉大夫，广东道宣慰使司都元帅，何汉贤的江西行中书省都镇抚，何亨济的广西都镇抚，何克信的武略将军、惠州路万户，何元忠的福建行中书省理问，何宗茂的福建都镇抚，何荣的广州路银牌万户，何华的广州路总管府同知，何富的惠州路府判，廖允忠的湖广省理问，叶宗辉的广东省都镇抚，封靖卿的肇庆路总管以及何氏先祖、女眷们的册封，所有的荣耀与显赫，都成为了一个家族对朝廷贡献与忠诚的证明。我从古代官制大辞典中查询到了这些官职的真实面目。

　　何真作为元朝忠臣的原因，后世的学者认为他受儒家影响极深，将忠君报国、建功立业作为一生追求的最高目标。即使建功立业之后，他也拒绝效法赵佗、陈霸先，裂土称王。研究者们看到一个英雄的人生局限，看到了何真改朝换代之时的内心困境，"然而，他生于乱世，华夷鼎沸，海内争兵，具有极深儒家理念的何真应走一条什么样的路方能达至忠君报国、建功立业的目的，他的选择十分艰难。"

六百多年过去了，《上廖平章书》成了何真背弃元朝归顺大明的理由和证据，后人无法从简短的汉字中读出何真内心挣扎和心灵撕裂的痛苦，只有严谨认真的研究者，穿透六百年的漫漫时光，回到楚河汉界，在历史的原点上看到人性的复杂和局势的风霜。

汤开建先生的《元明之际广东政局演变与东莞何氏家族》中有令我信服的分析和判断：

何真当时刚受元廷由左丞升右丞命，并未想降明，故派使者赴京报元。但使者在途中遇明军，擅将进贡元朝的表文改为归顺明朝的降书，并将此事告诉了何真。何真此时已处于完全无可奈何的境地，本来是向元朝的进表，却被其属下改为归顺明朝的降书，再加上当时朱元璋已即皇帝位，明兴元亡，已成定局，况且廖永忠屯兵潮州，陆仲亨自赣而下，明朝两路大军直逼广东。如若率军抵抗，带来的只可能是祸国殃民的残酷战争，如不抵抗，他则将成为叛元降明的"贰臣"，以"练达古今"之何真对比岂不慎思？经过反复考虑，何真痛苦地选择了"失臣节"而"救生灵"之策……[1]

---

[1] 汤开建《元明之际广东政局演变与东莞何氏家族》，《中国史研究》2001年第1期。

"失臣节"和"救生灵"六个汉字，在洪武元年三形成
了一种因果逻辑关系。何真的痛苦选择，让六百多年之后的读
者，在《明史》中感到割肉般地疼痛。

一个人的命运，至少有两种走向。何真的命运，在《上廖
平章书》中变成了一根绳子，它牵着元朝资善大夫、江西福建
行中书省右丞，一步一步朝着明朝的方向走去。吉凶祸福，无
人知道。

9　拒效赵佗

何真归降，明太祖朱元璋的高兴超出了我的想象。

清人钱谦益著《国初群雄事略·东莞伯何真》中有一段朱
元璋与何真对话的描述，读来身临其境，人物栩栩如生：

上谕之曰："天下分争，所谓豪杰有二，易乱为治者上
也，保民达变，识所归者次也。负固偷安，流毒生民，身死
不悔，斯不足论矣。顷者，师临闽、越，卿即输诚来归，不烦
一旅之力，使兵不血刃，民庶安堵，可谓识时达变者矣。"真
叩头谢曰："昔武王伐暴救民，诸侯不期而会者八百。今主上
除乱以安天下，天命人归，四海景从。臣本蛮邦之人，迩者逢
乱，不过结聚乡民，为保生之计，实无他志。今幸遇大明丽
天，无幽不烛，臣愚岂敢上违天命。"上曰："夫能不贾祸于
生灵者，必世享其泽。朕嘉卿忠诚，念江西地近广东，是用特

授尔江西行省参政，以表来归之诚，古云：令名，德之舆也。卿令名已著，尚懋修厥德，以辅我国家。"①

古时君臣对话，臣无不惶恐，语言谦卑。何真与朱元璋的交谈，亦不可能高傲自负。然而，何真"结聚乡民，为保生之计，实无他志"的表白，实在是他的一贯言行和内心的真实想法。

两年之前，何真在与王诚地方武装集团的长期战争中取得了关键性的胜利，一根深入何真肉中的毒刺终于连根拔起，强敌翦，岭南大地，即将成为何真的天下。有部属提出建议，认为岭南地势特殊，远离中原，王朝威权，鞭长莫及，秦汉以来至五代均是如此。何不趁天下大乱之际，仿效赵佗，自立为王。何真身边所有亲信，都以为何真会采纳建言，振臂举旗，裂土称王。谁料何真勃然变色，下令将建言者推出斩首。

我在史料中找到了那个刀下冤鬼的名字：陈符瑞。

何真怒斩陈符瑞的情节，郭棐的《广东通志》和尹守衡的《明史窃》均有非常简洁的记载。《广东通志》称："真保有广南，或陈符瑞，劝为尉佗计者，即戮之，示无二心。"《明史窃》则说："有陈符瑞劝真效尉佗故事者，其即戮之，受元正朔，徐待天下时变。"

而在其他的史料中，"陈符瑞"并非建言者的名字。黄佐《湖广左布政使封东莞伯何真传》称"既显贵，先墓尝有紫气，人或指为符瑞，辄斥绝之"，其意为有人以这种所谓的符瑞劝何真效法汉代的赵佗，割据自立，结果被何真"执而戮之"。

---

① （清）钱谦益撰：《国初群雄事略》，张德信、韩志远点校，中华书局2021年版。

其实，所有的史料均指向一个事实：何真素无裂土为王的野心，在他的人生指向中，汉代的赵佗，并不是一个可以效法的榜样。

赵佗称帝立国的背景，建立在秦朝军队四五万人的入粤和南下定居的"中县人"（即中原人）的支持鼓动之上，而且，赵佗建立南越国自称南越武王的六十九年中，名义上依然臣服于汉朝。何真清醒地知道，赵佗是南下的中原人，而自己，则是南粤土著。土著和异乡人之间，有着不同的血缘和文化。所以，裂土称王的野心，从来就没能进入何真的美梦。

人心大小一样。何真的心，止于岭南的边界，而朱元璋的心，则是一个世界。

明朝的江山，是血染的颜色，明朝的每一块土地，都是朱元璋武力所到之处。只有贫民出身的乞丐皇帝，才知道手上的鲜血和地上的人头。所以，朱元璋在残酷镇压与他作对的势力的同时，对那些和平归顺的人就多了一份宽容。

元末诸雄，都是朱元璋的死敌，你死我活的争斗，最后都以朱元璋的胜利告终。但流血的过程，让朱元璋刻骨铭心。张士诚被朱元璋武力消灭；陈友谅在鄱阳湖水战中死于朱元璋大军之手，其子陈理在武昌被围，绝望而降；方国珍苦于朱元璋的穷追猛打，走投无路而被迫投降；福建陈友定和云南梁王被明军全歼；陕西李思齐、四川明氏和云南段氏遭到明军的沉重打击之后无奈投降；辽东纳哈出，亦是在明军的大兵压境之下被迫投降，只有广东何真，兵无短接，主动归顺。鲜血和生死的对比之下，明太祖朱元璋对何真竖起了赞赏的拇指。后人在《高皇帝赐元左丞何真奉表归附诏》中，看到了朱元璋生动的面部表情。

皇帝诏曰，自元纲解组，群雄并争，天下瓜分，未见定于一者，朕举兵濠梁，创基金陵，除残去暴，十有四年。迩者遣将四征，所向克捷，抚有七闽，肃清齐鲁，六西之施师，相继奏捷，大将军提兵北伐中原，指日可定，朕思昔豪杰之士，保境安民，以待有德，若窦融、李勣，拥兵据险，角立于群雄之间，非真主不屈，此汉、唐明臣，于今未见。正此兴叹。尔真连数郡之众，乃不劳师旅，先期来归，其视窦、李奚让焉。今特驿召来廷，锡尔名爵，以旌有德。

后来的研究者，也将何真的审时度势归附明朝赋予了积极的社会政治意义。何真"主动接受明朝的招谕，纳土归附，这既是元末明初统一战争中唯一的特例，而且在岭南地区也为'南越以来所未有也'。何真这种审时达变的明智之举，不仅加速了明朝的统一进程，而且也使岭南地区免除战争的破坏，从而为明代广东经济特别是商品货币经济的发展创造了条件。"①

廖永忠到达东莞的时间是洪武元年四月。由于兵不血刃，明军进入县城之时，旌旗蔽日，在一片和平的气氛中，何真率下属官员迎见。

何真与明太祖朱元璋的首次见面和《国初群雄事略·东莞伯何真传》中的那段群臣对话，发生在廖永忠到达东莞之后。何真在皇帝褒谕的诏书中乘驿传入朝，向朱元璋贡献方物。明太祖赏赐何真文绮纱罗绫绢各百疋，白银千两，所有将士均有赏赐。

明太祖朱元璋接见归顺明廷的何真时，出现了一个破例

---

① 东莞市政协、暨南大学主编：《明清时期珠江三角洲区域史研究》，广东人民出版社 2011 年版。

的细节。细节在《国初群雄事略》中表述为"初赐诏谕，援例各进缴，真叩头乞赐，藏于家，为后世子孙荣"。文言简洁，却在紧要处忽略了皇帝的宽容和何真的内心世界。按照制度规定，皇帝初次颁赐的诏谕必须上缴，但是，何真却想收藏这份圣旨，光宗耀祖。在何真的乞求之下，朱元璋打破惯例，批准了何真的请求。

10 新朝旧臣

一纸降书，让何真从元朝的资德大夫、江西福建行中书省右丞转身为明朝的江西参知政事。这样的转身，可用"华丽"二字来形容。

后世的研究者，认为江西行省参知政事是个掌握了权力的实职，体现了朱元璋对何真不劳师旅主动归附的奖赏。然而，何真毕竟是前朝的官员，黄河之水也难以洗去"贰臣"的耻辱，朱元璋对他的戒心，超过了蛛丝马迹，在皇宫的丹墀下一目了然。江西行省参知政事，只是一个从三品官员，比之元时正二品的江西福建行省右丞，未升反降。何真胞弟何迪，堂弟何亨济、何克信、何元忠、何崇茂，子何荣、何华、何富，女婿封靖卿及母舅廖允忠，姻亲叶宗辉等身经百战并受封前元的家族重要成员，均在明太祖的疑虑之下遣散还乡，解甲归田。

何真的内心，虽然在他的《别靖卿经韶州南华寺赋》诗中有过不经意的流露，但在朝廷中，他的心筑起了坚固的城墙。

他用"事高皇帝夙夜畏威唯谨"的战战兢兢，走过了洪武年的薄冰。洪武三年三月，何真转任山东行省参政，后又改任四川布政使。

后来朱元璋想起了何真家乡那些没有被朝廷安置的兵士和残存的武装，出于防止生变和动乱的目的，朝廷于洪武四年和洪武五年三次派何真返乡，收集旧部和地方武装，将二万多士卒分发河南彰德和青州入伍。

朱元璋对何真的戒心和疑虑，在何真转辗江西、山东、四川任上和二次回广东收编旧部的政绩中慢慢纾缓和放松。何真以自己的忠心和勤谨，经受住了朱元璋对他的考验。

三次回广东招集旧部，成了朱元璋对何真及其何氏家族怀疑到信任的分水岭。朱元璋交代的任务，超出了现代汉语"艰巨"这个形容词的百倍。通过《明太祖实录》中的简略记载，后人可以感受到何真肩膀上那座泰山的重量。

（洪武十三年）遣使敕谕广东都指挥使司及南海卫指挥使官曰：……海寇出没，为患不一，东莞尤甚。

（洪武十四年十一月庚戌）广州海寇曹真自称万户，苏文卿自称元帅，合山贼……于湛莱、大步、大享（亭）、鹿步、石滩、铁场，清远大罗山等处据险之寨，攻掠东莞、南海及肇庆、翁源诸县。

（洪武十五年）南雄侯赵庸帅兵讨东莞诸盗，凡克寨十二，擒贼万余人，斩首三千级。……赵庸进兵攻破东莞等县石鼓，赤岭等寨，擒伪官百余人，其党溃散。……赵庸讨平广东群盗，俘贼首号铲平王者至京，凡获贼党一万七千八百五十一人，贼属一万六千余，斩首八千八百级。

平寇治乱，又一次体现了何真的高明手段。何真的功绩，化成了具体的数字。黄佐的《广东通志》记载收集"土豪一万六百二十三人"。《庐江郡何氏家记》则记录"收集头目除授百户一百六十余员，总小甲及军二万余"，建镇南京军卫，何贵被任命为镇南卫指挥使。镇南卫隶属左军都督府，指挥使为正三品官。这支以何真旧部为基础组建起来的军队，由何真之子指挥，这个细节，体现了朱元璋对何真的信任。

何真为明朝作出的贡献远远不止三次回广东招集旧部，平息盗乱，当朝廷发兵平定云南时，朱元璋启用何真、何贵，"规划粮饷，开拓道路，置立驿传，积粮草以俟大军征进"，以至主帅征南将军傅友德称誉说："何老官在此，我这场勾当有托付。"

后人忽略了一个细节，何真最后一次回广东招兵时，已经64岁，并且已经致仕。以老迈之躯，两次肩负重任，重新出山，且圆满完成任务。所以出生入死的悍将傅友德元帅用了广东人陌生的"何老官"称赞何真，一是证明何真六十多岁的年龄，人生确实老迈了，二是表明了对这个方言相异的"南蛮子"的信任。

何真的功绩和他忠诚明朝的言行举止，最后感动了明太祖朱元璋，而且让开国帝王心中隐隐生出了愧疚的情愫。洪武二十年八月（1395年），当老态龙钟的何真再一次获准致仕之时，朱元璋用丹书铁券，作为对一个忠心耿耿的老臣的奖赏。在《御赐封东莞伯何真铁券制》中，铁石心肠杀人如麻的明太祖，竟然用了内疚的语意，表达了他对何真的安抚：

曩者事务繁冗，有失抚顺之道，致真职微，有负初归之诚，今特命尔东莞伯，食禄一千五百石，使尔禄及世世，朕本疏愚皆遵前代哲王之典礼，兹与尔誓，若谋逆不宥，其余死罪，尔免二死子免一死，以报推诚之心……

此时的朱元璋，也许从白发和皱纹上看到了何真历经寒霜之后的老态，铁石之心也难免恻隐，不由得回忆起洪武元年的旧事：

当是时，尔何真率岭南诸州壮士，保境安民，他非其人，安敢轻入，尔守疆如斯，已有年矣。其岭南诸州之民，莫不仰赖安全于乱时。洪武初，朕命将四征，所在虽有降者，非见旌旗，则未肯附，尔真闻八闽负固，桂林之徒，驱民海上逃生，亦不量力，独尔真心悦诚服。磬岭南诸州，具载表文入朝，全境安民，岂不识时务者哉！

封建社会皇恩浩荡之时，文臣武将，谁不感恩戴德，高呼万岁。所有的文献，均未记载何真在明太祖御赐封赏时的叩头谢恩，倒是我从何真请求让何贵入朝参侍东宫的举动中，看到了一个臣子的谦慎和内心的恐惧。

少年时期，经常听大人说起铁券，总是以为，皇帝赐封的铁券，就是一道永远保命的护身符，却不知道，在帝王无限的权力下，铁券并不坚硬，也无法保全主人的荣华富贵。六百多年过去了，铁券已经远离了现实生活，后人只有在博物馆里，才能见到它的真实面目。

我在北京的国家博物馆里，有幸见到过公元896年唐昭宗颁赐给功臣吴越王钱镠的铁券。那面覆瓦状的铁券，上嵌金字350个。我在一千多年前的金属上，读到了"卿恕九死，子孙三死"的吉祥汉字和皇帝许诺。

11　皇帝的祭文

何真内心的恐惧，其实是一个时代的恐惧，也是明朝所有文武官员的心惊肉跳。

何真作为一个前朝的降臣，自然有着比朱元璋身边那些出生入死打江山的功臣更多的顾忌和小心。刘基、李善长、冯胜、朱亮祖、宋濂、傅友德、蓝玉等明朝的开国元勋，都成了何真在宫廷中言行举止的一面镜子，何真在"镜子"中照见了朱元璋的多疑善变、心狠手辣和功臣们的冤屈。

何真的恐惧，首先从刘基的命运结局中萌芽。

作为一个谋士，刘基获得朱元璋的信任可以用"最"这个程度副词来修饰，"最为上（朱元璋）所心向，言无不听"。在《赠刘伯温》这首诗中，天下人都看见了刘基同朱元璋鱼水关系的依赖。后来的生变，仅仅缘于两人治国理念的分歧，刘基聪明地选择了致仕的方式回避矛盾，但是在朱元璋封赏爵位的理由下又回到了京城。只是，皇帝的心里一旦出现了裂纹，任何胶水都是难以黏合的。刘基在四个月之后再次以告老还乡的理由回归了家乡，从此有意远离官场。洪武八年的时候，六十五岁的一代开国元勋刘基在明太祖《赐归老青田诏书》"商不亡于道，官终老于家，世人之万幸也""君子绝交，恶言不出；忠臣去国，不洁其名"的凄凉中回到故土，郁郁而终。

刘基死亡的寒风，让文臣武将们浑身起了凉意。

刘基之后"染病"的是朱元璋的外甥李文忠。出于亲戚的原因，李文忠经常向皇帝提一些诸如少诛戮、朝廷宦官过盛之类的意见，却未想触犯了舅舅，被皇帝安排的医官毒死。

朱元璋称帝之后的左相国李善长，是明朝的开国元勋。因为对别人谋反的游说未向皇帝报告，被朱元璋赐死，一家七十余人，同时株连被杀。陆仲亨、唐胜宗、费聚、赵庸、陆聚、黄彬、胡美、胡定瑞等人也被连同走上了断头台。

明朝洪武三十一年间，文臣武将被杀者，足可列一个超长名单。在后人的研究和正史的记载中，真正未被冤枉的罪人，只有胡惟庸和蓝玉。

所有的帝王，都将"谋反"两个汉字当成朝廷的最大敌人，当成自己肉中的芒刺，任何谋反或和谋反关联的人，都不会出现在赦免的名单上。左丞相胡惟庸和凉国公蓝玉的反叛，朱元璋都掌握了证据，在众多的正史、野史中，都有情节、细节作为两人谋反的证词。宫廷内外的行动、言谈、都带着浓郁的血腥，直接通向朱元璋的宝座。朱元璋依靠各种手段破获了惊心动魄的内情之后挥起的刀剑，不可能留下丝毫的情面。胡惟庸一案，许多大臣丢了脑袋，株连者超过三万人。蓝玉案发之后的"大清洗"，也有一万五千多人被杀，几乎所有的开国重臣一网打尽。在后来颍国公傅友德和定远侯王弼赐死和宋国公冯胜赐酒毒死之后，开国功臣，只剩下了徐达、常遇春、李文忠、汤和、邓愈和沐英六人，形影相吊，茕茕孑立。

以讲述中国历史闻名的黎东方教授，在《黎东方讲史·细说明朝》一书中，对朱元璋的戒心和杀戮，作了如下的评价：

自从胡惟庸的案子一而再、再而三地扩大了以后，明朝不仅是当臣当民的人人自危，当皇帝的也是感觉到"人人皆敌"，惴惴然不知道自己能活几天，死在谁的手中。洪武十三年以前上下一心，共创新局面的风气，消失得无影无踪。当大臣的是"伴君如伴虎"，当小臣与老百姓的是"虎口余生"，朱元璋自己是虎了，却也未尝不是厕身于极多的其他老虎之中，"骑虎难下"，以虎骑虎。他竟然保住了自己的性命与江山，还算是他能干，至于因此而博得了"雄猜""滥杀""刻薄寡恩""可与共患难而不可共富贵"等等，千古的恶名，他也只好认了。

何真不是明太祖朱元璋所有杀戮大臣的现场见证人，只有一部分杀场，他看见了刽子手刀锋的寒光。由于生命终止，洪武二十一年（1388年）之后的鲜血中，他无从看到地上滚落的人头。

何真一生中，两次致仕回乡，一次致仕未被获准。在我看来，这都是何真保全自己回避政治风险的策略。古代的致仕，就是当今的退休。在未建立硬性的退休制度之前，在官员手中的权力尚未被严格的约束之前，主动提出退休放弃权力的当今官员只是凤毛麟角。在退休和致仕之间，古人和今人有着太大的区别，古代官员的致仕关系到个人家族的生命安全，当今官员的退休仅仅是放弃权益。

当老于谋略、深谙历史的刘基用致仕的方式作为生命的退路之时，智慧的何真肯定看到了刘基的用意和远见。所以，他也用告老还乡的理由，躲避血光之灾。

何真的谨慎和小心，远不是致仕的全部内容。左丞相胡惟庸案发的洪武十三年（1380年），何真主动提出，解除儿子何贵北城兵马指挥职务，参侍东宫。何真认为，解除了儿子的军权，就是消释了朱元璋的疑心。

洪武十三年（1380年）的何真，已经从历史的镜子中看到了前路的凶险，他的谨慎和小心，让他从薄冰上安然地走过，他的致仕请求和让儿子何贵退出权力的决定，是明智的选择。只是，一个智勇双全的英雄，看到了自己的生前，却无法预料到自己的身后。

何真的病故，是明朝洪武二十一年（1388年）朝廷的一件大事，同时也是何真人生的顶峰。朱元璋用比丹书铁券和封爵更高的礼遇，悼念这个忠心耿耿的臣子。皇帝下令在朝百官素服三日，并以厚礼安葬京师城南八里冈。

东莞伯何真，在朱元璋的祭文中，走到了一个英雄的制高点。

当元之季海内兵争，群雄割据，不可胜数，其识时务而知天命者几何人哉？尔真昔能辑众，保有岭南，当朕平定天下之秋，不劳师旅，即全土地以来归，使一方之民，得以安全，可谓识时务者矣。朕嘉尔诚心，锡尔官爵，今以年高善终于家，朕甚悼焉。虽然身居高位，禄及子孙，丈夫至此，又何憾哉！尔其有知，服兹谕祭。

12 满门抄斩

何真的哀荣和福泽，在朱元璋的祭文中继续绵延。在明太祖褒奖"遣官护其表，复赠侯爵，谥忠靖"之后，何荣也世袭了父亲东莞伯的爵位和荣耀，何贵依然在要害位置上担任镇南卫亲军指挥使，何宏则由尚宝寺司丞擢升为少卿。何真家族的这些光耀，没有人将它看做是太阳落山时的最后余晖。

后来的《庐江郡何氏家记》以马后炮的形式，记述了劫难来临之前的一点预兆。

何真去世的那一年，一个名叫林振的万户，捏造何真勾结胡惟庸，以此敲诈何荣。何荣没有屈服，让人将林振绑了，然后入奏皇帝。朱元璋只问为何不将林振绑来，何荣以担心林振在绑赴途中畏惧跳入聚宝门外兵马司前大中桥下自杀的理由解释，得到认可。朱元璋差人将林振押来，严刑拷打，以死治罪。

"胡惟庸案"是朱元璋最大的忌讳，每一个胡党，都是他无比痛恨的敌人，因胡惟庸案株连冤死者不计其数，然而这一次皇帝却识破了告状者的阴险。化险为夷之后，何贵、何荣兄弟有一段心有余悸的对话，这段出自《逆臣录》中的文字，今天读来仍令人心惊肉跳。

何贵言说："大哥，想李大师、延安侯众人都为交结胡丞相，如今都结果了。我每老官人在时也曾去交结他来。看着如今胡党不绝，只怕久后不饶我这一家儿。"荣回说："我心里也只为这件事常常烦恼，不知怎地好，又没躲避处。由他，看久后如何。"

《逆臣录》中的这段对话，如果使用的是非虚构的手法，那么，何真与胡惟庸的交往，当是不可否认的事实。朝廷中的大臣，没有人可以装聋作哑，不与别人交谈，所以，从人际关系的接近和交往来说，难有人保证清白。所以，胡惟庸案株连一万五千余人，肯定有扩大了的冤屈。

何贵、何荣逃过了一场劫难。没有人看到朱元璋的内心，没有人知道皇帝的想法。六百多年之后，我以一个局外人分析朱元璋的心理，何真尸骨未寒之时，也许他眼中还有那块赦免死罪的铁券，谕祭东莞伯何真的嘉许仍有余音。

明太祖朱元璋内心那粒疑忌的种子没有萌芽，重新回到了土壤中，等待春天的到来。五年之后的洪武二十六年（1393年），朱元璋心中那粒多疑的种子终于长成了树木，何真家族的冬天终于以鲜血和死亡的形式来到。

明朝洪武年间的一系列案子和死于屠刀之下的人物，大都与皇帝的疑心和牵连有关。一个人的口供，往往是另一个人的罪状，在严刑拷打之下，那些口供就是击鼓传花，将一个个人串在一根长绳之上。何真家族满门抄斩的血案，只是朱元璋屠戮长绳上的一个结，那根长绳的起头，却是凉国公蓝玉。

蓝玉，是明朝开国功臣常遇春的内弟。此人作战勇敢，立下赫赫战功，他的女儿被册立为朱元璋儿子蜀王的王妃，这层关系，让他和朱元璋结成了儿女亲家，并被封为凉国公。

牵连凉国公蓝玉的是靖宁侯叶昇。叶昇是蓝玉的儿女亲家，不幸的是叶昇被朱元璋认为与胡惟庸案有关而被杀头问罪。叶昇人头落地的时候，蓝玉便感到了自己脖子上的凉意。蓝玉的心思，记载在《逆臣录》中。蓝玉对哥哥蓝荣说："前日靖宁侯（叶昇）为事（出了事），必是他招内有我名字。我这几时见上位（皇上），好生疑我。我奏几件事，都不从。只怕早晚也容我不过。不如趁早下手，做一场！"

牵连的力量和牵连的后果是你死我活，人头落地。蓝玉的谋反，显然有朱元璋逼迫的因素，所以，《黎东方讲史·细说明朝》认为蓝玉在人人自危的气氛之下，铤而走险，情有可原而罪无可逭。在蓝玉的反叛计划中，趁洪武二十六年二月十五日朱元璋出城耕种藉田的时候下手。

古籍上的《藉田图》，让我看到了皇帝在国家的土地上，亲自耕种的情景。皇帝与泥土的接触，虽然只是具有象征意

义，但天下的臣民，无不从帝王与土地的亲密联系中，看到了
农耕与人类生存的依赖关系，看到天下太平民众欢乐的祥和景
象。所以，朱元璋在万物生长的春天里，离开宫殿，走向大地
和泥土的行为艺术，被《藉田图》诠释为古代天子、诸侯自己
耕种的田地。每逢春耕前，天子、诸侯躬耕藉田，表示对农业
的重视，并有劝励天下、勉励务农之意。

　　春暖花开时节的藉田仪式，以一种最美丽的田园风光留在
百姓的心里，却在洪武二十六年（1393年）充满了杀机，所有
的危险，都指向了明太祖朱元璋。幸好，锦衣卫指挥蒋瓛用向
朱元璋告密的方式，有效地中断了一场危机。在锦衣卫的举报
中，蓝玉的谋反名单上，有景川侯曹震、鹤庆侯张翼、普定侯
陈桓、舳舻侯朱寿、都督黄恪、吏部尚书詹徽、户部侍郎傅友
文和东莞伯何荣以及何荣的胞弟尚宝司丞何宏。

　　洪武二十六年（1393年）二月，明朝史册上最恐怖的是
"蓝党"两个汉字，这两个用鲜血书写的汉字，让何真的后人
死在了朱元璋族诛的屠刀之下。

　　明朝的情节和细节，充满了血腥，应天地下的人头，密密
麻麻，超过高尔夫练习时绿茵场上那些遍布的白色小球。《庐
江郡何氏家记》用简洁和不带情感的文字，掩盖了那些难以瞑
目的人头："洪武二十六年，族诛凉国公蓝玉，板指公侯文武
家，名蓝党无有分别自意，及天下赤族不知几万户。长兄（何
荣）、四兄（何贵）、弟宏，维暨老幼咸丧。"

　　《庐江郡何氏家记》用"抄提"取代了"满门抄斩"的血
腥。千里之外的东莞，为何真平定岭南，扫平割据，每一场大
战均出生入死屡建战功被元廷封为"中奉大夫广东通宣尉使司
都元帅"，入明之后赋闲在家的何迪，不甘株连被戮的命运，
起兵造反，击杀南海官军三百余人之后败走被擒，械送京师

诛之。

洪武年间的"株连"，让我在历史中不寒而栗，"株连"这个词，让人想起在地下生长的竹根，地面上所有竹子的风光，早已被一根曲折漫长的竹鞭宿命般地固定。何真家族庞大，何真的兄弟手足和子女后人受到牵连，是无法避免的结果，而且，何真的部将、姻亲等人，亦未能逃脱"连坐"的命运。一个人的病，成了蔓延的恶性瘟疫，绝少有人能够成为国家机器下的漏网之鱼。《元明之际广东政局演变与东莞何氏家族》中，罗列了因蓝党案连坐的冤者：归安县丞高彬，何真姐夫杨威仪，杨威仪之子杨荣及孙贵阳同知光迪，何迪女婿邓洪贽一家……

《庐江郡何氏家记》中，有官兵夜抄东莞何真家族时"各自逃生，有幼儿女各乳母抱背香园匿"等描述，覆巢之下，四野哀鸿。慌乱之中，只有何崇和四个儿子及何华的二子一孙，逃到荒无人烟的大浪澳，保全了何真血脉的一星火种。

大浪澳远离东莞，如今这个被香港新界塔门南面大浪湾取代了的地名，洪武年间只是一片荒芜之地，何氏后人，数年间东躲西藏，隐姓埋名，在惊恐中度日如年。

这一切，葬身京师城南八里冈的东莞伯已经无法看见，明太祖的赐封和免死的丹书铁券，都不能让九泉之下的何真瞑目。

何真家族的苦海，结束于洪武三十一年（1398年）。这一年，朱元璋驾崩，太孙朱允炆即位。在建文帝大赦天下的阳光中，何崇父子侄孙重见天日，回到东莞祭祖。

13 六百年后的青铜

　　六百多年过去了，如今的读者，已经很难从《明史》和《庐江郡何氏家记》中员冈这个消失了的地名中找到茶山。我多次去往茶山，在车水马龙的繁华喧闹中，从来没有找到过何真的一个足迹。一个被后人称为"元末明初直接影响广东政局的第一号人物"的英雄，在他的家乡消失得无影无踪。为了凭吊，我只能来到市中心的广场上，面对一尊青铜雕像鞠躬。

　　一个以"保境安民"为理想的人注定要被阶级斗争理论指导下的历史拒之门外。当揭竿而起的农民领袖以起义的名号进入正史出人头地的时候，一个用自己家族的人头换得了岭南百姓平安的枭雄，却湮灭在厚重的泥土之下。东莞伯何真，如今只是学术研讨会上的一个人物，何真的保境安民，在"出于阶级的本能，镇压过广东的农民起义"之间画上了等号。在"农民起义"这个曾经的历史前进主旋律的标尺面前，何真的隐姓埋名就成了历史教科书中的必然。后人总结的何真"练兵据险，开署求士，施行仁政，保持了岭南社会的相对安定；在明朝建立后，能看清历史潮流，从维护国家统一的大局出发，主动归附，使岭南地区免遭兵燹和归附之后，忠心耿耿、兢兢业业，为国家的统一、社会的安定，生产的恢复发展作出了积极的贡献"的评价，成了一个时代可疑的说辞，倒是以讲史著称的黎东方教授的口语式评价，更加符合历史的真实：

　　元朝在广东的文武官吏，除他以外，没有一个是能干的。他因此就成为了事实上的全广东最有力量的人。他采取保境安民政策，总算是乱世的一个好官。

何真卒于洪武二十一年三月（1388年），何真出生的时间史料却有多种记载，一为元延祐六年（1319年），另有说法为至治二年（1322年）和至治元年（1321年），但以超过花甲年龄计，在兵荒马乱的元末明初，何真都可以算是长寿和正寝。何真之后，时间已经轮转了两朝六百多年，何真家乡，已经少有人在元、明的东莞地图上，找到与如今对应的方位。归善、淡田、黄麻围、梅塘、湛翠、黄岭、石鼓岭、大林径、黄沙水、鹿径、障角、竹头径、塘勒、祖公岭、横枝沥、车冈、仙溪荫、鸡头冈、马迹径、白石、苍头、马溪头、军备等等地名，已经陌生得如同少小离家的游子。

六百多年的时光，沧海桑田，足以改朝换代。如今在元朝末期的古战场上，生长出无数的高楼大厦和公路铁路桥梁，何真的遗迹，早已被时光掩埋得不留痕迹。只有在两个地方，细心的人可以找到保境安民的蛛丝马迹。东莞市行政中心广场上的何真雕像，让游子看到了一个策马仗剑者的英姿。另一处地方，则在寥寥几个老一辈东莞人的口中，但是他们缺了门牙的嘴巴已经关不住历史的风云。即使在青铜雕就的何真像的底座上，后人也只是看到语焉不详的寥寥文字：何真，明代岭南先贤第一人。元末起兵平定乡豪割据势力，控制岭南实现保境安民理想，后归顺明朝稳定岭南政局，维护国家统一。

没有情节和细节的历史是枯燥的陈述，没有血肉情感的人物只能是石雕或青铜。每次在东莞市行政中心广场见到这个被后世称为"影响中国的东莞人"时，我总是无法在一个头戴布帽、手持笏板目光温柔的文官同叱咤风云、保境安民的武将之间画上等号。

　　"影响中国的东莞人"是一组艺术青铜塑像，那些栩栩如生的人物，是一座城市骄傲。序齿列班，何真当之无愧地名列首位。

　　东莞的英雄，何真是历史的分水岭。何真是过去朝代的人，他在兵荒马乱的元末明初的夹缝中进退有据，智慧超群。一个时代过去，另一个时代到来，这就是时间流逝之后的现实。

　　六百多年的漫长时光，抹去了山河大地的许多创伤。我在东莞大地走过的时候，已经听不到了杀伐之声，也无法看到枭雄豪强的足迹。即使是在何真的家乡——茶山，也无人提起过东莞伯。我将脚步放远到了广东的惠州、广州、中山、南海、河源乃至广西的梧州，都没有找到何真的一个脚印。

　　广州，是何真与卢述善、邵宗愚、跌里迷失、广宁等人反复争夺的城市，何真频繁出入广州，他熟悉广州的城墙、壕沟、街道、房屋，他在随从的簇拥下走过了广州城里的大街小巷。何真来到五仙观的时候，停住了脚步。他没有踏进五仙观的大门，随时可能到来的战争，中止了他进去祭祀的想法。

　　五仙观建成于明朝洪武十年（1377年），何真来到这里的时候，已经晚年。一代枭雄的心中，只有战争的胜负，没有五仙观的香火。目光炯炯的何真看到了战争的胜负前景，却无法料到六百多年之后的变迁。六百多年之后，在何真脚步到达过的地方，建起了一座南粤先贤馆，一代枭雄何真，并没有成为馆中的人物。东莞领衔的先贤，在南粤先贤馆失去了坐席[①]。一书中的东莞先贤，只有袁崇焕一人入选。关天培、林则徐和居巢居廉，分别以民族英雄和杰出花鸟画产的定位，从《影响中国的东莞

————————

　　① 中共东莞市委宣传部主编：《影响中国的东莞人》，广东经济出版社2014年版。

人》粼选进入了南粤先贤馆，但他们口音各异，并无东莞籍贯。

我在南粤先贤馆里看到的先贤，并非一个庞大的群体，56位先贤穿越漫长的时光，回到二十世纪的人间，他们以"'生平主要活动发生在辛亥革命以前'为时间界限，分别在政治、军事、文化、经济等领域，为南粤建设作出过重要贡献"，"在全国有重要影响，值得后人景仰"作为人选标准。何真的缺席，是东莞的意外。

我是学术之外的写作者，在有关文献的引述之外，也有研究者对历史上的何真作出不同的判断和结论。有人以为，我对何真的历史功绩评价过高，尤其是"明代岭南先贤第一人"的誉评，是何真头上一顶过大的冠冕。"忠""贤"这两个汉字，在何真的人生中，并不统一。"这样评价何真，拔高了不止一个档次。何真无非是协助朱元璋改朝换代，收服岭南，被朝廷封了官而已，真算不上什么丰功伟业，何况朱元璋和明朝并不是一个什么开明进步的王朝。"

14　宣府的铜墙铁壁

罗亨信出生的时候，何真已经死去了11年。

这两个同时代的东莞人，无缘在明朝的时光里见面，只能在历史的故纸中相逢。这两个可以用"英雄"这个词定义的男人，六百多年之后，化身青铜，在东莞市行政中心广场上排列着。

罗亨信和何真在2001年6月广东高等教育出版社出版的《广

东历史人物辞典》中"相逢"的时候，后人惜墨如金，仅用二百字，就浓缩了他的一生。

罗亨信（1377—1457年）字用实，明东莞人。永乐二年（1404年）进士。以工科给事中巡视浙江，免灾区税粮五十余万石。仁宗时官监察御史，查核通州仓库，诛杀数名狡诈奸徒。宣德年间，在京师九门征税收钞贯，钞法由此得通行。英宗朝擢右副都御史，巡抚宣府，整饬军纪，修复城墙，添置火器。土木之变，固守城池。代宗即位，以孤城外御强敌，内屏京师功进左副都御史。著有《觉非集》。[1]

何真因为"好读书，善击剑"，消灭割据势力，平定岭南而出人头地，这是科举时代东莞枭雄唯一的案例。罗亨信的人生目标，只能通过科举，登进士之榜到达。

罗亨信中进士的那一年为明成祖永乐二年（1404年），27岁，正是风华正茂的年纪，他在工科给事中和吏科给事中的职位上等待擢升的时候，却不料出了纰漏。一些文献隐去了他的失误，仅以"39岁时被谪交趾"一句带去，幸好别的文献有"因迟误文件被远谪交趾，为吏九年"的记载。九年的交趾小吏，是朝廷用漫长的时光和偏远的距离构成的惩处，幸好，罗亨信经受住了考验。历史文献，为后人罗列了罗亨信此后的人生轨迹：

洪熙元年（1425年），仁宗召为御史，任山西道监察御史，时年48岁；宣德五年（1430年），食按察金事俸；正统元

年（1436年），英宗即位时擢为右佥都御史，时年59岁（神道碑载为宣德十年，即1435年）；正统十年（1445年），升右副都御史，时年已68岁；景泰元年（1450年），景帝即位，进左副都御史，时年73岁，景泰二年，罗亨信辞官归里；天顺元年（1457年）卒于家中，享年81岁。

上文中的"家中"，是一个无人关注的普通词汇。"家中"两个字的意义，实在和一个人的生平和读者的兴趣没有逻辑关联。由于和罗亨信同为东莞人，更由于我曾经住过的莞城向阳路离罗亨信居住的莞城西门，仅仅百余米的直线距离，所以，我的兴趣，就具有了探赜索隐的意味。我无数次走过的莞城西门，以及与西门连通的振华路和西正路上，也许我比罗亨信留下了更多的脚印，一个不识粤语的户籍意义上的东莞人，在这条路上最重要的发现，是"西门罗"和罗亨信的关系。原来，东莞人口中的西门罗，它的始祖，竟然是罗亨信。

和东莞历史上那些抵抗异族的英雄相比，罗亨信是一个幸运的善终之人，凡是善终者，几乎都与"家"这个温暖的名字血肉相连。我在东莞居住了近三十年，以我的观察，莞城西门，是块人才辈出的风水宝地，它是一座城池的咽喉。

罗亨信高中进士离家为官的时候，西城门，就已经成为了莞城西门一带最雄伟、最坚固的建筑。后人眼里的西城门，又称西城楼，它是一座建筑的两个名字。门和楼，都是一座城市的脸面，是一个地方的风水所在。无论西城门还是西城楼，都只是一座建筑的小名，它最规范的大名，应该是迎恩门城楼，《东莞文物图册》载，迎恩门城楼"明洪武十七年（1384年）始建。原有城墙与道家山、钵盂山、和阳（东）门，崇德（南）门，镇海（北）门相连，现仅存迎恩（西）门，成为东莞古县城的象征。"

罗亨信一生中的功绩，在他因文件延误贬谪交趾之前，就已经开创。永乐三年（1405年）的时候，罗亨信在工科给事中任上，被朝廷派往嘉兴府体恤水灾。在饿殍遍野民不聊生的水灾现场，罗亨信以微服私访的形式，看到了嘉兴、崇德、海盐三县的悲惨景象和水灾真相。他当即命有司发粟，赈济灾民。回朝之后，罗亨信立即上奏，陈述灾情，终"为三县灾民请蠲夏秋税粮五十余万石，活民数十万"。

上海古籍出版社2011年出版的《罗亨信集》中，收录有罗亨信的奏疏69件，在《觉非集》卷十《道议大夫都察院左副都御史罗公年谱》中的一件奏疏，代表了罗亨信体恤军民，安定边塞的苦心。[①]

军馀勤苦，万莫甚于大同、宣府，何也？盖此虏至骄，累肆大言。守御之兵，岁增日益，供给之繁，有不暇息。虏使来朝。人马数千，防御祗应，力以疲甚。其馀丁犹为至苦。正月初，俟送使臣，至二月末方起，始得耕种，不及耘锄，又起备边等项。七月初，采打马草，运送上场，九月终回，又接使臣。一年之内，不得三月之闲，生理全误。上年，声息警急，又送屯军数千操练守备。该部行下卫所，无军照名拨补，及其不足，明文又将管下舍人、馀丁尽行拨补。及照先有保安卫指挥焦玘怀私讦奏本卫军馀占种地亩，户部行移取勘，验亩起科纳粮。近又参查宣府前等一十九卫所官军所种田地，事同一体。见差主事汪浒到来分投取勘，逐一丈量见数。每军馀八十亩，自用其馀，每亩科正五升。臣切惟塞北官军之舍人、家

人、馀丁为其手足，今要尽数拨补屯粮，是欲断其手足。边境土地嫌薄，今丈量起科，人皆不敢耕种，是绝其衣食而逼其逃窜。当今事势，正宜布恩信，结人心，遇警敌乃能舍生赴义，岂有衣食不足而得其心哉？伏望圣恩以备边为重，命在廷文武大臣从长计议，合无将原选屯军先补一半，俟事稍宁，另行定夺。其管下舍人，原种地土，照旧纳粮。旗军所种之数，仍免纳粮，亦不必丈量地土，诚为久远便利。

在读罗亨信疏文的时候，我无论如何都未能将少年时代课堂老师的讲述同眼前的文字对上号，封建社会里官员盘剥乡亲、鱼肉百姓的深刻印象，在罗亨信的一系列疏文中瞬间瓦解。如果没有《罗亨信集》中的那些白纸黑字的上疏，我就不可能相信《罗亨信及其家世》《罗亨信及其诗文》中对一个古代边塞官员"为人廉正，敢作敢为，肃贪倡廉，为人称道""数陈为民请恤之疏，边鄙军民仰之而安"的褒扬是那个时代的事实。

贬谪交趾九年的惩处，并没有在一个忠臣的官宦人生中留下萎靡不振的痕迹，一个清官能吏的言行举止，被后人用"精于治理，屡立战功"的评价肯定。从洪熙元年（1425年）八月至景泰元年（1450年）漫长的25年中，罗亨信经历了在山西道监察御史任上巡视通州仓廒，查获缉捕巨恶奸骗之徒；在直隶真定、顺德、广平、大名四府巡按时，旌廉黜贪，勉饬学校，激励诸生，振作学风，使秋闱举士，中试者倍增；奉旨往山西布政司清理军伍五万多人，不枉不漏；在会同都督蒋贵出境搜剿蒙古军阿台，发现蒋贵只带一半粮草，将另一半粮草崇卖中饱私囊，导致军队中途缺粮从而退兵之时，立即檄奏英宗，呈蒋贵、曹望、安敬三人罪状，朝廷令斩安敬，军心立即振作等一系列功劳。

　　其实，罗亨信的军事才能，早在贬谪交趾时，就已彰显。永乐十七年（1419年）冬天，郑公正率大军进攻卫城，在孤立无援的情况下，罗亨信与指挥使昼夜督军，在敌强我弱的劣势下，坚持了三个多月，未使城池失守。在三个多月的时间里，罗亨信一直用援军即将到来的希望激励守城军士，并且谋划好了援军到达之后的破敌之策。战争的结果，果然在罗亨信的预料之中。增援的兵马到来之后，采用了罗亨信的夹攻战术，贼军被一举消灭，交趾境土，从此安定。

　　正统三年（1438年）春天，兵部尚书王骥来到甘州督军，部署军队分东西两路，夹击蒙古阿台的兵马。罗亨信率领的马步官军由昌宁出发，深入敌军要害，发动突袭，一举擒获蒙古都达鲁花赤朵尔忽二十七名，斩首数级，缴获骏马二十九匹，木印一个。遗逃的残兵往西逃窜，不料又遇到明军，尽被消灭。

　　上述精准到个位的数字，是文献的客观记录，它不属于古典小说中"尸横遍野，血流成河"的夸张，这些难以进入史册的战役，只是一个人的战斗，它更多的是展示了一个边塞官员的忠心和智勇。十二年之后的景泰元年（1450年）二月，罗亨信又导演了一场兵不血刃的智取。被文献称为叛贼的宦官喜宁和蒙古军前来议和，罗亨信与总兵商量好了对策，派参将杨俊设下埋伏，生擒了喜宁，然后押送京师。

　　在英宗那个年代，罗亨信是一个少有的有作为的官员，在督镇大同、宣府的过程中，他屡屡发现问题，他的眼光，穿透了土木，看到了铁蹄下的危机。

　　罗亨信走过正统五年（1439年）的宣府城时，一眼就看见了那些失稳的城墙土基，在敌军的刀枪铁骑到来之前，大雨就是防守的第一个敌人，赶在雨水倾圮之前，罗亨信下令修筑巩固，让一个坚固的宣府新城从图纸走向了大地。

三年之后的正统七年（1442年），罗亨信又看到了怀来、天城、怀安和万全四卫的防御危机。这条大同府辖下的古道，是少数民族向明朝进贡时的必经之路，四卫土城未曾包砌，吊桥和瓮城损坏，城楼未盖，门禁缺少守把的薄弱环节，芒刺一般地扎在罗亨信的肉里，他的目光看到了别人目力不及的未来，一旦外族图谋不轨，这些陈旧残缺的工事将难以承担抵御的重任。

罗亨信的奏章，多来自他对边关的忧虑，但是，那些充满了危机意识的文字，并不是每一回都能让皇帝警醒，歌舞升平的皇宫里，最不喜欢这些刺耳的噪音。罗亨信两次增强大同、宣府军备，完善设置，以备防御外强的上疏，都被朝廷忽略。英宗皇帝的被掳，就此埋下了种子。

正统十年（1445年）的时候，罗亨信就预察到了蒙古也先的野心，边关的安危，在他心里落了一层寒霜，在回京之后的陈奏中，罗亨信忧虑忡忡地写道：

今大同、宣府至京一带，连城陆续包砌将完。止有宣府至怀来二百余里别无卫所，唯有保安卫立于鸡鸣山南二十里，隔越天河一道。及美峪千户所，又在保安卫南六十里深沟之内设立，山水冲流，不堪筑城，遇贼难守。合无将保安卫、保安州及美峪千户所移至驿路沙河西、雷家站东，择地设立，卫所并州，共居一城，添军守备，实为久远便利。及见榆林驿东、岔道西道经险阻山口数多，具闻棒槌峪通人行走。宜于榆林驿东设立一卫，仍同隆庆卫将西边一带山口固塞，使人迹不通。又见居墉关至京一百二十里，缘无卫所，盗贼不时出没。合无亦于榆河驿再设一卫，则自边至京，城池联属，万年拱护，京师永保无虞矣。

　　然而，这些事关京城安危的建言，并没有成为化解危险的指引。文献①的记录中，出现了令人失望的结局："在此军情危急之时，对罗亨信的建议，明廷却以徙卫劳人，设卫无军为由置之不顾，等到七月也先犯大同，英宗被俘后，他们才觉罗亨信所言，确是有益，但为时已晚。"

　　罗亨信奉命督镇宣府的时候，没有想到英宗皇帝会在"土木之变"中成为也先的俘虏。一个国家的惊惶，写在宣府每一个老百姓的脸上，只有罗亨信，处变不惊。当官吏提议弃城，当百姓蜂拥而出时，罗亨信手执寒剑，坐于城门口，一句"出城者斩"，挡住了所有人逃跑的脚步。在罗亨信和众将领为朝廷死守宣府的盟誓中，浮萍一样的人心开始安定。当敌兵挟持英宗皇帝来到南门，大声叫喊守军开门时，罗亨信登上城楼，毫无畏惧，他用"奉命守城，不敢擅启"八个字，瞬间加固了城墙，让那些企图用英宗当开门钥匙的敌人彻底失望。

　　在冷兵器时代，高立的城墙是攻守双方最熟悉的战场。在古典小说的描述中，用砖石垒砌的城墙，有时固若金汤，坚不可摧，有时摧枯拉朽，不堪一击。在我的想象和理解中，当一个国家的最高统治者，在敌人的挟持下，成为人质，成为攻城锐器的时候，再坚固的砖石，也是纸糊的篱笆。罗亨信的果断勇敢，开创了中国城墙坚固的经典范例，成为了历史中不朽的一笔。敌人引兵退走，成了罗亨信固守城池的结局，成了明朝正统十四年（1449年）的战争奇迹和孤例。挟持英宗的也先军队，铁蹄所到之处，城门大门，帅旗易帜，唯有宣府城池，依然铜墙铁壁，它成了明朝残喘的最后气息。

---

　　①　中共东莞市委宣传部、东莞市文学艺术界联合会编：《东莞历史人物》，广东教育出版2008年版。

第三章

悲壮的『五忠』

15 水南的书生

在中国历史上，罗亨信几乎是一个无名英雄，除了东莞市中心广场上的那尊青铜，后人再也难以寻觅到他的蛛丝马迹。

土木之变中的宣府坚固，被后人用明朝得以免灭顶之灾加以评价。其实，在大明王朝二百多年的历史中，尤其是罗亨信之后的一百八十多年中，前赴后继者，依然络绎不绝。

我在清光绪十八年（1892年）探花陈伯陶的著作中，找到了"东莞五忠"这个名词。一本著作的书名，用"明季"两个汉字，定义了袁崇焕、陈策、苏观生、张家玉、陈象明这五个东莞人生活的年代。他们和罗亨信一起，共同为朱氏江山流血和悲壮死亡。

陈伯陶，是一个本书将会郑重提及的一个名字，在东莞五忠出场的舞台上，他是一个拉开帷幕的重要人物，他是一台悲剧大戏的前排观众，同时也是这台大戏的评论家。

袁崇焕，是陈伯陶《明季东莞五忠传》中第一个出场的英雄。梁启超在《袁崇焕传》中，将袁崇焕定性为"明季第一重要人物"。站在岭南开化迟缓的背景下，梁启超认为"吾粤崎岖岭表，数千年来，与中原之关系甚浅薄，于历史上求足以当一国之人物者，渺不可睹"，在列举了六祖慧能和陈白沙在佛教和心学的贡献之后，梁启超将袁崇焕推上了一个时代的前沿和高峰；"若夫以一身之言动、进退、生死，关系国家之安危、民族之隆替者，于古未始有之，有之，则袁督师其人也。"

在袁崇焕的生平中，万历四十七年（1619年）中进士，授福建邵武知县，这是一个平民通向英雄的必要铺垫。袁崇焕的一生，充满了争议，他的抱屈衔冤，超过了人类的想象。清人用反间计，试图换来战场上得不到的胜利，而崇祯皇帝，则是那个中计之后用天下最残忍的磔刑，处死袁崇焕的昏庸之君。

《广东历史人物辞典》中的袁崇焕生卒年1584年至1630年，依据的是民国《东莞县志》卷六—《袁崇焕传》中引述的《袁督师行状》："生于万历十二年（1584年）四月二十八日戌时。"一个一生波折的人，在应无疑问的出生年份上，也会出现坷坎。名满天下的武侠小说家金庸，在他的长篇小说《碧血剑》中写道："袁崇焕生于哪一年，无法考查。"这个极容易误导读者的观点，没有通过袁崇焕家乡学者的文字关卡，文史专家杨宝霖用严谨考证的《袁崇焕杂考》一文，让金庸先生心悦诚服。金庸在香港《明报月刊》上发表杨先生的文章时，加了一段按语："杨宝霖先生的考据信而有征（证），博学鸿儒，非浅涉史籍之小说作者所及。上述意见，将在《碧血剑》下次修订时加入。对杨先生的指教十分感谢。"

袁崇焕的籍贯，更是一个争论多年的悬案，它的激烈程度、卷入的人员，似乎超过了学术的层面。

广东东莞和广西藤县，是袁崇焕籍贯的分水岭。袁崇焕生前，籍贯不会成为一个潜伏的话题，三百多年之后的争论，其实是在明朝万历年间安插的引信。二十世纪九十年代初期，我许多次来到北京孔庙，在那些阴森的古柏和长寿的建筑群中，流连忘返。孔庙里的汉字太密集了，一个喜欢文学的写作者无法穷尽。三十多年之后，我在别人的书里，发现了自己年轻时的大意和粗疏。我近视的眼睛，没有看见那些冰冷坚硬的石碑上面的文字。袁崇焕的名字，以万历己未科进士三甲第四十名的身份，镌刻在古老的石头上。还有《明进士题名碑录》袁崇焕的名字，同样入石三分。那些留下了后患的汉字，记录下了"广西藤县""广西梧州府藤县民籍"的证据。孔庙石碑上的两行字，成了袁崇焕籍贯广西藤县的有力证据。

因中央电视台百家讲坛节目而广为人知的北京市社会科学院研究员阎崇年，曾经是袁崇焕籍贯广西藤县说的代表性人物。金庸先生，也在《袁崇焕评传》中留下了"袁崇焕，广东东莞人，祖上原籍广西梧州藤县"的断言。

杨宝霖先生，屡屡在关键时刻，挺身而出，他用一生的研究和广博的文献，挑战权威和谬误。杨宝霖先生的结论，是用许多个日夜晨昏，从《明史》《明鉴纲目》《通鉴辑览》《明亡述略》《明通鉴》《石匮书后集》《明季北略》《国榷》，梁启超《袁督师传》和《邵武府志》《广西通志》《广东通志》《藤县志》《平南县志》、李济深《重修袁督师祠墓碑》等文献中考证出来的史实。他从袁崇焕自认是东莞水南人；袁崇焕的同僚、下属、好友，都认为袁崇焕是东莞人；明末清初人的记述；官方史书记述；袁崇焕出生于东莞水南村；东莞多有关袁崇焕文物；袁崇焕与东莞的亲密关系等多个方面，作出了袁崇焕籍贯东莞的判断。

16 宁锦大捷

袁崇焕与广西的渊源，始于万历二十五年（1597年）。十四岁的袁崇焕，随祖父袁世祥和父亲袁子鹏，前往藤县应试，补弟子员。九年之后，袁崇焕在广西桂林应乡试，中举人。十三年之后的万历四十七年（1619年），三十六岁的袁崇焕参加会试，考中庄际昌榜己未科进士，列三甲第四十名，赐同进士。

袁崇焕所处的那个时代，科举几乎是一个人光宗耀祖出人头地的唯一方式。从万历二十五年（1597年）离开东莞到广西藤县，直到万历四十七年（1619年）会试，以进士的身份金榜题名，袁崇焕花去了22年时间。

袁崇焕完成科举理想的这一年，也是他衣锦还乡的最好时刻，我翻阅过的文献，均无袁崇焕回归东莞故里的记录。文献中的袁崇焕，是从天启年间邵武知县任期届满，考绩入京，被授予兵部职方主事，随后又提升为山东布政司右参政兼按察司佥事，监山海关军开始一生的丰功伟绩，研究者忽略了袁崇焕精神成长过程中受到的鼓舞和影响。

《袁崇焕与东莞》①一书中，有"回乡途中，拜见东莞乡贤、遵义副总兵陈策，撰《南还别陈翼所总戎》诗"记载，这行出自《袁崇焕与东莞大事年表》中的话，是"东莞五忠"成为不朽历史的起源，也是陈策成为袁崇焕敬仰之人的开始。

---

① 王元林、彭劲松著；东莞市袁崇焕纪念园，暨南大学考古与文化遗产研究所编：《袁崇焕与东莞》，广东人民出版社2016年版。

在已经被历史盖棺定论的"东莞五忠"中，陈策是序齿排班中的长者。出生于明朝嘉靖三十二年（1553年）的陈策，比袁崇焕年长了整整三十一岁。袁崇焕中进士的那一年，陈策已经身经百战、战功显赫，从四川威茂参将升为遵义副总兵。袁崇焕的"回乡途中拜见东莞乡贤"并非顺道，而是刻意为之。

如果以广西藤县作为地理上的一个点，那么，广东东莞和贵州遵义，就是南辕北辙的两个不同方位，如果用一条直线将三地连接起来，那么广西藤县正好是遥远路途中间的一个驿站。四百多年之后，我无法从"回乡途中拜见东莞乡贤"这十个普通的汉字中找到袁崇焕启程的时间和途中的交通工具，更无法知道袁崇焕拜见陈策时的场景以及交谈的内容。后人的想象，无法填补前人的空白。我唯一能够确定的是：年长三十一岁的陈策，早已用战功和人生经历，让袁崇焕内心充满了崇敬和景仰。

拜见陈策，是袁崇焕上任福建邵武知县之前一次私人活动，历史和所有的研究者，都忽视了这个在袁崇焕人生中具有精神意义的情节，后人只有在陈伯陶的书中，通过明季"东莞五忠"的壮举，看到他们之间的文化和精神关联。

袁崇焕在邵武知县任期，也是研究者认为无关轻重的话题。邵武的蛛丝马迹，后人只能在陈伯陶的《明季东莞五忠传》中依稀看到："为人慷慨，负胆略，好谈兵。遇老校退卒，辄与论塞上事，晓其阨塞情形，以边才自许。""夏允彝《幸存录》云：'崇焕少好谈兵，见人辄拜为同盟，肝肠颇热。为闽中县令，分校闱中，日呼一老兵习辽事者与之谈兵，绝不阅卷。或问之则曰：士子宜中者，自有命在，随意抽取可也。'"

一个热爱谈兵的知县，与带领千军万马的武将之间，隔着千山万水，但是，不可捉摸的命运，却无意中成全了袁崇焕。

袁崇焕离开福建邵武来到京城的时候，是天启二年（1622年）的正月，袁崇焕见到了清兵大破西平堡和广宁城，辽东巡抚王化贞和辽东经略熊廷弼入山海关，京师戒严，人心浮动。大敌当前，袁崇焕毫无畏惧地单骑出关，遍察了山海关内外的形势。回来之后，他用一句石破天惊的话，震慑了朝廷。"予我兵马钱谷，我一人足守此。"御史侯恂，是这句话最有力的信任者，他成了袁崇焕被破格提拔的推荐之人。袁崇焕的毛遂自荐和旁人的信任，将一个知县小官，推到了山东布政司右参政兼按察司佥事的重要职位，镇守边关的重任，成了袁崇焕人生的风口浪尖。在《明季东莞五忠传》中读到这个情节的时候，我产生了一时之勇和口出大言的疑虑，我很难将一个未经过战火考验的文官，同一个前线御敌的武将联系起来。

走马上任之时，袁崇焕用一段表明心迹的文字，为四百年前的历史，留下了追溯的可能：

趁今未阴，一刻可当千金，迟一日，误一日之封疆；早一日，修一日之战守。事难遥度，机不可预图，唯竭尽肺肝，偕视师行边二尚书商度战守。事事到手，处处躬亲，必不令虏半步闯入榆关。[1]

从手无寸铁的文官到指挥千军万马的武将，中间的距离，超过了广东东莞和广西藤县到京师的路程。出关之时，袁崇焕上疏，请调广东的步兵和广西的狼兵，后人从这里看到了一个勇敢者的仓促和无奈。在朝廷的圣旨中，袁崇焕的叔父袁玉佩

---

① 九龙真逸（陈伯陶）著：《明季东莞五忠传》，广东人民出版社2013年版。

在广东招募了士兵三千人，同时又在广西征调了士兵六千人，来自两广地区的子弟兵，尤其是广西的狼兵，均骁勇善战，他们的肉体，加固了山海关的坚硬。

宁远，是袁崇焕防守策略中一座极为重要的城池，但是，在辽东经略王在晋的地图上，八里铺才应该是重筑重守的要冲。幸好，袁崇焕的主张得到了大学士孙承宗的支持。孙承宗下令祖大寿、高见、贺谦按照袁崇焕的计划和规格构筑宁远城，一年竣工。《明史·袁崇焕传》为后人留下了袁崇焕一年的辛劳："崇焕勤职，誓与城存亡，又善抚，将士乐为尽力。由是商旅辐辏，流移骈集，远近望为乐土。"

宁远城，只是袁崇焕宁锦防线上的一道屏障，被人称为辽西走廊八城的，还有锦州、松山、杏山、右屯、大小凌河镇、前屯、塔山等城池，袁崇焕用心血修筑之后的城堡，每一座都遣将把守。袁崇焕没有料到的是，孙承宗被高第代为辽东经略之后，所有的城池，都在一道"关外必不可守。令移其将士于关内"的命令中失守，袁崇焕精心打造的宁锦防线，突然间城门大开。

后人在《锦州、右屯、大凌必须坚守揭》中，看到了袁崇焕对高第下令撤防的鲜明态度：

兵法有进无退，锦、右一带既安设兵将，藏卸粮料、部署官厅，脱一动移，示敌以弱。前柳河之失，皆缘若辈贪功，乃因而撤城堡、动居民，锦、右摇动，宁前震惊，关门失障。必如阁部言，让之又让，至于无可让而止。今但择能守之人，左辅守大凌河，樊应龙等守右屯，更令一将守锦州，三城屹立，死守不移，且守且屯，恢复可必。若听逃将懦兵做法，以为哨探之地，此则柳河之故智，成则曰"袭敌"，不成则曰"巡河"，天下人可欺，此心终是欺不得，则听之能者，本道说一声"明白"便去也。

　　袁崇焕的不服，并不能改变局势，更无法让决策权在握的高第回心转意，高第撤兵的命令，致使"乃撤锦州、右屯、大小凌河及松山、杏山、塔山守具，尽驱屯兵入关，委弃米粟十余万。死亡载途，哭声震野，民怨而军益不振。"只有袁崇焕，不为命令所动："我宁前道也，官此，当死此，我必不去。"

　　宁远保卫战，从袁崇焕的这句抗命誓言开始。开启六年（1626年）正月十四日，努尔哈赤指挥十三万兵马西渡辽河，鞭指右屯，守将周守廉弃城逃遁。由于锦州、大小凌河、松山、杏山、连山、塔山等地已在高第的命令下撤守，所以金兵长驱直入，兵不血刃。孤城宁远，在袁崇焕和同知程维楔、总兵满桂的驻守下，成了抵御敌人的最后屏障。

　　袁崇焕的备战和死守宁远的决心，在古籍中屡有记载：

　　袁崇焕当奴贼未至之时，椎牛杀马，引佩刀自割其肉，烹之以飨将士。（沈国元《两朝从信录》卷二九，天启五年正月）

　　宁远孤城外悬，忽闻东人警，举朝大骇，为以必不可守。崇焕泣血誓守，啖草以励众曰："苟能同心死守，我为牛羊以报，是所甘也。"众感其意。（夏允彝《幸存录·东人大略》）

　　崇焕闻（警），即偕大将（满）桂、副将左辅、朱梅、参将（祖）大寿，守备何可刚等集将士誓死守。崇焕更刺血为书，激以忠义，为之下拜，将士咸请效死。（《明史·袁崇焕传》）

努尔哈赤的铁骑到达宁远的时间是正月二十三，金兵并没有立刻攻城，而是留下了一天的时间，让围城中的袁崇焕选择应战或者投降。

《清实录·太祖实录》中，记录了努尔哈赤的劝降书和袁崇焕的拒降书：

> 汝等此城，吾以兵二十万来攻，破之必矣。城内官若降，吾将贵重之，加豢养焉。

努尔哈赤的文书虽然简洁，但必胜的气势和对投降者的利诱，符合劝降的两大要素。这样的文字，在战场上往往能够不战而屈人之兵。

袁崇焕不是一个在文字面前屈服的胆怯之人，他的答复斩钉截铁，无一丝犹豫：

> 汗何以遽尔加兵耶？锦、宁二城，汝国既得而弃之，以所弃之地，吾修治而居，宁各守其地以死，讵肯降耶？

文书不能取胜，只有武力才能分出胜负。二十四日和二十五日，双方交战开始。努尔哈赤攻城，从东门发起。在战车的掩护下，金兵攻到了城墙之下。那些战车，用数寸厚板做成，厚板外层，钉上生牛皮保护，士兵藏于车内，刀箭无伤。城墙虽厚，但在金兵不断的斧凿之下，逐渐遍体鳞伤。在与坚硬金属的对抗中，冰冷的城砖，露出了破绽。守城的十一门西洋火炮，架在城堞之上，在震耳的炮声中，努尔哈赤后援的铁骑一片片倒下，但城下凿墙的金兵却完好无损。大炮远轰的巨大威力，在短兵相接和贴身肉搏中成了致命的短板。

破敌之策，在袁崇焕的锦囊中打开。袁崇焕命令士兵抱来秸秆，将油脂和火药灌入秸秆芯内，然后点燃，顺城墙投下。在猛烈的火攻之下，金兵的战车，燃起熊熊之火，凿墙的士兵，大多葬身火海，被烧死的金兵中，不乏锦服之人。金兵溃退之后，袁崇焕命令士兵缒城而下，打扫战场，拾得箭矢十余万枝，千疮百孔的城墙，已被敌兵掏凿大小空穴七十余处，而守战一方，火药库存尽空。

近四百年的时光，已经彻底抹去了宁远大捷的惨烈，幸好有战争的在场者，为后人留下了真实的记录。朝鲜人李肯翊，用文字让后人穿越到了天启六年（1626年）的宁远：

我国译官韩瑗，随使命入朝，适见崇焕。崇焕悦之，请借于使臣，带入其镇。瑗目见其战。军事节制，虽不可知，而军中甚静，崇焕与数三幕僚，相与闲谈而已。及贼报至，崇焕轿到敌楼，又与瑗等论古谈文。略无忧色，俄顷放一炮，声动天地，瑗怕，不能举头。崇焕笑曰："贼至矣。"乃开窗，俯见贼兵满野而进，城中了无人声。是夜贼入外城，以为诱入之地矣。贼因并力攻城，又放大炮，城上一时举火，明烛开炮、矢石俱下。战方酣。自城中每于堞间，推出木柜子，甚大且长，半在堞内，半在城外，柜中实伏甲士，立于柜上，俯下矢石，如是屡次，自城上投枯草油物及绵花，堞堞无数，须臾地炮火发，自城外遍内外，土石俱扬，火光中，见胡人俱人马腾空，乱堕者无数，贼大挫而退。

宁远大捷之后，袁崇焕进一步加强了前线的防御，锦州、中左、大凌等城池逐一修复。皇太极的兵马，赶在了这些城墙的尾声到来。宁远大捷之后的袁崇焕，对城池的坚牢，充满了信心。

皇太极率领的虎狼之师到达锦州城下的时间，是天启七年（1627年）五月十一日。敌兵四面合围，总兵赵率教坚守待援。袁崇焕派人送书信，用"城中大器，兵马俱备，必不能克"，"敌冒暑深入，势不能久。援锦之兵，第声息四出，疑而扰之，而重兵相机保守宁远"激励斗志，同时精选骑兵四千，由祖大寿、尤世禄带领，绕道敌后，又命令傅以昭统率水军，东出敌后牵制。

锦州守卫战的惨烈，多种文献均有记录。《东华全录》载："十二日，大军攻锦州城西，率教调三面守城兵来援，火炮矢石齐下，大军退五里而营，遣人往调沈阳兵。"《辽事实录》的文字，则更详细生动："五月十二日，敌分兵两路，抬拽车梯、挨牌，马步轮番交攻西北二面。太府纪用同职及左辅、朱梅督各将领，并力打射，炮火、矢石交下如雨，自辰至戌，打死敌人尸填满地。至亥时，敌兵拖尸去，将班军采办窑木烧毁，退兵五里，西南下营。"

十五天过去了，锦州岿然不动。皇太极无奈，便移兵转攻宁远。这早在袁崇焕的意料之中。袁崇焕派从前屯赶来增援的满桂和祖太寿，合兵在城外与敌激战，自己则镇守城池。指挥守兵用大炮和火药坛向敌人猛攻。满桂身中数箭，当他看到城堞上大喊杀敌的时候，深受鼓舞，坚持不倒。

这场大战的惨烈程度，超出了所有人的预料。在"城壕深阔，又值溽暑，士卒多死伤"的背后，战火的残酷，更是使人不寒而栗：

初四日丑时，敌提马步兵数万，抬运车梯齐攻南面，自寅至午，敌死于大炮及火坛矢石，积尸如山。四王子在教场下穿黄衣催攻城。又过三时，敌死更倍，而竟日仍用炮打城。至酉时乃败归，计敌死不下二三千。又载纪用报云：初四日，敌败回营后，大放悲声。随于焚化部长尸骸处，天坠大星如斗，其落地如天崩之状，敌众惊恐终夜，至五鼓撤兵东行。

17　肤公雅奏

　　宁锦大捷的功臣，以一纸《乞休疏》作为一场大战的总结，然后回到故里。这样的结局，令天下人心寒，那种彻骨的寒冷，至今仍留在黄脆的故纸上。

　　大多数文献，都忽略了袁崇焕返回东莞之后的经历，只有《袁崇焕与东莞大事年表》中，记录了他的行踪："袁崇焕受魏忠贤阉党排挤，上《乞休疏》请辞，获准，在家乡度过一段悠闲的时光。"

　　袁崇焕离开战场之后的悠闲时光，从他翻越大庾岭踏入南粤大地时候作的《归度庾岭步前韵》诗开始：

> 功名劳十载，心迹渐依违。
> 忍说还山是，难言出塞非。
> 主恩天地重，臣遇古今稀。
> 数卷封章外，浑然旧日归。

　　"悠闲时光"，只是文人的主观描述，任何一个读者，都无法看见三百多年前的场景和人物心态。袁崇焕刚刚踏上故乡的土地，天启帝朱由校驾崩的消息便接踵而至。描述甚详的《明季东莞五忠传》中，陈伯陶也仅仅用"八月二十二日，熹宗崩，庄烈皇帝即位"一语，轻描淡写地带过。

对于一个誓死抵抗外族侵略的壮士来说，帝王更迭，并不能影响他报效国家和朝廷的决心，袁崇焕和崇祯时代的所有人，都无法预测，一个为了朝廷出生入死的人，他的生命，会葬送在敌人的反间计和皇帝的猜疑中。

通过乞休形式恩准的回乡，并不是严格意义上的致仕，更不等同于如今制度的退休养老。袁崇焕命运的木偶，始终不能挣脱朝廷操纵的提线。从后来发生的一系列事情看来，袁崇焕的乞休，只不过是一次经过皇帝批准的请假，规定的日期一到，袁崇焕就必须无条件归队。在《袁崇焕与东莞大事年表》中，"十一月，升任袁崇焕为都察院右都御史、管兵部添右侍郎事，世荫锦衣卫指挥佥事"，就是最有说服力的证明。

乞休回乡的袁崇焕，时光短暂，在他留给故乡东莞最后的十一个月里，真正称得上"悠闲"的时间，短到转瞬即逝，宝贵如掌中的沙粒，带不走一点温热。

在袁崇焕四十七年的短暂人生中，"悠闲"这个轻音乐一般的形容词，并不是休息，也不是度假，而是为家乡留下流传后世的描述。

有一种巧合，值得在前面用"冥冥之中"修辞。袁崇焕乞休回乡的时候，正好碰上敕建忠愍祠，站在东莞县城教场尾祠外的广场上，袁崇焕心潮澎湃，他情不自禁地想起忠愍祠的纪念者陈策，想起了八年前在剑南拜见时任遵义副总兵的乡贤。怀念的最好方式，是后人想象不到的简单，袁崇焕在水南家乡的厅堂里，铺纸研墨，写下了八年前所作的《南还别陈翼所总戒》诗：

> 慨慷同雠日，间关百战时。
> 功高名主眷，心苦后人知。
> 麋鹿还山便，麒麟绘阁宜。
> 去留都莫讶，秋草正离离。

当《南还别陈翼所总戎》这首诗跨过八年光阴到达忠愍祠的时候，袁崇焕的心情，又有了更多的文字之外的意绪，两代东莞人，最后舍生奋战的死难之地，都在遥远的关外，面对的都是同一个敌人。

水南三界庙的重修，无意中与袁崇焕的返乡，形成了交集，在并无任何约定的天启七年十二月，南归的游子，看到了古老的三界庙，在砖瓦的加持下焕然一新。家乡的三界神，护佑百姓平安，让东莞大地，风调雨顺。心情大好的袁崇焕，应乡绅之约，挥笔写下了《重建三界神庙疏文》。这篇后人考证作于天启七年腊月十八的疏文，被后人客观评价：

整篇疏文反映了代表明代士大夫阶层的袁崇焕对家乡三界庙的历史、地理、重修的缘由、经费以及袁氏家族对三界庙的虔诚态度，也反映了袁崇焕对天地、鬼神、福祸、人性、财物的态度，也反映了在野期间，袁崇焕在家时"本来无祸，何必免祸？福且无用，何必妄求"的态度，在一定程度上反映了封建士大夫寻求真善，在政治失意后超越自然的态度。①

---

① 王元林、彭劲松著；东莞市袁崇焕纪念园，暨南大学考古与文化遗产研究所编：《袁崇焕与东莞》，广东人民出版社2016年版。

"事三界神七十年如一日，人习而神安之。有情以告，有祷必应。不啻子孙之于祖、父，其由来矣。"这是袁崇焕《重建三界神庙疏文》中的一段文字，通篇疏文，镌刻在坚硬的石头之上，然而石头也未能经住岁月时光的淘洗。

在文献的记载中，《重修三界庙疏史》碑高三尺，阔一尺五寸，文为十七行，行四十八字，正书，落款为"钦命巡抚辽东、山海等处地方广州提督军务，加从二品服俸，兵部右侍郎兼都察院右佥都御史，里人袁崇焕谨撰"，这块立于三界庙前的石碑，毁于1958年的洪水。

天启七年（1627年）十二月，是一段短暂的时光，除了《重修三界庙疏文》之外，袁崇焕只来得及为家乡的三界庙留下"诚不可掩"四个大字。二十年后，陈伯陶书中的另一个明季忠臣张家玉起兵抗清。永历元年（1647年）正月，张家玉率五千兵马，路过水南，在袁崇焕祠堂祭拜冤屈而死的英雄，写下了《谒大司马袁自如先生遗祠》和《谒大司马袁自如先生遗祠怆然有感》两首气吞山河的诗：

> 司马遗忠尚有祠，重来客泪洒荒碑。
> 长城借得先生在，肯致中原苦乱离。
>
> ——《谒大司马袁自如先生遗祠》
>
> 吊罢遗祠泪几挥，辽阳回首事成非。
> 空留冷庙沧江上，不见犁庭铁骑归。
> 星落尚疑阴雨暗，风高犹想阵云飞。
> 只今羽檄纷驰急，那得先生再解围。
>
> ——《谒大司马袁自如先生遗祠怆然有感》

袁崇焕乞休回乡的十一个月里，真正具有"悠闲"意味的文字，是他在二度出关之前的最后时光里，为离家乡水南四十余里的道教名山罗浮重修冲虚观和山上庙宇馆舍倡导而写下的《募修罗浮诸名胜疏》和《募修罗浮诸名胜跋》。

袁崇焕是重修罗浮山道教建筑和场所的主要发起者，我在文献中看到了礼部尚书博罗人韩旺赞，香山何吾驺、李孙宸，南海陈子壮，东莞尹守衡，博罗张萱，番禺崔奇观，常州郑鄤，慈溪陈元藻，吴县李模，晋江苏元起，江宁陶敬等人，都和罗浮山结缘。这是一群散失在故纸中的姓名，当这些符号同袁崇焕的名字连在一起的时候，我信手就在《广东历史人物辞典》和《广东通志》等文献中，找到了他们的音容笑貌。

罗浮山属惠州市管辖，但却是东莞最近的邻居。我多次同东莞的文友前往休闲度假，袁督师的足迹，非有心人不能看到。那班与袁崇焕一起倡导重修罗浮胜景的社会名流，他们均以《募修罗浮诸胜疏》或《募修罗浮山宝积等寺缘疏》，在线装书《罗浮山志会编》中聚首。只是，他们当中，无人可以想到，这是袁崇焕与一座道教名山最后的相见。

朝廷任命的圣旨于崇祯元年（1628年）四月到达东莞，兵部尚书兼右副都御史的职务，达到了袁崇焕人生的顶峰。而督蓟、辽、登、莱、天津等处军务，移驻山海，更是将袁崇焕的责任，增加到了山一般的重量。

东莞历史上，袁崇焕是唯一一个由低品级的知县改任兵部，由文官跨越巡抚、总督经略而督师的奇才，在一个品级森严的时代，袁崇焕的一路破格提拔，并不是一条飞黄腾达荣华富贵的金光大道，而是一条战场搏杀、刀光血影的死亡之路。在告别水南奔赴京城的长旅上，是没有送行者用李春叟"马革裹尸"之类的不祥之语激励前行的。并且，在经过广州的时候，袁崇焕迎来了一场载入了史册的盛宴。

这场宴会的参与者，都是名重一时的岭南名士：陈子壮、赵焞夫，梁国栋、黎密、傅于亮、陶标、欧必元、邓桢、吴邦佐、韩暖、戴柱、区怀年、彭昌翰、释通岸、李膺、邝露、吕非熊、释超逸、释通炯、梁稷。用饯别名义组织的宴会，设在广州城内的名刹光孝寺内。

除了参加者之外，酒水和菜肴，应该是宴会的另一个主角，但是，在中国文字的传统里，却是不上台面的陪衬。我没有在文献中找到崇祯元年（1628年）四月光孝寺宴会的菜单，却在图书馆里找到了记录宴会盛况的珍贵图书《东莞袁崇焕督辽饯别图诗》。

美酒，是所有宴席的主角，而诗词文赋，则是佳肴的重要佐料。古代的文人，将诗词和酒宴的结合发挥到了极致。中国的古代文学作品中，这样的例子比比皆是。

崇祯元年（1628年）四月在广州光孝寺举行的这场盛宴，所有的文献均隐去了主持人，也没有任何故事发生的征兆。在我的理解和想象中，赵焞夫拿出自己手绘的送别图，应该是酒过三巡之后。这不是一个主人安排的情节，而是古代文人为朋友饯行送别时的表达情感友谊的方式。所有的宾客，一齐放下了手中的筷子，大家的目光，不约而同地落在那幅精心绘制的山水画上。

由《胅公雅奏图》的画名进入，宣纸之上，"远山叠翠，视野开阔，岸边亭旁，垂柳树下几个挥手远眺，江面上两只船扬帆远航。"这是一个与光孝寺无关的送别场景，画家选取了珠江边上的五羊驿码头，作为送行的背景。后人在赏析这幅绘画作品时，认为赵焞夫精心构思的画面，"注重环境的渲染与情感的表达，画中的人物均无五官，送别的人数也与实际不符，仅以一叶扁舟代表袁崇焕即将奔赴的行程，注入了一定的象征意味，着重表现的则是岭南的叠叠峰峦，暗示着旅途的遥远与艰辛，又含蓄地表达出对袁崇焕的挽留之情。"①

《肤公雅奏图》是《东莞袁崇焕督辽饯别图诗》的另一个名字，这个名字典出《诗经·小雅·六月》："薄伐狁，以奏肤公，"其意为：肤，大；公，功也。奏，则指成功之意。这些隐晦曲折的古老汉字，寄托着文人朋友希冀袁崇焕向朝廷奏报大功的美好祝福。

接下来的情节，是后人没有想到的一系列文人雅兴。

"肤公雅奏"四个卷首榜书，是陈子壮的手笔。这四个大字，是陈子壮提前的精心准备，而其他出席饯别的名士们，则开始了尽兴发挥，他们研墨挥毫，在宣纸上抒情和寄怀。写诗作词，是每一个人的特长，是他们安身立命之所在，那些古老的汉字，在他们心里，编成了辞典，当心灵的闸门打开之后，灵性的文字，奔涌而出，成了一首首送别的题诗。

19首题诗，和赵焞夫的水墨，构成了一个为袁崇焕送行的主题，汉字和山水，相互融洽，相得益彰，无意中为饯别送行的主题，开创了一种表现的形式。

我在影印的《东莞袁崇焕督辽饯别图诗》中，看到古意盎然的山水图画和19首激情充沛的送行诗时，突然眼前浮现出一副松林竹下的吟诗画面，慢慢地，脑子里出现了东晋永和九年会稽山阴那场兰亭雅集。王羲之用书法史和文学史上不朽的《兰亭集序》，为历史留下了一个精彩的瞬间。一个读者的自然联想，依托于明代画家文征明创作的《兰亭修契图》。这幅如今藏于北京故宫博物院的山水画，形象再现了王羲之与名士

---

① 王元林、彭劲松著；东莞市袁崇焕纪念园，暨南大学考古与文化遗产研究所编：《袁崇焕与东莞》，广东人民出版社2016年版。

谢安、孙绰等41人，在兰亭水边，上演的曲水流觞游戏。

光孝寺饯行宴会留下了19首诗。后人对这些诗的内容，区分了三个方面的特点：一是称赞袁崇焕的丰功伟绩并希望他继续为抗金建功立业；二是对袁崇焕本人豪迈性格的描述；三是提醒袁崇焕官场险恶，劝诫他明哲保身。

对于包括袁崇焕在内的与宴21人，清史专家阎崇年先生将其分为五类。

第一类为创作《肤公雅奏图》的画家赵焞夫。这个父母早逝的番禺人，被宣统《番禺县续志》卷十八《人物传》描述为"少以诗名。梁元柱以疏劾魏阉归，与焞夫游。黎遂球、欧必元、李云龙、梁梦阳、戴柱、梁木公辈重开林净社，焞夫与焉。又与谢长文、韩宗騄（释函可）相友善，工画花卉，时称为高手。"

第二类有袁崇焕和陈子壮。陈子壮与陈邦彦、张家玉合称"岭南三忠"，陈子壮又与袁崇焕是同榜进士。《明史·陈子壮传》记载陈子壮的事项有三项：一是反对魏忠贤专权；二是辅助崇祯帝；三是起兵抗清，战败而死。

第三类人有黎密、欧必元、韩暖、区怀年、邝露等。这几个人均出身广东的名门望族，以名流自居，以诗社为聚，或议论朝政，或游历山水，希冀为朝廷看重，一展宏愿。

第四类是邓桢、梁稷、傅于亮、吴邦佐、戴柱、梁国栋等，这批人出身平民，熟悉经史，粗通武略，投身袁崇焕麾下为幕客。

第五类人有释能炯、释通岸、释超逸，从他们的名字上就可以知道他们佛门子弟的身份。释通炯是光孝寺住持，三人均为高僧。除了念佛诵经之外，他们还积极参加世俗事务，主动结交广州宦绅，使光孝寺成为了晚明广东士子名流吟唱和议论国事的重要场所，也成为了广东士人抗清失败之后避世入禅的重要寺庙。

自始至终，袁崇焕都是这场饯别宴会的主角。袁崇焕的出场，在19首题诗之后，他没有丝毫的沉吟，挥毫写下了《遇诃林寺口占》：

四十年来过半身，望中祇树隔红尘。
如今着足空王地，多了从前学杀人。

袁崇焕放下笔墨的时候，一场别具一格的盛宴已经接近了尾声。在所有人饮尽了杯中的最后一滴酒之后，袁崇焕郑重地收下了这份珍贵的礼物。此后，珍藏两个字，就成了袁崇焕与这件礼物的生死相依。如果没有意外，纸上的山水和文字，应该比人的寿命更长，但是意外，却用蒙难的方式，让《肤公雅奏图》离开了主人。袁崇焕死后，《肤公雅奏图》流落到了民间。清朝光绪四年（1878年），这幅图辗转到了清末词人王鹏运手中。1921年，这幅留下了王鹏运题跋之图易主之后被诗人江翰带到了天津，甲骨收藏大家罗振玉为之作跋。《肤公雅奏图》再一次现身大众眼中，是在1958年香港举行的广东历代名家书画展览会上。港澳民间，最后成了它流浪的江湖。

没有人知道，这幅从岭南名士们眼里消失了的《肤公雅奏图》，在静静地等待三个东莞人的出现。三百年之后，当人们在北京广东会馆和各大图书馆里，看到《东莞袁崇焕督辽饯别图诗》时，才蓦然发现，容庚、伦明和张仲锐三个东莞学人，以一己之力影印的50册《肤公雅奏图》，为袁崇焕和崇祯元年（1628年）续上了精神的香火。

《肤公雅奏图》从纸上来到人间的时候，也是以袁崇焕名字命名的纪念园最幸运的时刻。2022年五一长假期间，我专程来到袁崇焕的故乡石碣，看到了明朝崇祯元年（1628年）四月初三广州光孝寺的现场，看到了《肤公雅奏图》诞生的过程。

《肤公雅奏图》从书本上走下来，恢复了它的本来面目。山水、字画和诗词，一旦从微缩中脱身，它就恢复了金箍棒定海神针的风度。画心、题诗和题跋组成的长卷，以六米多的巨幅，展示了袁崇焕在广州光孝寺与岭南好友分别，在岸边家人的注视之下，乘舟离开珠江边的码头，在迷茫的烟波里赴京就任的离愁别绪。

我不知道这幅深藏于广东省博物馆的珍贵文物，是如何跨越关山来到袁崇焕故里的。虽然不是落户，但是，作为一次短暂的到访和探亲，《肤公雅奏图》也将它的历史价值和现实意义，放大到了士人精神与爱国情怀的高度。

袁崇焕遇难之后，《肤公雅奏图》转辗流离，幸好，收留它的那些主人，都是慈悲之人，王鹏运、江瀚、伦明、马氏媚秋堂和澳门何贤，以收藏家的姿态，表演了一场文物接力的马拉松，罗孚，则是马拉松的终结者，他以捐赠的方式，将这幅图画永久定居在广东省博物馆。

18　督师磔死

袁崇焕以蓟辽督师的身份回到京城的时候，时间已经到了崇祯元年（1628年）七月。

梁启超在《袁崇焕传》中，为后人描述了袁崇焕面见天子的情景，君臣对话，袁崇焕的信心和隐忧同在。

七月，崇焕入都，先奏陈兵事，帝召见平台，慰劳甚至，咨以方略。对曰：方略已具疏中，臣受陛下特眷，愿假以便宜，计五年，全辽可复。帝曰：复辽，朕不吝封侯赏。卿努力解天下倒悬，卿子孙亦受其福。崇焕顿首谢……陛下既委臣，臣安敢辞难。但五年内，户部转军饷，工部给器械，吏部用人，兵部调兵选将，须中外事事相应，方克有济。帝为饬四部臣，如其言。崇焕又言，以臣之力，制全辽有余，调众口不足。一出国门，便成万里，忌能妒功，夫岂无人。即不以权力掣臣时，亦能以意见乱臣谋。帝起立倾听，谕之曰：卿无疑虑，朕自有主持。大学士刘鸿训等请收还之臣、桂尚方剑，以赐崇焕，假之便宜。帝悉从之，赐崇焕酒馔而出。

崇祯皇帝那些没有记录的允诺，虽然有尚方宝剑和酒馔作为见证，但依然不能让袁崇焕踏实。在他不远的前方，就有熊廷弼、孙承宗被人构陷的例子。

写到此处，我无意中看到了甘肃作家马步升在朋友圈有感而发的一段话："自古以来，在前方流血拼命的人，几乎都有人在后方捅刀子。记得哪个朝代的哪个将军得胜归来时，免不了有些得瑟，皇帝拿出他出征期间别人举报中伤他的奏章，装满了一柜子。要是遇上昏君，每一条都足以灭他三族，至少也得收回兵权。"

袁崇焕是一个智勇双全的人，他一生中，从来没有过莽夫勇汉的失误，以他的高瞻远瞩，当深明人性中妒贤忌能的阴暗，出征之前，他必须解除一切掣肘的后顾之忧。袁崇焕对皇帝的要求，并不是讲价还价的条件，而是他五年平辽定胜的保障。所以，以又一次上疏，透露了他的担忧：

恢复之计，不外臣昔年以辽人守辽土，以辽土养辽人，守为正著，战为奇著，和为旁者之说。法在渐不在骤，在实不在虚，此臣与诸边臣所能为。至用人之人，与为人用之人，皆至尊司其钥。何以任而勿贰，信而勿疑？盖驭边臣与廷臣异。军中可惊可疑者殊多，但当论成败之大局，不必摘一言一行之微瑕。事任既重，为怨实多，诸有利于封疆者，皆不利于此身者也。况图敌之急，敌亦从而间之，是以为边臣甚难。陛下爱臣知臣，臣何必过疑惧，但中有所危，不敢不告。

上疏之时的袁崇焕，目光炯炯，无异于一个伟大的先知。疏中"任而勿贰，信而勿疑""事任既重，为怨实多""敌亦从而间之，是以为边臣甚难"等分析，先知先觉，后来的事态和发展乃至结局，都完全在他的预料之中。所以，梁启超用了"呜呼！督师此言，字字血、语语泪矣。明所以亡者不一端，而朝廷不能见信于其臣，则亡征之尤剧而不可药者也。不然，以磊落飒爽之袁督师，而何以自危至是？而明之所以侍督师者，后此乃皆不幸而言中焉。呜呼！虽曰天命，岂非人事哉"这段文字大发感慨。

蓟辽督师第二次来到前线的时候，并不是故地重游，一个重任在肩的人，用他的经验看到了防线的漏洞。"蓟门单弱，敌所窥窃，臣身在辽，辽定无虑。严饬蓟督，峻防固御，为今日急着。""臣在宁远，敌必不得越关而西。蓟门单弱，宜宿重兵。"

历史上的悲剧，往往从不经意不起眼的细节开始。大明王朝的溃败，不能回避朝廷对袁崇焕建议忽视的起因，守方的无动于衷，正是进攻方不能放过的大好时机。两个月之后，清兵大举进攻，果然避开了宁锦防线，而从防守薄弱的地方开始。三路大军，一天之内，突破了长城大安口、龙井关、洪山口，直指遵化。袁崇焕下令紧急驰援，赵率教战死遵化，巡抚王元雅自杀。为了补救被朝廷忽视的防守漏洞，袁崇焕率部昼夜行军，马不卸甲，以最快的速度赶到蓟州，随即大败清兵于马伸桥。溃败中的清兵听到了督师的名字，以为神兵天降，惊恐万状，不敢继续交战，连夜往西撤退，攻陷了三河、香河、顺义等地，越过通州，向北京逼近。

北京危在旦夕，留给袁崇焕的唯一选择，就是超越时间，抢在清兵之前，到达北京。用短跑的速度，跑马拉松的距离，这是战争史上和兵书上从无记载的奇迹，袁崇焕亲自率领九千骑兵，马不停蹄，昼夜兼程，忍饥挨饿，用两个昼夜的时间，抢先于清兵到达了北京左安门。接下来的殊死激战，发生在广渠门外。副总兵周文郁，用文字记下了这场残酷的生死之战：

二十日早，报奴大队分六股西来，公令开营迎敌。先遣都司戴承恩择战地于广渠门……而公正在布阵、其祖帅正兵阵南面，副将王承列西北，公与余扎正西，阙东面以待敌。拥众直突东南角，我兵奋力殊死战，奴奴奔北，见前处有承等兵，方立马无措，若承等合力向前，则奴已大创，不意承等徙阵南避，翻致奴众复回，径闯西面。一贼抢刀砍值公，适傍有材官袁升高以刀架隔，刃相对而折，公获免。复一巨酋背黄旗者，扑向余，亦以夜役高得富射贼落马。时贼矢雨骤，公与余两胁如猬，赖有重甲不透。得南面大兵复合，贼始却。我兵亦倍奋砍杀，游击刘应国、罗景荣、千总窦浚等，直追贼至河边。贼忙迫拥渡，冰陷，淹没者无数。此一战也，自午至酉，鏖战三时，杀贼千计，内伤东奴伪六王子，及西虏名酋都令。我兵亦伤亡数百。是晚收兵，直至二鼓方毕。诣带伤诸将士所，一一抚慰，回时，东方已白矣。（周文郁《边事小纪》卷一《辽师入卫纪事》）

广渠门之战，以袁崇焕的胜利告终。然而，袁崇焕的担忧也露出了蛛丝马迹。广渠门大战的前七天，副总兵周文郁就提醒督师："我兵宜赴敌，不宜入都。"记载在《国榷》中的反应是："崇焕不从，越日即抵左安门"。袁崇焕的决绝，是面对勾敌谣言的毅然选择，是明白率兵入都后果的无所畏惧。广渠门大战之前袁崇焕的心态和不计个人得失的行动选择，被二百多年之后在东莞禁烟抗英的林则徐，用一首诗准确概括。在《赴戍登程口占示家人二首》诗中，林则徐留下了"苟利国家生死以，岂因祸福避趋之"的经典名句。

在国家的危难关头，在敌人兵临城下的紧急时刻，督师袁崇焕，已经没有时间，写下林则徐式的千古绝唱，他唯一想到的是，用自己的血肉，筑起守卫京师的长城。

周文郁"不宜入都"的忠告，表面上是轻描淡写的四个汉字，实质上却是死亡的谶语。只是，在为了朝廷而不顾生死的袁崇焕面前，任何后果，都失去了警醒的效应。袁崇焕预料到了后果，他仅用一句"君父有急，何遑他恤？苟得济事，虽死无憾"作了掷地有声的回答。

崇祯皇帝的疑心，像山里的毒草一样暗中生长。而宠臣首辅温体仁的一番谗言，直接让一个忠臣中毒。"体仁因是密疏劾崇焕，谓：'崇焕以五年平辽欺皇上，而阴与龙锡及洽谋款，遂引敌长驱，以胁城下之盟。今敌逼潞河，龙锡犹大言恃崇焕为长城，其党交口和之，臣是以不得不密纠以破群欺'。"都御史姚宗文和赀郎少卿原抱奇，也在温体仁的撺掇下，用"崇焕怀有异心，以忌功故杀文龙，而且减耗军粮，擅挞兵将，动造圣旨，白昼杀人"上疏皇帝。

在战场不利的形势下，有人向皇太极献计，对外放风，诈称皇太极与袁崇焕有密约。这条狠毒的反间计，成为压死袁崇焕的最后一根稻草。满人的反间计和奸臣的谗言，让袁崇焕走到了人生的绝处，他的死，已到了无法扭转的必然。所以，梁启超说："合此诸原因，故崇焕遂不得不死……。凡崇焕在狱中半年余，关外将吏士民日诣督辅孙承宗所号哭雪冤、愿以身代者未尝绝，承宗知内旨已定，不敢上闻。于是崇焕遂死。会审之日，风霾昼闭，白日无光。崇祯三年八月十六日，遂弃市；兄弟妻子流三千里。籍其家，崇焕无子，家亦无余赀，天下冤之。"

⑲　东莞的佛朗机

至此，一个王朝气数已尽，任何英雄都无法力挽狂澜。英雄的出现，只不过是为乱世注入悲情色彩，让后世的凡夫俗子，为那些冤死者，为那些抛头颅洒热血的壮士，掬一捧同情的热泪。

袁崇焕磔死之后的轨迹，成了大明王朝夕阳落山时的最后一缕余晖。崇祯在位十余年，形势如过山车一般，惊险万状，江河日下。梁启超在《袁崇焕传》中，以时间发展的顺序，为后人罗列了一张死亡的历程表：

崇祯七年，清兵四路来侵，一从尚方堡之宣府趋应州，至大同；一由龙门口入，会于宣府；一由独石口入，会于应州；一由得胜堡入，历大同，趋朔州。

八年，清多铎攻锦州。多尔衮由朔州毁武宁关入，略代、忻、应、悼，斩俘七万余。

九年，清阿济格等分路逾独石口，入居庸，克昌平，逼燕京，过保定，克十二城，五十六战皆捷，俘人畜十八万。督师张凤翼、宣大总督梁廷栋皆按兵不敢战。

十一年，清多尔衮、岳托两路来侵，一沿山，一沿运河，山河之间，六道并进，督师卢象昇拒战于庆都，死之。清兵遂蹂躏真定、广平、顺德、大名至山东临清州，渡运河，破济南，克城五十，俘人口四十六万有奇。

十二年春，清太宗亲攻锦州中后所，围杏山。九月，略锦州、宁远，扰其秋获。

十三年，遣兵屯义州城南，逼明关外诸城，扰其春耕，宁远总兵金凤战死。

十四年，清多尔衮、豪格攻锦州，围之经年，饷道断绝，祖大寿死守。

十五年二月，松山副将夏承德应敌，清军遂入城，蓟辽总督洪承畴生降，锦州亦陷。十月，清阿尔泰等复来侵，直抵山东兖州，克府三、州十八、县六十七，俘人民三十万。

十七年三月，以流寇内逼，尽弃关外四城，召宁远总兵吴三桂统兵入关卫京师，途中闻燕京陷，适清多尔衮率师将收关外地，并经略中原，三桂迎降，清兵遂长驱入，明亡。

  在所有写袁崇焕的传记中，都没有兵器出场的描述。火药的应用，可以追溯到遥远的宋元时代。由于缺乏投射手段，火药杀敌的威力受到了限制。在火药没有发明或者没有运用到战争之前，火是它唯一的前身。我在史书中看到火最大的威力，来自公元前田单的火牛阵。富于战争想象力的齐将田单，在千余头牛角上绑缚兵刃，又在牛尾上系一捆浸了油的苇束。一千多头尾巴着火的牛暴怒地冲向敌阵的壮观和威猛，犹如后来冲锋的坦克群，紧紧跟在火牛群后面的敢死队，用大刀长矛摧毁了燕国人的防线。田单的胜利，借助了牛的力量。当三国时代魏国守将郝昭用装上了火把的弓箭焚烧了蜀军攻城的云梯时，可以看成是火这种武器运用的进步。火药发明之后，弓箭，依然是它杀敌的翅膀。唐昭宗天佑元年（904年）郑璠用飞火进攻豫章，被史家认为是火药在战争中使用的最早记录。

  无人关注的火药家族武器，出现在袁崇焕大败努尔哈赤的战场。没有留下作者名字的网文中，虽然有"引13门佛朗机巨炮，击一代雄主努尔哈赤于马下，致其不久后因伤重不治而亡"的蛛丝马迹，仍然难以让后人粗疏的眼光，转移到武器本身。

  作为一种火炮的名称，"佛朗机"这个名词，只与战争有关，只与一个时代有关。我对这个名词的接触，源于我多次以一个游客的身份，参观虎门的沙角炮台。在鸦片战争失败、沙角炮台守将陈连升战死的海边，佛朗机沉默的身影，维持着陈连升、关天培等为国殉难者不屈的尊严。

  从火药到大炮的过程，漫长曲折。作为大炮的代名词，佛朗机是葡萄牙的产物，它是中国人的命名，是明朝正德十六年（1521年）至嘉靖元年（1522年）期间明军与葡萄牙人战于东莞屯门的战利品。

时任东莞白沙巡检的何儒，对这个来自异国威力巨大的杀人武器，进行了拆卸研究，并且成功地进行了仿制。最令人振奋的是，何儒仿制的佛朗机，应用于正德十六年（1521年）广东按察司副使汪鋐指挥的屯门之战，大获全胜。江西人何儒，以仿制铸造佛朗机之功，升任上元主簿，所以，《明实录·世宗实录》说："中国之有佛朗机诸火器，盖自儒始也。"

发生在家乡大地上这些被后人载入了史册的人和事，成了袁崇焕战场上的近水楼台。宁远大捷和宁锦大捷的背后，是细节的秘密，努尔哈赤"帝自二十五岁征伐以来，战无不胜，攻无不克，唯宁远一城不下，遂大怀忿恨而回"，"朕用兵以来，未有抗颜行者，袁崇焕何人万能尔耶？"的慨叹，隐藏了袁崇焕"凭坚城，用大炮"的战争策略。

袁崇焕在战场上用过的佛朗机，虽然已经失踪了五百多年，却在东莞学者杨宝霖先生的文章中出现。杨先生认为："白沙巡检何儒得其制，以铜为之，长五六尺，大者重千余斤，小者百五十斤，巨腹长颈，腹有修孔，以子铳五枚，贮药腹中，发乃百余丈，最利水战，驾以蜈蚣船，所击辄糜碎。"以后明廷仿制，戚继光部队中装备最多，种类最齐全。袁崇焕在辽西战场上所用的火器，不是上文所说的神机炮或佛朗机，而是比佛朗机威力超出数倍的"红夷大炮"，亦称"西洋大炮"。

在文献的记载中，朝廷手中的大炮，屈指可数。那些花巨资从海外购得的大型火器，十一门用于山海关和宁远防守，其余的十八门，留守京师。佛朗机的威力，建立在城墙坚固的基础之上。《明史·袁崇焕传》用具体的数字，为后人展示了城墙的雄姿："崇焕乃定规制，高三丈二尺，雉高六尺，址广三丈，上二丈四尺。"与传统方城不同的是，宁远城"垣墉峻整，四面建空心台，平放火炮"，由于视野开阔，四角台形式的防守，突出了"形如长爪，以自相救"的特点。在天启六年（1626年）正月十八日努尔哈赤率领十三万大军渡过辽河兵临宁远城下时，袁崇焕的火炮阵，得到了最有效的检验。坚壁清野之后，宁远守兵，不足两万，却创造了以少胜多的战争范例。《明熹宗实录》，为后人还原了大炮制胜的战场奇观：

二十三日，贼薄城矣。先下营西北，远可五里。大炮在城上，本道家人罗立，素习其法，先装放之，杀贼数十人。贼遂移营而西。二十四日，马步、车牌、勾梯、炮箭一拥而至，箭上城如雨，悬牌间如猬。城上铳炮迭发，每用西洋炮，则牌车如拉朽。当其至城，则门角两台攒对横击，然止小炮也，不能远及。故门角两台之间，贼遂凿城高二丈余者三四处。于是火球、火把争乱发下，更以铁索垂火烧之，牌始焚，穴城之人始毙，贼稍却。而金启倧手放大炮，城下贼尸堆积，次日又战如昨，攻打至未、申时，贼无一敢近城。

努尔哈赤见证了明军火炮的威力，用"魂飞魄散"这个成语形容努尔哈赤，符合金庸在《袁崇焕评传》中的描述，和《左传·昭公二十五年》"心之精爽，是谓魂魄，魂魄去之，何以能久"如出一辙。我在《袁崇焕评传》和许多后人的文章中，看到了异口同声的结论。在宁远的攻城战中，努尔哈赤被袁崇焕的炮火击中，带伤逃遁之后，在离沈阳四十里处的瑷鸡堡不治身亡。这个小说性的情节，为读者津津乐道，为历史的戏剧性和可读性增添了分量。

20 忠愍陈策

东莞五忠，以袁崇焕为首，但是，序齿排班，列在第一位的，当是陈策。

陈策出生在东莞莞城，它离袁崇焕的出生地石碣水南村，直线距离不到三十公里，然而两个人的年龄，却相隔了三十一年的遥远时光。如果忽视了生活逻辑，就会出现金庸先生在《袁崇焕评传》中的想当然："陈策不知怎样在辽西牺牲，相信他是袁崇焕从故乡带去的子弟兵之一。"

在文献的记载中，陈策和年轻的袁崇焕人生中的第一次相见，是万历四十七年（1619年），袁崇焕会试中进士之后回乡途中的主动拜见，六十七岁的遵义副总兵陈策，丝毫没有因为袁崇焕的年轻和身份低微而高人一等，两个东莞人的粤语交谈，是他们日后辽西战场抗金的前奏。

袁崇焕用一首诗，记录了这次相逢，对这位戎马功高的乡贤，表示了由衷地赞美。但是，诗歌的含蓄隐忍和惜字如金，没有留下陈策音容笑貌的只鳞片爪，在一个没有照相机的时代，只有文字，为后人留下了"幼英敏，貌魁伟"的堂堂相貌。

一个人的天赋，是与生俱来的异秉。记载在《明季东莞五忠传》中的描述是，陈策"尝从群儿戏，画地作阵，谈笑指挥，群儿拱伏听命。及长，攻春秋左氏学，以忠义自许"。一个从小具有领袖和指挥气质的人，成年之后两中武举，万历十四年（1586年）登进士，就成了顺理成章的事。之后陈策授广州左卫所镇抚，升任恩阳守备，又以剿灭珠池盗匪李茂之功，升为广海游击，辖区之内，盗贼肃清。

小试牛刀之后，陈策为总兵陈璘看重，随军援朝，抗击倭寇。这支只有五千人马的队伍，是朝廷应朝鲜要求派出的援军。陈策的任务是守露梁岛，当明军兵分三路，首先击败平清正的军队，而时居釜山的关白平秀吉二十万大军，为了救援，假意求和，暗中却派战船偷袭露梁岛。陈策捕捉了几个奸细，获得了情报，立即派出兵马，埋伏截击，用火攻策略，将敌人战船焚毁殆尽。《韶州府志》描述了这场恶战：

"倭列阵露梁，舳舻数十里，公令诸将卒五鼓衔枚以进，遇敌举灯为号，炮响则战。抵贼营，倭矢炮交集，副将邓子龙、朝鲜大将李舜臣皆死。公大发熕枪击之，贼舟退数舍。少顷，我舟四至，烟焰蔽空，沧波腾沸，酋大败，贼舟千艘俱为灰烬。戡科杨应文叙公功第一。谓璘血战无虑数十番，而露梁之役毁舟七八百，斩溺二万余，石曼函首，平正成等就俘，天日为昏，海波尽赤。"史册所载，未能或加。据此，则璘功第一实在露梁，而其时则策佐之以成功者也。

班师回朝之后，陈策又跟从陈璘，征讨杨应龙。

在万历皇帝的眼里，屡屡叛乱的播州都指挥使杨应龙，是朝廷的肉中刺，它的疼痛和化脓，让病体再也无法忍受。万历二十八年（1600年）初春，明军以八路兵马，进剿杨应龙，总兵陈璘率三万兵马，到达白泥。杨应龙之子杨朝栋，率两万兵马，渡江来迎，被陈策击败，逃往龙溪山。陈璘的明军，穷追不舍，陈策则用火器，将杨朝栋埋伏的兵马击溃。叛军一路溃逃，明军一路穷追。四牌、七牌等关隘，都未能阻挡陈策胜利的脚步。杨应龙的末路，是易守难攻的海龙囤。在《明季东莞五忠传》作者陈伯陶的描述中，海龙囤是"怪石嵯岈，绝顶拂汉，四壁若削，一道如线"的天险，明军采用了智取的策略，陈璘率兵正面呐喊，佯装攻势，陈策却率领士卒，于五鼓时分，攀后山险道偷袭。陈策身先士卒，奋勇先登，杀敌九百二十余人，生擒杨维栋，收服降军二千多人。《明史·陈璘传》没有忽略战场上的情节，为后世的战争，提供了一种可资借鉴的画面："璘夜四更衔枚上，贼酣睡，斩其守关者，树白帜，鸣炮。贼士惊溃散，应龙自焚。广军亦至，贼尽平。"

乱世，就是一个热血军人没有休止的杀伐。杨应龙叛乱平息之后，陈策的锋芒，立即指向了皮林。陈策发兵之前，皮林苗人已经焚毁了五开城，攻占了永从，又包围了中潮所，气势之盛，不可抵挡。文献用轻而易举的两句话，一举扭转了局势："策奉剿五开、皮林诸酋，复永从县，改四川叠茂游击，擢威茂参将。旋奉剿镇雄等番有功，擢遵义副总兵，镇抚建南。出任十六年，威信大著。带署知州事，民夷怀之。"（作者《广州乡贤传》）

袁崇焕于万历四十七年（1619年）绕道拜见陈策的时候，崛起的后金，已经成为了明朝的最大威胁。两个东莞人，用粤语方言交谈，此时的陈策，已经加封为援辽总兵官，即将统领各路兵马，千里驰援。而三十六岁的袁崇焕，虽已考中进士，然未有官缺，只能回归故里候任。两个人都未能料到，三年之后，袁崇焕因缘际会，以监军道兵备副使的身份，来到抗金前线。而在他心中，山一般巍峨的陈策，已经在他站立在土地上战死。

陈策的血战而死，在于孤立无援。文献中"陈策加封为援辽总兵官，统领各路援辽兵马"的记载，其实只是徒有空名。各路兵马，自行其事，如同一盘散沙。都指挥使彭元锦只拨三千士兵，归陈策统辖。不料第二年春天，三千士兵，在通州逃散，与此同时，宣慰彭象乾在涿州病倒，麾下三千兵马，如鸟兽散，直到第二年，彭象乾派其子侄率亲兵出关，才补上兵缺。经略熊廷弼认为，散逃士兵惧战，皆因不服汉人将领统辖之故，于是派出数千四川士兵，驻防于虎皮驿。无兵之将，让陈策空有杀敌抱负，当泰昌元年（1620年）经略熊应泰提议分路出兵的时候，陈策请求巡按张铨，增调五万川兵，他愿单独以步兵灭敌，但遭到了上司的无视。

天启元年（1621年）二月，陈策率兵击退了进犯奉集的努尔哈赤军队，之后陈策驻兵黄山，又分兵驻守浑河南岸，控制战略要冲。不料随后辽阳失守，总兵贺世贤、尤世功战死，陈策率领川兵，从黄山前往救援，渡过浑河之后，在城外七里处分扎两营。

两军交锋之时，陈策所率川兵，皆手执丈五长竹柄长枪和大刀，盔甲之外，包裹棉帽和棉被，而努尔哈赤的士兵，则用棉甲战车攻击。短兵相接，明军"以万余当敌数万"，"敌以铁骑五万四面蹙攻之"，敌众我寡的战场血腥，尤其是参将布哈和游击朗格锡尔泰血染沙场之后，作为后援驻守于虎皮驿的副总兵朱万良、姜弼恐惧，观望而不敢出。

敌众我寡之下的血战，我读出了绝望。但孤立无援的明军，依然没有退缩。《明季东莞五忠传》用金属一般的文字，记录了陈策的决绝："策知绝援，激励士卒，奋力死战，自辰至酉杀敌千人。"在明知断绝了援兵的情况下，陈策一马当先，奋勇杀敌，以自己的行为感染激励士兵，在六个时辰的血战中，杀敌数千。

身先士卒，是战场上最好的激励方式。在生与死的关头，众将领用一句"我辈不能杀贼救沈，在此三年何为"的激愤，

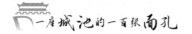

为后人展示了一幅悲壮的死亡图景：

及身陷重围，被十余创，犹格杀数十人，乃遇害。

时年六十九。

参将吴文杰、游击周毅吉、守备雷安民及石砫都司秦邦屏、酉阳冉见龙等，俱战死。所部死伤略尽，无一人弃戈北走者。①

袁崇焕不在陈策壮烈战死的现场，但是，作为辽东战场的后继者，他从朝廷的封赠中，看到了一个先贤的悲壮，尤其是在东莞兴建忠愍祠纪念陈策的时候，袁崇焕内心的情感，翻江倒海，浮想联翩，英雄之间精神的影响与赓续，任何时候，都一脉相承。只是，袁崇焕从战场的鲜血中，是否眺望到了自己的未来。"自辽事以来，败衄接踵，从未闻血战一场。今诸将以万余当敌数万，杀数千人，虽寡不敌众，力屈而死，其烈烈英气，应多为厉鬼以杀贼，足愧偷生巾帼之辈，此不待复勘，亟宜从优褒录，以鼓士气者也。"这段写于《两朝从信录》中的文字，我将它当成是后人对陈策的盖棺定论。从牺牲者的意义来说，这段话也是一种隐约的谶语，是袁崇焕和陈策两个东莞人的命运结局。

三百多年过去，人和物都成为了历史，陈策和袁崇焕，都成了故纸中的人物，袁崇焕回乡省亲时看到的忠愍祠，也早已灰飞烟灭。我顺着历史的指引，多次来到东莞古城外的教场

---

① 九龙真逸（陈伯陶）著：《明季东莞五忠传》，广东人民出版社 2013 年版。

尾，寻找建筑的蛛丝马迹，一次次无功而返。我知道，英雄的事迹，只有雕刻在人的心中，才能永垂不朽。

21 留发拒降

陈象明，是陈伯陶《明季东莞五忠传》中最后一个出场的人物，但是，在序齿排班的顺序册上，他仅仅比陈策和袁崇焕晚到一步。

科举，是陈象明那个年代最重要的人生出路。自幼家贫得益于县津贴苦读的陈象明，崇祯元年（1628年）成进士，授户部主事。陈象明青史留名的第一件事，是崇祯三年（1630年）的榷税淮安。文献中"免廛市渔湖诸例税数万两，商贾例税又数万两"，看似轻而易举的两句话，倒退回去三百多年，不知包含了多少故事情节和人物内心想象。在后人看来，这些杂税，都是那个时代的成例，更是官员中饱私囊大发横财的官场规矩。这些百年不变的积习，是对于人性有巨大诱惑力的饵食，却在一个到任新官的命令下，成为了过去。同僚的劝说，没能让陈象明回心转意。记载在古代文献中的原文掷地有声，它通过一个廉官的口，流传至今："吾下取于商是蠹商也，上取于国是蠹国也，吾宁淡泊，不可以为二蠹！"

用"蠹"这个汉字组成的词语，我首先想到的是"蠹虫"。数十年前，我在中学语文课堂上看到的这个陌生汉字，却没有想到被一个古人发挥到了极致。

有一年洪水泛滥，地势低洼的淮安，许多人被突如其来的水患困住，溺水者，随波逐流。陈象明下令悬赏，救一人，赏银三十两，一时间，危在旦夕的溺水者，纷纷得救。面对官场规则，陈象明成了一个不按游戏规则出牌的官员。所以，陈象明的口碑，逐渐溢出了官场的边界，在民间不胫而走。

任职期满，陈象明南返。船至江西，来到了一个名为十八滩的偏僻水段，突然有几艘船围拢，陈象明知道遇上了盗贼，却不惊慌。船夫向盗贼喊话："若不闻广州陈主事廉吏乎？"盗曰："榷淮关陈主事乎？吾固知其廉也。"谢罪去。这个精彩的情节，用冒号和引用，记录在《明季节义录》中。而《阮通志》则用简省的笔墨，作了相同的记载："尝遣家人返里，过十八滩，遇盗。盗曰：'非廉吏物耶？闻居官积劳，药饵且缺，何忍动之。'相戒遁。"

土匪和强盗，在任何一本书上，都是贬义词，都是人人避之不及的危险人物。行文至此，我突然在"杀人越货"和"湖匪"两个词中看到了差异。陈象明在江西十八滩遇上的湖匪，却是一群有底线的盗，盗亦有道。

让一群湖匪强盗秋毫无犯，空手而归，当然是陈象明廉官能吏的声名，但更重要的原因是，土匪内部的规矩约束。

八不抢的规矩，许多文献均有相同的记载：

瞎子聋哑残疾不抢；

节妇孝子不抢；

寡妇独子不抢；

婚丧嫁娶非仇不抢；

娘子老鸨不抢；

学生苦力不抢；

先生郎中不抢；

清官还乡不抢。

陈象明也许不知道匪盗的江湖规矩，他之所以无所畏惧，是因为他是一个清官，身无长物，一般的湖匪，只为谋财，不会害命。三百多年之后，我在书桌前想象，科举出身的陈象明，一定知道唐诗曾经的繁荣，也会知道诗人李涉用诗歌化险为夷的故事。

李涉面对明火执仗的土匪，在装了钱物的包袱被强行抢走的时候，无意中暴露了自己的诗人身份。在土匪们的疑虑面前，李涉铺纸挥毫，信手写下了一首绝句："暮雨萧萧江上村，绿林豪客夜知闻；他时不用逃名姓，世上如今半是君。"在诗歌和诗人面前，杀人越货的土匪突然斯文起来，一边说着久仰大名的客气话，一边欣欣然护送他平安离去。诗歌面对土匪的结果是，李涉不仅没有遭劫，而且还得到了土匪赠送的财物。

在江西十八滩抢劫陈象明的湖匪，懂江湖规矩，他们为陈象明的清誉名声感召，谢罪而退。记载在文献中的另一则盗贼重视名声的故事，则更有情节。清朝的时候，苏州胥门外有位姓姚的老寡妇，含辛茹苦，将独生儿子抚养到了二十岁，准备为他娶妻。她取出省吃俭用多年积攒下来的四十块银元，装入一个小匣子，准备第二天去买一些银首饰和婚礼用品。不幸的是，当天晚上小匣子被盗，老寡妇呼天喊地，悲愤欲绝，几乎断了活着的希望。不料两天之后，那个小匣子重新出现在家里，匣子银元一块未少，只是多了一张纸条，上面写有四句短语："盗亦有道，劫富惩恶；小徒有错，特令改过。"

廉官至此，必然身无长物，所以，在接下来升任湖广司员外郎，转陕西郎中，复出为南昌知府的关键时候，陈象明因没有送礼给朝中用事之人，而不许赴任的原因，就不难理解了。俸禄有限的陈象明，当无余钱送礼，或者，忠正耿直的性格，让其不屑于讨好上司，亦有可能。直到崇祯六年（1633年），改任长沙知府，才接续上仕途。"冤狱多得平反"，是陈象明长沙知府任上显著的政绩。有不了解陈象明为人性格的权贵，求他徇私，陈象明将求情信收下，纳入府库中，将送信之人，严厉责打。生日那天，有下属为了讨好，送缣一匹，作为祝贺，陈象明不仅严词拒绝，而且将愤怒化作了皮鞭，从此属下再无向他送礼之人。"佛祖太爷"成了长沙百姓对陈象明的评价和称呼。

陈象明从长沙知府贬任浙江盐运副使，源于御史心胸狭窄和威势炽盛。御史巡视之时，陈象明未及郊迎，致使怀恨。长沙百姓，无法改变陈象明谪迁的命运，但是送行的一幕，却让天地动容。离任之日，百姓罢市，十里相送，哭送不舍。然后立生祠纪念，这个罕见的情景，被陈伯陶描述为"去之日，百姓罢市聚哭，走送数百里，立祠肖像以祀"，而《明季节义录》则说："象明廉洁爱民，民怀之，去时，罢市三日。"

陈象明回到故乡东莞，是因为母亲的去世。熬过了丁忧的漫长时光之后，陈象明补任浙江盐运同知，之后又升任江西饶州知府。"清洁自守"，是陈象明人生始终未变的信条，他足迹所到之处，这个评价如影随形。即使是在饶州这样"地瘠讼繁，窑磁之贾辐辏，缘引生奸"的"难治"之地，陈象明也留下了"随俗施制，出以宽简，终日治事如未尝事，数月不轻挟一人"的口碑。李自成、张献忠的农民起义军进入湖南，威势炽盛，饶州虽不是前线，陈象明亦日日忧心。一百三十余卷的《兵略》，就是陈象明忧虑国是，平息兵祸的思考和策略。当

《兵略》到达皇帝手中的时候，一个精忠报国者的忠心，都交与了宣纸上的汉字。

陈象明在大明王朝气数已尽的时候，被朝廷赋予了力挽狂澜的重任。崇祯十六年（1643年），张献忠的大军攻陷长沙，击破衡阳，追杀吉王、惠王、桂王等明朝宗室至永州，巡按刘熙祚命令中军，护送三王进入广西，自己死守永州。在张献忠的大军面前，永州城池难已抵挡，城破之后，刘熙祚被杀。危急时刻，陈象明挺身而出，他以湖广按察司副使的身份，备兵上湖南，辖衡州、永州二府，郴州、桂阳二州，兼制南雄、韶州、大庾、上犹等处，驻扎永州。尚未成行，陈象明就得到了李自成攻破北京的消息，最让他绝望的是，崇祯皇帝自缢身亡。

对于一个忠臣来说，这是一个用晴天霹雳和天地崩塌都无法形容的噩耗，所有的文献，都用了"象明闻讯，北望恸哭曰：天下岂有无君之臣哉？"描述了陈象明的悲痛和绝望。

陈象明的忠君，是一种超越后人理解和想象的行动。恸哭之后，他穿戴好朝服，西朝北方，下跪叩拜，然后跳鄱阳湖，以死殉君。陈象明的决绝，被在场的下属拦住。一般的劝解，都是无用的说辞，彻底让陈象明回心转意的，是来自饶州百姓一句极有分量的话。说这句话的百姓，没有被历史记住，但是那句让湖广按察司副使从浩渺的湖边传回来的话，却记录在所有的文献中："公一人死，吾辈数百万不能独生。"

为了千万百姓而活下来的陈象明，就此踏上了抗清的不归之路。赴永州任所途中，他抄小路回家，与父亲陈葆一诀别。儿子与父亲，不仅仅是血缘的传承，在保家卫国的抉择中，陈葆一亦与众不同，他没有儿女情长的谆谆教诲和恋恋不舍，他用"行矣，毋以老人为念"寥寥数字，完成了父与子两代人的生离死别。

陈象明到达永州的时间，是崇祯十七年（1644年）的秋天。到任之时，陈象明便"招流散，恤死伤，修城池，增堡垒，日与总督何腾蛟及参议诸官分头守卫，以为进取之计"。但是，一个王朝到了末日，在回光返照的表象里，所有忠臣的鲜血和生命，虽为悲壮，却无济于事。陈象明的结局是这样，袁崇焕、陈策、张家玉和苏观生的命运，无不如此。陈象明升任太仆寺正卿的1646年11月，桂王朱由榔与即位广州的朱聿鐭手足相残，清将佟养甲、李成栋乘虚而入，攻陷广州，广东之地尽失。陈象明奉何腾蛟之命征粮于广西，被桂王任命为兵部右侍郎兼都察院左都御史，总督两粤军务，同思恩侯陈邦傅连营抗敌，可惜陈邦傅骄兵轻敌，在进攻肇庆时兵败，陈象明救援中战败被俘。

南明时期，降清官员比比皆是，那些审时度势者，保全自己，在新朝中继续飞黄腾达，只有那些头颅坚硬的旧臣，坚守信念，宁折不弯。陈象明被缚之后，已经投降了清朝的平乐知府陈子达，极力劝他剃发归降。陈象明用一句"吾留此发下见先帝"，堵死了最后的生路。十二月初一，清将继续逼降，五十五岁的陈象明怒骂不止，投榕树潭而死。

一人而死，全家悲壮。时在南宁的两个女儿，听闻父亲投水，亦毫不犹豫地自尽，追随父亲而去。陈象明之妻游氏，葬夫之后，剃发为尼，而陈象明唯一的儿子应光，忧愤成狂。最让人间悲愤的，则是陈象明的父亲陈葆一，七十七岁的老人，听闻儿子的死讯，一反人间常态，不哭，只用一句话，送给了九泉之下的儿子："真吾子也！"

知子者，莫过其父。我在《明季东莞五忠传》中，看到了七十七岁的古稀老人陈葆一，为五十五岁的儿子陈象明写的祭文。白发人送黑发人,是人世间违逆天伦的极痛,是一个人苦命的象征。

维永历元年,岁次于亥十二月癸丑朔,越十三日已卯,反服生葆一,薄具庶馐香帛,致祭于故男丽南之灵而告之曰:呜呼!天下岂有不死之人哉。忆吾儿始孩,以嬉笑怡我,逮长以力学怡我,其居官也勇、智、廉、能,使部民思吾儿之德,更思吾儿之所生,若孝经所谓立身、行道、扬名后世者,其怡我不更大乎?尔母彭夫人之逝世,吾儿丧葬不违于礼。而又三年泣血,不出灵帏,其所以孝亡母者,即所以怡生父也。而朝夕视余膳,无异平时。余有疾病,药必尝而后进,有不合者,下气愉色,柔声而婉导之,其精诚恳切,沁余肺腑中。余顾之,又未尝不怡然也。吾儿之擢楚宪也,闻思宗殉社稷,即欲一死以报国。以绅民劝之而止。既而与思恩侯陈公同谋协力,率师血战,被执不降,投水而死,吾儿亦可无愧于一生矣。夫临难苟免,而以归养为辞,为父母者或悦其能孝,然食人之禄,不死人之事,吾儿之烈必不肯为,乃死于榕树潭。七日而尸抵河干,面目不变,是吾儿欲见余以面目之孝恩也。吾儿以身死难,可谓之忠,以面目见余,可谓之孝,能忠能孝,吾儿虽死犹生。余虽不获生之膝下,亦未尝不怡然矣。二七届期,薄陈肴醑。呜呼!天下岂有不死之人哉?然死有重于泰山,有轻于鸿毛,余于吾儿之忠且孝既怡然矣。魂兮归来,慎母欷歔呜咽而不能食也。尚飨。

这些痛彻肺腑的文字,让我的眼泪迟到了三百多年。

22 三不要老爷

明季东莞五忠中，苏观生和陈象明生卒年最为接近。陈象明出生四年之后，苏观生也来到了明朝的乱世，但是，苏观生就义的时间，却比陈象明早了一年。篁村和厚街石厦，是苏观生和陈象明文献中的乡土，然而，两个人都居于东莞城内，苏观生居住的兴贤里，离我当年上班的地方近在咫尺，小巷门楣上的名字，足可以让一个不了解东莞历史的新莞人浮想联翩。

在《明史》的记载中，苏观生年三十始为诸生，崇祯六年（1633年）拔贡。在时为工部郎中的业师张一凤的举荐下，苏观生被授为直隶无极知县。

"上任"，是历朝历代官场最简单、最常见的入门词汇，这是一个轻而易举的动词，也是一个让人心怀喜悦的好词。可是，到了苏观生这里，"上任"，却成了一个困难和忧虑的难题。因为家贫，苏观生筹措不到上京赴任的盘缠。这个消息，传到了时已迁任广西左江参议的张一凤耳里，这个慧眼识珠的伯乐，当即赠送苏观生银五百两，而另一个名叫李梦日的莞绅，也慷慨解囊，赠银三百两，助苏观生赴任。

在当代人的想象和理解中，一个因为家贫而差点无法赴任的官员，当他的生存环境和地位改变之后，一定会加倍地爱惜和珍视金钱财物，就像一个即将饿死的乞丐，在饱食之后，一定会竭尽所能，储存粮食。这种积谷防饥的原始朴素的生存理念，在苏观生那里，遭到了反拨。

崇祯年间的无极，县小民稀，且无城池。苏观生到任之后，立即发动筑城，半年竣工，百姓安居。无极经济落后，即使贵为知县，苏观生的年俸，也仅有银百两。上任之后的另年，无极遭遇灾荒，苏观生即用师友所赠之银，赈济百姓，度过艰难。然而，在灾荒和百姓的苦难面前，仍有贪污枉法的官吏，一个没有在文献中留下名姓的无极推官，此时成了苏观生查处的对象。虽然证据确凿，推官却仍然不肯认罪。有人告诉苏观生，推官颇有后台，如不通融，恐有不利。苏观生不为所动，依然依律定罪，并告示无极百姓："吾不要官，不要钱，不要命，奈我何？"

"三不要老爷"的称呼，就此而来，而得罪权贵，被罢官的结果，也源于此。三百多年之后，我在陈腐的故纸中遥想，苏观生面对罢官，一定没有后悔。无极县的百姓，在知县的去官之日，为苏观生立遗爱碑以为纪念。

苏观生来到宁锦前线的时间，是崇祯十五年（1642年）。苏观生在宁远的土地上，找到了袁崇焕的脚印，只不过，时光远去，袁督师已经在大明的冤屈中，死去了十二年。苏观生在宁锦前线和袁崇焕精神相交的机缘，源于辽东总督范志完的推举。那个时候，明军与清兵激战于松山、锦州，战败之时，范志完认为应该将袁崇焕十七年前修筑的宁远等五城恢复和巩固，以保护粮草的转运，苏观生以监纪赞官的身份，来到了前线。筑城成功之后，范志完又再次举荐，然而，推荐书在吏部遇到了意外，有吏部官员，向苏观生索要金银。拒绝的结果，苏观生心知肚明，他用一贫书生，两年知县，俸金不满二百，实无余财的表态，断绝了晋升的路子。

中共东莞市委宣传部，东莞市文学艺术界联合会：《东莞历史人物》^①一书，为苏观生的拒绝索贿，提供了充分的理由："苏观生为官清廉，出仕八载，囊无余金，老母仍不能奉养，靠张一凤之子张倓资助鱼蔬。"不知张倓何人，幸好文献用了"张一凤之子"释疑。张一凤和张倓，父子两代人，都不遗余力地帮助苏观生，在一个没有"助人为乐"这个成语的明末，银五百两和鱼蔬，都是让一个风骨之士一步一步走向血洒大地精忠报国的精神动力和生活支撑。

张一凤在《广东历史人物辞典》的出场，非常简洁：

张一凤（1579—1672）字圣瑞，号五若，明东莞人。万历三十四年（1606年）举人。授四川夔州府推官，清理屯田，增收数万金。擢工部郎中，两次修庆陵，省钱四万余缗。迁湖广督粮副使，省漕运银七千余两。善识贤能，苏观生、张家玉等皆为其门生。

张一凤的儿子张倓，亦非庸人，他在《广东历史人物辞典》中，同样占有一席之地：

张倓（1600—1667）字孟器，号介若，明东莞人。张一凤子。唐王时，星夜督兵救援虔州。任户部主事，设法点阅军队，以免冒领粮饷。累官右佥都御史。兵败回乡，替张家玉做内应，破东莞城。为降清士绅告发，倾家荡产，终于免祸。隐居田界涌，易名恬介。

---

① 中共东莞市委宣传部、东莞市文学艺术界联合会编：《东莞历史人物》，广东教育出版 2008 年版。

崇祯皇帝朱由检的自缢身亡，是大明王朝的落幕，苏观生的人生命运，在南明的夕阳中，奔波沉浮。一个明王朝的悲剧，同时也是反清复明者的悲歌。崇祯十七年（1644年）三月，在吴三桂的引导下，清兵攻入北京，苏观生出走南京，在福王朱由崧的南明朝廷中出任南直隶督粮道。这是一个闪电一般转瞬即逝的官职。次年五月，清兵的铁蹄，踏破了南京。败逃途中，苏观生在杭州遇到了唐王朱聿键，立即与郑鸿逵、黄道周、张家玉一起，拥唐王进入福建。在有文字记载的南明抗清史上，这是苏观生和张家玉两个东莞人在国破家亡时的异乡相会，也是东莞五忠反清复明的一次偶然交遇。改元隆武之后，苏观生出任吏部右侍郎，身兼东阁大学士和预参军政机要。

"间之者"的出现，让苏观生措手不及。在人生的关键节点，文献常常以一种简陋、粗疏的面目出现，我查阅了多种文献，均无"间之者"的姓名和状诉的内容，幸好，历史留下了张家玉的仗义执言。张家玉以兵科给事中的身份，上疏皇帝：

为力保清忠辅臣，乞眷顾终始事。臣与同乡辅臣苏观生同出臣兄宪副一凤之门，辅臣之起家残破县令，边地同知，海外督饷，历官将有十年。家世空存四壁，即八旬之母，菽水难支，俱系臣兄一凤之子俯月赒鱼蔬，为其母寿，则其清也千古。圣安蒙尘，金瓯陨坠，辅臣懋勉微臣，同陈万几、郑元鼎等，出没于干戈之际，不肯逃归为岩穴老。一见龙文五采，即为推戴输诚，则其忠也千古。夫以其清若此，其忠若彼，固天之所遗以资陛下也。今以人言微中，遂致辅臣跐蹼不安。臣主之间，岂独辅臣过乎？二十四日，有宦游者密告臣曰："苏相国被论，上疏乞归。"其意将以诶臣，妄揣臣与辅臣有隙也。

夫臣初至天兴，实以抱病旬余，朝见未逮，而好事者挑衅，遂至煮豆燃萁，微闻朝野。七月十九日，皇上召对，勉臣等曰："尔两人内外要互相熵管，毋致不同，负朕切爱。"嗟乎！臣等结发弟兄，以古人相期许。而式好无尤之念，不能尽谅圣明，则臣罪也。万乞皇上念辅臣之清忠，鉴微臣之敦好，眷顾而始终之。隆武元年十月初九日具奏。

隆武二年（1646年）正月，苏观生以吏、兵两部尚书和英武殿大学士的身份，奉命到赣州招兵买马，以万人声势，让隆武决定进入江西，并下令苏观生分兵，驻顺昌、归化、清流和汀州等处。然而，隆武皇帝的计划，被掌握了兵权的郑芝龙打破。隆武启程之时，被郑芝龙组织的数万军民，以挽留的名义，阻塞道路，致使车驾不能前进，只能留在福建延平。此后清兵破吉安，苏观生援兵败还，清兵围攻赣州，苏观生退守南康，云南、广东、广西各路援军到后的不战自溃，乃至最后的赣州城对决战失败，都在此时埋下了种子。

赣州战败之前，苏观生和广东顺德人陈邦彦有过国家和个人前途命运的长谈。这个率领粤地狼兵增援赣州的广东同乡，推心置腹地劝说苏观生率兵回广州，以图恢复。苏观生仰天长叹："吾年五十未有子，老母七十有八，今岭头几日地，岂不怀归，然身受君命，事苟不免，有死而已。"促使苏观生回到广州的重要原因，是隆武帝的失踪。在史书的记载中，清兵骤至，隆武以替身代死，而本人则不知所终。这个意外的情节，记录在《明史》中："时观生移驻南安，闽中急，不能救。聿键死于汀州，赣州亦破。观生退入广州。"

在清兵的节节胜利面前，只有战场上的官兵，最知道一个王朝的病入膏肓，即使有英雄力挽狂澜，但虚弱的南明，已经坠落成为地平线上的最后一缕夕阳。促使它早亡的，是内部的争斗和人心的四分五裂。

广东总督丁魁楚和广西巡抚瞿式耜共商，立封桂林的桂王朱由榔为帝，苏观生并不知就里，恰好隆武之弟唐王朱聿𨮁到达广州，前任丞相何吾驺、广东布政使顾元镜和侍郎王应华等人商议，有意立唐王为帝。此事就商于苏观生，苏观生以"兄终弟及"表明了自己的态度和观点。十一月初一，唐王登基，以明年为绍武元年，就此与肇庆的桂王形成了针尖麦芒。两帝并立，战争顿起，南明小朝廷的丧钟，在战火中敲响。十七天之后，朱由榔在肇庆宣布即位，以明年为永历元年。

内讧之战的导火索，由桂王亲手点燃。兵部侍郎林佳鼎，奉桂王之命，率兵至三水，唐王则派陈际泰领兵抵御，两军大战于河口，林佳鼎战死。在战斗胶着难分胜负的时候，唐王命令增兵，就在广州精兵尽出增援陈际泰时，清将李成栋趁唐、桂两帝鹬蚌相争之际，以精骑直抵广州城下。

渔翁得利，是唐王没有预料到的后果，也是苏观生命运的转折点。这个决定了广州失守的关键人物，以内应的面目出现。

东莞茶山人谢尚政，以南明和苏观生的敌对身份，悄然浮出历史的水面。血性的土地上，生长的并不全是禾苗，稗草乃至毒草，亦不时混入其中，谢尚政以忠臣的对立面留在南明，留在东莞的历史上，他是苏观生命中的敌人。

谢尚政，最早出现在袁崇焕抗金的队伍中，官为参将的谢尚政，作战勇敢，被人称为"死士"。他的变节，出现在袁崇焕蒙冤下狱之后。兵部尚书梁廷栋，以高官厚禄收买，让其反主，诬揭袁崇焕谋反，又以三千金行贿，以此换来了福建总兵的官位。梁廷栋贪污下狱之后，谢尚政也因嫌疑免去了职务。

这个时候的兔死狐悲，并没有唤醒他的人性，隆武即位福州，谢尚政助饷，被隆武派至赣州，在苏观生处效力。一个卖主求荣的变节者，在正直嫉恶的苏观生手下，自然得不到重用，因为没有封官，谢尚政便对苏观生恨之入骨。汀州之变，让回到了广州的谢尚政看到了谋反的机会，但是由于苏观生回到广州，阴谋才未得逞。

清将李成栋率领精兵抵达广州城下的时候，苏观生立即传令侍卫队应战，仓促中，仅以数百人与清兵激战一昼夜，正当清兵支持不住，准备退出广州城市，谢尚政勾结守卫城池的六营士兵，先行剃发，以布裹头，换上清军服装，作为内应，寡不敌众之下，苏观生和唐王皆落入敌手。

一个王朝灭亡之时，所有的死士，都用悲壮，留下了最后的声音。当闻讯唐王被囚，苏观生知道无力回天，仅用"吾以一布衣，登两朝相位，死亦何憾"作为人生的告别语，然后泼墨挥毫，在墙上大书"大明忠臣义士固当死"九字，并题诗于后："人皆受国恩，时危我独苦，丹心佐两朝，浩气凌千古。"

苏观生慷慨就义之时，唐王朱聿鐭亦未能逃脱清兵的手掌。唐王的骨气，在古人的文字中栩栩如生：

馈之食，不受。（陈伯陶著，《明季东莞五忠传》）

我若饮汝一勺水，何以见先人地下！（《明史》本传）

遂并周、益、辽、邓诸王被害于布政司前双门下，在位仅两月。（《明季南略》）

古代的历史，常常在人物的生命结束之处戛然而止，留下子女命运的家仇国恨因缘果报的悬念。在东莞的历史和悲壮的先贤面前，我是一个好奇者。三百多年之后，莞城乃至东莞，已经寻觅不到一个忠臣的蛛丝马迹。只有黄脆的故纸中，留下了苏观生死后其继子国祐的悲惨：

> 观生继子国祐，字祐叔。福王时以父荫入监读书，观生死后，谢尚政没其产，流离困苦，奉大母偕隐，年五十余卒。易箦时，呼诸子述父行事，并勖以毋忘忠孝去。（《易箦遗言》）

我是因果报应的怀疑者，但是，谢尚政的人生结局，却是因果报应的说明书和解说词：

> 佟、李入城，即呼尚政相见，赐银缎刀马。后以贪暴不法，佟戮其仆，硃批云："估念谢尚政迎降有功，暂免一死。"尚政无子，后病瘫三年。死时，手足如缚。大呼曰："我错，我错！望苏爷赦罪。"盖天之报施不爽云。

东莞人王应华以乡官侍郎的身份出现在广州的时候，他是与苏观生、何吾驺、顾元镜、曾道唯等拥立唐王改元绍武的抗清人士。乱世之时，瞬息万变，有些人的脸上，也戴上了川剧变脸的道具。

王应华的变脸，其实早有征兆。

甲申之变发生的崇祯十七年（1644年），李自成的农民起义军攻克了北京，当皇城将破之际，崇祯皇帝鸣钟召集百官，然而，满朝文武，无一人赴难。百官之一的王应华，视困难于不顾，"甲申之变，归乡里"，《明史》中的这句记录，让亡朝之时第一时间逃回了东莞的王应华无处遁形，也为他日后的降清，埋下了伏笔。

在广州拥立唐王的日子，非常短暂，最后以悲剧结局。这段经历，记载在张岱的《石匮书后集·卷第五明末五王世家》中：

大学士苏观生素不能于平粤伯丁魁楚，遂拟尊王以抗桂。于是倡言唐介弟宜立，与布政使顾元镜及乡官侍郎王应华、吏部郎中关捷先等，以十一月之朔，请王监国。使主事陈邦彦奉笺观肇庆，未返；五之日，辄称尊号，改元绍武。群臣朝贺，以军国专任观生。及邦彦奉谕示观生，观生不省。于是超拜主事，简知遇，为兵部戎政尚书；王应华为右佥都御史。

不久，广州城破，王应华降清。之后复往肇庆，以光禄寺卿的身份辅助南明桂王，但一个变节者和贰臣的标志却永远黥在了脸上。

后人在分析王应华降清的原因时，作出了两种解释。一是为了保全唐王，不得已而为之；一是忍死偷生。"丙午之役，事出仓促，唐王匿于其家，是公之出降，盖不惮降志辱身以护故主，其用心至苦。后唐王殉国，复趋事桂王，足见心不忘明，及大势已去，即逃于禅，韬晦终身。"这段充满了同情和理解的话，并未能洗去王应华身上的污点。虽然出家隐匿，以书法汉字寄托人生，被历史黥在脸上的"贰臣"二字，终究无法洗去。王应华的儿子王方之，"以父降耻之"，在一次梳头时发出感叹："万发皆捐一发何用？"毅然削发为僧，最后以投水自尽的方式，自证清白。

处于明清之交，以华夷之辩来看待王朝更替的乱世，知识分子的骨气和气节是清浊的分界线。一个人苟且偷生，不殉于前代，不仅难为当世所容，也不为后世所尊。

23　长揖不跪

明季东莞五忠，是同时代的英雄，虽然他们之间没有血缘的关联，他们却在同一个英雄榜上以英灵牌位的形式享配香火。日常生活的交集，则是精神背后的缘分。张家玉和苏观生是并列在南明忠臣榜上的名字。与袁崇焕、陈策、陈象明相比，他们两人时间的距离最近。

张家玉的出生之地，离苏观生居住的莞城，只是一条河的距离。冷兵器时代，常常用弓箭离弦的远近来比喻肉眼清晰可见的距离。

张家玉的名字，记载在《明史》《明季实录》《明末忠烈纪实》《甲申后亡臣表》《崇祯忠节录》《明季烈臣传》《明史稿》《胜朝粤东遗民录》《东莞县志》《明季东莞五忠传》等数十种古籍文献中。这个明朝神宗万历四十三年（1615年）出生在东莞万江万家租村头坊一个贫穷家庭的东莞人，宁死不跪，这个鲜血淋漓的情节出现在崇祯十七年（1644年）四月。

中国历史上所有的改朝换代，都是在乱世的鲜血和遍地的人头中完成的，一个国家的命运，也就是朝廷文武官员的命运。作为明朝的成进士和翰林院庶吉士，张家玉的人生已经在崇祯皇帝朱由检煤山上吊身亡的哀声中注定。

李自成的农民起义军势如破竹，是让皇帝肝胆俱裂的唯一原因。作为亡朝的忠臣，张家玉不能不为朱由检的自缢素服默哀。所以，当李自成召见的时候，张家玉用作揖的方式，作为面对起义领袖的礼貌。

与张家玉同时代的著名学者、诗人，有"岭南三大家"之美称的屈大均在《文烈张公行状》中，有声有色地描述了张家玉面见李自成时长揖不跪的场景：

> 十七年三月，京师陷，周公殉节，遗书与公曰："玄子尔雅温文，貌若妇人女子，然中怀刚毅，定知大节不移。"书未至，公已骂贼。初，贼李自成欲授公官，公致书，欲自成宾礼之而不臣，而题其门曰："明翰林庶吉张先生之庐。"不然，临以刀锯，将形影相笑而乐蹈之。自成见公于中左门，贼令公跪，公曰："前上书不肯上疏，请宾不肯请臣，今日当以宾礼相见。"

张家玉那个时代，还没有发明可以真实记录人物场景的照相机，后人只能在黄脆的史料中找到线条模拟的人像。张家玉在所有的文献资料中出场的画像，身形和五官面貌，与一个在武力面前长揖不跪的阳刚男人形成了极大反差。相同或相似的形貌，真实地印证了屈大均的准确描述："为人颀而长，貌英秀，好笑语，白皙，微须，眉目如画，好戴折角巾，光髻鲜衣，风流自喜。"

崇祯自缢，江山倾塌，在文武官员招安变节的大势中，张家玉依然视己为旧朝臣子，而面对夺取了大明江山的霸主，张家玉不肯称臣，他用"长揖不跪"明确了一个旧臣子与造反胜利者的关系，维护了自己的气节。

在权势面前，任何的违逆都必然付出鲜血乃至生命的代价。在文献中读到此处时，我为这个画像中温文尔雅、手抱笏板的书生担心忧虑，我不知道历史在这个性命攸关的时候，是否会出现人性的转折？张家玉的骨头，是否会改变站立的姿势？

张家玉这种面对李自成长揖不跪的行为，没有逃脱威势惯常的逻辑，在接下来的对话和结果中，张家玉几乎付出了生命的代价：

因长揖不跪。自成笑而答之，曰："我定要尔做官。"公曰："我定要不做官。"因数自成十罪。自成怒，命伪锦衣卫四人持出斩之，公大笑而退。自成释公，令悬挞之于五凤楼，皮开血迸，七日不食，垂死。

在屈大均的著作中，农民起义领袖李自成和明朝旧臣张家玉，各用了一个轻松愉悦的"笑"字，掩盖了两个人内心的剑拔弩张和严刑拷打的血腥残酷。张家玉为了拒绝做官，竟然列举了李自成的十宗大罪。十宗大罪，都是自古以来万恶不赦的行为，它的厉害，远远超过了作揖不跪的礼节羞辱，所以，接下来的五凤楼七日大刑，在所难免。

张家玉列数李自成的十宗大罪，我在张磊先生的《张家玉抗清》中找到了出处。不礼、不义、不廉、不耻、不仁、不爱、不智、不信、殃民和残杀，这二十个汉字，化为一把刀剑，刺伤了李自成的尊严。

一个书生性命的顽强，超出了我的想象。七日不食，已是人类生命的极限，悬吊和鞭挞，更是雪上的冰霜。

所有的文献中，均没有张家玉悬吊之后的求饶和呻吟，在一个拒绝下跪和官职诱惑的英雄那里，沉默，是痛苦的唯一表现，古籍文献，也用沉默折射了受刑者的坚强。

牛金星是张家玉人生中第一个出现的劝降者。这个为李自成造反打下江山的大顺宰相，婉言劝说，晓以利害。我在"公不为所动"的文献记载中推断，此时的张家玉，遍体鳞伤，他对自己的明天，已经不抱有生还的希望。

在阎王的生死簿上，许多死里逃生的名字，都只有用"命不该绝"这个理由解释。由于阎王爷的网开一面，张家玉的名字没有被阴森的生死簿收留，日后史书中的岭南三忠之一者张文烈，就在"贼出东关，乘间"的历史缝隙中逃出了生天。

我在"贼出东关，乘间"六个汉字背后，看到了隐藏的吴三桂的影子。由于明朝叛将吴三桂引清兵入关，形势危急，李自成只好率兵离京，抵御吴三桂。《甲申传信录》真实地记录了这个历史瞬间：

> 自成东行，精兵尽出，城中帷老弱数百员。时九门洞开，任人出入。各官有弃家南旋者，有潜遁者，故家玉得乘间脱归也。

24 抚州解围

张家玉被李自成悬吊在五凤楼的时候，他所尽忠的明朝已经在太祖朱元璋的发源之地，仓皇地构建了一个苟延残喘的旧宫殿。只不过，这个时候的王朝，已是强弩之末，福王朱由崧，用弘光的新桃，替换了思宗朱由检崇祯的旧符。

逃过一劫之后，张家玉回到了家乡。东莞的鱼米水土和温暖气候，是治疗一个忠臣精神和肉体伤口的最好良药。他在十月的暖阳里拄杖行走的时候，他的目光，越过了门口的东江，他觉得脚下的路,正在直通南京,他上马杀贼的抱负,即将在金陵城下施展。他甚至还用亲切的粤语,朗诵起了刘禹锡的《石头城》。在"山围故国周遭在,潮打空城寂寞回,淮水东边旧时月,夜深还过女墙来"的思古幽情中,突然沸腾起江山兴亡、忠臣报国的热血。

张家玉没有想到的是,一个忠臣去往南京的方式,不是舟马的自由行走,而是枷锁镣铐的解押。福王的朝廷,以张家玉没有反抗李自成的罪名,将他囚入了死牢。

这是张家玉人生中的一次冤屈。我在史书中读到的英雄,大都与冤屈结缘。广东人民出版社2013年出版的《明季东莞五忠传》,居首的袁崇焕,就经历了千古奇冤。英雄的磨难,大同小异,所幸的是,张家玉的不白之冤,很快就得到了雪洗。

张家玉蒙受的不白之冤,被刑部列为五等之罪。《明史》用"阮大铖等攻家玉荐宗周、道周于贼,令收人望,集群党"一句轻轻带过,而《明季北略》则有"此盖大铖等恶家玉附东林,捏为此书。并以污蔑宗周、道周而甚可程、学濂之罪,即以中伤可程兄可法,而复大中之仇。时北京死难诸臣多东林,惟家玉、可程未死,学濂不即死,故大铖于诬陷庶吉士周钟劝进闯贼外,复欲陷家玉、可程、学濂"等事实揭示真相。

如果说张家玉面见李自成长揖不跪,拒绝出任大顺皇帝官职遭遇不测,九死一生,那么在阮大铖诬陷通贼而被定为五等之罪,则是有惊无险。在随后的情节中,出现了为张家玉洗刷冤屈的贵人。《文烈张公行状》《明季东莞五忠传》《影响中国的东莞人》等文献,均用"后为有力者解救,得释"和"公至南京,有为力辨者,得复原职"一语带过。我在《张家玉抗清》①一书中，找到了这些解救忠臣的义士："好在大臣朱国弼、南京兵部尚书兼东阁大学士史可法、礼部尚书陈子壮和留守司监军副史苏观生等一班手握兵权的实力派，极力保奏，说张家玉宁死不屈，义薄云天，只揖不跪，被吊五凤楼，七天七夜不死，今来投奔皇上，怎么反被逮捕呢？福王得知真相后，立即释放张家玉，还请他喝酒解惊，官复原职。"

有石头城之称的南京，并不是抵抗清军的坚硬屏障。第二年五月，清军攻破金陵，张家玉先到杭州，然后与郑鸿逵、黄道周、苏观生等退守福州，拥戴唐王朱聿键即帝位，用"隆武"的年号继承着死去了的明室的最后一缕香火。在隆武元年的新政里，张家玉被任命为兵科给事中，监军永胜伯郑彩出征杉关。

隆武皇帝的敕书，对于忠臣来说，每一个字都透出威势，每一个字都重若千钧："尔家玉粤东人杰，海内名流，骂贼燕京，常山之舌尚在；请缨志壮，吞胡之气可嘉。兹兼尔兵科给事中，同永胜伯郑彩督兵入虔，安民定乱。尔宜会同督抚，统率有司，联络绅衿，招来壮士，宣朕德意，耀武扬威，务使义旗所指，山岳为摧……"

在敕家玉募兵惠潮中，隆武皇帝更是推心置腹，尽显君臣之义："尔以少年英俊，朕以犹子视之。北京夙著大节，新城更见勇略。今朕中兴大事，是用托尔不疑。"

张家玉的一生，从来没有辜负过他死忠的那个王朝，尤其是风雨飘摇、苟延残喘的南明，他用一个书生的瘦骨，化成了支撑将倾大厦的一根栋梁。

清军铁蹄踏过，大明江山不复存在，百姓心中，世界已

---

① 张磊著：《张家玉抗清》，中国文联出版社 2014 年版。

经成了清朝的天下。张家玉监军，所到之处，均刊布隆武皇帝诏书，让福建的百姓，知道山河虽然残破，但仍然是明朝的天下。

张家玉监军之后的首战，被后人用"许湾大捷"形容。

许湾，是明末清初时期江西抚州的一个古镇，在如今的地图上，"许湾"这个地名，已被"浒湾"取代。二十多年前，我曾经以一个新闻采访者的身份到过这个地方，却不知道，这个人流密集、水陆交通便利的古镇，是四百多年前一个血腥的战场，而指挥那场战役的英雄，几年之后，将是我迁徙之地东莞的一个乡贤。

弘光元年（1645年），驻守江西抚州的永宁王，被清军四面围困，那道阻挡清军铁蹄的城墙，脆如蛋壳。救兵，让绝望中的永宁王，望眼欲穿。

张家玉在永宁王的绝望中从天而降。张家玉的救兵，以风的速度，席卷而至。在屈大均的《文烈张公行状》中，多谋善断的张家玉用分兵合围的策略，让清军顾此失彼：

公即约右镇陈辉，西约中镇林习山，南约前镇蔡钦会兵于许湾。十四日虏至，公令蔡钦所部冲锋，斩虏六级，马四匹，敌少却；新督右镇所部，长驱出营，大战十余合，斩虏总二级，兵三百二十三，马四匹，得生马三十一匹，器械若干。薄暮，都督陈有功、参将叶寿再战，死。虏纠难民数万，鸣锣呐喊，飞箭雨射，沿山放火，军中寒栗……出花红二百两，选骁悍郭毓卿、李忠明、陈良、赵玗四将，筑坛拜之。令各领死士百人分伏，伏已，拔大营走，虏以万人追击，伏发，断为二，公鼓噪回军，大破之，步兵斩捕殆尽，骑舍马渡河，率溺死。是日，公即为蜡书，使都司黄瑛等，带健丁数十，间道至抚州，缒城而入，与永宁王所部谢忠良、萧声等乘虚出袭，批捣老营，虏惊走，自相踩蹦。十六日，又夹击之于千金坡，斩虏五百余级，马三百余匹，释难妇女二百四十三人，获绅衿手书七道，悉焚之。一时永胜之兵称义师焉。而抚州围解，全郡克复，捷闻，上伏诏褒奖，悬进贤伯世爵以待，但进南昌，即行封拜。

抚州解围，当得起"大捷"这个词的褒奖。在王朝节节败退、大厦已倾的末日中，张家玉用一场胜利，为奄奄一息的南明，注入了一针止痛的吗啡。

25 死守新城

张家玉的"监军"之职，是垂死的南明和隆武皇帝的眼光和预见，监军职务之后的兼理吏、户、礼三科事等任命，既是朝廷对一个忠臣的信任，也是一个行将就木的王朝溺水中抓住的一根稻草。

隆武帝救命的监军一职，犹如张家玉手中的银印，虽有皇威，却缺少含金量。由于没有兵权，永胜伯郑彩往往成为张家玉的制约因素。张家玉与郑彩关系的错综复杂，朝廷其实早有预感。在隆武帝的救令中，"尔与郑彩宜谊切同舟，见无生于水火；忠怀击楫，心均协于逊琨；贲以银章之锡，用期金印之悬"等语，就是最好的明证。

早在许湾大捷之前，郑彩罔徽州告急，按兵不动。"彩懦，观望不前，驻军邵武，月余，未尝一矢加虏"。而抚州一役，郑彩也畏战而不出兵，只是在张家玉的再三劝说之下和抚州失守，福州将唇亡齿寒的利害之中，才同意由张家玉领六千兵马驰援抚州。

许湾一战，张家玉的勇敢和军事指挥才能得到了淋漓尽致的发挥。这个出身贫穷，只能在族兄的官衙中读书，并由族兄支持才得以婚娶的崇祯十六年（1643年）成进士，在国家危难的紧急关头，竟然成了战场上奋勇杀敌的英雄。文臣和武将，这两种不同性质的角色，经常在国难面前集于一身。《文烈张公行状》在叙述许湾之战的时候，详尽具体，惊心动魄，却在文言的凝练中浓缩了引人入胜的情节。

许湾之战最激烈的时候，清军使用了诱降的手段，企图动摇和瓦解明军的军心。明朝旧将出身的清军参将王得仁和邓云龙，故意修书赵玠，大叙旧情，诱惑他投奔清营。清军的阴谋很快在明军各营中发酵，一时谣言四起，军心摇动。张家玉及时识破了敌军阴谋，他恰到好处地来到了赵玠的军营，紧执赵玠之手，拔剑砍去案桌一角，大声喝道：敌行间，离我兄弟，我等益当戮力为国吐气，军中敢疑谤者有剑！这个智勇双全的情节，记载在所有与张家玉有关的文献中，那些繁体竖排的汉字，让后人看到了一个临危不乱、处变不惊的豪杰形象。

乘胜追击，收复失地，在张家玉心中演练了许多个回合的计划，总是在郑彩处碰壁。"公谓兵宜神速，乘虏大创之余，并力而前，可以席卷江右，数请彩出师，先发制虏。"在《文烈张公行状》和《明季东莞五忠传》等文献的记载中，张家玉具有扩充兵员收复江山的雄心抱负，然而，手握兵权的郑彩，就是他进军的一堵绝壁。

所有的文献，都公开了郑彩拒绝出兵的内幕："家玉以监军行督师事，功劳出彩上，彩畏恶其能。……数请彩出师先发制人，彩不从。"为了社稷江山，张家玉不惜上疏，悲愤请辞："臣昔与彩结为兄弟，否者否，可者可。今战守之策不同，臣实负彩，乞放臣归里。"在这些简单的文字背后，后世的读者不难看出张家玉的无奈与激愤。

在敌强我弱的态势下，出击，是唯一的取胜手段。郑彩的守和弃，与张家玉的主动进攻形成了矛盾的水火。史料中记载的"于丙戌正月十六日，与家玉出兵硝石"，则是郑彩迫不得已的应付。

硝石镇，在隆武二年（1646年）正月的寒风里，成了一块检验郑彩的试金石。郑彩在硝石得到了清军即将迎战的情报，立即下令退兵。在没有与清军正面交锋之前，硝石，这个地名，就成了郑彩止步的生界。

郑彩下令退兵，连同战略要地新城，放弃守卫，主帅的命令，监军无法挽回。张家玉用新城为永定屏障，新城不守，永定必定难保，永定若失，福州将危在旦夕的战争因果劝说郑彩。郑彩不为所动。张家玉知道无法挽回，提出留一营兵力，愿死守新城。大敌当前，郑彩无心应战，张家玉的所有力劝，均化作鸭背上的流水。历史，见证了张家玉苦劝的结果："彩怯，竟弃家玉而逃。"

见多了英雄的鲜血，却没有见过英雄的眼泪。明史至此，让我看到了一个英雄的悲辛：

家玉与新城知县李翔怮哭誓死，集乡兵守城。是夜，啮指血书呼阁兵来援，时阁兵驻广昌，去新城二百里，未即至。

人间所有的泪，都源于眼睛，只有张家玉的泪，源自心里，只有"恸哭"这个词，才能让本来从眼睛流出的液体转向从心灵奔涌。当大军远循，主战的张家玉和新城知县李翔只能搜罗那些乡兵游勇，以鸡蛋的脆薄，对抗清军的坚硬石头。

读史至此，我已经能够想象得到接下来的残酷和惨烈，还有守城必然失败的结果：

十七日，家玉以亲兵百人、乡兵二百人战城南，数十合，杀五百余人。大兵马步围家玉三币，家玉中流矢，坠马折臂气绝。都司林雄冒禩被入阵，杀一将，挟家玉还营。（《明季东莞五忠传》）

虏骑突至，翔登陴，公出撩战，领围随亲兵百人，乡兵二百人，鏖于城南，斩步兵五十余级。公伤箭堕马，臂折，意气益历，都司林雄等持絮被冒阵，贯其东西，斩虏二人马四匹，夺公以归。（《文烈张公行状》）

在冷兵器时代，弓箭就是延长的刀斧剑戟，在刀光血影中，弓箭常常出人不意，制造杀机。英雄张家玉的一生，从未被刀斧剑戟伤及毫毛，却两次倒在弓箭的暗算之下。

新城之战，是弓箭这种兵器对张家玉的第一次伤害，幸好有智勇双全的勇士，借助棉被的防护，从死神手里抢回了中箭坠马折臂的张家玉。隆武二年（1646年），两朝残杀，死者遍野，然而张家玉却命不该绝，但是和张家玉一同奋战的新城知县李翔，却壮烈于敌人的刀斧之下。《南疆逸史》中的形象描述，让一个骨头坚硬拒绝下跪的小吏站在了南明的高处：

翔率千人出督战，大兵已从他道驰入，义勇尽散，从翔返者三十人，比至城，则留者三人耳。翔直前斩三级，策马入城，大呼曰："我新城令也。"兵执之送建康，不跪。帅劝之酒，翔举杯掷帅，遂斩之。

26 惠潮募兵

新城失守，隆武帝的愤怒不可避免。在"统兵大将，金走入关，独使文臣陷阵，何以自解"的斥责中，后人可以看到皇帝冲冠的怒发。而对于张家玉，皇帝的文字则是一张奖赏的笑脸：

尔许湾大战，建抚以复；新城之守，杉关以宁；威德华夷，共见忠劳，天地咸知。今者箭疮勿药，宗社赖之。特晋尔都察院右佥都御史，巡抚广信，仍准带翰林旧衔。

皇帝的嘉奖，并不能抚平张家玉肉体的箭伤，他用无功的说辞，拒绝了冠冕的提升。张家玉的全部心事，都在杀人的战场上。他的想法，与皇帝不谋而合。

朱聿键在明末的挽歌中改元隆武时，所有的军权，均由福州守将郑芝龙、郑鸿逵、郑芝豹、郑彩等人掌控，黄道周、蒋德璟、苏观生、何吾驺、黄鸣俊、陈子壮、林欲楫、曾樱、朱继祚、傅冠等大学士均为文臣，张肯堂、何楷、吴春枝、周应期、郑瑄等各部尚书，均无军权。

张家玉被后世定义为爱国诗人，他的许多诗作，都是马背上的吟诵。那些带有鲜明时代特色的短句，充满了鲜血、生死、疼痛、悼念、哀伤、罹祸、阵亡、悲秋、自吊等黑色主题，他那些作为战争之前的山水田园及酬酢之作，虽然清新婉曲，却都是军中遗稿总题之下的艺术陪衬。

云净天空朔气寒，举头何处是长安？那堪几点孤臣泪，洒向枫林带血看。（《途中八绝其五》）

东泊西飘寄一身，头颅空带楚冠尘。千秋独有文夫子，同笑迎降卖国人。（《将发》）

丞相苏观生是看出了张家玉诗中奥妙的人，这个同张家玉共同籍贯，在陈伯陶的《明季东莞五忠传》中同时出现的东莞人，深知张家玉内心的悲苦，深知一个在战场上奋勇杀敌者手下无兵的无奈，他用只有中兴的明主，没有中兴的雄师，如何能够打败清兵光复明室的诘问启开了张家玉心中的闸门。张家玉毫不含糊地表示，只有建立一支听命于朝廷的强军，明朝的中兴才能有望。

两个同乡用东莞方言的对话，催生了张家玉的上疏。隆武帝当即颁旨，准张家玉三月假期，令其回广东，在惠州、潮州募兵，赐营名"武兴"。

《明史·张家玉传》等文献用"请募兵惠、潮，说降山贼数万"。"八月，至镇平，会山寇黄海如张甚，公单骑往谕，降数万人，购其党斩夹翼虎、秃爪龙、独角蛟三渠"等简略粗疏的文字记载了张家玉的募兵过程，却掩盖了其中复杂曲折的情节和惊心动魄的生死故事。

张家玉回惠、潮募兵，绝对不是一介勇夫的独自行动。他带着心腹二十余人，乘船自闽江南下，进入广东地界之后，在潮州夜遇了一个叫高志标的人物。

高志标是一个湮没在历史文献中的人物，他的出现，对张家玉的募兵，起到了非常重要的作用。

高志标原来是辽东经略熊廷弼麾下的一员战将，熊廷弼死后，便跟着东莞人袁崇焕固守边关。袁崇焕蒙冤，惨遭磔刑之后，他对昏庸没落的朝廷彻底失望，便借故解甲归田，隐居在潮州的湘子桥畔。与张家玉的邂逅，令他想起了千古奇冤的袁督师，一个王朝以悲剧的形式退出历史舞台，毕竟不是所有人都心甘情愿，俯首称臣。

高志标出谋划策，穿针引线，帮助张家玉成功地招降了梅县、蕉岭的草寇黄元吉和赖其肖，唾手得兵马数万，武兴营就此建立。

后人对张家玉募兵过程的策略有比较具体的描述：

> 张家玉以黄元吉、赖其肖两支军马为基础，安营扎寨完毕后，传令潮、惠两府州县递解粮草，继续招兵买马，各州县张贴告示，号召热血青壮年入伍从军，传檄各地绿林草寇改邪归正，归顺朝廷，建功立业。采取软硬兼施恩威并济措施，率众归降者给予官衔，怙恶不悛，拒不招安，继续为非作歹者，派兵清剿，为民除害。[1]

招募兵马的过程，其实就是剿灭土匪的过程。夹翼虎陈靖、秃爪龙赖伯瑞、独角蛟钟献达，是张家玉遇到的最大敌人。《明季东莞五忠传》"复用以寇攻寇策，悬重赏购斩夹翼

---

① 张磊著：《张家玉抗清》，中国文联出版社 2014 年版。

虎陈靖、秃爪龙赖伯瑞、独角蛟钟献达三渠，降其众十余万归农。元吉复叛，破永定，使贼党执杀之，潮、惠遂平"的简略描述，具有巨大的想象空间，我在《文烈张公行状》和《张家玉传》中读到了《三国演义》《水浒传》以及武侠小说中的惊险、曲折和计谋。

战场上的捷报，往往不是最后胜利的预告。张家玉募兵的成果，化作了皇帝脸上的笑容。"上喜，诏即帅之赴赣"，然而，军队士气低落。募兵数月，数万兵马，来自朝廷的军饷，仅"止得一千三百余两，捐纳止得一千五百余两，此外，分毫无有"，以至出现了"士卒方饥，不可以战"的局面。张家玉焦急万分，在求援的上疏中，张家玉不得不如实禀告：

兵以无粮，而寄命于民；民以苦兵，而乞命于虏，国事所以日坏，若孤军深入，杀人求食，我贼民，民亦贼我，势必溃败。夫有粮则有制，有制则百姓亲，士豫附，是胜兵也。胜兵先胜而后求战。粮至，则臣出矣。

我在张家玉的上疏中，隐隐读出了绝望。战争胜负，取决于军队，而军队的人心，取决于粮草和军饷。三百多年后，我依然能够在张家玉的文字中读到他的焦急忧虑，看到他翘首东方，盼望粮草的眼神，眺望到一个忠臣的落寞身影。

救命的粮草未至，等来的却是清兵攻破汀州的消息。张家玉发兵救援，在赤山遭遇清军。士兵们由于饥饿，不肯出战，张家玉以忠义刺激士兵，得到回应："我饥，非畏战，请一战以谢。"军队断粮，士兵饥饿，敌方已经探知，贝勒派遣四人，前来招降，不料适得其反，激怒了饥肠辘辘的将士。"众将起而剐之，碎其牌，遂潜绕虏背而伏，诱虏骑入山谷中，率劲弩驰射，斩获十余人，虏并走，公拔还镇平。"

这是1614年11月，汀州城破之后，皇帝朱聿键落入清兵之手。隆武，这个仅仅存在了八个月的短命王朝，随着唐王的失踪而宣告覆没。大树倾倒，张家玉并没有成为四散奔逃的猢狲，只是，祖父病逝的噩耗传来，张家玉的心，犹如被台风摇动的榕树。

皇帝身亡，弹尽粮绝，家丧在身，所有的压力，化成了一座大山，在极其痛苦忧愤之下，张家玉解散了武兴营，将士如鸟兽散。东莞，成了张家玉归心似箭的唯一目的地。

27　唐王自缢

十万兵马，一阵风吹散，然而张家玉的抗清复明之心，从来未曾死过。

南明的江山，形同纸糊的灵屋，只待一粒火星点燃。一般的中国历史纪元表中，大明王朝，至1628年的朱由检土崩瓦解，只有在专业的工具书中，才能看到弘光、隆武、绍武、永历四个短命皇帝的人生夕阳。

回到东莞之后的日子，没有人可以预料到它的长度，张家玉在万家租村头坊的祖屋里，看东江流水不息，眺金鳌宝塔高耸，却不可能预料到，数月之后，他的家乡，会成为一个战场，他的祠堂祖屋被铲毁，生灵涂炭。

有时候，张家玉出门行走，不小心走远了，竟然到了苏观生的村庄。那个时候，东莞没有公路，最快的交通工具，就是马匹。张家玉那个时代，一处村庄，一条河流，都是远方。在清朝探花陈伯陶的《明季东莞五忠传》中，张家玉和苏观生，不仅籍贯相同，而且都来自一个名叫万江的地方。张家玉的远方，在如今只是咫尺。

张家玉信步走到大汾的时候，并没有看到苏观生的身影。那个时候的苏观生，以末世丞相的凄惶，逃到了广州。这个和张家玉一起，被后世并列为"东莞五忠"的英雄，不惜头颅鲜血，抵抗清军，匡扶明室。他同广东布政使顾元镜、刑部尚书李觉斯、何吾驺和侍郎王应华等人一起，推举唐王朱聿锷称帝。

十三天之后，桂王朱由榔在丁魁楚等人的拥戴下在肇庆宣布即皇帝位。一场同室操戈的闹剧，即将在南粤上演。

张家玉始终不在绍武和永历的现场，但是，以一个明臣的眼光，他看到了帝王和拥帝者的动机以及私心，所以，当苏观生以绍武的名义召他出任礼、兵二部右侍郎的时候，他毫不犹豫地用为祖父守孝不能拜命的理由推辞了。

作为明季东莞五忠之一，苏观生显然是一个视死如归的英雄。但是，在他以唐王的名义多次召张家玉出仕的时候，他也许没有看到两个政权并立的恶果，更没有预测到自己的死期。

桂王和唐王在三水手足相残的时候，清朝两广总督佟养甲和提督李成栋率领兵马，势如破竹，一路攻克潮州、惠州。当化装的清兵混进广州城内作乱时，朱聿锷和一众大臣，仍在梦中。大乱之下，苏观生急令关闭城门，可是城内驻兵有限，有生力量都调去三水和永历朝廷自残了。雪上加霜的是，谢尚政叛变，收买广州城内的六营守兵，为清兵内应。当广州城门打开之时，唐王朱聿锷和忠臣苏观生的生命，就开始了倒计时。

朱聿键被俘之后，关在东察院内，李成栋派人送去饮食，饥渴之时的朱聿键，竟然不屑一顾："吾若饮汝一勺水，何以见先帝于地下？"趁守兵不备，唐王自缢而死。

苏观生则在巷战的失利中退回布政司府内，他挥毫泼墨，在墙上大书八个大字：大明忠臣，义固当死。又题绝命诗《殉难题壁作》一首：

> 人皆受国恩，时危我独苦。
> 丹心佐两朝，浩气凌千古。

面对双手沾满了鲜血的刽子手，苏观生慷慨赴死，他用"吾以一布衣，登两朝相位，死亦何憾"作了生命的遗言。

东莞是一个忠臣辈出的地方，我在繁体竖排的线装古籍中，轻而易举就找到了熊飞、袁崇焕、陈策、陈象明等一长串名字，那些永垂不朽的人物，都集中在一个被"县"这个汉字约束的范围内。忠臣之间，总是有着一些后世难以察觉的关联。

工部郎中张一凤，曾是苏观生的业师，苏观生出任直隶无极县知县，就是张一凤的举荐。苏观生家贫，没有盘缠上京赴任，张一凤慷慨赠银五百两。日后苏观生成为"一不要钱，二不要官，三不要命"的"三不要老爷"，被无极县百姓立碑纪念，其清廉爱民的源头，就源自张一凤的教诲与影响。而张家玉，则是张一凤的族侄，自小在族叔身边读书，且因家贫，由族叔出资成婚。

28 到滘起兵

广州城破，绍武政权昙花一现，张家玉回乡守孝的平静日子到了尽头。

武兴营遣散了，像一群放生了的鸟儿，无法回来。张家玉重新开始了招兵买马。

张家玉的行动，立刻成了广州城里佟养甲的情报。对于死心塌地抗清壮士张家玉的了解，两广总督佟养甲如同自己的掌纹一般清楚。他知道，招兵买马中的张家玉，就是一串在地下萌动的竹笋，如果不将它铲除在萌芽状态，出土之后将是他的大患。古籍文献中"养甲素闻家玉名"、"闻公有能将英名，心惮之"的描述，即是印证。

修书劝降，是古代招降敌方首领的常见方式。我在霉变的纸页上，找到了佟养甲的两封招降书，那些从诱导开始进而杀气腾腾的文字，每一个都有难以抗拒的气势：

高山之仰，梦寐为劳。……途乃既叨九里之润，敢邀一顾之荣，倘肯脂车，欢光羊石，则握手之欢，固不敢以侪偶相伍；如见拒已甚，何难立驱健儿，必以得见君子为快也。

对佟养甲貌似客气实则威吓的文字，张家玉用大丈夫失志存名节，受明恩垂，背之不忍的婉转，表明了"玉法当死，但死于守节者例，非死于起义者例"的气节。

语言文字，用书信的形式，表明了战争武力之前的"软实力"，汉字之间的较量，每一个都体现了心机与智慧。

两广总督的第二封招降信，用头发的现实与隐喻，直指人心，让张家玉的选择站在了百丈悬崖之上：

昨奉书左右，情词尽矣。不谓訑訑之声色，拒人千里之外也。台意所难，得无"剃发"两字乎？夫杨子不肯拔一毛利天下，轲也讥之。某以为苟利社稷，虽顶踵可捐也。官爵，贤豪所薄也；然得位行道，古人所快。老先生以为如何？

当官职爵位无法撼动张家玉的意志之后，佟养甲巧妙地用头发作了张家玉的两难选择。作为汉族人，张家玉当然恪守"身体发肤，受之父母，不敢毁伤，孝之始也"的孝道，但是，在多尔衮两次颁发剃发令，规定"全国官民，京城内外限十日，直隶及各省地方以布文到日亦限十日，全部剃发"的命令之后，头颅和辫子，就成了国人无法调和的矛盾。"留发不留头，留头不留发"，是生活在清廷统治下的所有汉人的生死抉择。

张家玉用寥寥数语，化作金石之声：

人各有心，不可夺也。玉之宝惜此发也，拔去一茎，即禅我以清朝天子，犹且不屑，拘拘官爵，岂足云乎？已矣，先生且休矣。

张家玉的严词拒降，并没有让佟养甲死心。在佟养甲的指使下，张元琳、李在公和王某以张家玉旧友的身份依次出场。

由于与众不同的特殊关系，隔着三百多年的时光，我仍然可以想象得到张元琳游说饱满的信心和轻松的面部表情。

张元琳同张家玉的关系，不是"旧友"这个词的肉眼可以看透的。张元琳与张家玉同宗，又是同科进士，还一度同为明庶吉士，两个张姓后人之间的交往，超越了家长里短的人情唱和，只是社稷易帜之际，忠孝节义成为了人格的试金石，姓氏"弓"和"长"的血肉组合也会在江山的变色中分道扬镳。

在东莞万江万家租村头坊的家门口，张家玉用庄重的明朝衣冠，开门见山地表明了拒绝的态度。一个身材并不高大的人，却有石雕般的威严，他的脸上已经没有了笑容来回应这个时代的现实。这个特定的场景让张元琳心虚起来。惜墨如金的众多史书和文言，都生动地描述了这个小说一般的情节：

公峨冠出见，叱之曰："与尔同作庶常，受恩于威宗烈皇帝，何故贰心！"愤咤作色遣之。（《文烈张公行状》）

家玉衣冠出见，责以大义。并曰："孔门高弟，太祖孤臣，如家玉其人者，安可以不贤之招招之乎？生杀荣辱唯命。（《明季东莞五忠传》）

在《答翰林张元琳书》中，张家玉更是用"女不幸以节见，士不幸以忠见""与其摇尾偷生，不若昂头而死""玉与此贼不共戴天，势如骑虎"等激烈言词，划清了"忠"与"奸"的界线。

张家玉正式起兵的时间是永历元年（1647年）三月初四日。

张家玉的举兵，与到滘密切相关。到滘，这个如今更名为"道滘"的地方，与万江紧密相连，不足战马半个时辰的距离。这片水乡，即将成为张家玉抗清最激烈的战场，成为他的满门尽忠之地。

在史料的记载中，到滘人叶如日，是张家玉抗清的导火索，是到滘尸横遍野的滥觞。"正月蕉利、到滘二乡生员莫子元、布衣何不凡等以船楫黄头郎四出捕虏，虏方搜括诸乡县金帛女子络绎走江中，斩虏渠数人，兵数百人，得所夺文武印信数十颗"。点燃引信的火星来自知县郑鋈，这个明朝进士出身的清知县，派人来到滘招降，不料被首领沉海，用一个遣使者的性命作了拒绝的表态，郑鋈则派副使戚元弼率兵进攻表示愤怒和惩罚。战争的结果，超出了所有人的预料：

> 伪副使戚元弼率兵攻到滘，大战六日，歼虏二百余人。虏以书招降，陴士佯许诺，潜使人往沥滘、沙湾、市桥、古劳诸处乞救，得义兵千艘，入自虎门，大战，歼虏二千人，烧虏白艚三十八橹、哨船百余，得总兵陈甲，杀之。是役也，为虏入广东以来败衄之始。①

到滘大战的结果，让张家玉吃惊和高兴。清兵可以数十骑兵马破广州，却不能以百余战船克一到滘，张家玉认为，"到滘之人可用，吾事济矣。"

到滘，这个如今易名为道滘的东莞水乡小镇，历史注定了它在忠义的经典中，必有轰轰烈烈的一页，注定了它将用巨大的坟墓，让后人看到时光的血腥。

张家玉起兵的计划，得到了叶如日的积极响应。叶如日前来迎接的战船，停在了万家租村头坊的江边。

永历元年（1647年）三月十四日，张家玉的军队在到滘誓师之后，朝莞城出发。屈大均描述了这一场面：

> 十四日，扬帆至东官，而使兵部主事韩公如琰率黄牛迳之众千人，参将李乙木率黄麻园之众二千人，族人世爵、光正等率

① 九龙真逸（陈伯陶）著：《明季东莞五忠传》，广东人民出版社2013年版。

其父兄子弟篁村博厦之众数百人从陆为助，战鼓未伐，南门已开，遂复东官，执伪知县郑鉴，斩伪典史赵元鼎以徇，以原训导张珆为知县，以原副使张公恂为指挥佥事，以安弘猷为城守。

义军进城，张家玉的大旗，插在了莞城的城墙上。《明史》《张家玉传》《陈子壮、张家玉、陈邦彦合传》《张家玉抗清成仁记》《民族英雄张家玉》《国亡家破见忠臣》《张家玉年谱》等众多的文献中，均忽略了一个重要情节，只有张磊先生的《张家玉抗清》一书中，有如下一段叙述："……就连曾谋害过他的李觉斯也不追究，只抄没他的家产，以充军需。张家玉如此宽容大道，大快人心。李觉斯原系崇祯年间的刑部尚书，后随苏观生等拥立唐王于广州。李成栋破广州后降清为两广总督佟养甲效劳，特别卖力。"

张家玉的心慈手软，为自己留下了后患。

三日之后，广东提督李成栋率兵屠乡，血洗到滘，就是源于李觉斯的密报。

29 岭南三忠

岭南三忠，是中国历史上一个不朽的名词，张家玉的名字，则是这个名词中的一个重要符号。

由张家玉、陈子壮、陈邦彦三个姓名组合而成的岭南三忠，在面对一个共同的敌人的时候，他们以卵击石，悲壮激昂，最后以殉国的方式将热血洒在了南明的土地上。

岭南的土地、苟延残喘的南明王朝和佟养甲李成栋率领的强大清军，是三忠关联的强力黏合剂。三个英雄之间，没有主从的关系，也没有皇家大纛的统领，他们只是用拒绝亡国的气节，共同展示爱国者的最后悲壮。

杨宝霖先生的文字，让我看到了"岭南三忠"在抗清大旗下的一次秘密集合："永历元年（即顺治四年，公元1647年）春，家玉与南海陈子壮、顺德陈邦彦相约，共同起兵抗清。"① 在另一篇文章中，杨宝霖先生也有相似的记叙："永历元年（1647年）春，顺德陈邦彦致书张家玉，约起兵抗清，张家玉派堂弟张有光带信给南海陈子壮，约起兵以为呼应。"②

"忠"，是一个从"心"的普通汉字，一个笔画简单的汉字，却是用骨头作为屹立的支架。历史上所有的忠臣，都是朝代更迭乱世血腥中检验的坚硬骨头。现代汉语的解释中，忠臣，是忠于君主的官吏，而在南明乱世中，忠臣，则是"为子则孝，为臣则忠""时危见臣节，乱世识忠良"的产物。"岭南三忠"和"广东三忠"这样的字眼，像春天的花朵一般，盛开在书籍的汉字丛中。我无法在书上找到这个词组的发源，但我在广东人民出版社出版的《简明广东史》中，看到了这四个汉字的脉络和走向：

在广州陷落后，南明兵部主事陈邦彦联合农民领袖余龙，起兵于顺德；监军御史张家玉起兵于东莞；大学士陈子壮联合

---

① 中共东莞市委宣传部、东莞市文学艺术界联合会编：《东莞历史人物》，广东教育出版 2008 年版。

② 中共东莞市委宣传部主编：《影响中国的东莞人》，广东经济出版社 2014 年版。

增城农民军，起兵于南海。……当时闻风而起的抗清义军有数十处之多，"小者百人之奋，大者万人之斗"，而其中以陈邦彦所领导的"一军最强"。各方义军多归陈邦彦、张家玉和陈子壮领导。……陈邦彦、张家玉和陈子壮自顺治四年（1647年）1月起兵至10月为清军所败，坚持抗战达10个月之久，拖住了广东清军的全部兵力，使之不能西进，挽救了永历政权，支援了抗清大局。后人誉称他们为"广东三忠"。

　　广东地图上，东莞、顺德、南海，都以一个小小的圆点标示在彩色的纸页上。南明时代的地理，和如今的地理，并无时空的改变，只不过，21世纪初叶的东莞，是一个经济发达的地级市，而顺德和南海，它们用一个瘦身的圆点，表明了与东莞行政级别的区分。在"岭南三忠"的抗清地图上，东莞、顺德、南海，都是珠江三角洲的一个据点或者营寨，只不过，东莞的地理位置，靠近惠州，而顺德和南海，则近在咫尺。地理位置上的任何一个名词，并无本质的区别，但是，它们在抵抗清军的战术上一旦形成了牢固和锋利的犄角之后，就会成为敌人肉体中的一根芒刺。

　　"岭南三忠"之间的联络或者密约，都是暗中的传递和操作。《简明广东史》为后人提供了一幅战争的背景及发展走向图：

　　清军攻占广州后，分兵三路向省内西部、北部和南部进军。西部由李成栋率领，进攻肇庆，直指梧州；北部由叶承恩率领，进攻南雄韶州；南部由徐国栋等率领进攻高、雷、廉、琼。

　　顺治四年（1647年）正月，李成栋部沿着西江挺进肇庆，南明守将朱治悃弃城逃跑，肇庆不战而陷。二月。清军连下梧州、平乐，进逼桂林。永历帝逃到全州。

在南明王朝节节败退的形势下，"岭南三忠"的抗清只是各自为战，所有的书信联络，都无法将他们形成一个整体，握成一个拳头：

陈邦彦为了牵制清军西进攻势，于三月率军围攻广州城。李成栋急解桂林之围，还师东援。陈邦彦攻城不下，退守顺德。李成栋进攻顺德，陈邦彦战败，退入高明。接着，李成栋又乘胜进攻东莞。

七月，陈邦彦联合陈子壮并约定清军杨可观等为内应，准备再攻广州。李成栋从新安回师广州，败陈子壮军于白鹅潭。陈子壮退回九江；陈邦彦则驻军胥江（三水县北部地区）。

陈邦彦驻军广州西部，张家玉屯兵广州东部，形成对广州东西夹击之势。九月，李成栋与陈邦彦在胥江展开激烈战斗。李成栋率水陆军2万急夺清远，城破，陈邦彦负伤被俘，不屈而死。

李成栋再转师西向，直扑陈子壮。陈子壮在高明被俘，最后英勇就义。

所有由文字构成的正史都简明扼要，缺乏情节和细节。忠臣的气节和鲜血，敌众我寡的不利形势和金戈铁马的残酷，最后都以生命和人头结尾。张家玉的抗清，英勇悲壮，最终也未能扭转局势，只能像陈邦彦、陈子壮一样，战死沙场。

"英雄"，是血洒疆场之后后人授予"岭南三忠"的冠冕。在繁体竖排的古籍中频繁出入的时候，我总是想起那个

"以卵投石"的成语。这个释义为自不量力、自取灭亡的贬义词，让我心中涌起浪潮般的悲壮。《墨子·贵义》说："以其言非吾言者，是犹以卵投石也，尽天下之卵，其石犹是也，不可毁也。"然而，在检验一个人忠奸的标尺面前，"岭南三忠"，都是反其道而行之的豪杰。"以卵投石"，在"岭南三忠"带血的头颅上，这个贬义词瞬间反转。

文史专家杨宝霖先生用一段简短的评述，为"岭南三忠"的人生选择，作了最准确的诠释：

张家玉久历戎行，深知自己和陈子壮、陈邦彦的起兵抗清不可能扭转乾坤，恢复明代，只是不愿意在异族统治下，苟且偷生，唯以死报国。另外，广西仍存在南明的永历政权，清广东提督李成栋正提兵西向。张家玉的起兵，扰其后方，阻其西进，缓永历政权的燃眉之急。在道滘起兵之前，陈邦彦有致张家玉信，略说："成不成，天也；敌不敌，势也；姑勿计。今主上殷忧，王师凤鹤，若得牵制敌骑，使数月毋西，则浔、梧之间，尚可完葺。是我不必收功于东，而收功于西也。"正可说明张家玉和陈子壮、陈邦彦起兵抗清的用意。明知起兵必死，明知必死却偏要起兵。

30 东莞失守

我在文献中读到张家玉收复东莞县城，"执伪知县郑鋈，斩伪典史赵元鼎以徇，以原副使张公恂为指挥金事，以安弘猷为城守"的捷报时，却没想到胜利如露水一样短暂。

没有人预料到清军的报复来得这么快。三天之后，当大批清军乘船而下，将东莞县城铁桶一般围住之时，张家玉的兵马，还在道滘休整。

在清军的炮火之下，东莞的城墙不再坚固。"东莞不守"的文言后面，是知县张珌阵亡，指挥金事张恂战死，城守安弘猷及从弟有恒、贡生尹鈇血洒战场。战争的残忍，是读者无法从文字中看到的血腥，张恂在清兵的围困中拔剑自刎，他的人头，被李成栋手下的总兵官李胤香割下，不断滴洒的鲜血，像梅花一样开放在街道的石板上。

张家玉的援兵，在离莞城一江之隔的万家租被清军截住。张家玉的出生之地，瞬间就成为了一个血腥的战场。文献用"万炮齐轰，飞弹如雨"形容战斗的惨烈。战斗以张家玉率部退回道滘结束。

清军虽然获胜，但损失惨重，伤亡三千多人，将领死伤二十多人。李成栋无法接受这样的胜利，恼羞成怒，下令杀人屠村。在史料的记载中，兽性大发的清军，将篁村、博厦、村头坊等村的男女老幼，赶尽杀绝，鸡犬未留。

人类的所有历史，都埋藏在时光深处，如果没有那些繁体的汉字和黄脆的纸页，篁村、博厦、万家租和莞城内的迎恩门、市桥、戴屋庄、聚贤坊、宝积坊、凤来里这些我熟悉的村庄街道，永远看不见血腥和人头。"三光"这个残忍的名词，我一直以为是侵华日军的专门手段，却没想到，我经常走过的这些地方，曾经尸横遍地，血流成河，鸡犬绝迹。

在敌强我弱的对峙中，道滘，这个东莞的水乡，就成了张家玉抵抗清军的最后营垒。

李成栋的进攻，首先从与道滘唇齿相依的邻乡望牛墩开始。

《明季东莞五忠传》用"时参将杨邦达守望牛墩，与到滘相掎角。成栋既还，移师先击望牛墩，邦达战七日死"和"伪提督李成栋先击望牛墩，以孤其唇齿。大战七日夜，虏死数百人，率破之"略过了望牛墩的人头与鲜血。而道滘，则成了两军血拼的主战场；张家玉，则成了一个战败的英雄。

道滘水乡，没有莞城砖石的城墙，张家玉用栅门筑起了防御的屏障，李成栋指挥的清军，却用牛皮和棉被，做成进攻的盔甲。明军的炮火，不能穿透清军最原始的防护，人多势众的清兵，破栅门而入。道滘的血战，延续了三个日夜。战死者的尸体，堵塞了道路，以至《文烈张公行状》中有"虏死千余人，载尸回广州，舴艋不绝"的惨状描述。

在敌强我弱的战争状态下，道滘的失陷就是必然的结局。守备叶品题、何勉、叶时春、卢学德，千总何仕登的战死，并没有让惨胜的清军收手。从"扬州十日"、"嘉定三屠"等惨绝人寰的大屠杀中走来的清军，将卷刃了的屠刀，挥向了无辜的百姓。

壮烈的一幕，出现在张家玉的亲人身上。张家玉的祖母陈氏，母亲黎氏，妹妹石宝拒绝受辱，跳河自尽，夫人彭氏，未能逃脱，被清兵捉住。这个刚烈女子，毫无惧色，大声呵斥清兵："我张总督夫人，贼敢辱我！"彭氏夫人的怒骂，彻底激怒了敌人，那些失去了人性的士兵，割掉了她的舌头，砍断了她的手足，让一个弱女子在不屈中流血而死。

记载在文字中的死者，还有"如琰家属二十人并死"，家玉"胞弟兆凤、兆麟、兆虬、之弦等，阖门三十余口，皆骂贼不屈，被戮"。（陈伯陶《明季东莞五忠传》）

张家玉兵败之时，西乡豪强陈文豹的八十老母，梦见一头黑熊，在闪烁的光亮中，来到家里。第二天，一身黑衣的张家玉突然而至。惊异中的陈母，认为张家玉"此天人之杰也"，所以，倾其家产，为张家玉募兵。

我在地图上轻而易举就找到了张家玉兵败之后的落脚再起之地。从道滘到西乡，在没有公路汽车的古代，水路舟船，是张家玉退走的一条捷径。西乡，如今是深圳市宝安区下辖的一个街道，张家玉那个时代，西乡是与东官血肉相连的手足，当"西乡"这个地名在张家玉抗清的地图上炙手可热的时候，"深圳"，刚刚在城市的母腹中着床。

陈文豹用于保境安民的两千人团练，在张家玉的到来之后，成为了抗清复明的地方武装。而新安县的清军，则成为了张家玉祭旗的对象。"旬日间，义旗复振，出复新安县，斩马兵三百余级，步兵一千五百余级。"

张家玉和陈文豹尚未来得及庆功，副使戚无弼和李成栋的义子贾九率领的清军，就已经在杀戮的路上。清军进攻的线路，在《文烈张公行状》中有详细地记载："陆兵所经北栅、劳德、大宁、乌沙、沙头诸乡，凡十余处"。那些地名，如今仍然清晰地印在东莞的所有地图上，只不过，那些数百年不变的名字，如今都成了繁华的城镇，高楼大厦，车水马龙，却无人知道，这些构成东莞重要组成部分的城镇，在属于"东官"的那个朝代里，每一寸土地上，都滚落着人头，流淌着鲜血。

戚元弼率领清军经过这些东莞的乡村时，遇到了堵击的村人，"老赢妇女，悉持兵仗，率于要隙，树木为干栏，人持数十短梃，梃末悉有钩，连缀数十短梃于一大梃，以长绳系之。虏至，被撒梃飞钩，死者人马不可计。"这种以弱胜强的奇异战术手段，在东莞的土地上出现，在张家玉的战术中上演，实在是不可一世的强大清军的噩梦。

在此后的争夺中，清军增兵，战场扩大到了水上及陆岸的北栅、白沙、河田、赤岗和东官，敌我双方，你争我夺，各有胜负。西乡，在张家玉抗清的战史上，最后以悲情的方式谢幕：

六月十七日，成栋陷新安，遂攻西乡，家玉谓文豹曰："虚而示之实。"令砦上张旗鼓，佯书约战，而潜师别岛。成栋进攻燔砦，家玉与文豹反击，大创之，死者千余人，成栋弃舟走。数日复尽锐来攻，战三日，舟师败，文豹等皆死。

31 血洗万家租

清军压境之下，投降、变节、下跪，是许多人的本能选择，比如张家玉的同乡李觉斯、谢尚政、王应华，他们用媚笑，换取了苟活。而张家玉、苏观生等拒降者，骨头坚硬，誓不屈膝，最终以沙场战死的结局，维护了人格的尊严。

降清之后的李觉斯，对张家玉攻下东莞县城没收他的财产充作军需怀恨在心，这个曾与张家玉同朝为官的崇祯朝刑部尚书，后随苏观生在广州拥立唐王的东莞人，变节之后，尽显疯狂，在写信劝降张家玉未成之后，又为清军提供情报。张家玉用"何天网恢恢，疏此老贼"的激愤表达了隐隐的后悔之意，没想到，李觉斯将刻骨仇恨化成的恶行还在酝酿之中。

再一次回到家乡万家租的时候，张家玉由曾经的胜利者变成了战败者。在文献中，张家玉只是以"且战且走，道经万家租"的方式亲近故乡，却没想到，李觉斯将他的故土变成了人间地狱。大屠杀之后的万家租，血腥弥漫，张家玉祖先的坟墓，尽皆铲平，家庙捣毁，所有张姓族人，被斩尽杀绝，一个人烟兴旺的村庄，成为了一片砖瓦的废墟。

《明史·张家玉传》虽然轻描淡写，却也让后世看到了李觉斯的残忍和恶毒：

觉斯怨家玉甚，发其先垄，毁及家庙，尽灭家玉族，村市为墟。家玉过故里，号哭而去。

《文烈张公行状》则称：

我舟师先败，公且战且走，至于铁岗。夜经万家租，视家庙闾舍，悉为灰烬，亲戚宗族，屠戮过半矣。痛哭而去。

祖坟是一个家族繁衍和子孙后代兴旺的风水，那些经过仔细堪舆建在宝地上的庄严建筑，是神圣不可侵犯的阴宅。挖人祖坟，无异于断人子孙，这是中国人生活中的最大恶行。

李觉斯挖坟掘墓的泄恨，是卑微人性的阴损。那些让英雄流泪豪杰嚎啕的手段，和谋略计策风马牛不相及。在《文烈张公行状》中，一个变节者的阴暗心里昭然若揭：

觉斯、梦日、胤香三人献计于虏，谓公之所居，以家庙为虎头，金鳌塔为虎尾，摧其首尾，彼将自坏。虏从之，并掘公祖墓。觉斯又使其子生员天麟为虏设逻兵，布游哨，下令有敢匿张氏者，杀无赦。于是张氏死者前后及千人，遂为忠义之族。

家族被屠祖墓遭掘之后的悲愤，张家玉用诗的文字留给了后人：

谁计忠成九族殃，行藏我亦似文方。但能完得君臣节，磨涅从他也不妨。（《伤族罹祸》）

庐室空馀一炬灰，祖骸仍暴委蒿莱。可怜忠孝难兼尽，血洒西风寄夜台。（《痛悼先茔被伐》）

到滘、西乡相继失守之后，张家玉手下就只剩一些散兵游勇，他只好以游击的形式，招兵买马，扩充兵员，然后攻城略地。这是一种无可奈何、然而却行之有效的军事策略，我在多种文献中看到了它的成功。"至铁冈，得姚金、陈谷子、罗同天、刘龙、李启新等五千人""家玉走回龙门募兵，旬日间得万人"，然后，地图上的许多地方，就成了张家玉剑指的方向。"家玉遣总兵陈镇国、参将冯家禄等，往攻龙门，复之。至是进复博罗、连平、长宁"，"遂攻惠州，克归善，还屯博罗"。

我在广东生活了二十多年，多次到达过张家玉战斗、兵败、募兵的所有地方，这些地名虽然都没有跨越广东的省境，却也是珠江三角洲一片广袤的地理，那个时代，河流、山岭、沼泽、土丘、水塘、树林，每一种地形，都是兵马的天堑，但是，张家玉总能跨越障碍，突破清兵的追杀，创造许多令佟养甲、李成栋胆寒的军事奇迹，即使失败，也是英雄断臂的悲壮。在"战死"两个字背后，后人依稀可以看到失败者的顽强和胜利者的胆寒：

> 虏三攻西乡而两败，两攻到滘而一败，死者凡万余人，东官之到滘，新安之西乡，虏闻之，至今咋指，以为鬼门关也。

一个"貌若妇人女子"的男人，其实是胸有大志的伟丈夫。少年时期，张家玉同人登黄旗山，在峰陡路险、众人面露难色的畏缩之中，张家玉发出过"我辈作人，非第一流不可"的誓言。成人之后，张家玉"好击剑任侠，多与草泽豪士游"，所以，玄子这个名字，就成了一块吸附力很强的磁铁。张家玉募兵的大旗，吸引了众多好汉归附。

张家玉将四万兵马，分为五营，分别以龙、虎、犀、象、豹命名。猛兽的集合，是张家玉起兵抗清之后胜负成败的孤注一掷，它像一个人松弛的五指，此刻，紧握成了一个有力的拳头。在这样的背景下，离广州最近的增城，就成了张家玉锋芒所向的目标。

增城与东莞接壤，在永历元年（1647年）十月的乱世中，却是一片悲壮的土地，是一支抗清义军的强弩之末，是张家玉人生的最后追封之地。

张家玉进军增城的时候，陈子壮、陈邦彦也在各自的地盘上呼应。李成栋并未盲目地四面出击，在击败陈邦彦，大破清远之后，才掉转兵马讨伐增城。

为了抵御李成栋的万余步骑，张家玉将兵马分成三路，依靠深溪高崖，犄角相抗。在十天的大战中，张家玉三战三捷，斩敌首一千九百级，马四百九十匹。

战争的走向由于一个无法预料的细节出现，导致了悲剧性的结局，胜利中止：

> 我兵过勇，空营逐利，势不可止。军法：出张旗，入卷旗，夺虏旗则挥而呼以入。是日，大旗总斩虏级多，喜而忘之，手挽数虏头，张旗入中军献功，西北诸营，望见张旗，以为虏入中军，皆走保垒，前军见后军走，亦惊曰："虏出我后。"军遂乱，自冲西北二营以散，成栋以铁骑下躁之。我军死者六千人，公中九矢，堕马。（屈大均《文烈张公行状》）。

所有的文献中，均有这个情节的记载。一个举旗的细节，让军队自乱阵脚，溃不可止。我相信这个意料之外的细节，是一支军队败亡的蚁穴，然而，我更相信运数，即使没有这个细节，张家玉的失败，也会是必然的结局。

史料的记载中，"岭南三忠"，舍身奋勇，然而均以失败告终：

> 九月，李成栋攻清远，总兵霍师连战死。十九日，清远破，白常灿巷战死，朱学熙自缢死，陈邦彦自沉未遂，被执，槛送广州。
>
> 二十八日，佟养甲磔陈邦彦于广州。
>
> 十月，家玉与李成栋大战于增城，战十日，兵败，家玉投野塘以死。
>
> 十四日，陈子壮攻新会，不克；攻新兴，又不克，还守高明。

二十九日，成栋陷高明，子壮突围，至南海九江，清兵追及，被执。

十一月六日，佟养甲磔陈子壮于广州。

在短短不到三个月的时间内，"岭南三忠"先后就义，历史的大势，是所有英雄的悲剧，没有人可以扭转乾坤。

沧海桑田，后人无法找到张家玉战死的现场。只有繁体竖排的汉字，可以为读者还原一个忠臣的遗容：

家玉中九矢，诸将欲掖之走。家玉曰："大丈夫立天常，犯大难，事已至此，乌用徘徊不决，以颈血溅敌手哉。"因起遍拜诸将，自投野塘中以死。（陈伯陶《明季东莞五忠传》

数日之后，打扫战场的官军发现了野塘中的尸体，"颜色如生，须眉犹怒张欲动"，死者身怀银印，上刻"正大光明"四字。无人识得死者面目。佟养甲闻讯来到现场，察看片刻，神情肃穆，说，"观此貌清正，必义士家玉者也"。

张家玉死时，三十三岁，随张家玉战死者数千人，竟无一人投降。

屈大均的《文烈张公行状》另有一个情节，其神化描述，令人惊骇，符合古典文学塑造人物的一般性手法和读者的阅读心理：

虏得公尸，佩一银印，文曰："光明正大"。襄皇帝所赐也。养甲集诸降绅验视，李觉斯跪而贺曰："此真逆贼张家玉之首。"一齿缺，以银镶之，发美，长二尺三寸许，今量之果然。虏悬之东门，经月，色不变。一日，养甲经其下，公怒睨之，双瞳飞出丈余，光芒四射。养甲骇悚，以为神。

东莞，是岭南的悲情之地。屈大均认为："夫吾粤固多忠义，宋厓山之变，英豪痛愤，谓蒙古灭中国，人人得而诛之，于是竞起兵以伸大义。自熊飞起于东莞，终无之世，粤人所在横戈舞干，怒气凌云，无一日不思为宋复仇者。计元八十年间，与粤人力战，盖无虚岁，元可以得志于中原，而不能加威于吾粤，粤人之为元患也，久矣，而东莞为甚。东莞豪杰，在皇明开国，则有何真；在中兴，则有张文烈。呜呼！讵不伟哉？"

如今的东江，桥梁飞架。从万江桥过江到达万家租村头坊，步行也只有十多分钟。我多次在万家租寻觅，清兵血洗之后，张家玉的旧屋和张姓的祠堂、坟茔一扫而空，除了一对明朝的石狮子，万江，已经找不到了张家玉的音容笑貌。

东莞先贤蒋光鼐将军收藏的张家玉像和东莞市博物馆馆藏的张家玉像，宽大的明朝官服让一个抗清英雄表情平淡神态儒雅，只有东莞市中心广场上的青铜，真正让一个马背上的好汉怒发冲冠。相比纸页和线条，坚硬冰冷的金属显然更适合塑造骨头崚嶒的历史。

历史已经遥远，没有人能够从一尊青铜塑像上认识这个早殇的英雄。张家玉雕塑背后的金属铭牌上，忽略了桂王对张家玉太子少保、东阁大学士、吏部尚书、英武殿大学士、增城侯以及文烈谥号的封赠，仅仅用"南明抗清将领，'岭南三忠'之一，诗人"的简洁文字，概括了一个英雄的一生。

32 辽东的彭谊

辽东，是袁崇焕的血战之地，也是他的悲壮之地。这片土地，与东莞相距数千里，但又血肉相连。与辽东有关的东莞英雄和悲壮故事，并非孤例，除袁崇焕和陈策之外，还有彭谊。

彭谊与辽东结缘于明成化四年（1468年），以右副都御史的身份镇守辽东。在此之前的二十三年中，彭谊经历了工部司务、湖广道监察史、大理寺丞、右佥都御史、绍兴知府、山东左布政使和工部左侍郎等职务的历练。在沉浮荣辱交织的每一顶乌纱上，他都留下了尽忠职守的口碑。

因为得罪了朝中权贵，彭谊从右佥都御史贬为绍兴知府。彭谊的官场挫折，却成为了绍兴百姓之幸。彭谊到任的时候，正值绍兴饥荒，乞讨的叫花子和路途上的饿殍，刺痛了彭谊的眼睛。正要开仓赈济的时候，下属官员进言劝阻说："开仓散粮，须请朝命。"作为一个久经官场的人，彭谊当然懂得开仓的规矩和风险，但是，在人命攸关的时刻，他已经没有了等待的时间。彭谊用"等批准，死者多矣。我何爱一人而不活万命"拒绝了下属的好意，立即开仓放粮，让许多因为断粮而在死亡线上挣扎的百姓得救。第二年秋天，绍兴大获丰收，当地民众感念灾年得救，争相交粮，一月未满，府衙粮仓便已充盈。

饥荒之后，彭谊兴修水利，筑白马闸、林浦坝，使良田得以灌溉。在绍兴知府任上，彭谊度过了九年的时光，众多文献，都用"甚得民心"评价。彭谊离任，百姓不舍，是必然的逻辑，文献用了一个出人意料的情节，记录了彭谊与百姓的关系。"离任之日，有萧山之民送海味两盒，内藏黄金，彭谊发现，即退回，其人愧谢而去。"

这个情节，是彭谊绍兴知府九年的一个总结，也是彭谊升任山东左布政使职务的起点。一个有作为的官员，总是在生前和身后，留下珍珠般闪光的行迹。上任辽东之后，彭谊下大力气整顿边防，他将一些不会打仗的将领调去屯田，留下英勇善战的将士，严格训练军队。彭谊的一系列措施，有效地安稳了边境。

明成化九年（1473年），彭谊率兵出征小黑山女真部族，"烧毁连州、麦州等巢穴，搜获马匹牛羊无算，全军而还，复降敕奖谕之"。

在文献的记载中，彭谊好古博学，通晓律历、占象、水利和兵法之学；"平居谦厚简默，临事毅然有断"。彭谊观察辽东红罗山，山势高耸险要，女真人常登山窥望，寻找明军松懈之时进犯。彭谊下令在山上修筑城墙守卫，女真人从此不敢觊觎。红罗山上产人参，百姓采参，多被女真人抢掠。山上城堡修成之后，边民上山安全，参价大为降低。

彭谊没有战死沙场，却想到了回归故乡，他先后四次奏章乞休，均未获准，明成化十四年（1478年），才致仕还乡。名臣商辂赋《送彭正庵都御史乞休还东莞》诗一首：

　　盖世功名盖世才，百年清论在乌台。
　　东巡六月塞飞雪，北镇三冬昼动雷。
　　补衮正期安社稷，投簪伺事赋归来。
　　近闻山海关山路，锁钥从今不敢开。

彭谊是长寿之人，弘治十一年（1498年）以81岁卒。彭谊身后，莞人有口皆碑：

罗亨信著功土木，易危为安，伟矣，社稷之臣也。卢祥侃侃正论，刚大之气达于朝，右使抚延绥而无所建竖，有议论无事功，何取焉？彭谊所至策劳，筑堤而漕奠，筑闸而溉兴，莅辽东十余年，畏威怀德，三君子者与竹帛争光矣。后之著绩于辽者，视前更过之而时有不幸。噫，谓之何哉！（汪运光《东莞县志》之《三中丞赞》）

第四章

东莞的文脉

33 温塘的皇孙

赵必璂在东莞历史上出场的时候，正是李用渡海和熊飞抗元的关键节点。赵必璂不是血气方刚的武士，他无法成为抗元战场上冲锋杀敌的熊飞，他最合适的身份，是熊飞因军粮短缺准备搜刮民财以充军备时慷慨解囊的义士和赞助者。

宋朝的灭亡和大臣陆秀夫背负幼帝赵昺跳海，是一个时代的终结，是汉民族的疼痛，也是李用、熊飞、李春叟们的疼痛，若论疼痛的程度，东莞应该无人可出赵必璂其右。血缘之痛和肉体之痛，是赵必璂和所有哀伤者的区别。

在所有介绍赵必璂的文献中，均有"宋宗室""皇孙公子""宋太宗十世孙"等别具一格的词，这些表明一个人高贵血统的不凡词汇，在景炎年间的东莞，显得卓尔不群。赵必璂和东莞的渊源，始于他的祖父赵汝梏，在广东盐干任上，安家于东莞。栅口这个让今人无处寻找的地名，离明季"东莞五忠"之一的苏观生、陈象明、陈策的住所，近在咫尺。

赵必璂是咸淳元年（1265年）的进士，在中国的科举史上，赵必璂和父亲赵崇詷同榜进士，创造了唯一的科举记录。父子同榜，一同为官，不知为多少人羡慕。然而，在赵崇詷看来，却并非值得高兴庆贺的喜事，在他眼里，父子同榜，一同为官用尽了阴德，天公不佑，于是辞去南安司户参军和官场政

声，慨然归家。而赵必璂，也从文林郎南康军南康县丞的位置
上，弃官而归。

景炎元年（1276年）夏天元兵南下，元将梁雄飞带兵入
莞，与熊飞大战之时，赵必璂以家资三千缗和米五百石赡军
之时，为熊飞举兵出谋划策。"师出无名，是为盗也。吾闻宋
主舟在海上，将遣赵潽、方兴制置安抚广东，不若建宋号，通
二使，尊宋主，然后起兵。事成，则可雄一方；不成，亦足垂
不朽。"

赵必璂的建议，转变成了熊飞的军事策略。熊飞即日竖起
宋旗，举兵攻城。梁雄飞畏惧宋军，不战而走。

熊飞起兵勤王的德佑二年（1276年），正是赵昰、赵昺二
王在浩渺的南海上漂浮的时候，南宋的灭亡，已经进入了倒计
时。虽然赵昰在福州称帝，改元景炎，但景炎三年（1278年）
四月，赵昰就崩驾于硇州（今雷州湾海上洲岛），赵昺即位，
又改元祥兴，迁往四面皆海的厓山，几个月之后的祥兴二年
（1279年）二月，宋军覆灭，大宋一朝，在大臣陆秀夫背负赵
昺投海的同时，宣告灭亡。

作为皇室，宋朝的起落沉浮，也即是赵必璂的心惊肉跳。
宋朝回光返照的每一个时刻，后人都可以见到赵必璂挣扎的
身影。

景炎三年（1278年）三月，文天祥辗转惠州，赵必璂受
文璧之召，前往惠州，与文天祥相论时事。国破家亡，新仇
旧恨，赵必璂此时的慷慨泣下，在文献中没有描述，但是寥寥
数字，却可以让人联想起岳飞的《满江红》，想起靖康之耻。
"辟必璂为朝散郎、签书惠州军事判官、兼知录事"，这是赵
必璂效忠宋朝的最后职务，这些今人已经陌生了的头衔，几个
月之后，随着文天祥的战败被俘而止步。文天祥和文璧，这对

手足兄弟，在宋朝灭亡的悲壮时刻，上演了不同的人生话剧，文天祥用一根最硬的骨头，经受了人间最艰难的考验，而文璧，则以投降的结局，为自己画上了句号。赵必豫是最早察觉文璧弃战之心的人，他的决然离去，与一个投降者划分了鲜明的界线。

宋朝的灭亡，并不是赵必豫肉体生命的结束，在鲜血和人头上建立起来的元朝，以故官之例，授予赵必豫将仕郎和象州儒学教授的官职。赵必豫以坚定的拒绝，表明了他的态度。

每一个朝代更替之时，必然会有忠于前朝耻于与俗世为伍的精神高洁之人。李用的"生不食元粟，死不葬元土"，是遗老的极致，熊飞的起兵勤王，是一种暴力拒绝的态度，赵必豫采取了陶渊明式的方式，在拒绝了元朝的官职之后，他迁往温塘，举家隐居。

六百多年之后的东莞，已经成为中国制造业的中心和新一线城市，所有的居民，再无人在高楼林立车水马龙的气象里找到"隐居"这两个汉字。温塘，离赵必豫居住的栅口并不遥远，在如今的汽车轮下，只是半个小时左右的距离，但在赵必豫那个阡陌纵横、大象出没的年代，却是荒山野岭，人烟稀少。赵必豫的隐居，不是陶渊明采菊东篱下，悠然见南山的超脱和悠闲，而是"诗人只合住茅屋，天下未尝无菜羹"。这幅贴于温塘隐居之所门上的对联，是一个隐居者内心的表达。一个生死不肯仕元的诗人，他的生存状况被后人描绘在纸上："足迹不入城郭。每望厓山，则伏地大哭。又画文天祥像于厅事上，朝夕泣拜。终日纵饮呼号、长歌短吟，以抒不平之气。"（杨芷华《宋季爱国诗人赵必豫》）

宋亡之后的温塘，用15年的时光，记录了赵必豫的茅屋菜羹生活。同是宋亡之后隐居的东莞诗人陈纪，用《故宋朝散郎签书惠州军事判官兼知录事秋晓赵公行状》一文，为后人展示了赵必璂的日常起居和交结的文朋诗友：

> 惟以诗酒自娱，仰俯林壑，欣然会心，朋侪二三，更唱迭和，歌笑竟日，将以遗世事而阅余龄。
>
> 晚岁所交，如梅水村、陈匦峰、赵竹涧，李梅南、张恕斋，小山诸人，年长则以父事之，年相若则以兄事之，皆得其欢心。

赵必璂交往酬唱的人物，后人已经陌生，那些人名，成了一个个纸上的符号，极少有人知道梅水村、赵时清等人的来龙去脉，他们隐藏在漫漫时光里，让我想起"谈笑有鸿儒，往来无白丁"这个出自唐代诗人刘禹锡《陋室铭》中的诗句。

赵必璂那个时代的东莞，乱世里弥漫着书香，战乱与书声构成的异常景象，明代学者邱濬评述："岭海人才最盛之处，前代首称曲江，在今世则无逾东莞者，盖入皇朝以来逾百年，于兹岭海人才列官中朝长贰台省者，无几何人，而东莞一邑独居其多，君子推原所自，咸归学校育才之效焉！"

陈伯陶的《宋东莞遗民录》中收入的人物行状和名士诗文，在清人张其淦的序中复活："尝考宋代遗侠，多以诗文自显。吴月泉之吟社，杜清碧之谷音。元赵景良《忠义集》所编，明程敏政《遗民录》所辑。冥鸿著其几辈，窥豹略见一斑。又一若吴之振《宋诗钞》、顾嗣立《元诗选》，历攀榭七人杂事之咏，曹六吉百家宋诗之存，刻意搜罗，足资考证。而秋晓诸贤既有遗集，各家所著，采录者鲜。"后人从这些文字中，看到了和赵必璂名字连在一起的四个著名家族。

赵必璂用《挽陈东湖》诗四首，揭开了和亭头陈氏的诗文交往。七百多年之后，已经找不到了亭头陈氏家族的踪影；亭头，改朝换代之后，也找不到了和它对应的地名。史料的记载中，亭头陈氏，自陈恍以来，子孙蕃盛，衣冠人物为邑中之最。赵必琭诗中的陈益新，是陈恍的玄孙，因为隐居东湖，所以被人尊称东湖先生。他和赵必琭都是宋亡之后拒绝复出的逸民，"益新长子庚，字南金，号月桥，咸淳三年（1267年）以《书经》举乡贡，南省罢归，隐居东湖家塾，研心理学，师之者众，称月桥先生。宋亡，与赵必琭相往还。必琭以次女妻其季子师善。益新次子纪，字景元，号淡交，咸淳九年（1273年）以《周礼》中乡举，官至通直郎。宋亡，与兄庚同隐东湖，时称淡交先生，一时遗老俱与之唱和，与必琭优雅相敬爱。著有《越斐吟稿》《秋江欸乃》。"

栅口张氏，是至今仍被后人称道的东莞著名家族。因为岭南四大名园之一的可园，张氏家族的精神血脉，一直以建筑的形态传承。

栅口张氏乃世代书香望族，张氏在东莞栅口的最早发源，来自唐朝名相张九龄的弟弟张九皋。一千多年之后，后人以游客的身份走进可园的时候，都可以在可园主人张敬修身上，看到张九皋的影子。历史的长河过于漫长，文字不可能记下每一处回旋和每一朵浪花。杨芷华先生的《宋季爱国诗人赵必琭》中，只是简略地记录栅口张氏在东莞繁衍的一些轨迹：

后人张元吉，字仲甫，淳祐六年（1246年）进士。宋末为邑尉、邑宰，卫护乡邦有功。弟登辰，字规甫，号恕斋，举咸淳九年（1273年）乡贡，试南省归。宋季助兄卫护乡邦。宋亡不仕，与赵必琭尤相契。必琭以长女妻其次子合德，他亦以女妻必琭长子良麟。弟迳衡，一名衡，号小山，有诗名，著有

《小山吟稿》《敲月集》。

　　李用家族，亦是赵必璩密切交往的著名家族。除了东渡扶桑，传播理学的李用和起兵抗元、壮烈战死的熊飞之外，赵必璩同李用长子李春叟、次子得朋，均有交谊：

　　长子春叟，字子先，号梅外。嘉熙四年（1240年）以《春秋》举乡贡，开庆元年（1259年）试入选，任官有贤能声。宋季东莞屡遭劫乱，春叟亦曾多方维护，邑人绘其像于竹隐祠与李用同祀。宋亡隐居乡里，赵必璩师事之，有诗《题竹隐梅外二先生祠堂》赞颂春叟父子。必璩卒，春叟有挽诗七首。撰有《咏归集》。李用次子得朋，号梅边，善《易》，淳祐六年（1246年）特奏进士。官从事郎、南恩州司法。宋亡归隐乡里，与赵必璩有交谊，必璩有《挽李梅边》诗。李用季子松叟，号梅际，有文声，早夭。李用诸孙有治《易》《春秋》者，春叟子同文尝著《易说》。白马乡李氏三代皆以治经闻于世。

　　另有东莞翟氏，亦为宋季名门望族，这个著名的长寿家族，分别有同登百岁的翟侃夫妇，其子翟景先享寿98岁，孙翟龛享寿91岁。翟龛景定二年（1261年）以《书经》领乡荐，咸淳六年（1270年）再举都魁，官本邑主簿。翟龛宋末与李春叟、赵必璩、张元吉等人卫护乡邦，宋亡之后，杜门不出，建聚秀楼，讲学其间，世人称为遁庵先生。

　　除了东莞四大家族之外，同赵必璩交往甚笃的重要人物，远有本邑人赵时清、黎友龙、黎献，这些人氏，或为宋朝宗室，或饱学之士；本邑之外的人士，首推梅时举，这个浙江永嘉人，宋末困据东莞，和赵必璩成为密友，返回乡里之后，两人异地酬唱不绝。宋季流寓东莞的江西人陈匦峰，由于归家不得，隐居白云山濂泉，与赵必琜为友。

以赵必琜为中心的这些文人，被后世称为宋季之衣冠人物，他们之间的交往酬唱，形成了宋末东莞特有的文化圈。他们的共同点，多为同邑同里，或世代之交，或通家之好，他们多为诗人、学者，有功名并且从宦，因宋季动乱而归聚东莞，宋亡之后，皆不再仕，同邑隐居之时，或诗酒酬唱，或教授生徒，或有著述和诗文留传。

中国历史上的改朝换代，总会有一些不随流俗的风骨人士，他们的衣冠，换来的往往是悲剧与忧伤。与赵必琜同时代的诗人汪元量，以一首《孔子旧宅》诗，为"衣冠"这个词，找到了准确的诠释。

> 奉出天家一瓣香，著鞭东鲁谒灵光。
> 堂堂圣像垂龙衮，济济贤生列雁行。
> 屋壁诗书今绝响，衣冠人物只堪伤。
> 可怜杏老空坛上，惟有寒鸦噪夕阳。

34　东莞诗歌的源流

科举取士的古代官员，他们的衣冠背后，往往有着一个诗人的身份。这个身份的显隐，取决于其诗文数量的多寡和质量的高低。

东莞诗歌的源流，可以在清初岭南三大家之一的屈大均的《翁山文钞》中找到答案：

> 自宋嘉定（1208—1224）间，竹隐李先生父子出，东莞始有诗。明兴，东莞伯罗山何公真继之。三百年来，洋洋乎家风户雅。为古体者，以两汉为正朔；今体者，以三唐为大宗，固广东诗之渊薮也。

东莞诗歌的繁荣，早已被数百年的时光湮没，只有在文献的记载中，才能看到当年的盛景。明代莞人祁顺、邓云霄，以官员和诗人的身份，分别用"吾宝安诗人，为岭南称首，盖岭南诗派也"，"邑之词人墨客，相继而兴，结社台旁，已百余年，卷帙宏富，往往闯唐而逼汉，海滨邹鲁，地以人重"概括东莞诗歌。东莞的凤台诗社和南园诗社，则是重复出现在香山学者黄佐和屈大均等人的笔下。

东莞诗歌的成就，集中在清人张其淦的《东莞诗录》中，这部1924年5月刻印的诗集，分装22册，共65卷，收诗815家，共计5736首。

东莞诗歌源远流长，诗歌选本，并非张其淦始。一生研究东莞文史的学者杨宝霖先生，为东莞诗歌，梳理了一条清晰的脉络：

> 东莞自宋以来，不乏诗才，名家辈出，而屡经兵燹，遗诗传者，寥若晨星。明初叶邑人陈琏（桥头乡人）辑《宝安诗录》，成化（1465—1487年）间，祁顺（棠梨涌人）续为《宝安诗录后集》。明末，屈大均亲家蔡均（白市村人）辑有《东莞诗集》四十卷，清代列为禁书。以上三种，早已不在人间。

道光间，邓淳（茶山人）辑《宝安诗正》未刻，原稿又亡。邓淳殁后四十年，苏泽东于邓淳后人家中以副本过录，张其淦在《宝安诗正》中送"十之六七"，又从"三四十家专集送入"（张其淦《东莞诗录序》），成为《东莞诗录》，时在宣统二年（1910年）安徽提学使任上。后来又得苏泽东、罗嘉蓉二人《宝安诗正续集》《宝安诗正再续集》，重为补入，编定于1921年，共六十五卷，收由宋至清末东莞诗人八百一十五家，收诗五千七百三十六首。其淦自己出资刻印，分装二十二册。今天我们研究东莞历代诗歌，舍此书而无别材。（《张其淦和他的诗》）

陈琏的《宝安诗录》，不幸毁于时光，但他的诗集《琴轩集》，却幸免于难，流传后世。目前见到的《琴轩集》，收入陈琏诗950首。这个数量，在东莞历代诗人中，仅次于邓云霄的2230首。

陈琏生活在明朝鼎盛时期，太平盛世，加上陈琏个人仕途平稳，少波折磨难，所以他的诗少忧愁悲愤，雍容舒雅和博大精深，成为了他诗歌的主流。

清初学者朱彝尊认为，"琴轩诗，较孙仲衍不及，视雪篷、听雨似胜之"。张其淦认为朱彝尊评价过低，相较于明初广东南园五先生的孙仲衍、黄哲和王佐，张其淦评价说："琴轩得意之作，实可与仲衍比肩，南园五先生未能专美于前也。""琴轩诗泽古甚深。五言古溯源于晋宋，七言古致力于昌谷、飞卿而变其面目，参以高、岑句法，风格遒上。"

陈琏是《明史》的缺席者，他的名字，更多的是记录在地方志中，现在存世的各种《广东通志》《广州府志》《东莞县志》《粤大记》《广州人物传》等书，都收入有陈琏传。

所以，后世的研究者，均认为有明一代东莞籍士人，以文著称者，莫过于陈琏。

陈琏洪武二十三年（1390年）中举，在《广东历史人物辞典》词条中，中举之后的陈琏，官广西桂林府教授，身体力行，文武诸生学有所得。永乐年间（1403—1424年）初知许州、滁州，省瑶役，修学校，劝农桑，人民安居乐业。升四川按察使，将豪吏黠胥置之重典。累官至南京礼部左侍郎，献绥靖策略镇压黄萧养起义。博通经史，工诗文，好著书。陈琏的政声，不仅以口碑的形式流传，更是被滁州百姓以建祠的形式，和欧阳修、王禹偁并列在三贤祠里。

人过留名，雁过留声。除了口碑和建筑之外，陈琏的名字，还以文字的形式，留在嘉靖十六年（1537年）太仆寺卿赵廷瑞主编的《南滁会景编》中。让我意外的是，这本四百八十多年前的诗文集，同时出现了四个东莞人的名字。陈琏以22篇诗文，卢祥以6首诗，尹瑾以31首诗，李觉斯以22篇诗文，留在《南滁会景编》那些古意盎然的纸上。

陈琏、卢祥、尹瑾和李觉斯与《南滁会景编》，皆因他们与滁州或太仆寺的缘分。除了陈琏任滁州知州外，卢祥、尹瑾和李觉斯，分别于天顺三年（1459年）前后，万历十二年（1584年）前后和崇祯八年（1635年）任太仆寺卿。

在东莞历史上，陈琏、卢祥、尹瑾和李觉斯，都是赫赫有名之人。东莞青年学者李炳球先生，梳理了两个先贤的诗存：

卢祥、尹瑾个人著作集已湮没无闻。而今《南滁会景编》纵使留下乡贤只语片言，也是东莞珍贵的文献史料，尤其在《全粤诗》专家团队地毯式地搜集整理粤人诗歌的前提下，再辑得卢祥《琅琊溪》、《石屏路》、《班春亭》、《庶子泉》、《方文》六首七绝和《重修南京太仆侍署记》一文，辑得尹瑾诗二十多篇，自是弥足珍贵。《全粤诗》据《岭海名胜记》、《东莞诗录》仅辑得尹瑾诗八首，实难窥探其工诗之貌。

对于《南滁会景记》，李觉斯的贡献，更在诗文之外。

李觉斯在太仆寺卿任上的时候，发现藏于寺库中的《南滁会景编》的雕版缺失，便令门人孟光昭重修编次，崇祯版的《南滁会景编》，就是大乱年间的文化产物。

李觉斯这个名字，曾以降清变节者和张家玉敌人的双重身份，出现在本书的前章中。以诗文面目出现在《南滁会景编》中的四个东莞人，都是《广东历史人物辞典》中的名字，那些有意忽略褒贬、以中性文字示人的工具书，用简略的手法，隐去了历史人物脸上的疮疤和污垢。倒是李炳球先生，在《南滁会景编》读后，发出感叹陈琏、卢祥、尹瑾皆以铮铮铁骨，给后世留下美名；李觉斯虽守滁城有功，却于顺治三年（1646年）十二月在籍剃发降清，更于后来'灭文烈之宗'为世人所耻，真是发人深醒。"

正统六年（1441年），陈琏以71岁的高龄致仕还乡。陈琏是官场上的全身而退者，回乡之后，他在莞城同德街建"万卷堂"，供士人无偿阅读，用文化造福梓里。东莞县令吴中，将陈琏和李用、李春叟父子合祀三贤祠。陈琏的高德懿行，让东莞民间演绎出了一个"陈琏求雨"的美丽传说。

陈琏家乡的民众，将这个传说的背景，放在了景泰初年。那一年干旱，田土龟裂，赤地满目。陈琏应乡亲求请，回到家乡。沐浴更衣之后，陈琏作《祈雨遍告诸神文》，设坛求雨。故事的结果，完全是套路中的规定，当神龙普降甘霖之后，百姓为之感恩戴德，特制木龙，载歌载舞。

民间故事，捕风捉影，不足为信，只有诗歌，才真实地留下了陈琏的声音和体温。东莞学者杨宝霖，用"华赡博大"一词概括了陈琏诗的内容、艺术风格和特色。

"咏歌帝载"，是明代东莞诗人祁顺对明初何真、陈玄、黎光和陈琏诗的评价。作为一个"出而用世"者，后人从陈琏诗歌的标题上，轻易地看出了颂歌的性质。《平胡颂》《铙歌鼓吹曲》《平安南颂》《巡狩颂》《驺虞诗》《麒麟诗》和《瑞鹿赋》，这些"铺张太平，咏歌帝载"的作品，是一个顺境中的官员内心情感的真实世界。即使是那些标题隐讳的诗歌，也掩盖不了"日月垂光华，山河悉安奠。玉帛来万方，衣冠萃群彦。""峨峨万岁山，翠色凌苍穹。下归太液池，上接广寒宫。琪琳炫晴旭，秀色何葱葱。""宫阙五云里，金碧交相辉。图籍聚东观，文光昭璧奎。"之类的本质内涵。

随征漠北，是陈琏诗的一个重要内容。

康熙刻本《琴轩集》中，诗题下注有《督运稿》的诗，计有51首，加上《居庸关》《饮马长城窟》《凿冰行》《云州歌》《李陵台》《闻笳》《郎山》《掘甘草》等8首未注明"督远稿"的诗，则至少有62首。

62首诗的写作背景，源于永乐二十年（1422年）三月，明成祖朱棣率兵北征阿鲁台。这一次短暂的征伐，这一次战争倥偬中的军旅生活，无意中让诗人收获了六十余首边塞诗。

后世的研究者，将这62首《督运稿》诗，归纳出了五个方面的内容："歌颂抗击蒙古，保卫边疆的正义之战，祝愿北征的胜利；记述边疆被蒙古蹂躏；描写了北征的军容之盛；叙述了行伍的艰辛；绘出塞外风光。"

在中国诗歌史上，边塞诗的顶峰，当属唐朝。高适、岑参、王昌龄、王之涣、王翰等人，以自己亲历的独特生活，将沉雄的大漠，遥远的孤烟，悲壮的落日和残酷的战争，化成了千古绝唱。鱼米之乡的东莞，当然不是生长边塞诗的土壤，在明朝的官场上顺风顺水的陈琏，也不可能进入高适、岑参们的视野，陈琏的诗，只是遥远的唐代边塞诗的余绪，它为东莞诗坛，注入了边塞的异质。

东莞的英雄，自抗元战死的熊飞开始，东莞的英雄颂歌，则从《琴轩集》起步。陈琏的《战韶阳》，开启了东莞诗人传播爱国精神的先河，而为国献身的英雄主义，则成为了东莞诗歌创作绵延不绝的一个主题。

> 战韶阳，日光薄，朔风南来撼山岳。
> 梅关已碎凌江枯，斗大孤城竟谁托。
> 寒芒烛地狼星光，边声彻夜交锋铓。
> 老奴潜绝城竟覆，残兵散走如群羊。
> 虎头将军面如铁，义胆忠肝愈激烈。
> 仓皇巷战接短兵，三尺龙泉耀霜雪。
> 誓战死，无偷生，竟死不辱勤王名。
> 崖山猛山多如雨，谁似韶阳战有声。

除了颂歌之外，读史怀古和题画山水，也是陈琏诗歌的重要内容。在东莞诗人中，题材多样，内容丰富，恐无人出陈琏之右。其诗歌创作成就，杨宝霖先生有如下评价：

东莞存世的诗文，写作时间最早的是南宋。南宋至明初三百余年，从著作和成就来看，最大的文学家是陈琏。陈琏的《琴轩集》（康熙刻本），是存世的莞人著作中最早的一种。陈琏的诗歌，是南宋至明初存诗最多的一位。其内容的博大，风格的敦厚，语言的工稳，可以作莞人诗作的代表。

而在王颋先生的笔下，则呈现出另一种评价：

无论吏治还是文作，当陈琏在世的时候，即享有非常的声誉。《东里集》卷续五八《过滁州·马上口号·寄陈廷器》："一入滁阳郡，桑阴翳广原。纷纷纳禾稼，渺渺散鸡豚。清夜无鸣柝，长途不闭门。皆云贤守化，深荷圣朝恩。"然而，就《琴轩集》所有的诗、文而言，太多的平常之作，太多的相似之作，太多的具有楷模之作，太多的具有格例之作。……字词虽异，主题不异。或许正是这样的诗、文，才更有可能敲开科举的大门，而习惯如此写作的前辈，当然是合适当时的学校主管者。其之所以有许多年参预乡试、会试组织和主持国子监运转，原因是否在此？

35　罗亨信与《觉非集》

罗亨信在本书第二章以一个戍守边塞的将领身份出现的时候，他的文名，还隐藏在厚重的《觉非集》中。

古代的科举取士，成就了无数的诗人和诗作，从这个意义来说，罗亨信当是一个诗人。明朝理学名臣丘濬在《觉非集·序》中评价罗亨信的诗，认为"其诗不事锻炼，用眼前语写心中事。讽咏之，可以知其心之洞达明白，无城府町畦也。"但是，《觉非集》并不是一本诗集，严格意义上，它是罗亨信的诗文集。如果放在出版繁荣的当今，可以视为罗亨信的文集。

十卷《觉非集》，以一百四十八篇的篇幅，记录了一个戍边功臣的人生轨迹。我看到的《觉非集》，是齐鲁书社根据清康熙罗哲刻本影印的古籍，它在《四库存目丛书》中占有一席之地。在卷前丘濬、祁顺和戴锡纶的序言之后，是卷一序，卷二族谱序，卷三记，卷四碑铭，卷五碑铭、传、行状，卷六赞说、书跋、祭文、祝文、卷七至卷九诗，卷十录罗亨信年谱、墓志铭、传的顺序结构。

《觉非集》以古籍的面目藏之复旦大学，一般读者难以借阅，幸运的是，东莞文史学者杨宝霖先生，尽数十年努力，编辑出一套《东莞历代著作丛书》，让数百年前的文献，重现后人眼中。香权根先生在整理《觉非集》的过程中，将自《广东诗粹》《岭南风雅》《粤东诗海》《东莞诗录》，嘉靖《增城县志》、宣统《高要县志》和东莞三族谱中发现的诗文七则收入集中，尤其重要的是，整理者将罗亨信入仕五十余年里的奏疏尽数搜罗入集，弥补了《觉非集》有意无意的疏漏和遗憾。于2011年由上海古籍出版社出版的《东莞历代著作丛书》，将《觉非集》更名为《罗亨信集》，让长眠了五百六十多年的先贤，第一次有了自己的文字全集。

罗亨信那个年代，没有专业诗人，然而，业余写作，却留下了许多的经典。汉赋、唐诗、宋词、元曲、明清小说，都是一个时代的文学高峰。罗亨信不以诗文名世，他的《觉非集》，也并非陈琏《琴轩集》式的诗集，而是一个戍边者的文集。诗，只是一个行武者的业余陶冶；诗，也只能是《觉非集》的组成部分。

后世的研究者，梳理了《觉非集》的内容：

《觉非集》中的文共一百四十八篇，大部分关涉明代边防及东莞，这与罗亨信久镇边陲，是东莞人有关。虽然这些文章中以应酬居多，歌颂的色彩较浓，如卷一除一篇序陈琏《罗浮志》者外，余下的三十六篇均为赠序，为应酬之作；也有一些迷信部分，如卷三的"禅寺记"屡见有神佛显灵等语；但除却如歌颂部分、迷信色彩以外，这些文字，尤其是罗亨信以亲历后用心撰写的篇章，对研究明代的边防，对研究东莞的历史，不无裨益。如卷三《宣府新城记》，为明嘉靖四十年刊本《宣府镇志》（台湾成文出版社有限公司《中国方志丛书》影印本）卷一一《城堡考》所录，它记述宣府（今河北宣化）的沿革及首次筑成之城的体制与守将的更替，可纠正一些典籍记宣府前卫、宣府左卫、宣府右卫建置时间上的失误。又如卷四《武进伯朱公神道碑铭》、卷五《永宁伯谭公传》，可考述明朝边镇重臣朱荣、谭广的生平，也可从中考知明朝的一些征战用兵的史事。由此，《觉非集》的价值可见一斑。（香权根《罗亨信及其诗文》）

在边防战事的记叙中，罗亨信通过对朱荣、谭广等人物和战争的描写，展示了宣德九年（1434年）九月、宣德十年（1435年）秋、正统元年（1436年）、正统二年（1437年）秋、正统六年（1441年）十月、正统八年（1443年）冬，明军与蒙古军队的六场生死厮杀。在惜墨如金的文字中，后人看到了宣德九年到正统八年，十年之间的边塞烽火。

《永宁伯谭公传》，用极其简省的笔墨，描写的战场形势和用兵之策，栩栩如生，如同影视："有寇骑从山巅而来，势且大，上顾谓公曰：'寇将至，汝何以敌之？'公曰：'彼虽据高而无步卒，臣以锐兵从岩畔以火铳击之，使其马骇乱窜，及以步卒持长刀斫其马足，是可胜也。'上然其计。遂领千人列阵，以锣声为号，众铳齐发，寇人马辟易，中伤仆崖挂树而死者千数。又应左右哨寅夜逐北寇，皆远遁。"

东莞氏族和东莞名士实录，是《觉非集》的一大内容和特色。《觉非集》之前，东莞城北何氏、章阁杨氏、白沙刘氏、章村邬氏、东莞柳氏，均无迁徙来历和族谱流传。罗亨信通过《觉非集》，第一次让这些姓氏的迁徙路线水落石出。《觉非集》卷二中的《东莞城北何氏族谱序》《东莞章阁杨氏族谱序》《东莞白沙刘氏族谱序》《东莞章村邬氏族谱序》和卷四《邬母柳氏孺人墓碑铭》，为这几个氏族的历史，探本溯源。

在《觉非集》中，南京礼部侍郎陈琏，无疑是最有代表性的名人。卷五中的《同邑礼部侍郎陈琴轩公行状》，成了后人研究陈琏绕不过去的重要文献。

三十多年前，我来到庐山脚下的白鹿洞书院，我无意中在石头上见到过一个陌生的名字。以我那个时候的见识，不可能将石头上漶漫模糊了的"翟溥福"这个名字同千里之外的广东和东莞相连，更不可能将这个名字同罗亨信的《觉非集》关联起来。三十多年之后，我以一个户籍东莞人的身份，在东莞莞城的书房里，研究罗亨信和《觉非集》的时候，这个三十多年前的陌生名字，突然从古籍中"跳跃"出来：翟溥福，成了《觉非集》中的一个东莞名士。

东莞人翟溥福和江西白鹿洞书院，在罗亨信的《觉非集》卷四中，接上了缘分：

正统丙辰春，大司寇魏公荐擢南康郡守。至则访民情，周疾苦，省刑罚，禁横征。……因访匡庐古迹，至白鹿洞，见考亭文公所建书院遗址尚存，与僚属捐俸市材，重建宣圣殿，两庑、讲堂焕然一新。廷师简民子弟受业其中，朔望躬谒，命诸生讲论经史，有切于纲常伦理，则反复诲谕，郡人来观者百十计。复取仙居令陈襄教民格言，刻之印散民间，俾观感循化。

　　名列《觉非集》中的东莞名士，远不止陈琏和翟溥福两人，罗亨信笔下的每一篇碑铭、传、行状、赞、祭文和祝文，都是一个人物的生平和音容笑貌。香权根在《罗亨信及其诗文》中，着重点到了邬玄中和何潜渊两个人。邬玄中在《觉非集》中，以聪敏博学的面貌出现，"凡儒、术、书、数、史、律，若夫佛、老，与夫卜筮星命，靡不研究"。"他被诬告远谪平城之丰州（今内蒙古托克托）的，他在不幸面前所表现出来的坚毅，为现存各种《东莞县志》未载"，只有《觉非集》卷四中的《邬母柳氏孺人墓碑记》中，才能看到这些真实的信息。何潜渊，是东莞凤台诗社创始人之一，《觉非集》卷二《东莞城北何氏族谱序》，追溯了其家学渊源。这两个人，拥有一个共同的身份，即罗亨信的姻亲和好友。

　　罗亨信的诗，在《觉非集》中只占了卷七、卷八、卷九的位置。丘濬的评价，并无拔高，今人的评价，也多用"文字都较朴质，情感也沉稳，没豪壮激越之言，也没旖旎缠绵之情，似乎信手拈来，任其自然"之类的标准衡量。香权根的《罗亨信及其诗文》在肯定的同时，也用了"多应酬之作，溢美之言屡见，欠真情实感，可赏性不高；诗意雷同，用语重复"来评点罗亨信之诗。同时从另一个角度，客观地作出了结论："总的来说，罗亨信的诗，其艺术水平稍逊于它的史料价值，不过，作为军事家，在其金戈铁马的战斗生涯中，能写出这样的作品，也算是难得。"

36　祁顺与《巽川祁先生文集》

在三卷本的《东莞人物丛书》中，与《觉非集》相同年代
而又同为古籍珍本的，是《巽川祁先生文集》。东莞文史学者
杨宝霖先生，用了数十年时间，才见到此书的身影。有些人的
一生，只与一部书有缘，比如东莞人伦明。

杨宝霖先生的《祁顺及其〈巽川集〉》这篇文章，是我有
幸读到《巽川集》的一个背景：

笔者弱冠时读道光间成书的《粤东词钞》，内收明东莞祁
顺词八首，其中祁顺出使朝鲜时所写的几首，外国风光，描绘
如画。由此很想找到祁顺的《巽川集》一读，以偿一窥全豹的
欲望，曾经访问过棠梨涌（今名梨川）祁氏族人，多次往省图
书馆查阅，又利用校对古籍之机，到北京图书馆（现改为国家
图书馆）、上海图书馆、南京图书馆及广东的中山大学、华南
师范大学、暨南大学图书馆查阅卡片，均一无所获。数年前，
读黄普荫《广东文献书目知见录·补编》，内云："《巽川祁
先生文集》十六卷附录二卷，明祁顺嘉靖三十六年刊本十二
册藏台湾中央图书馆。"书在台湾，料今生无缘一见。1998年
7月，入中山图书馆，特藏室主任林子雄先生相告："新购之
《四库全书存目丛书》已上架，需读乎？"笔者索目录而观，

罗亨信《觉非集》与祁顺《巽川祁先生文集》两种康熙刻本赫然在目，为之惊喜，不顾客囊羞涩，亟复印以归。

《觉非集》和《巽川祁先生文集》并列于图书馆的书架之上，本是古籍分门别类的排列组合，却让罗亨信和祁顺两个东莞人意外相逢。

古代的文人和官员，两种身份，却是一个人生活逻辑的密切关联，是不可分割的血肉。祁顺是天顺四年（1460年）的进士，由于名讳，他以殿试第一的成绩，被降为二甲二等。这个巨大的反差，是个人无法抗拒的命运。祁顺为官四十年，先后在兵部主事、户部郎中、江西左参政、山西右参政和福建右布政使、江西左布政使任上忠于职守，被后人誉为"为官四十年，家业无所增。"

在中山图书馆意外得到《巽川祁先生文集》的杨宝霖先生，描述了一本古籍的面貌：

《巽川祁先生文集》白口，单边，单鱼尾。鱼尾上刻"巽川集"三字，集名之下，各卷分别刻小字：元（卷一至卷五）、亨（卷六至卷一〇）、利（卷一一至卷一四）、贞（卷一五至附录卷下）。鱼尾下刻卷次，下刻页次，下刻"在兹堂"三字。"在兹堂"，据康熙二年吴国缙序，为祁顺裔孙祁信之堂名，则此书为家刻也，乌丝栏，半页九行，行二十字。

祁顺的书，直接用"文集"命名，省去了后世读者阅读的疑惑。《巽川祁先生文集》与《觉非集》体例上的大同小异，与它们在书架上的并列，并非完全是一种巧合，在一个著作不易流传，出版依赖后人的时代，祁顺和罗亨信，都用自己为官一生的诗文为后人留下了一个有为官员的人生足迹。

《巽川祁先生文集》卷一中的颂、赋、辞，除了哀为激励儿子随宋帝抗元投黄木湾而死的陈氏和悼以布衣起兵抗元的熊飞之外，还将东莞英烈悲壮殉死的时间，上溯到了五代十国。

东莞史册上，记录了熊飞、袁崇焕、张家玉、陈策、陈象明、苏观生等一系列以死殉国的热血英雄，而南汉时期的邵廷琄，则是东莞报国英雄的先驱。

邵廷琄总理禁军军务的时间，比熊飞早了三百多年，可惜的是，命运为邵廷琄安排了一个只会享乐的昏君。邵廷琄的一腔抱负和带兵才能，在荒淫奢侈的刘鋹那里，只能为自己带来嫉妒和危险。

民国《东莞县志》卷五四《人物略一·邵廷琄传》，记录了邵廷琄的军事眼光和悲剧结局。赵匡胤称帝立国的公元960年，邵廷琄立即看到了来自中原的威胁，他对刘鋹进言：

汉乘唐乱，居此五十年，幸中国有故，干戈不及，而汉益骄于无事，今兵不识旗鼓，而人主不知存亡。夫天下乱久矣，乱久而治，自然之势也。今闻真主已出，必将尽有海内，其势非一天下不能已。

宋太祖赵匡胤，以"真主"的面目出现在邵廷琄的苦口婆心中。邵廷琄审时度势，提出了两条对策：一是修兵防备，用坚固的城池和强壮的兵马，抵御北方的攻击。二是收集人间珍宝，进献宋主，派遣使臣修好，建立友好的外交关系。然而，邵廷琄的忠言，成了刘鋹的耳边风，他不仅没有采纳直臣的忠告，反而将邵廷琄的直言敢谏记恨在心。

　　刘鋹一意孤行种下的病树，几年之后便结出了苦果。宋开宝二年（969年），宋军攻克郴州，守将战死，当连州被围，形势危急之时，极度恐惧中的刘鋹才想起了邵廷琄。平时不烧香，临时抱佛脚的昏君，慌乱中加封邵廷琄为开府仪同三司、东南面招讨使，率领战船，驻守洸口（今属广东英德）。

　　宋军退兵之后，邵廷琄整顿兵马，抚慰将领，训练士卒，整肃边境，一时气象一新，一个良将的形象，有口皆碑。然而刘鋹却听信谗言，以谋反的罪名，宣告邵廷琄死罪。当刘鋹的使者到达洸口的时候，前线士卒排列整齐，替邵廷琄辩诬喊冤，但是结局无法挽回。邵廷琄死后，当地军民哀痛不已，立庙以祀。

　　一个敢谏直言的忠臣，并没有因为时间的久远而被人遗忘，邵廷琄在陈琏、祁顺的诗文中"复活"，而且成为了熊飞和东莞五忠的前赴后继者。所以，屈大均说，天下间宦官得祀乡贤祠者，只有邵廷琄一人。祁顺则在《吊邵廷琄忠臣辞》中叹息："世有竭忠以致怨兮，吾不知其何因。非夫子之不幸兮，盖遭时之不辰。"而陈琏记录在《琴轩集》卷五中的《哀洸口》，让一个地名，充满了哀痛和悲伤：

　　哀洸口，天为愁，海风吹鬓寒飕飕。
　　五羊城头天狗堕，南汉伯气应全收。
　　天吴海鲸恣吞噬，漠漠妖氛遍南裔。
　　皇风闻已畅中原，岭南疮痍待湔洗。
　　禹馀宫使输忠言，主聪不悟诚堪怜。
　　舟师甫自屯洸口，此身已殒谱人手。
　　至今山下有遗祠，日色惨淡行人悲。

后人在读屈大均《广东新语》时，对卷一二《诗语·宝安诗录》中"明兴，东莞有凤台、南园二诗社，其诗颇得源流之正"颇有疑惑。南园诗社，各种《东莞县志》及《东莞诗录》均未记载，而广州南园诗社，则名声远播，所以疑屈大均误记。祁顺的《巽川祁先生文集》，无意中为历史和诗歌作了澄清。《巽川祁先生文集》卷五七律诗中有《凤台、南园二读社请会不赴》一首，卷一一《宝安诗录序》，则有"吾宝安诗人，为岭南称首。……复有结凤台、南园二社，以大肆其鸣"的文字。

《巽川祁先生文集》卷一二中的记，有一篇竟然直通庐山白鹿洞，和东莞人翟溥福修葺之后的白鹿书院相连。在白鹿书院这个幽静的读书场所，祁顺和翟溥福相隔了43年的时间，但是，两个东莞人却以不同的身份和不同的心情，留在后人的印象里。

翟溥福以南康知府的身份重修白鹿书院的时候，这片曾经辉煌过的建筑，已经残缺衰败，一片荒凉，而祁顺以一个游客的身份到来的时候，此处已经书声琅琅，充满生机。一篇游记，串起了一个时代，联起了两个人，这是祁顺写作《游白鹿洞记》时不可能想到的结果。

诗，是《巽川祁先生文集》的主流，但是，后世的研究者发现，祁顺是明代东莞人留下来的词作最多的一位。由于出使朝鲜，祁顺留下了《满江红》词。这首词，成为现存东莞人写异国风貌的唯一之作。

后人对《巽川祁先生文集》的研究，清末民初的东莞学者张其淦，有一段十分准确中肯的评价。张其淦在《吟芷居诗话》中说：

祁巽川方伯，历官中外，以清洁自守。却海外之遗金，留江西之公帑。所谓以清白遗子孙者，斯人良不愧也。钟云瑞谓巽川讲敬斋、白沙之学，立志于警非寡过，儒臣之宗也。袁昌祚谓巽川诗文其志洁，故其旨冲和。其行芳，故其词雅淡。可谓知音也。

今读巽川诸诗，古体洁净，不事雕饰，近体五言如："地寒犹有树，塞远不扬沙。""健以穷愁博，吟应太瘦生。""道重浮名薄，官贫素节优。""世事不挂号，故人常在心。"七言如："陇梅欲寄春无便，池草初生梦有香。""酒力中人春去后，江声欺梦月斜时。""数茎蓬鬓经霜改，一点葵心向日孤。""天上几时均雨露，人间无处不风波。""留咏只将山当画，攻愁常偕酒为兵。""宇宙纲常今古事，江山风物短长吟。""宦程自笑先居后，岁月从教故又新。""生涯好是安蛇足，门巷真堪设雀罗"诸作，均有冲淡夷犹之致。

37 邓淳与《岭南丛述》

东莞诗歌，是一条漫长曲折的长河，它奔流的姿势，或激流咆哮，浪花万千；或舒缓浩瀚，一泻千里。那些壮丽的风景，深深地刻在纸上，它流经的地方，沃野千里。杨宝霖先生，记录了它的源流。

对于东莞诗歌来说，上文中的每一个人物，都是一个时代的薪火传人，他们的贡献，都是东莞诗歌长河上的一处风景。在《广东历史人物辞典》中，邓淳的贡献，则跨越了诗歌，他用一部《岭南丛述》，成为了可与屈大均比肩的文化名人。

邓淳著述丰富，有《岭南丛述》六十卷、《宝安诗正》六十卷、《粤东名儒言行录》二十四卷、《主一斋随笔》十二卷、《家范辑要》三十卷、《邓氏献征录》八卷、《朴庵存稿》十卷、《家谱》二十卷、《乾惕录》二卷。"著述丰富"是对一个学者勤奋的评价，但是，这个评价，并不是邓淳著述的全部，如果没有《岭南丛述》，邓淳著述的价值和影响，将会逊色不少。《岭南丛述》是一部宏大的百科全书，一个人的知识积累和写作冲动，很难和包罗万象联系起来，必须有某种因缘促发和牵引。《岭南丛述》的滥觞，是一般读者看不见的遥远源流。

由于出生在四代举人的家庭，受到了异于常人的文代熏陶，邓淳得到了两广总督阮元的信任，被指定《广东通志》的东莞采访。这是嘉庆二十三年（1818年），邓淳用《东莞志草》五十卷，为阮元纂修《广东通志》奠基。

《岭南丛述》与《广东通志》，具有逻辑的关联，它们之间，有时间的先后，有无法割裂的血缘。《岭南丛述》的编写，在阮元的《广东通志》之前，成书在《广东通志》编写之中。杨宝霖先生断言："邓淳既是《广东通志》（道光）编纂人之一，《岭南丛述》的原始资料，一定为《广东通志》所用；《广东通志》的原始资料，又一定为《岭南丛述》所吸引，然则《广东通志》既已流行，《岭南丛述》有没有参考的必要呢？将两书对照，各有所长，未可轩轾。《广东通志》为一省志书，内容必须全面，结构必须严谨，叙事须取大而舍小，又卷帙浩繁，用语应简；《岭南丛述》近于说部，内容当有所侧重，行笔亦较轻松，写人叙事，多采遗闻，所载内容，往往较《广东通志》详细具体。"

杨宝霖先生的分析，在邓淳的自序中得到了有力的应证：

淳赋性迂拙，于祀一无所好，独于载籍不啻性命，以之诵读之暇，辄取岭南事实，略为札记。岁戊寅（即嘉庆二十三年），制府芸台先生（杨宝霖按：两广总督阮元字伯元，号芸台）纂修《广东通志》，命淳采访东莞，事峻，旋檄为省局分校，爰取曩时箧衍所藏者稍加编次，列目四十，厘卷六十，名曰《岭南丛述》。

所有的文献和邓淳的自序都表明，两广总督阮元编纂《广东通志》和邓淳奉命东莞采访，无意中为邓淳的《岭南丛述》孕育了一粒种子，而屈大均的《广东新语》，又为《岭南丛述》的体例和内容，提供了启发和借鉴。

《广东新语》全书二十八卷，"每卷述事物一类，如天、地、山、水、虫、鱼等，凡广东之天文地理、经济物产、人物风俗，无所不包。"屈大均著《广东新语》，在于补《广东通志》的不足，"而其所补者，又不仅'考方舆，披志乘'且'验之以身轻，征之以目睹'，故'其察物也精以核，其谈义也博而辨'。……作为明清之际的经济史、思想史读，也无不可。"书中的《潘序》①更认为："浏览者可以观土风。仕宦者可以知民隐。作史者可以征故实。摘词者可以资华润。视《华阳国志》《岭南异物志》《桂海虞衡》《入蜀记》诸书，不啻兼有其美。"

---

① （清）屈大均撰：《广东新语》，中华书局 1985 年版。

与《广东新语》相比，《岭南丛述》的内容增至到了六十卷。四十目的内容，包括了天文、岁时、舆地、群山、诸石、水道、宦纪、礼制、乐器、文学、武备、伦纪、流品、人事、知遇、身体、疾病、梦征、闺阁、服饰、宫室、墓域、器物、珍宝、饮食、百花、草木、竹藤、百果、蔬谷、飞禽、走兽、鳞介、昆虫、技术、神仙、释家、怪异、诸蛮、靖氛等等，举凡有关广东的天文、地理、物产、风俗、人物、古迹以及文学艺术、科技、少数民族等，都记载详细。后人用"道光年间广东的百科全书，研究广东历史不可缺少的资料"评价《岭南丛述》，确为中肯之论。

作为一个研究者，杨宝霖先生比较了《岭南丛述》与《广东通志》的行文区别。在岭南三忠之一的陈子壮抗清被执，不肯降清被杀的记载中，《广东通志》只有极其简省的二十个字：

> 子壮、而炫俱执至广州，不降被戮。子壮母自缢。
>
> （卷二八四《明史·陈子壮传》）

而在《岭南丛述卷二·伦纪》中，则展开笔墨，形象刻画，人物的言行举止，栩栩如生：

> 陈子壮被执，时李成栋亲释其缚，且命乡人殓其母，又遣副将张英唁子壮，设饮食，供具甚美，子壮流涕拒之。是时，成栋引兵而西，乃将子壮解佟营，命张英督解，语以善为安置，无相害也。十一月初六日，子壮入见佟养甲，踽步而进，神气岸然，北面中立。佟叱之跪，子壮厉声曰："我为朝廷大臣，头可断，而膝不可屈。"佟知其不可以威惕也，因霁

威言曰："我念尔是年谊，欲曲意保存，俾尔知天命有归，尔何违天自作孽乎？"子壮曰："尔既背朝廷，有何年谊可取？且气数之天命不敢知，群臣之大伦当自尽。我神宗鼎甲，世受国恩，今日事既无成，一死以报而已，"佟曰："汝降，生，且富贵；否则，族。"子壮曰："但求死耳，他非所计也。"于是佟养甲即日莅东郊，先将御史麦而炫等六人杀之，以惧子壮，子壮且笑且骂，佟怒，遂磔。

杨宝霖先生认为："如果要作广东大事记，当舍《岭南丛述》而取《广东通志》；如写历史小说，一定会舍《广东通志》而取《岭南丛述》了。"

东莞历史上的先贤著作，《岭南丛述》应该是独一无二的存在。它的价值和意义，超越了个人诗集和文集的局限，将众多的公共话题置于个人的观察和评判之下，它涉及社会层面的主题，溢出了个人的抒情，成为时代和读者的长久关注。屈大均的《广东新语》，一度成为禁书，乾隆时代的文字狱，让屈大均发棺戮尸，而且连累后人。然而书的价值，无法封禁和处斩，数百年之后，书籍出版，不断被人研究和引用。《岭南丛述》，同样具备了流传和研究的价值，书中记叙的内容，让后人穿越漫长的时光，看到了一百多年前的岭南风物。

用《广东通志》作为比较，后人可以清楚地看出《岭南丛述》的优势。杨宝霖先生的研究，细微具体，深入到了一本书的骨髓：

在物产中，《广东通志》载果84种，《岭南丛述》载133种。其中荔枝一项，《广东通志》记品种32，《岭南丛述》记40余；《广东通志》近于表列。《岭南丛述》详为叙述。荔枝命名的来由，栽培之简史，各品种的性状，一一详述。其卷四一《百果》（上）"荔枝"条，是吴应逵《岭南荔枝谱》未出之前，言广东荔枝最详细的一篇。《广东通志》叙花41种，《岭南丛述》记花80种。可以说，《广东通志》与《岭南丛述》，可以互相补充，互为表里，而不可以此代彼，或用彼而舍此。

我入粤近三十年，吃过的荔枝不知道有多少，然而我所知道的荔枝品种，却不到十种，一个孤陋寡闻的人，就是那个觉得鸡蛋好吃而从不关注下蛋母鸡的饕餮者。少年时期，饱食是我最大的理想，我与岭南佳果荔枝，隔着地球至月球的遥远距离，我见过的荔枝，是在母亲住院时装在玻璃瓶中的罐头，那是鲜果加工防腐之后的另一张面孔，它已经失去了鲜活的容颜。当我将口水咽回去的时候，不可能想到，数十年之后，我会在荔枝的家乡落户，成为一个与它亲密接触的人。

《岭南丛述》遵循"是编以征引事实为主，故言不妨雅俗兼收，然字字皆前人撰述，不敢臆断"的原则，全书六十卷，均在前人的著述上辑录而成，每条均有出处。《岭南丛述》引书554种，这些古籍，有的已经散失，有的已成残卷。《岭南丛述》的引用，无意中成为了后人辑佚或者校勘某种古籍的参考。如赵古农的《槟榔谱》《龙眼谱》《苏经》，已成海内罕见之本；祁顺的《巽川集》，世间只存两本。孤本秘籍，赖此传其片语，碎玉零珠，弥足珍惜。

我和许多读者相同，是屈大均《广东新语》的读者和引述者，然而对于《岭南丛述》，我却是一个长期的陌生人，幸好通过撰写这部拙作，为我作了文字姻缘的穿针引线，让我在《岭南丛述》的家乡，见到邓淳。

杨宝霖先生的研究，让《岭南丛述》的真面目水落石出：

研究广东古代历史，人们都喜欢用屈大均的《广东新语》，《岭南丛述》后于《广东新语》140年，这百余年来出现的资料，《岭南丛述》有而《广东新语》无，在内容和篇幅上，《岭南丛述》都胜于《广东新语》，而《广东新语》版本多，研究者易得，而《岭南丛述》一书，人们罕见，故《广东新语》彰而《岭南丛述》隐也。

38 陈履与《悬榻斋集》

陈履是东莞清流中的一个廉官，民国《东莞县志》中的简略文字，掩盖了他文人雅士的另外一面，直到他的胞弟陈益冒死从安南引种番薯，遭乡人诬告，蒙冤下狱，他出面援救之时，我才从资料中找到了《悬榻斋集》的线索："他为人好交文人雅士，太仓王世贞，安定皇浦方兄弟，以及广东黎民表、欧大任等经常酬唱相和。退职后复与南海郭棐、陈滢、姚光洋等十六人结社研文，吟咏不辍，有《悬榻斋集》风行于世。"

当代人根据民国《东莞县志》翻译转述的文字，是四百多年之后的人们陌生的情景，尤其是那些人名，离开了文化的语境，就只是一些陌生的符号。

陈履交往的文朋师友，均集中在他人生晚期尤其是因病致仕之后。东莞探花陈伯陶，在《聚德堂丛书》本《悬榻斋集》跋中，为后人罗列了一批文人骚客。"观集中《九日舟中独酌放歌》一首，当时鄞屠长卿（隆）、歙汪伯玉（道昆）、方定之（宏静）、太仓王元美（世贞）、弟敬美（世懋）、宣城梅禹金（鼎祚）、沈君典（懋学）、秀水冯开之（梦桢）、华亭莫云卿（是龙）、长洲张伯起（凤翼）、弟幼于（献翼）、皇甫子安（涍）、弟子循（汸），暨粤东从化黎帷敬（民表）、子君华（邦琰），顺德欧桢伯（大任），皆其所师友，故所为师文，具有矩矱琅然雅正之音，及罢归，结浮邱诗社。与其间者，则南海郭笃周（棐）、弟乐周（槃）、陈明佐（堂）、姚继昭（光泮）、邓价卿（于蕃）、杨肖韩（瑞云）、陈名翊（大猷）、王唯吾（学曾）、金持甫（节），番禺张伯璘（廷臣）、黄愚任（志尹）、梁思立（士楚）、黄用砺（鳌），东莞袁茂文（昌祚），从化邓君肃（时雨），合之凡十六人。"

《悬榻斋集》是陈履留给后人的精神财富，它是莞邑先贤不可忽视的重要著作，陈履的名字，可以同赵必琭、陈琏、罗亨信、祁顺、邓淳、陈伯陶等人并列。这部历经千辛万苦从浩如烟海的图书馆里搜集而来的影印诗文，以七百多页的厚重到达我手上的时候，是十七年前。那时，一个对地域历史文化毫无兴趣的虚构写作者，对一本繁体竖排的古人文集，只是匆匆翻过几页，连"陈履"这个作者的姓名，都没有记住。幸好，陈履有个引进番薯的弟弟陈益，幸好，在陈益被乡人陷害打入监牢的危急时刻，陈履及时现身，用一封书信，救了蒙冤的陈益。这个十几年之后才续上的书缘，让我从蒙尘的书架上，取下依然崭新的《悬榻斋集》。

《悬榻斋集》的曲折命运，是陈履生前无法预料的。这本被伦明的书肆经理孙殿起在《贩书偶记》中关注过的海内孤

本，也在黄荫普的《广东文献书目知见录》中出现过。清末生
员，藏书家王绥珊和《文汇报》记者黄裳，都与万历刻本《悬
榻斋集》有过交集，然而，这些线索，都无法让读书人见到
《悬榻斋集》的真实面目。一部失踪了四百一十多年的海内孤
本，成为了陈履家乡文化人的一个心病。

数十年中，杨宝霖、李炳球等东莞文化人，为寻找《悬榻
斋集》，遍访各大图书馆，仅国家图书馆，杨宝霖先生曾先后
四次求访，最后在上海图书馆找到了它的踪迹。

杨宝霖先生见到《悬榻斋集》海内孤本的时候，心情激
动，不能自已。他隐藏起自己的心情，用朴实的语言，照相一
般地描述了一部书的真容：

万历刻本《悬榻斋集》分装四册，诗八卷，文四卷，各二
册。框版高十六点三厘米，宽二四厘米。半页九行，行一十八
字，楷书，白口，上鱼尾，鱼尾上刻"悬榻斋集"，鱼尾下刻
卷次、页次。单边，乌丝栏。是书无目录，每卷第一页首行刻
"悬榻斋集"卷X，次行刻"岭南陈履德基甫著"。全书字迹端
庄稳重，行距字距爽朗，洵佳版也。

四百多年之后原版影印的《悬榻斋集》，在郑材和何乔远
序的基础上，加了前言和附录，从而为一部古籍注入了时代的
内容。实事求是的策划统筹者，并没有用"经典"来拔高作为
先贤的诗人。后人的研究认为，陈履的文章，似乎比他的诗具
有更重的分量。

陈履的文章，在我的读后感受中，是关心民生疾苦的现实
主义，具有杜甫"三吏三别"对底层百姓的同情。在《上司谳
陈公祖书》一文中，陈履为那些在海边引咸煎盐漂泊无定的流

民大声请命:

> 其艰苦盈于触目,而疾痛逼于切肤,艰苦彷徨,莫知底止!是以不得不备历艰苦,仰于尊严,伏乞体天地之心,遵祖宗之制,将某所言事理,批行府县有司,如果查勘不虚,乞赐垂仁矜恤,一切杂泛差役,亟赐蠲除,醝海生灵,赖以立命,地方幸甚。

为民请命,是官员稀有的美德。为民请命,同时也是一种风险行为,它潜藏着触怒上司遭受贬惩的后果。在陈履的文字中,我没有看到一个官员的犹豫和忧虑,那些与颂词背道而驰的汉字,在官员的陈词中显得刺眼。

在一个见风使舵曲意逢迎的官场中,陈履的直言不讳为民请命,就是乌纱帽里的一股清流。

记载在文献资料中的陈履言行,并非性格二字可以解释,我在杨宝霖先生为2005年7月广东教育出版社出版的影印本《悬榻斋集》撰写的前言中,找到了最有说服力的根据:

> 陈履的祖父陈志敬曾上《请省赋敛以苏盐丁疏》,力请减轻盐丁的负担。为盐丁请命,陈氏可谓家传。所以清代于潜知县邓昂霄说:"(靖康盐)场中役繁赋重,前则司马志敬公悯其苦,疏请宽赋。至先生(指陈履)仰承先志,复奏请宽醝。祖孙济其美,民以是德之。"并记乡民在靖康盐场官署之侧,建二贤祠以为纪念。

39　东莞小说的滥觞

在东莞历史上，第一次出现"小说"这个词，是在清朝光绪年间。蔡召华，是东莞小说的开山鼻祖，他用《笏山记》和《驻云亭》两部小说，为东莞带来了文学的崭新气象，也为一种文体的风行，在东莞作了滥觞。

古代的文人，大多只有"诗人"这顶阳春白雪的冠冕，小说，是被诗歌拒之门外的下里巴人。诗歌的历史，几乎和文字同步，而小说，从神话中脱胎，最后才成为人类口头流传的故事，在诗歌以诗人春笋般层出不穷、诗社活动为人注目的宋元明时期，东莞的小说，仍是一片未被开垦的处女地。

在《广东历史人物辞典》中出场的蔡召华，以一个纯粹的诗人身份亮相：

字仪清，号守白，清东莞人。道光间（1821年—1850年）副贡。家贫，洁身自爱。工诗，著有《爱吾庐诗钞》《草草草堂草》《细字吟》《缀玉集》《闲居百咏》《梦香居集》《驻云亭传奇》。（宣统《东莞县志》卷七一、《东莞诗录》卷五三）

辞典中的词条，是一种权威的介绍。上面的文字，一网打尽了蔡召华的诗歌，而对于《笏山记》，却只字未提。这种有意无意的忽略，也许是编者的选择，也许是由小说的弱势地位决定的。

我相信是《广东历史人物辞典》的编辑者的无意，导致了对蔡召华文学成就的低估和长篇小说《笏山记》的遗漏。现存的文献，也从许多方面作出了说明和印证。

刘英杰认为，目前有关我国文学史和小说史的著作中，对《笏山记》其书，还未见有详细地评价和深入地探讨，特别是对小说的作者，更是无人论及。可以说，目前我国小说界，对《笏山记》的研究，还是空白。

刘英杰是《笏山王》（即《笏山记》）的校点者。被列入晚清民国小说研究丛书的长篇小说《笏山王》，系1988年吉林文史出版社出版的图书。而吉林文史出版社引用的版本，是存世的唯一一个版本，即由上海广智书局于光绪三十四年（1908年）七月十五日印行的共三册六十九回本。这部沉睡了百余年的长篇小说，被吉林文史出版社唤醒。

在校点者刘英杰的评价中，《笏山记》"全书文词清丽隽永，情节波澜奇谲，令人目眩意迷。"刘英杰认为，东莞清代著名学者陈兰甫不但对蔡召华的诗词非常推崇，而且对蔡召华的《笏山记》评价很高，曾把《笏山记》与《红楼梦》相比较，谓："国朝说部之书，红楼外，此为第一。"《笏山记》在晚清小说中的地位与价值之高，可想而知。《笏山记》实为研究晚清小说者，不可多得之重要著作。书中不足处，惟后半部有些情节近于荒诞，少数章节间杂一些低级描写，降低了小说的艺术价值。

作为校点作者，刘英杰对《笏山记》的研究，超越了一般的读者，刘英杰对《笏山记》的评价，绝对是后人阅读此书的一个导读和指引。可惜的是，刘英杰的判断有失粗疏，清代著名学者番禺陈澧（兰甫），被其误为东莞人。但这处小小的硬伤，无损于对《笏山记》的阅读和研究。

小说中的笏山，系云南蒙化。后人认为，《笏山记》一书，是根据作者在云南时的所见所闻，竭十余年的酝酿构思，稿十余易而成。云南蒙化之西多山，山皆笏状，天日晴朗，遥望万笏柱天，故人称其地为笏山，或称万笏山。

《笏山记》的故事，后人作了简单的归纳：

《笏山记》中，叙述笏山一带多马，山民强悍好斗，不尚文。山中有居民数十万家，聚族而居，大者曰庄，小者曰乡，共有三庄（可庄、绍庄、韩庄）五百余乡。乡中有名黄石者，乡民皆玉姓，乡长玉遇工，其子玉廷藻，聪敏有才学，后成进士，以三甲授南阳叶县知县，政绩卓著，屡经升迁。在蒲州知府任内，秉公明断，救少年颜少卿出冤狱，并招为女婿。

罢官后，玉廷藻携婿入山。当时正值可庄内乱，绍庄倡议联合诸乡共讨可庄，众人推选玉廷藻为盟长。不久，韩庄背盟弃约，于是盟内诸乡多随之，师遂无功，玉廷藻亦卒于军中。颜少卿接其位为乡长。此时绍庄公已败死，同族人绍潜光夺取位，自立为庄公。并以颜少卿不是山中人，兴师攻之。山中多女杰，皆美艳聪敏，武艺高群。颜少卿足智多谋，广罗女杰为己用，先后纳十六女杰为娘子，充任幕府将帅。绍潜光日益强大，不久便称王。颜少卿与诸娘子，率军与之对抗，用兵数十年，终于获胜。颜少卿遂为笏山王。书中兵机之神妙、英雄之谋略、山中之奇风异俗，读之摄魂动魄，心驰神往，特别是笏山王颜少卿与其十六位娘子之间的爱情故事，更为缠绵悱恻，香艳凄楚。

云南服官三十年的经历，是写好一部以云南为背景的长篇小说的基础和前提，然而，民国《东莞县志·蔡召华传》中，却没有蔡召华在云南服官的记载。云南，成了蔡召华人生的一个疑案，成了《笏山记》地名的一处疑点。

《广东历史人物辞典》中，也没有蔡召华服官云南的蛛丝马迹，一个人在异地他乡三十年的漫长时光，不可能被文字轻易抹去。小说的虚构，为我展开了想象的广阔空间，但是，我无法在文字中，找到纪实与虚构的根据，看到一个先贤二百多年前的真实内心。

《广东历史人物辞典》中提到的《驻云亭传奇》，其实是蔡召华的另一部小说。东莞诗人张其淦在其编著的《东莞诗录》卷五十三中说："……又撰《驻云亭》传奇一书，未刻。余曾借观之，中多旖旎之辞。守白向人言，谓胜于《石头记》。然卷帙无多，用笔木直，似非佳构。"

蔡召华所处的那个时代，正值中国古典小说的巅峰时期。时清小说，被文学史高度概括为同唐诗、宋词、元曲并肩的辉煌文体。蔡召华的两部小说，如果真如其自喻的胜于《红楼梦》（即《石头记》），或如著名学者盛赞的"红楼外，此为第一"，那么，中国小说史，应该重新评判。

在雅与俗的文学艺术的界河中，小说一直以俗的面孔，不为诗歌接纳和宽容。滥觞时期的东莞小说，虽然出手不凡，但是只有蔡召华孤军奋战，加之蔡召华以教书为业，"生平固穷，自守不求人知"，"惟以吟咏自适"，一个著作等身却鲜为人知的读书人，成了《东莞人物丛书》的漏网之鱼。百多年之后，后人在小说的繁荣时代，依稀在黄脆的故纸中，看到了一个先驱的落寞身影。

第五章

《四库全书》，东莞的身影

40 乾隆皇帝的文化雄心

东莞，是《四库全书》绕不过去的"一篇重要文章"，从著作者和读书人的多个角度进入，后人可以看见《覆瓿集》和伦明的身影。

赵必璩的诗集《覆瓿集》，是东莞唯一一部进入了《四库全书》的著作。沧海一般浩瀚的《四库全书》，在《集部四·别集类》三中为赵必璩留下了一个位置。这个位置，从此让《覆瓿集》享受了尊荣，配祀了诗词的香火。

七百多年之后，后人只能够从《四库全书》和《粤十三家集》中找到《覆瓿集》的踪迹。诗106首、词31阕、文60篇，构成了一个末世王孙的人生沧桑和亡国悲愤。

"覆瓿"这个陌生的词，典出《汉书·杨雄传赞》引刘歆语："吾恐后人用覆酱瓿也！"后世因以"覆瓿"谦称著述之无足轻重者。赵必璩生前为著作命名《覆瓿》，除了单纯的自谦，还明显包含了自嘲的意味。诗人的愤世嫉俗，被典故装饰得婉转曲折。所以，陈纪在《故宋朝散郎签书惠州军事判官兼知录事秋晓赵公行状》中说："其好饮也，非取其昏酣，盖以清世虑；其吟诗也，非欲流连光景，盖以畅幽怀。"而郑之琮则在《粤十三家集·覆瓿集》卷首，表达了赵必璩对亡国的痛楚："而愤懑不平之气，每欲尽不敢、欲掩不能。见于言外，读之者莫不惜其遇，悲其志。"

伦明和赵必璩，相隔了元、明两个朝代和六百多年的漫漫时光，他们之间的交集，只与《四库全书》有关。《四库全书》让两个莞邑先贤，跨越了时光和时代，在清朝光绪年间相见。

伦明出生的时候，《四库全书》以国宝的珍贵收藏在皇宫的《文渊阁》里。一个南海岸边名为望牛墩的乡间孩子出生，在他与众相同的呱呱哭声里，所有算命卜卦测字的半仙，都无法看出这个孩子日后会与一部浩如烟海的丛书发生关联。后人只能通过他的家族文化传承和姓名字号找到一个续书者的蛛丝马迹。

字号，是一个读书人姓名的延续和补充。清朝光绪四年（1878年）出生的伦明，用哲如、哲儒、喆儒、节予、哲禹等书香弥漫的汉字做了他的称呼。

我愿意把伦明日后入县庠，补廪生，拜师康有为，乡试中举，拣发广西知县，就读京师大学堂以及后来任教两广方言学堂、浔州中学堂、北京大学、辅仁大学、北平民国学院的经历视为他散尽家财搜书藏书，为《四库全书》续书的起源。如果说，伦明续书《四库全书》是海明威笔下的老渔夫圣地亚哥钓到的大马林鱼，那么伦明此前所经历过的一切，都是大马林鱼上钩之前的渔船、钓竿、诱饵、长线、食物、匕首等准备的漫长过程。后来的读者，看到的只是那条一千五百磅的大鱼和海上的历险，却忽视了那些枯燥平淡的准备过程。

如果说《四库全书》是一个帝王的文化伟业，那么，续书《四库全书》就是一介书生的最大梦想。在伟大的汉字中，平民伦明与乾隆皇帝之间搭建了一座长桥。

读书和藏书，是伦明续书《四库全书》宏大理想的一粒种子。这粒种子入土、发芽、长叶、开花，寂静无声，没有人留意到那些漫长的光阴。

十一岁的时候，伦明随知县任上的父亲伦常居住江西崇仁，遍读了家中的所有藏书。听私塾先生说南昌书肆林立，可以购到自己的心仪之书，便开列书单，托县衙差人解饷的机会，到省会买书。年终时，父亲召集伦明诸兄弟，询问赏钱，兄弟们争先恐后亮出积蓄，只有伦明不剩分文。父亲以为伦明不知节俭，面露愠色，乃至声色俱厉，伦明坦言购书之事，父亲初时不信，后来竟被儿子购书的丰富和广泛涉猎折服。

后来的《续书楼藏书记》记载了这个不为人所知的细节。伦常说："孺子亦解此乎？善读之。"伦明则言："溯聚书所从始也"。

清光绪十五年（1889年）伦常卒于江西任所，伦明迫不得已回到东莞故里的时候，才是12岁的舞象年华。罗志欢先生在《伦明评传》中认为，"因受父亲熏陶，此后教书、藏书、续书《四库全书》成了伦明生活的重心，一生与'书'结下不解之缘。"

罗志欢先生采用了模糊和跳跃的方式，隐去了伦明与《四库全书》结缘的具体年代和日期，《伦明评传》用搜书和藏书的情节，指向了一个读书人的终极目标：续书。

倒是最了解伦明搜书藏书的岭南才女冼玉清教授，为伦明藏书的时间作了一个年代上的大致界定。在《记大藏书家伦哲如》一书中，冼玉清说："五十年来，粤人蓄书最富而精通版本目录之学者，当推东莞伦哲如先生。"

《四库全书》是一个国家的文脉，同时也是一个读书人的命运。

只有一个站在盛世里的帝王，才会在威严的龙椅上想起汉字，想起用无数汉字排列组合的巨书。

乾隆皇帝的宏大设想产生于安徽学政朱筠的一封奏折。乾隆三十七年（1772年），朱筠上奏，建议各省搜集前朝刻本、抄本，"沿流溯本，可得古人大体，而窥天地之纯"。

帝王的龙颜在安徽学政的上书中大放喜悦，乾隆皇帝想起了明朝的《永乐大典》，那部成祖皇帝下令编纂的巨书，以一万多册的巨幅引领了中国所有的典籍，可惜被战火焚毁，它用藏之书库秘不示人筑成的金汤也无法抵御乱世的兵燹。藏在南京的原本和副本几乎全部化为灰烬。

在没有战争和领土扩张的盛世繁荣中，一个帝王的最大雄心转化成了汉字和典籍。纸页虽然轻薄，但用它承载的汉字却可以用书的形式展示一个帝王的抱负。一个王朝的盛世，不是残阳里的人头和鲜血，而是纸页上的歌舞升平，是阳春三月的清明上河图。

安徽学政朱筠的上书，成了那个年代的合理化建议，而乾隆皇帝的表态，化作了"四书全书馆"的设立。

故宫学研究员、散文家祝勇在《故宫的隐秘角落》一书中描述了《四库全书》的滥觞：

只有在乾隆时代，在历经康熙、雍正两代帝王的物质积累和文化铺垫之后，当"海内殷富，素封之家，比户相望，实有胜于前代"，才能完成这一超级文化工程，而乾隆自己也一定意识到，这一工程将使他真正站在"千古一帝"的位置上。如果说秦始皇对各国文字的统一为中华文明史提供了一个规范化的起点，那么对历代学术文化成果全面总结，则很可能是一个壮丽的终点——至少是中华文明史上一个不易逾越的极限。

　　我没有在故纸堆中找到《四库全书》启动的具体日期，我推断乾隆时期，一定不会有如今工程开工时盛大的庆典仪式，也不会有由秘书起草的领导讲话和剪彩及锣鼓。文字的仪式，最适合在安静的环境中进行，最适合在肉眼看不到的心灵深处开始。我只是在今人的著作中寻到了《四库全书》完成的大概时间。

　　祝勇在《文渊阁：文人的骨头》一文中说："乾隆四十六年（1781年）十二月，历经十年，第一部《四库全书》缮写完成。三年后，第二、三、四部抄写完成。又过六年，到乾隆五十五年（1790年）最后一部（第七部）《四库全书》抄完了最后一个字，装裱成书。"

　　由此推断，《四库全书》这项史无前例的国家文化工程，奠基于乾隆三十六年（1771年）十二月。经、史、子、集，四个汉字，几乎将乾隆之前中国古代所有的大书囊括其中。在乾隆这个既懂业务，又代表了国家最高权力和意志的帝王召唤下，一大批文化精英陆续走进了《四库全书》馆。

　　我在线装的古籍中，管窥到了那些与《四库全书》紧密关联的名字：戴震、于敏中、纪晓岚、陆锡熊、孙士毅、陆费墀、姚鼐、邵晋涵、周永年、余集、杨昌霖……这些照亮了中国文化夜空的大学者，聚集起来的文化重量，超过了巍峨的泰山。这份编纂者的名单太长了，我单薄的稿纸上无法容纳满天的灿烂繁星，所以后人经常以"鸿才硕学荟萃一堂，芝林翰海，盛况空前"之类的行话来形容描述。在史料的记载中，《四库全书》正式列名的编纂者达360多名，而那些从全国各地层层遴选产生担任抄写的馆阁体书法家们，更是达到了3800多人。

　　只有这么多的学者和这么多的缮写人员，只有十年的漫长时间，才能让汉字堆码成一座书籍的珠穆朗玛峰。

回到乾隆四十六年（1781年）十二月，后人无法从文字史料中看到锣鼓鲜花，或许《四库全书》从受孕到出生的漫长十年中，从来都没有过庆典的仪式，后人能够看到的是，以"四库"命名，以"全"字修饰的巨书，排列在皇宫的文渊阁里。在祝勇先生的描述中，"乾隆第一次站在文渊阁的内部，背着手，望着金丝楠木的书架上整齐码放的一只只书盒，心底一定充满成就感。那些书籍，是用木夹板上下夹住，用丝带缠绕后放在书盒中的，开启盒盖，轻拉丝带，就可以方便地取出书籍。乾隆还特许在每册书的首页钤'文渊阁宝'印，末页钤'乾隆御览之宝'玺，以表明自己对《四库全书》的那份厚爱。时隔两百余年，我仍然听得见他黑暗中的笑声。"

乾隆皇帝对书检阅之后产生的满足感和自豪感，是后人能够想象得到的逻辑。《四库全书》在经、史、子、集的分类中，收入了3461种、79309卷图书，这些图书包括早已绝版、失传了的许多珍品，共装订成36300册，6752函，皇皇九亿多字。

没有人从体积上描述过《四库全书》的巨大，我能够想象到的是：金碧辉煌的文渊阁，此刻放大成了排列在金丝楠木架上的《四库全书》的华丽函套，乾隆皇帝自信的笑容，成了《四库全书》最生动的封面。

41 伦明的书斋

《四库全书》第一次排列在文渊阁里接受乾隆皇帝检阅的

时候，光绪四年（1878年）出生的伦明是不可能看见人类历史上文字和图书的壮阔场景的。

伦明出生的地方离我居住的东莞莞城近在咫尺。每次我去那个名为望牛墩的小镇时，总是被一个关于"牛"的故事羁绊，从来没有在那里找到与《四库全书》关联的半张纸片，也不知道日后以续编《四库全书》为使命的"破伦"先生从这里发源。这个现实，印证了我后来对书的认识：书籍这个世界上最神奇的魔法师，它隐身的时候，小如一个人的巴掌，可以藏在读书人的指间；只有展开之后，才如同铁扇公主的芭蕉扇，可以扇风灭火，可以看见大千世界，宇宙洪荒。

二十年之后，我无意中在东莞市中心广场上看到伦明的青铜像时，才认识了这个从望牛墩乡间走出来的先贤。伦明身穿长衫，眼睛在镜片的掩护下眯成了一道缝，我端详许久，终于看到了伦明生命中的那一张纸和纸上的文字。

伦明的图书，最早源于他父亲的收藏。

伦明的父亲伦常是个与书有缘的人。《伦明评传》记载："年二十八中咸丰十一年（1861年）辛酉科乡试举人。伦常善诗工书，与同乡谢荔臣、邓蓉镜等皆一时名士，时有唱和。"光绪十三年（1887年）伦明十岁的时候，随江西崇仁知县任上的父亲迁居，就读于崇仁县衙斋。父亲的藏书，在伦明幼小的心中，留下了不灭的印象，"予先代居望乡，藏弆图书甚多，自移居后，全散失矣。"又说，父亲夙好书，所至以十数篓自随。伦明的回忆，应证了他父亲在崇仁知县任上建毓秀书院，将自家藏书尽数捐献书院，供仕子课读的事实。

没有史料记载伦明与《四库全书》结缘的具体年代，我只能从伦明藏书的范围和目的性上推断一个学者治学的轨迹。

伦明的书斋命名与众不同，去除了地域或环境的因素，也不张扬个人藏书的数量，却以个人终生的心态作为理想的旗帜。"续书楼"，暗藏了《四库全书》的体量，又体现了一个读书人的伟大抱负。在研究者那里，伦明的目的更加简洁明确："为了表明续修《四库全书》的志向和决心，遂将家中藏书处命名为'续书楼'。"

以"续书"两字命名的书斋，为伦明所独有。文化人多以静、雅、趣等汉字命名书房，赋予它读书写作的日常功能，极少有人像伦明一样，凭一己之力，用一生时间，完善补充作为国家文化工程的巨书。

苏精先生的《近代藏书三十家》一书，伦明的名字和盛宣怀、张元济、傅增湘、梁启超、张寿镛、莫伯骥、周叔弢、郑振铎等大家并列，从藏书数量的丰富以及在学界地位影响力而言，伦明无法与他们并驾齐驱，然而，就藏书的功能、目的和志向而言，却无人可以与伦明比肩。所以，伦明用续修《四库全书》这个几乎不可能完成的宏伟目标，作为自己藏书室的命名。

"续书楼"这个独一无二的命名，发源于伦明读书的思考。在《续书楼藏书记》和《伦明评传》中，我看到了伦明"续书楼"建立的基石和伦明心中的那张建筑图纸：

与其他藏书家不同，伦明藏书目的很明确，就是要续修《四库全书》。原来伦明读书眼光别具一格，他认为"书至近代始可读"，以为乾隆时编纂的《四库全书》并不完备，于清代尤为疏漏。他指出此书有三大缺点：一是由于七阁抄本"急于完书，以致缮校不精，讹错百出。"二是参加编修的大臣不识版本，往往以劣本充数，随意删节和篡改书中的内容。三是"忌讳太多，遗书未出，进退失当。因此，这部书大有增补、校勘和续修的必要。为了表明续修《四库全书》的志向和决心，遂将家中藏书处命名为"续书楼"。

没有资料记载伦明藏书的数量。与伦明的朋友，东莞的另一藏书家五十万卷楼主莫伯骥相比，伦明藏书的数量当不可能超出。苏精先生认为，伦明藏书范围多为清人的诗文集，"而莫伯骥的五十万卷楼"顾名思义即是以量取胜了。在他之前，广东藏书家以卷数名楼的是清末同光之际的孔广陶"三十三万卷书堂"（即岳雪楼），莫伯骥后来居上，五十万卷的声势惊人，直逼近代我国藏书第一的刘承干"嘉业堂"六十万卷。他的藏书之多居民国以来广东第一，确是众口同声公认。

对于以续修《四库全书》为目标的伦明来说，藏书数量多寡仅是一个方面，搜集收藏清人诗文集却更为重要。幸好那些黄脆的资料，留下了伦明藏书的时间轨迹和光阴年轮。所有的研究资料一致表明，伦明搜藏书籍的基础，奠定于他光绪二十八年（1902年）入读京师大学堂之时，而这条路的另外一头，大约终止于辛亥革命。此后抗日战争的炮火，严重地阻挡了他搜藏书籍的进程。

42 一个人的书缘

一个以搜藏书籍续修《四库全书》为人生目标的读书人，他的人生履历却并不像战争那样惊险和曲折。

作为藏书家，伦明的生平只是广东至北京之间一条漫长的直线。而这条长线上的每个绳结，都与读书、访书、买书、卖书、抄书、校书、藏书、编书关联。

光绪二十八年（1902年），二十五岁的伦明进入京师大学堂学习。由于住在烂漫胡同的东莞会馆，他从光绪十八年的探花东莞人陈伯陶那里借到了一本《四库全书略注》，用工整的小楷抄录下来。

十三年之后，伦明再次北上来到北京的时候，已经将他多年收藏的精善书籍随同带来，那些书，成了他生命的一部分，而且，他还远赴上海等地访书，用书籍延续着生命。伦明作为北京大学教授的职业与身份，也从民国六年（1917年）开始。

《四库全书》，是乾隆皇帝的血肉，从它出生的那一天开始，乾隆就为它的未来作了精心的安排。

任何一本书，都有自己的外衣，即使朴素的大众读物，也会用厚纸做成封面，为内部的纸页和文字遮风挡雨。精装书，用坚硬的纸板做衬底，再用皮革、丝、棉、亚麻、人造革、漆布、聚氯乙烯涂料纸等作面料，在保护性功能增强的同时，突出了书籍的坚固、耐用、美观。在书籍进化的漫长过程中，诞生了环衬、护封、腰封、圆脊、平脊、条码、书签带、书耳、书角、书脚、飘口、书根、书顶、堵头布、勒口等繁多的名词，也有了平装、精装、豪华本的称谓，这些组成一部书的外观要素，就是人类的衣裳，是皇妃头上的凤冠，是女性的翡翠华饰和金玉宝钿。

至于与线装书形成了血缘关系的函套，则是贵重书籍保护的房屋，函套用最贴心的方式，呵护了文字和纸页的冷暖。

作为一个热爱文字，一生写过四万多首诗的帝王，乾隆皇帝肯定想起过函套这种书籍保护的形式。帝王的想象，超越了凡夫俗子的有限边界，让工匠们思维止步的函套，显然不能限制乾隆皇帝对一部巨书保护的宏观想象。文渊阁，就必然成为《四库全书》的巨大函套。

我在巨大的故宫中寻找文渊阁，故宫的宏大迷宫和时间的限制一次次让一个购买门票进入的游客空手而归，喧闹的旅游者和故宫的隐秘是大小宫殿的厚重帷幕，陌生人无法加入宫廷的游戏。我只能在祝勇先生描述故宫的散文中发现文渊阁的真身：

> 文渊阁在故宫的另一侧，也就是故宫东路，原本是未开放区，今年（2013年）4月才刚刚对外开放。从太和殿广场向东，出协和门，透过依稀的树丛，就可以看见文华殿，文渊阁就坐落在文华殿的后院里。

在一个读书人的眼里，文渊阁的每一块砖瓦，在漫长的时光里，成了中国文字经典的坚硬护封，成了《四库全书》的保护神。乾隆皇帝的私家图书馆，成了人类的圣殿。

乾隆是一个有为的帝王，他的眼光，超越了属于他的那个时代。然而，他无法看到故宫的易姓换代，更不能预测《四库全书》的未来和最终命运。

光绪二十六年（1900年）出现的义和团，是《四库全书》劫难的导火索。义和团在帝国列强对中国的欺凌中产生，是菜园里必然结出的一个苦瓜。在"扶清灭洋"的旗帜下，义和团拔电杆、毁铁路、烧教堂、杀洋人、打教民，导致了大不列颠与爱尔兰联合王国、美利坚合众国、法兰西第三共和国、德意志、俄罗斯、日本、意大利、奥匈帝国等八个国家的军队入侵。八国联军以镇压义和团的名义，大肆瓜分和掠夺中国。

史料的记载中，这支大约5万人的军队在北京所向无敌。侵略者将对义和团的仇恨扩张到了古老帝国和她所有的子民。北京古城沦陷于1900年8月14日，除了杀人放火之外，皇家禁地紫禁城、中南海、颐和园也成了他们偷窃和抢掠的宝库。

在八国联军的强盗暴行中，中国就是一个被咒语打开了石门的巨大宝库，金银珠宝之外，宫廷、王府以及民间的藏书楼，都是他们掠夺的对象。上海广益书局1913年出版的《都门识小录》有如下记载："庚子拳乱后，四库藏书残佚过半，都人传言，英、法、德、日四国运去者不少。又言洋兵入城时，曾取该书厚二寸许、长尺许者以代砖，支垫军用等物。"一场劫掠，圆明园文源阁中的《四库全书》和御河桥翰林院藏书以及王府名宦所藏典籍，均被夺走，还有许多书籍，漏网之鱼一样散落到了民间。

《四库全书》的每一张纸页和书上的文字，都是人类生命的载体。九泉之下的乾隆皇帝，在陵寝中尸骨疼痛，但是，他无法在万众朝拜的威严中站立起来，重新回到他的辉煌之中。

幸好，古老中国的辽阔大地上，还有文津、文溯、文宗、文汇、文澜等藏放了乾隆皇帝梦想的五处宝阁。在帝王的想象中，强盗的魔爪再长，也不会伸到那些遥远的地方。

43 续书楼与"破伦"

伦明不在《四库全书》遇难的现场，但他在遥远的南方感受到了文明毁灭的痛楚。一年之后，以京师大学堂学士身份来到了北京的伦明，仍然在宫墙上看到了战火的创伤，在夕阳里看到了中华文明的灰烬。

一百多年之后，我在文字中看见了25岁的伦明在北京的身影。在《续书楼藏书记》中，伦明记载了自己的踽踽脚步。"壬寅（1902年）初至京师，值庚子之乱后，王府贵家储书大出，余日游海王村、隆福寺间，目不暇给，每暮必载书满车回寓。"

伦明自述的文字简洁，惜墨如金，但北京古籍出版社1982年出版的《天咫偶闻》一书，为伦明的购书藏书勾画了一个清晰的背景：

大抵近来诸旧家皆中落，子弟不复潜心学业。每一公卿即世，其家所出售者，必书籍字画也。市贾又百万鬻之，不售不止，售不尽不止。有自国初守之至今，亦荡尽者。

伦明与北京海王村，是一个续书四库者命中注定的缘分。

海王村，如今已经沦落为一个非常陌生的地名，二十世纪九十年代初，我曾经多次到过那个地方，却不知道那个散发着文字墨香的繁华街道有过一个乡村的名字。是伦明，让我在古籍的字里行间了解到了海王村的前世今生。

海王村，如今被遐迩闻名的"琉璃厂"三个字取代。然而，在伦明疯狂搜书的那个年代，"海王村"，却是一个地方的大名和学名，而琉璃厂，只是它附加的一个字和号。

辽金时代，海王村只是紫禁城外的一处郊区。到了元朝，这里开设了烧制琉璃瓦的官窑。由于明朝修建宫殿的需要，官窑规模扩大，此地不仅成了朝廷工部的五大工厂之一，后来更是建起了海王村公园。北京城里最早的大型图书古玩市场就在此形成。海王村和琉璃厂的血缘关系，"先"与"后"两个汉字就是它们最准确的界定。

我在琉璃厂一次次走过的时候，从来没有将这些街道和书店同《四库全书》联系起来。后人的粗疏，并非故意，只是由于时光久远，岁月倥偬，山一般的《四库全书》，隐藏在乾隆皇帝精心设定的藏书阁里。目光炯炯的乾隆皇帝虽然具有超常的预见，却也无法细致地想到，琉璃厂，这个《四库全书》滥觞的地方，日后会成为一个梦想续书《四库全书》的书生日日流连、散尽家财的搜书之地。

乾隆三十八年（1773年）朝廷开馆修纂《四库全书》的时候，海王村这个地名日渐淡薄，而琉璃厂这个名字却因为古玩古籍而声名日隆。琉璃厂的另一种景观由一批学富五车的鸿儒耆宿组成，这是修建《四库全书》巍峨文字金字塔的杰出工匠群体。为了考证典故，这些编纂者经常去琉璃厂访书购书，切磋学问，琉璃厂无意中成了《四库全书》的第二个编纂处。清人翁方纲在《复初斋诗集》中记载了《四库全书》编纂的一个情景："每日清晨，诸臣入院，设大厨供茶饭。午后归寓，各以所校阅某书应考某典，详列书目，至琉璃厂书肆访之。"

《四库全书》的滥觞之处，一百多年之后，成了伦明的寻根之地。乾隆三十八年（1773年），《四库全书》编纂者们在琉璃厂出入忙碌，为民国时期的北京大学教授伦明敷设了一幅文化的背影。

伦明的访书购书藏书，起于续修《四库全书》的目的，所以，他与书的因缘，贯穿了一生。光绪二十八年（1902年），第一次来到北京的伦明，只是一个京师大学堂的学生，琉璃厂就成了他经常光顾的地方，民国六年（1917年），伦明重回京都，受聘于北京大学教授之后，琉璃厂更是他出入往返的私家菜园。书籍，成了一个续书者的命之后，伦明的执著乃至迁腐，就发酵成了琉璃厂的流行故事，"破伦"这个不无贬义的名词，就成了一个书生的绰号。

"破"，在任何一个时代，都是贫苦的证明，都是寒酸的讽刺。民国时期的教授，收入待遇高于常人，购房屋、买汽车之类的高消费，都是一个文人正常收入的体现。只有伦明，被人用"破"字修饰，成了一个大学教授的嘲讽。我在久远的资料中，找到了"破伦"这个名词的来源：

他为了购置图书，不惜四处搜求，如无余财，借债、押物也是常有的事。教书之余，他总是身披一件破大衣，脚蹬一双破鞋袜，出没于大小书摊之间，凡有用之残篇小册，断简零书，无不收纳。久而久之，北京大小数百家书铺伙计，沿街书摊小贩无不认识这位先生，大家乐于向他提供图书信息，打趣地称他为"破伦"。

"破"，显然是伦明的心甘情愿。伦明家境并不富裕，又无官职支撑，他的每一本书，都是自己省吃俭用、节衣缩食换来的。伦明自述"余一窭人耳，譬入酒肉之林，丐得残杯冷炙，已觉逾分，遑敢言诸藏哉？"当他为了购书变卖家当，动用妻子妆奁时，夫妻矛盾无法避免。面对妻子的怨言，伦明写诗自嘲，"廿年赢得妻孥怨，辛苦储书典笥裳"。

伦明对书的热爱与感情，超越常人，令许多藏书家自叹不如。伦明曾用诗记录过自己的爱书境界："我生寡嗜好，聚书成痼疾。佳椠如佳人，一见爱欲夺。"

孙殿起先生的《记伦哲如先生》一文中，曾讲述过一个伦明购书的故事：

一日，伦明偶然听说琉璃厂晋华书局新近购进一批图书，便赶忙跑去看。见书目中有一部《倚声集》，心中窃喜，这正是他久访未得之书，便要购买此书。但书肆中人告知，刚刚派店里的伙计送往某宅了。伦明闻之，焦急万分，赶紧乘人力车追赶，他吩咐车夫抄近路，快跑，在某宅门外等着送书的伙计。一会，该店伙计夹书包而来，不等进门，便将所喜好之书半路"打劫"了。

我在陈旧的黑白照片上看到过二十世纪三十年代的隆福寺。那个年代，"破伦"也是这里的常客。这处坐落在北京东四北大街西的繁华之地，最盛时约有旧书铺四、五十家，鳞次栉比。琉璃厂和隆福寺，因为搜书的因缘，与胸怀续书大志的伦明连在了一起。那个时候，伦明住在距琉璃厂和隆福寺不远的北京上斜街东莞会馆，他的房屋，成了书籍的家，人却难以插足。他的藏书，房间码放不下，便移出室外，堆至屋檐下。另外400多箱藏书，只得寄身烂缦胡同的旧东莞会馆。数百万册藏书，堆成小山，伦明便雇了一个叫李书梦的人专门看管和晒书。

续书楼，只有"破伦"这个名词，才能当得起它隐藏的抱负与雄心。

44 文渊阁，文人的骨头

那一年，散文家祝勇来东莞讲学。伦明的故乡，让他感受到了浓郁的文化气息。机缘巧合，那天晚上我们就餐的酒店有一间以"文渊阁"命名的包厢。这个日后写了《文渊阁：文人的骨头》这篇影响极大的历史散文的作家，停住了脚步，仔细打量起那块庄重的镏金木牌，发出了一声"大胆"的深沉感叹。

"大胆"，这两个具有金属般重量的汉字，是一个学者和散文家对商人的轻视，更是代表了续书楼主人对文化滥用的强烈不满。我的脸，在祝勇先生的棒喝里，慢慢地红起来。

续书楼主人的家乡，已经没有了文化的敬畏，"文渊阁"这个名词，在商人的心里，充满了铜臭。

东莞的"文渊阁"里，只有我们几个人吃饭，大家兴味索然，草草结束。我们内心知道，文渊阁，不是一个摆放酒菜的场所，三万六千多册古书和近十亿字量，是任何一群美食的饕餮者所无法撑起的"文化泰山"。

乾隆皇帝的眼光，后人已经无法想象。乾隆皇帝知道，帝王的陵寝再宏大，也无法安置《四库全书》的图书馆。所以，文渊阁之后的文源阁、文津阁、文溯阁、文宗阁、文汇阁、文澜阁，就是他陆续为《四库全书》精心建筑的宫殿和后事安排。在乾隆皇帝的文化布局中，帝国辽阔的疆土可以阻挡强盗的脚步，确保《四库全书》的安全。

从乾隆四十一年（1776年）文渊阁建成至乾隆四十八年（1783年）文澜阁竣工，珍藏《四库全书》的七座阁楼在辽阔的中国大地上南北分布。紫禁城、圆明园、承德避暑山庄、沈阳故宫、镇江金山寺、扬州天宁寺、杭州圣因寺七处吉祥的地方，就成了《四库全书》安置的福地，那七个地名，就化身为乾隆皇帝文化理想寄托的洞天。

七套大山一般的《四库全书》在七座藏书阁中安放完毕

的1782年，距离乾隆皇帝下诏建"四库馆"刚好过去十年。七座藏书阁，被读书人称为北四阁与南三阁，它的另外一个统称是，内廷四阁和江浙三阁。乾隆皇帝为《四库全书》命运的安排布局，后人已经无法看穿历史的心机。我们只能从除"文宗"之外的六个阁名中，看到一个贯穿始终的"水"字，这个最常见的汉字偏旁，代表着帝王的隐忧，乾隆皇帝，想用天一生水的吉祥，让《四库全书》隔绝火患，万世平安。

生活用火，始终没有成为《四库全书》的灾难，但是，战争的烈焰，却超出了乾隆皇帝的掌握。乾隆皇帝不可能预见，庚子事变的战火，会给《四库全书》带来灭顶之灾。

以《四库全书》焚毁为标志的文化劫难，镇江的文宗阁首当其冲。鸦片战争时期英军用强盗的抢掠使文宗阁遭受了第一次创伤，而太平军的炮火则让它在咸丰三年（1853年）焚为灰烬。战火蔓延之后，扬州天宁寺内的文汇阁和杭州圣因寺中的文澜阁也无法幸免。"江浙三阁"，成了《四库全书》的最早噩运。当年在《扬州画舫录》里以"千箱万帙"繁盛面目出现的江浙三阁，经受不起烈火的焚毁，残骸全无。乾隆皇帝苦心孤诣建造起来的纸上帝国，在战争面前土崩瓦解。

文源阁，七年之后，成了圆明园薨殂的陪葬。英、法两国士兵掠尽了园中的珍宝，为了掩盖他们的强盗行为，最后用一把火焚毁了古老国家象征的万园之园。五天五夜的大火，北京城中飘浮的灰烬，让正在茶楼上品茶后来就任湖南巡抚的江西人陈宝箴失声痛哭。一个国家的痛楚，在陈宝箴的泪水中体现。

藏书七阁，在不到八十年的时间里，就毁灭了四阁。在内忧外患的乱世中，没有"万无一失"这个成语的生存空间，所谓的固若金汤，远不是战火和枪炮的对手。乾隆皇帝的心血，在能够融化钢铁的烈焰中化成了文字的灰烬。

伦明出生的时候，时光已经来到了光绪四年（1878年），一个后来者无法看到藏书七阁的建成与焚毁，他只能用一个书生的锥心之痛面对那场文化毁灭，然后用个人的微薄之力，为中国这部千疮百孔的大书作一点点修补。东莞人宴请的文渊阁，糟蹋了汉语中那个最美好的名词，所幸，东莞人伦明，用藏书家、学者、教授和《四库全书》续书者的清誉，为这个无视文化的酒楼挽回了一点东莞的颜面。

东莞，远离北京，远离《四库全书》的所有现场，对《四库全书》的劫难，对藏书七阁苦难命运的疼痛，没有人超得过伦明。伦明穷尽一生，用一介读书人的微薄之力，修补文化，实在是东莞的幸运与光荣，东莞的伦明，是一个可以与他的乡贤何真、袁崇焕、张家玉并肩的英雄。

每次来到东莞城市中心的那家宾馆，我都会想起散文家祝勇那句"大胆"的棒喝。我早已是一个户籍意义上的东莞人，虽然与东莞的粤语方言仍旧格格不入，但我想，如果每一个来到文渊阁吃饭的粤人，能够通过门楣上那块镏金木牌，想起伦明，想到《四库全书》，文渊阁的这块牌子，一定会闪耀文化的光芒，照亮那些荒芜了的人心。

45　伦明的慧眼

时光久远，已经无从知道伦明从何时开始，立下续书四库的宏愿。后人只能从他藏书的选择上，推断他人生的轨迹，找到他与《四库全书》交融的契机。

《伦明评传》的作者罗志欢先生认为："与其他藏书家不同，伦明藏书很明确，就是要续修《四库全书》。"《近代藏书三十家》一书，对于伦明藏书的目的性，有着更明确的时间分期：

伦明自己藏书颇重清人撰著，所以对《四库》所收书范围之褊狭，既收书内容之讹误、未收书种类之繁多都非常了解，因此他主张《四库全书》应予增补、重校、续修，三项中又以后者为最重要。伦明从民国十三年（1924年）起立志续修库书，自号室名"续书楼"。

续书《四库全书》，不是伦明一时的心血来潮，将一生的时光和所有家财投在海洋一样的文字上，他并没有不沉的航船，前方也没有指引方向的航标，但是，伦明却义无反顾地上路了。

史无前例的《四库全书》，是乾隆皇帝钦定的"国家文化工程"，是古老中国一张容光焕发的脸，伦明用别具一格的眼光，读出了一部巨书的缺陷，看到了国家脸上的几粒黑痣。伦明认为，《四库全书》并不完备，于清代尤为疏漏。一是由于七阁抄本急于完书，以致缮校不精，讹错百出；二是参加编修的大臣不识版本，往往以劣本充数，随意删节和篡改书中的内容；三是忌讳太多，遗书未出，进退失当……

《四库全书》的先天不足，并非伦明独具只眼，从光绪十五年（1889年）国子监祭酒王懿荣首次倡议续书之后，不断有响应和附和的声音。我在《文渊阁：文人的骨头》一文的注释中，找到了更为尖锐的续书理由：

为维护统治，清廷大量查禁明清两朝有所谓违碍字句的古籍。据统计，在长达十余年的修书过程中，"荦荦大者文字之狱共有三十四件。"禁毁书目3100多种（另一种说法为2855种）、15万部以上。同时，还对古籍进行大量篡改，如岳飞的《满江红》名句"壮志饥餐胡虏肉，笑谈渴饮匈奴血"，"胡虏"和"匈奴"在清代是犯忌的，于是《四库》馆臣把它改为"壮志饥餐飞食肉，笑谈欲洒盈腔血"。张孝祥的名作《六州歌头·长淮望断》描写孔子家乡被金人占领"洙泗上，弦歌地，亦膻腥"，其中"膻腥"犯忌，改作"凋零"。

自有文字以来，中国从来没有一套书像《四库》这样，受人关注，被人记挂。许多读书人，将续修《四库全书》上升到抢救中华文化典籍的高度。《四库全书》成书之后的二百多年间，许多文人为完善《四库全书》，历尽艰辛，大海捞针一般搜集《四库全书》有意忽略遗漏的著作。《伦明评传》的作者罗志欢教授说：

自嘉庆初年阮元购得《四库全书》未收之书254种，并按照《四库全书总目》的格式，为各书撰写提要一篇，将书及提要一并进呈内府，以供嘉庆帝御览，首开续修《四库全书》之路。光绪十五年（1889年）六月十六日，翰林院编修王懿荣上书，恳请"重新开馆，编纂前书"。尔后代有学人为之奋斗，逐渐形成一股续修的声浪。至1946年止，续修之倡竟达十次之多。他们围绕着《四库全书》及《四库全书总目》进行了各方面的研究和探讨，有的集其禁毁、未收之书；有的探讨其版本；有的订其讹误；有的述其征集与纂修等。

伦明在阮元、王懿荣等前辈之后出场，由于没有锣鼓震天鞭炮齐鸣的戏剧场面，所以少有人知道，伦明是续修四库这出大戏的主角。罗志欢先生在接下来的文章中介绍：

遗憾的是，十次续修，全是纸上谈兵，议而未决，极少付诸行动，仅第六次（1925年）当局利用日本退还庚款先续修提要，至1945年8月前共修得《续修四库全书提要》稿"二三万篇"。第八次（1928年）"校勘全书，续修书目，同时并举。"曾辑续修书目一万余种。伦明主张续修《四库》和续修《提要》最力，从其1921年致书陈垣，请求校雠《四库》，续修《提要》以来，至其逝世前二十多年间，伦明一直参与其中，是主张续修《四库》诸人中既有理论又付诸实践的先行者。

续书《四库全书》，是一个群体的声音。在一场文人的大合唱中，伦明的声音最为高亢、宏亮，而且，伦明唱、念、做、打的功夫，在接下来的戏剧性情节中，征服了所有的观众。

1921年9月，伦明辞去了北京大学教席，将所有的时间，专心用于《四库全书》的续修。伦明非常清楚自己工作的意义和价值，在同年12月26日写给教育部次长陈垣的信中，他用国粹兴亡的高度，阐述了续修四库的重要性：

编订一应之书目，以待搜求也。查教部直辖之图书馆，收藏非不富，然皆就旧有而保存之，初未调查我国现存之籍共有若干。例如经部，除四库所录外，其未收者若干种。在修四库后成书当时未录者若干种。或旧本尚存，或尚有抄本。其最精要之某种则不可不多方求之，或就藏书家移录之。盖此图书馆为全国之模范，其完备亦当为全国冠。况迩来旧书日少，且多输出，私家藏贮，不可持久。若无一大图书馆办此，则国粹真亡矣。

伦明自知个人力量微薄，不足以推动续书《四库》的"火车"，他给陈垣写信，其意在于借助政府的公权之力，完成续修《四库》的大业。然而，五个月后，陈垣辞去了教育部次长，伦明的计划化为了泡影。

一生藏书，只为《四库》。伦明续书的理想，从来没有被坚硬的现实粉碎过。一个不折不挠的人，不可能被陈垣辞职的挫折击倒。如果说，《四库全书》是王屋与太行，那么，伦明就是那个不回头的愚公。1924年的一天，他同乡人胡子俊谈论续书《四库全书》时说："此书宜校、宜补、宜续，而续最要，且最难。"胡子俊问："谁能为者？"伦明当即答道："今海内不乏绩学，但苦无凭藉，独我能为之耳。"

读《伦明评传》的时候，我被这句豪言深深震慑。这种舍我其谁的自信与气概，具有《四库全书》一般的重量。多年来，我从未在文人的瘦骨中看到如此坚硬有力的壮心。一句话，让我长久地记住了一个人。

46　通学斋书肆

如果不是发誓独力续修《四库全书》，就不会有"通学斋"这个名词的产生。

通学斋是伦明在北京琉璃厂南新华街开设的一家书肆。通学斋这块招牌挂起的时间，并不与伦明辞去北京大学教授的时间同步。虽然1918年就有了这块文气氤氲的书肆招牌，但这块招牌上的每一条木纹，每一个笔画，都透露出伦明为接下来的续修四库开始的前奏和布局。

伦明开设通学斋之前，就已经破釜沉舟，不仅将在粤地所藏书籍悉数运往北京，而且离弃乡土，举家北上。伦明的选择与举动，显然不是后人在纸上的回忆如此轻松，他离乡迁徙的每一步，都充满了困难和阻力。由于缺少运输书籍的费用，伦明只好将藏书一分为二，先让一部分精善之本随自己北上，留下的书籍暂时寄存在广州的南伦书院。

"暂时"，显然是一个轻松的现代汉语词汇，但对于伦明来说，这个词的笔画中潜伏着永别的悲伤，一个书生的心碎在这个常用词中剥笋一般展开。几年之后，广州兴修马路，南伦书院被粗暴拆除，伦明性命一般的藏书，不知所踪。心虽然被剜，但伦明却不是一个容易倒下的书生，通学斋这家书肆，慢慢成为了伦明愈合伤口的良药。

书籍，显然不是富商大贾们的财富，但却是一个读书人的性命。伦明的一生中，曾经有过用生命保护藏书的举动。辛亥革命那一年，是清朝皇帝被推翻的封建终结，也是书籍贬值的乱世。伦明向一个名叫叶灿薇的东莞人借了一笔钱，抢购了一批在乱世中流浪的古籍，装满了四大竹箱。由于局势混乱，伦明和同居京城的堂弟伦鉴和胞弟伦叙、伦绰决定离京逃往天津暂避，但是车站却人流如蚁，道路堵塞，书籍行李已无通道。伦明在车站数日，无功而返。已经到达天津的伦鉴、伦叙来信催促，让伦明在危急之时弃书逃难。伦明坚拒好意，称誓与书籍共进退存亡。

这段与书籍存亡的非常经历，记载在《续书楼藏书记》中。后来的读书人已不大可能体会到伦明藏书护书的惊险，更不可能将书籍与一个人的生命联系起来。

通学斋，这个如今已经消失了的书肆，是民国时期伦明续修《四库全书》过程中的一个重要符号，它是伦明搜集藏书和管理藏书最有效的场所。通学斋之所以被研究者称为伦明的收书之器，就在于伦明的懂书与用人。

通学斋，萌芽于一个专事修补图书的魏先生。伦明用每月十五金的工钱请魏先生上门装订修复残破图书。魏先生认为，伦明的残破之书甚多，以一人之力，需要二十年时间才能完成，不如开设书肆：一是装书便，二是求书易，三是购书廉。伦明采纳了魏先生的建议，立即着手筹办。不料魏先生此后生病，不能入店服务，伦明便物色了一个名叫孙殿起的人来打理。

人认字，书也认人。孙殿起和通学斋的缘分，实在就是书的缘分。这个字耀卿，号贸翁的河北冀县人，注定与书相交，与伦明结缘。孙殿起因生活所迫，光绪三十四年（1908年）辍学进入琉璃厂书肆郭长林门下谋生，五年之后又由友人推荐到鸿宝阁书店充任司账，后又转到会文斋书店。在伦明眼中，孙殿起"彼中人日与书亲，多接名公通人，议论气度不饰而彬雅，闻见不学而赅洽，至其版本目录之精且博。"

《伦明评传》也记载了这段人与人，人与书的缘分：

伦明很喜欢孙氏，赞赏备至，说他"勤于事，又极警"，遂"浼主肆务"。于是，孙殿起辞去会文斋司账职，其经理何培元（厚甫）曾多方挽留，孙氏坚辞。其时，伦明已四十多岁，而孙殿起才二十几岁，但因有好书之癖，志同道合，此后三十年，两人就古籍版本、目录学等学识相互砥砺切磋，视为莫逆之交。

孙殿起加盟通学斋，伦明如虎添翼，藏书数量猛增，单行、初印、罕传、名家批校之本，纷纷投奔明主。金毓黻用"似闻天禄添新荩，购到伦家一百厨"的诗句，赞颂伦明收藏和流布典籍的功绩，周叔弢也认为，"《贩书偶记》前后编之书，绝大部分是孙殿起为伦明所收集"，伦明则坦承，"余比年储藏，大半出其手"。

孙殿起的辛劳，当得起"不负重托"这四个大字。那些珍贵的古籍，都在他的手上重见天日。文献中，记载了一个书店经营人的足迹：为搜罗珍贵图书，他不辞辛劳，多次离京访书，足迹涉及江、浙、鲁、豫、皖、粤各省以及天津、上海等地，可谓遍游大江南北。分别于1922年、1933年、1941年、1942年四次南下广州，先后访得古籍无数，其中多有粤人旧物以及名家珍稀罕见之本。雷梦水在《琉璃厂书肆四记·通学斋条》中说：孙殿起"长于版本鉴定，熟知某书有若干刻本，某刻本最善，某本多舛误，某板片藏于何处，都能了如指掌。"在孙殿起的努力下，通学斋如雨后春笋。书肆全盛时期，每年收售书籍一到两万部（册），营业额达大洋三至四万元，店中伙计增至十余人。

《百年琉璃厂》一书中记载了孙殿起与书的故事：

有一次，他信步来到西小市，见一堆古书中，竟有极为罕见的明末朱一是所撰的《为可堂初集》，可惜只有八到五十四卷，缺前七卷，乃一残本，怅然而归。次日又去访，只见摊上摆出该书前七卷，而不见其后各卷。忙问此书哪里去了？答曰刚卖给一个人。孙按摊主所指方向追之，一直追到一家猪肉铺，见几十卷《为可堂初集》堆在一旁，店主正拆开一卷，准备包肉用。孙赶紧拦下，将此书回收，一部珍贵的古籍就这样被他抢救出来。

伦明访书的足迹，也连成了一条漫长的路线。上海、天津、开封、南昌、武昌、苏州、杭州，都是他路线图上的一个圆点。访书路途上的艰辛，伦明用诗句作了只有自己能懂的叹息：

攀鳞附翼集群才，此地重开市骏台。

我亦炎天趋走者，谁知单为访书来。

伦明在《续书楼藏书记》中谈到过他的访书经验："书之为物，非如布帛粟米，取之市而即给，不得已乃以抄书补购书之穷。有抄之图书馆者，有抄之私家所藏者，又有力不能致，而抄之坊肆者；有抄自原稿本者，有抄自传抄本者，又有猝不易者，而抄自刻本者。"一个"抄"字，透露了伦明藏书的秘诀，记录了一个时代读书人的艰辛。伦明常年雇用三名抄工，人手不够时，常常自己动手，抄书这种手工劳作，在我们这个照相、复印、复制时代几近绝迹，但它却是《四库全书》编纂的一个重要方式。

通学斋的开办，让伦明的藏书不断丰富，让他看到了续书《四库全书》的希望。1929年，同是藏书家的清华大学教授朱希祖参观伦明藏书，用"北平藏书家无出其右者"的话评价伦明所藏清代集部最富。有历史学家看到伦明的藏书时，不禁惊叹，"伦哲如先生性好搜罗秘籍，任辅仁大学教授，课外足迹全在书肆，数十年中所得孤本不少。其居在宣外东莞会馆，刚于抗日战争前曾往参观，室中不设书架，帷铺木板于地，置书其上，高过于人，骈接十数间，不便细索也"。

最了解通学斋内情和伦明藏书的孙殿起的回忆，当是最可靠的说明："伦明拥书数百万卷，分贮籍橱凡四百数十尺，书房非有十楹屋宇，不得排列。"

在一个网络兴起、实体书店式微的时代里，后人已经无从知道通学斋的经营之道。我在《百年琉璃厂》一书中看见了邃雅斋收购线装古籍的特殊方式。这家得到过伦明指点的书肆，有一块100公分长20公分宽的木牌，上面刻有"北京邃雅斋董会卿收购线装书"的字样。店员每到一地，必以此牌为版，印刷若干张，四处张贴，广而告之。在史料的记载中，这种灵活机动的广告，走遍了浙江、江苏、广东、湖南、湖北、陕西、山西、甘肃等省的广大地区，那些流散在民间的珍本古籍，都成了这块磁铁上的金属。

47　续书楼与五十万卷楼

我一直以为伦明的故乡望牛墩与牛有关，却不知道那个地方，与《四库全书》紧密相连。

最近一次去望牛墩，是农历十月一个历书上认为宜祭祀沐浴的吉日，我在那里没有看到一头耕牛，却读到了伦明写于二十世纪初叶的一首诗：

冷寂东街路，年时访古勤。
书林空旧椠，肆友换新人。
榕寺苔生殿，诃林栋作薪。
只应徐与莫，赏析不辞频。

这首标题为《抵家作》的诗，一共六首，我引用的这首末句有伦明的自注："徐信符、莫天一藏书最富。"

对于一个后辈写作者来说，徐信符、莫天一是两个陌生的名字。幸好，我知道古人的名字，尤其是读书人的名字，极有讲究，往往用字、号，构建一个姓名的迷宫。幸好每个迷宫，都有"芝麻开门"的神秘咒语。我在黄脆的民国资料中，找到了莫天一。

东莞麻涌人莫伯骥，原来以"天一"的字，隐藏在书籍的海洋中。这个与伦明出生地一箭之隔的麻涌人，以"五十万卷楼"主人的身份，在民国的广东藏书家中，独占鳌头。

苏精先生在《近代藏书三十家》一书中，用热烈的锣鼓，让东莞麻涌人莫天一，粉墨登场：

近代广东藏书的风气很盛，而且各具特色，以民国以来较著名的几人为例，如伦明"续书楼"的清人诗文集，徐信符"南州书楼"的广东地方文献，潘宗周"宝礼堂"的专收宋本，而莫伯骥的"五十万卷楼"顾名思义即是以量取胜了。在他之前，广东藏书家以卷数名楼的是清末同光之际的孔广陶"三十三万卷书堂"（即岳雪楼），莫伯骥后来居上，五十万卷的声势惊人，直逼近代我国藏书第一的刘承干"嘉业堂"六十万卷。

在一个县的狭小地域之内，竟有两个大藏书家脱颖而出，这从某一个方面折射了晚清和民国东莞读书风气之盛。望牛墩和麻涌，地域相连，口音一致。伦明比莫伯骥仅小一岁。两人从小认识，一同在家乡读书攻举业，后又同居广州城。他们的交往中断于1917年，伦明迁居北京，遥远的地域和落后的通信联络方式暂时让手中的风筝失去了掌控的长线。八年之后，伦明在《广东七十二行商报》上读到了莫伯骥的《读徐君信符中国书目学》的文章。从此书信联系，往复不绝。

书籍，是人类交往的媒介。伦明和莫伯骥的交往，无关乡情和地域。只有读书和藏书，才会让两个失联之人，重新在书海中相逢，并惺惺相惜。

我在发黄的史料中，看到胡适先生为莫伯骥书跋封面的题签，看到了莫伯骥致伦明书信的手迹，两个大藏书家的友谊，是东莞的幸运，是广东文化的幸运。莫伯骥藏书，并无续修《四库全书》的雄心，而伦明藏书，也无莫伯骥的数量追求。莫伯骥的藏书之丰，与他开办报业、经营药品有密切关联。由于经商有道，致富有方，莫伯骥具有了收藏图书的条件，而伦明，收藏图书，只为了续修《四库全书》，所以无法在数量上与之争雄。

有关两个大藏书家的人生缘分和书籍情缘，东莞时报记者沈汉炎先生有一段文学化的描述：

1925年，注定是莫伯骥人生的转折之年。当年少时的同窗兼同乡、著名学者、藏书家伦明突然与他通信商榷拯救中国典籍事宜。收到信后，莫伯骥痛哭了一场，决心回归学界，潜心于版本目录学。从此，这对20多年的老友重新开始往来，并成为近代中国的两个伟大的东莞籍藏书家。

在如今出版社众多，人人皆可著述，出书几无门槛的现实中，已经少有人了解图书收藏的真实内涵了。不同的时代，赋予了"书籍"这个词不同的意义。

伦明和莫伯骥那个时代，图书收藏，是一项耗费巨大的精神劳动。收藏，对读书人的眼光、知识、动机，有着严格的要求，在金钱财富方面，对收藏者更是一个巨大的挑战。

《续书楼藏书记》中，不乏记载伦明省吃俭用，节衣缩食，变卖家当购书的事例。珍贵的古籍椠本，高昂的书价，常常让伦明生出"见书如朝圣，个中苦楚波折，经济之窘迫，难以尽言"的叹息。那个时代的书价，超出了读书人的购书能力。"明刻一册十金，宋本以页计，一页二三十两。"贵如黄金的书价，有时连万贯家财的富商莫伯骥也感到重负。

莫伯骥收藏古籍图书，后人用了"发疯"两个字描述。莫伯骥收藏图书的举动，超出了常人的理解，他先是把生意蒸蒸日上的药店交给别人打理，自己全身心地投入图书收藏。三到四年间，莫伯骥的藏书就上升到了四十万卷。

有一次，莫伯骥得知南海藏书家孔广陶收藏的千余册图书流散到了天津，其中有《四库全书》中的部分古籍，极其珍贵，便立刻起程，千里迢迢赶至北方，花费万金，将那批图书赎回。莫伯骥刻意求书不计成本的名声从此流传，各路书商，偶有发现，便立即通报信息，坐地起价，等待莫伯骥上门。民国十九年（1930年），晚清四大藏书楼之一的聊城杨氏海源阁遭受匪劫，珍本图书《孙可之集》流散，后被北平一书商获得。莫伯骥主动上门，重金求售。在付出了3000银元的代价之后，《孙可之集》成为了五十万卷楼的镇楼之宝。

后来的研究者，看到了莫伯骥藏书从"福功书堂"扩张为"五十万卷楼"的过程，较之福功书堂，五十万卷楼不仅仅是数量的增加，更是质量的提高，其中善本，包括宋刻、元刻、明刻、影宋、精抄、旧抄、旧校、孤本、精较、名家写本、藏本等等。20年间，莫伯骥花费20余万巨资，从全国各地搜集珍贵图书，被后人评价为"莫先生藏书之富甲于西南，精本秘笈几可以上企瞿杨，无渐丁陆"。将莫伯骥的名字与瞿镛、杨绍和、丁丙、陆心源晚清四大藏书家并列，足可见出一个藏书家的分量。

古代的藏书人，不仅是读书人，而且也是著书家。所以陈垣先生说，"粤人不读书则已，读则辄出人头地"。莫伯骥身后，留下了《五十万卷楼藏书目录初编》和《五十万卷楼群书跋文》七册。《五十万卷楼群书跋文》曾在他的家乡东莞的晒书会上亮相，晒书会上的亮光，盖过了东莞所有书肆图书馆的风头。在如今的旧书网上，七册朴素的线装旧书，被标以五万元的价格出售。

莫伯骥和五十万卷楼，如今只能在老一辈的读书人和古籍的记忆中找到。水乡麻涌，物质化的喧嚣早已磨洗了莫伯骥的旧迹。我多次想过，麻涌的图书馆，应该从千人一面的同质性建筑中脱颖出来，让如今汗牛充栋的图书，再现五十万卷楼的身影。

48　图书的乾隆时代

我在一些亿万富豪的办公室里，见到过豪华夺目的大班台椅，惊叹于他们台椅后面用于装饰的空心图书。豪华图书与那些厚重坚固的墙不相匹配，一阵风的力量可以揭穿它们的轻飘无物。那些没有文字的大书，总不免让我想起伦明和莫伯骥。在续书楼和五十万卷楼的发源之地，书籍竟然蜕化成了虚荣的门脸。

如今的图书，已经不知道古籍的苦难。《四库全书》这个泰山一般沉重的名词，不仅仅是几页纸的重量。在许多人的脑海里，《四库全书》，仅仅是案台边的一本厚黑学，或者是股票市场的一本投资指南。没有人穿越时光，看到《四库全书》背后四千多人的身影。

纪晓岚、戴震、于敏中那些名震天下的学者的名字，已经留在了《四库全书》编纂者的史册里，后世的读者，却看不到那些从全国各地层层遴选出来的抄写者，3800多个抄写者，已经在漫长的岁月中消失了姓名，但是他们的字迹，却成了乾隆时代的标准字体。

李炳球，可能是翻阅过《四库全书》的唯一一个健在的东莞人。李炳球带着白色手套在甘肃兰州文溯阁的地下书库里小心翼翼地翻看《四库全书》时，不会想到，六年之后，会有一个写散文的人，请他描述一部巨书的真容。

我在李炳球先生的精彩描述中，看到了用四种颜色的纸张和统一字体抄写的《四库全书》，36300册，约10亿字的经、史、子、集，装在古老的金丝楠木精心做成的函套中，那种特殊的书香，那种浩瀚的阵势，让一个仅仅在梦中到达过的写作者深深震撼与陶醉。2017年12月20日，那个阳光温暖的下午，我分享了李炳球先生的幸运和快乐，我穿越时光，看到了伦明、莫伯骥两位先贤。

李炳球是《东莞历史名人评传丛书》《影响中国的东莞

人》和《东莞学人文丛》等多套文献的策划者，他以一个顾问者的身份隐藏在荣誉之后，这个对东莞历史文化研究开掘作出了许多贡献的读书人，经常为我打开东莞历史真相的大门，这个年轻的文化官员，用我不熟悉的粤语方言与古人对话，他是伦明、莫伯骥的知音。

从兰州文溯阁的难忘记忆中走出来之后，我们回到了望牛墩，回到了伦明的续书楼。

民国时期的续书楼，如同李炳球先生看到的文溯阁，一个爱书如命的文人，恪守"鬻及借人为不孝"的藏书古训，"告诉家里人等任何人不准擅自动他的书籍。一般朋友难进他的书房。"只有识书懂书的人，才有可能打开一扇门。陈垣、谢国桢、容肇祖、张荫麟、南桂馨、王重民、张次溪、胡适、刘半农等著述家，才是续书楼里的座上宾。

古代文献的传布，全靠手写抄录，即使有了雕版印刷之后，一些孤本秘籍、未刊稿本仍靠抄录流传。孙殿起在《记伦哲如先生》中回忆："某岁津门书贾以重值购入清翁覃溪方纲未刻稿数种，先生得知亟赴津往观，以其价奇昂不可得，乃设计携归旅邸，尽三昼夜之力摘其切要而还之。"伦明常年雇用三名抄工，由此可见他续修四库的决心和力度。

二百多年过去，后人已经无法想象《四库全书》抄写时的景象。乾隆皇帝从全国选拔三百六十多名学者从事编修时，还从全国各地遴选出3826位书法家担任抄写工作。

我无从知道3826名书写者是如何从中国书法的人海中遴选出来的，也不敢想象三千多人同时在宣纸上抄写时的壮观景象，最使我惊异的是，3826名书法家笔下的字迹，竟然如出一辙。那些工整、端正、印刷一般的字体字号，是如何在馆阁体的名词下统一规范，听从号令？

印刷的进步让后人忘记了抄写的难度，电脑时代的提笔忘字风光了一批丑陋的"书法家"，一张张打着书法旗号的宣纸，承载着中国书法有史以来的耻辱。泥沙俱下的时代，只要敢于拿起毛笔，就是大师巨匠。

我们这个时代自我吹嘘的书法家们，肯定不知道《四库全书》的抄写者们的艺术水平和谨慎态度，更不知道，时光从他们柔软的狼毫和洁白的宣纸上流过时沉淀下来的风骨。乾隆皇帝的圣旨，是无人敢于超越的书法戒条。每个抄写者，每天限制抄写1000字。

乾隆皇帝深深懂得文化不能"大干快上"的规律，《四库全书》馆制定的《功过处分条例》，按章办事，奖惩分明。宣纸上的每一个文字，首先接受分校和复校两关的检查，然后到达纪晓岚的案台，由总裁抽阅。成书最后到达皇帝手中，乾隆用朱笔轻点，众人心上的一块石头才沉重落地。慢工做成的细活，最后沉淀在岁月的深处。

《四库全书》诞生的乾隆时代，具有强大的经济实力。3826位馆阁体书法家的报酬，为每人每天2钱5分银子。有人算了一笔账：若每部《四库全书》以10亿字计算，抄写一部就要花25万两白银。以乾隆的文化雄心和其时的国力、财力，既不是怕因抄写速度快而多给人家付酬，也不会因为财力困难而无法给先期完成任务者提前兑现……只有用严格的限速，才能确保准确、精致、质量的要求。《四库全书》之所以成为中国古代最伟大的图书集成，不仅在编辑、校对、管理等各个方面都有它的成功经验，就连抄写这样的环节，也有独到之处。

在一个大数据的印刷时代，后人已经无法想象3826个抄写者，从乾隆三十七年（1772年）到乾隆五十二年（1787年），历时漫长的15年时光，抄录7部《四库全书》，约70亿个汉字，字迹优美，笔体整齐，以一种恒河沙数的伟大壮观让人惊叹。

伦明续修《四库全书》的雄心，超出了个人的一己之力。在3826位抄写者面前，伦明聘请的3个抄写人员，只是国家肌体上的九牛一毛。

续修《四库全书》，伦明一生都没有想到过回头。

49 文溯阁《四库全书》的苦难

祝勇在东莞的宾馆里，面对"文渊阁"的镏金招牌，大声棒喝的时候，北京故宫里的文渊阁，只是一个空旷的建筑。乾隆皇帝手触过的那些珍贵图书，带着一个帝王的体温，漂洋过海到了台湾。而东莞青年学人李炳球翻过的《四库全书》，则在甘肃兰州的文溯阁地库里，静静地回忆着过往的悲欢离合。

目前存世的《四库全书》，只剩下了三部半。在存世的《四库全书》中，文溯阁藏本最为命运多舛。世界上所有图书的波折加叠起来，都比不过文溯阁《四库全书》的灾难。每一个走进文溯阁的读书人，都会感到汉字的痛楚。

文溯阁《四库全书》的苦难，最早来源于梦想称帝的袁世凯。为了让1916年元旦的登基大典更有文化的氛围，袁世凯下令，让沈阳故宫文溯阁中的《四库全书》进京。北京故宫的保和殿，就成了文溯阁《四库全书》的一个"新家"。可是，随着袁世凯的被迫退位和暴病身亡，保和殿里的《四库全书》无人问津，几乎成为一个弃儿。

随后的灾难，差点让《四库全书》背井离乡，沦落异邦。腐朽的王室，以经济困难为由，欲将文溯阁《四库全书》以120万元的价格卖给日本。幸好北京大学教授沈兼士带领学生进故宫整理清代档案时意外得到这个消息，他立即上书国民政府教育部，陈述反对的理由。最后由于舆论的压力，文溯阁《四库全书》才留在它的祖国。

文溯阁《四库全书》的原乡在沈阳。奉天文化人士，无人不盼望《四库全书》回到它出生的故土。奉天省教育会会长冯广民和弘达学院教师董袖石，采取联手请愿的方式，要求索回文溯阁《四库全书》。经过张学良和东北学人的共同努力，段祺瑞政府内阁会议于1925年7月20日作出决定，归还文溯阁《四库全书》。

对于《四库全书》回归的盛事，沈阳用整修文溯阁来作为隆重的迎接。董袖石受张学良少帅委托，雇佣二十多位抄写人员，历时两年，对文溯阁《四库全书》勘查缺损，精心抄补。对于《四库全书》回归文溯阁这件重大的文化事件，奉天省教育会郑重地在文溯阁的宫墙上刻下了《四库全书运复记碑》。这是1931年的6月，在《四库全书》回家的喜庆中，没有人可以预见到，两个月后，文溯阁《四库全书》和整个东北大地，都将落入日本侵略军之手。"九·一八"事变，是一个国家的耻辱，它的疼痛，数百倍超过了文溯阁《四库全书》的流离。直到1945年8月日本投降，《四库全书》才结束它14年的漫长噩梦。

然而，文溯阁《四库全书》的厄运仍未终了。三年内战中，东北行辕政务委员会欲将《四库全书》运往北平。因为民众反对，计划才遭中止。

文溯阁《四库全书》，没有人能够预见到它的命运和最终结局，即使改朝换代，颠沛流离的灾难依然是它命运的主流。中华人民共和国成立之后的1966年，国家基于战备的需要，决定将文溯阁《四库全书》转移至甘肃。沈阳至兰州漫长的路途，在中央军委原副主席林彪的命令下，变得安全和平坦。兰州军区的27辆军用卡车，装载着文溯阁《四库全书》，在全副武装的军人护送下，秘密起程，一路风尘，安全运抵甘肃省永登县连城鲁土司衙门的妙因寺庙。

妙因寺庙建于明代，它比乾隆大帝和《四库全书》更加历史悠久。但是，妙因寺庙只是甘肃省图书馆的战备书库，难以成为文溯阁《四库全书》的久留之地。1970年底，文溯阁《四库全书》转移到了榆中县甘草店项家堡村的新书库。34年之后的2005年6月，位于兰州黄河岸边的北山九州台的藏书馆竣工，文溯阁《四库全书》才结束了它百年的艰难困苦和颠沛流离。

文溯阁《四库全书》，并不是辽宁人用喜庆的大红花轿的嫁出的闺女。自1966年10月文溯阁《四库全书》远走他乡之后，沈阳故宫中那幢灰墙绿瓦的文溯阁，只留下了《文溯阁记》的碑文。辽宁文化的伤口，在刮风下雨的时候，始终隐隐作痛，只有让《四库全书》回到故土，他们的伤口才能愈合。二十世纪八十年代以来，辽宁社会各界以"书阁合璧"为由，向千山万水之外的遥远甘肃，一再表达"物归原主"的心愿。

寄养的儿女，长大之后便有了骨肉亲情。此时的文溯阁《四库全书》，早已忘记了纷飞的战火，它们的方言里，已是正宗的兰州口音。甘肃方面，用镇省之宝，从保护文物的角度出发，应当留在兰州的理由作了挡箭的盾牌。

文溯阁《四库全书》的归宿，最后将由国家来决定。

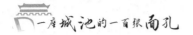

50 梦碎1937

伦明续书《四库全书》的伟大理想，最终被日本侵华的炮火粉碎。

伦明续书《四库全书》的宏伟大厦，最接近动工的一次，是1925年，奉天省的文化界人士，上书国民政府，要求索回暂时寄放在故宫保和殿中的文溯阁《四库全书》，并提出了开设校印馆、影印、校雠和续修的动议。远在北平的伦明起初并不知道这项由杨宇霆发起，张学良任总裁，翟文选为副总裁，金梁为坐办的盛大文化举措。由于伦明续书《四库全书》的贡献和影响力、知名度，时任安国军总参议和第四方面军军团长的杨宇霆热情邀请伦明参与。

伦明的参与，无异于一台轰然运转的机器注入了高质量的润滑油。1928年12月，伦明起草电文，以张学良、翟文选、杨宇霆联名的形式通电全国，并且用英文和德文对外通告。伦明执笔的文字，每一个都信心百倍地表明，《四库全书》即将开启一个新的时代。

阁书创始，美犹有憾，蒐求未遍，忌讳过深，秉笔诸儒，弃取亦刻，漏略不免，宜亟补苴。又况乾隆距今，时逾百载，家富珠璧，坊盛枣梨，或阐古义，或拓新知，冰水青蓝，后出更胜，不有赓续，曷集大成。加以鱼亥之讹，古籍多有，校雠之学，时贤益精，广参众本，旁稽异文，别成札记，附于书后。凡此三事，急待并举。

在"影印"、"续修"和"校雠"三种续修方式中，伦明坚持自己的一贯主张，提出"既非原书，惟排印乃成一律，为省费省纸，且便于储贮计，缩之至小，如《云窗丛刻》中之《西陲石刻录》"的设想。在此基础上，伦明着手编成了《四库全书目录补编》，为续修的《四库全书》增加书目一万余种。

此后的进展，都是《四库全书》续修的噩耗。1929年1月10日，力主修书的杨宇霆被张学良以"谋反"的罪名杀死。雪上加霜的是，"九·一八"事变，日本人占领东北，文溯阁《四库全书》搬至伪满"国立奉天图书馆"，从此落入侵略者手中。

续修《四库全书》计划流产，伦明返回北平的失望、无奈和悲痛，后人只能在1933年出版的《国闻周报》第10卷第35期《拟印四库全书之管见》一文中感受到，这是一个书生的无力和苦楚。胡汉民、张学良、吴铁城等国民党要人，以及袁同礼、李盛铎、傅增湘、张元济、陈垣、董康、周叔弢、张允亮、章钰、邢士襄等学界人士，都见证了无可奈何花落去的肃杀。

对于这套被誉为"千古巨制"和"中国文化的万里长城"的《四库全书》，日本帝国主义始终是个觊觎者。它先是用小偷的手法盗窃，然后用强盗的方式武力掠夺。二十世纪二十年代日本迫于国际压力，比照美、英等国的做法，退还一部分庚子赔款，指定其中一小部分用于"对华文化事业"。在对华文化事业的幌子下，日本人完全操纵了庚款的使用权。然而，强盗的嘴脸是无法用庚子赔款掩盖的，一点点掌握在侵略者中的庚款只能是《四库全书》续修的杯水，它无法推动文化的车轮。

穷凶极恶的日本侵略者，深深懂得文化和文明的价值，懂得只有毁灭一个国家的文化，才能征服人心。1932年1月28日爆发的淞沪抗战，十九路军奋勇抵抗。日军飞机将商务印书馆总厂和东方图书馆作为重点目标进行多轮轰炸，无数中华文化珍宝被侵略军的炮火吞噬，被称为中国文化中枢的商务印书馆八十多亩土地上，一片火海，厂房和机器焚毁殆尽。指挥这场战争的日军指挥官盐泽幸一没有隐藏侵略者战争的野心和实质，他毫无掩饰地表示："烧毁了闸北几条街，一年半年，中国人马上可以恢复，把商务印书馆总厂及东方图书馆即中国最重要的文化机关焚毁了，中国人才永久不能恢复。"[①]

五年之后，侵华日军进攻天津。地处城南八里台的南开大学，成为了日军毁灭的首个目标，日军炮火瞄准校内高耸的木斋图书馆，几十万册宝贵图书和珍稀资料灰飞烟灭。炮击之后的轰炸，将南开大学和相邻的南开中学、南开女中、南开小学摧为平地。对教育机构的毁灭，已经超过了某些军事目标。炮击和轰炸之后，日军派出了骑兵与汽车，在校园各处浇洒煤油，纵火之后，中国教育的版图上，物质的南开大学已彻底消失。

南开大学校长张伯苓，在南京听闻了这场斩草除根式的文化灭绝，当即昏倒。在随后与蒋介石的会面中，张伯苓老泪纵横，哽咽不止。战时中国最高领袖蒋介石安慰他说：文化没有了，一切都没有了，南开是为中国而牺牲的，有中国即有南开！

日本侵华，毁灭中华文化，没有人是战火中的幸免者，没有物质可以逃过劫难。

伦明不在战火的现场，他无法看到中华文化结晶的珍贵图

---

① 广东省政协文史资料研究委员会：《淞沪烽火：十九路军"一二八"淞沪抗战纪实》，广东人民出版社1991年版。

书，正在北平遭到日军的洗劫，他无法听见在清华园里保护图书的文学院院长冯友兰先生悲壮的誓言：中国一定会回来，要是等中国回来，这些书都失散了，那就不好，只要我人在清华一天，我们就要保护一天！

这个时候，伦明已经回到了故乡东莞，为他的先人扫墓。在他的计划中，两个月后，他将回到北平，继续他续书的梦想。然而，日军侵华的炮火，阻断了他北返的脚步。卢沟桥事变，让一条畅通的长路突然阻塞，无奈之下，他滞留广州女儿家中。可以用度日如年来形容伦明的颓衰，远离了北平的续书楼，伦明的心没有一日安宁，脑溢血和全身瘫痪，魔鬼一般追随他而来。

伦明一生的心血，就是此时风雨飘摇的北京续书楼中的那些藏书。一个人的生命，如果与他心爱的东西相隔，那么，他的呼吸将会如同大雪中的竹子一样脆弱。在病床上苦苦煎熬的时候，伦明仍然没有想到，那些他用一生的付出换来的藏书，从此像一只断了线的风筝，离他远去。

叶恭绰、胡适、朱希祖、顾颉刚等，都是亲眼目睹过伦明藏书的人。续书楼的图书，在孙殿起眼中，"拥书数百万卷，分贮箱橱凡四百数十只，书房非有十楹屋宇，不得排列。"孙殿起先生的回忆，只是一种形象化的描述，最可信的事实，当是如今存于上海图书馆中共十三册的《东莞伦氏续书楼藏书目录》。

十三册《东莞伦氏续书楼藏书目录》，其实只是一个残存，专家考证，另有三册遗失。十三册目录中的藏书，所幸没有毁于战火，合众图书馆于1953年6月将目录中的25万册图书和15000种金石拓片捐献给了上海市人民政府，成为上海图书馆馆藏文物的重要组成部分。

　　没有任何资料准确地统计出续书楼藏书的数量，后人提供的数据只不过是时间的吉光片羽。伦明用一生时间搜集到的藏书，犹如河边的沙滩，后人只能看见沙子的反光，而不能数尽它们的数量。

　　对于读书人来说，书籍，就是他们的生命。日军侵华，就是中国图书的噩梦。著名历史学家、清华大学教授陈寅恪就因为战火，丢失了图书，痛不欲生。郭保林先生的《谔谔国士傅斯年》一书中有此记载：

　　陈寅恪随身带出北平的两箱文稿、照片拓本、古代东方书籍，以及多年批注的手册《蒙古源流注》《世说新语》《五代史记注》，书页空白处都有他密密麻麻的小楷批注，稍加整理就是一部学术专著，但由长沙经香港、安南至滇时，交由铁路托运，到达昆明住处，打开箱子却是一堆砖头瓦块，那珍贵的资料不翼而飞。陈寅恪顿时惊愕，几乎昏厥过去，好半天才哭出声来。手稿失窃，陈寅恪悲痛至极，茫茫世界，离乱人生，绝望和悲伤击倒一代学人！

51　书籍的薪火

　　从乾隆皇帝金碧辉煌的古建筑抄袭而来的东莞餐饮"文渊阁"，数十年来，不知有多少食客在那里消费。没有人统计过食客人数和他们的姓名，但我可以断定，一定有懂得"文渊阁"这个名词意义的读书人成为它服务的对象，一定会有文化人，像祝勇那样不屑和棒喝过商业的无孔不入。

杨宝霖先生应该是东莞文渊阁消费者中最有文化风骨的读书人。如今这个时代，能够称为读书人者比比皆是，但是，读书人中，能够成为藏书家的人，凤毛麟角。杨先生，正是东莞文化人中的龙凤。

杨先生藏书，从青年时代开始。他藏书的方向，与续书《四库全书》不同一个路径，他搜书的范围，主要在东莞历代著作和地方文史。他的家中，古籍围城。那些珍贵的先贤著作和古籍图书，是他花费一辈子时光和家财之后的收获。杨先生低调，只以"自力斋"命名自己的书屋，没有人看出书屋主人的雄心毅力和恒心。这个低调寡言的学者，收藏了上至南宋赵必瑑（1245年—1294年），下讫清末刘干菜（1878年—1951年）等84家东莞作者的各类著作，共分经、史、子、集、丛各部165种。

杨先生只是一个教书的老师，并无资财和时间从事图书搜集与收藏，数十年里，他利用寒暑假期和星期天时间，走南闯北，搜集图书，查找资料。为了访书，他"五上都门，七临宁沪，东来泉郡，西履昆明"，"四出访书，飘零湖海，最普通的交通费必不可少。低廉的住宿，粗粝的伙食，高价的复制，长年费用之累加，现在的一个单元的商品房，可以买到有余了"。

我在东莞多次听过《花笺记》和《二荷花史》的书名，却不知道这两本书不同凡俗的来历，更不知道它们与杨先生的密切关联。

那一年，杨先生意外得知法国巴黎国家图书馆和英国皇家亚洲学会、英国博物馆藏有这两本古籍的刻本，高兴莫名。

精心准备之后，杨先生飞往遥远的欧洲，复印下《花笺记》和《二荷花史》这两部在他梦里经常出现的古籍。在回国之后的研究中，他找到了两部书与东莞的关联。两书成书于明代，作者为东莞人，清康熙五十二年（1713年）前两书已在东莞流传。

出国访书，只是杨先生访书生涯中的一个片断。在交通落后、通讯不发达的二十世纪七十年代，杨先生经常以素衣胶鞋，挑着一担书囊的寒士形象出现在陌生而遥远的异乡。他以这种古代书生的姿态，让唐圭璋、夏承焘、吕姫等学者、藏书家深深感动。《词林纪事》《全芳备祖》《琴轩集》等被时光湮没的经典甚至存世的孤本，就是这样被杨先生用一生的辛劳从大海中打捞出来的。

杨先生的身上，继承了夏承焘、唐圭璋等前辈学者的风范，朴实低调，不事张扬。搜书、藏书、研究，一生的辛苦，我只在一篇文章中见到过他轻微的一声叹息：

笔者莞人，生于斯，乐于斯，爱乡之心与生俱来；又家本业儒，青箱世守，舌耕于莞城者四世矣。以此故，爱东莞文献之心，自垂髫始。弱冠后，为研究东莞历史文化，肆业与教书，课余之暇，沉湎于研究素材的搜集，交邑中之父老，聆逸事于故家；访莞籍之遗珍，抄残丛于午夜。

杨宝霖与伦明，中间隔着半个多世纪的时光，两个不同时代的东莞人，都将书籍作为自己的生命。杨先生藏书，只是用于研究，而他的乡贤伦明，则是为了续书《四库》。也许杨先生知道，续修《四库》，并不是一介书生可以凭一己之力实现的宏愿，而立足乡土，亦可打捞到深海中的宝藏。从某种意义上来说，两个人的精神是相通的，他们的心灵是相印的。

就地方文献的研究来说，杨宝霖先生，可能是东莞最后一个访书人了。他挑着书囊在异乡踽踽独行的背影，可能成为了最后的影像。在一个资讯传播便捷、印刷业发达的时代，东莞正在出版《东莞历史文献丛书》。这套东莞有史以来最大、最全的著作，借助了广东中山图书馆、国家图书馆，上海图书馆、南京图书馆、故宫博物院、北京大学图书馆以及东莞杨氏自力斋等十余所图书馆和私家收藏的所有东莞文献。当东莞编辑出版莞邑有史以来最全、最完备的文献丛书的消息到达自力斋杨宝霖身边的时候，他喜忧参半。出版这套丛书。当然是东莞的喜事，是东莞所有读书人的喜事。让他失落的是，他用一辈子时间和心血搜集而来的文献资料，将走出私人的书斋，成为天下所有读者的公器。杨先生的忧虑和失落，很快就冰消了，他想起了前辈先贤伦明，想起了他用一辈子的心血和资财搜集的数十万卷藏书的最后结局。伦明逝世之后，所幸陈垣、冼玉清、袁同礼等学者热心奔走，最终将他的藏书归功于北京图书馆（现国家图书馆）。私人藏书，最终成为社会公器，也许这是天下所有古籍的最好结局。

《东莞历史文献丛书》的序言中说："《丛书》经史子集具在，网罗一邑历史文献于一书，就是研究东莞历史文化的仓库。一地历史文献，是一地之文化家底，亦是一地文明之根。在东莞，要挽典籍之坠绪，发潜德之幽光，舍此《丛书》，当今恐无如此集中、如此便捷之别种也。"从这个意义来说，《东莞历史文献丛书》，就是东莞的《四库全书》，而为了东莞历史文献研究耗尽了数十年心血的杨宝霖，就是当今的伦明。

家乡的这些文化事件，九泉之下的伦明已经无法看见，只有东莞中心广场上的那尊青铜塑像，能够感知汉字的顽强。一个将续书《四库全书》作为自己毕生追求的书生，梦想不死，薪火未尽。他的家乡东莞，在出版了《东莞历史文献丛书》之后，又出版了五卷本、共两百三十多万字的《伦明全集》。

书，同人的生命发生关联之后，就有了"书生"这个具有风骨精神的名词。伦明的一生，同书血肉相连，他便成了一个时代书生的代表。

第六章

廉泉清流

52 廉泉的源头

二十七年前，我第一次来到东莞的时候，除了"虎门"这个在历史教科书上知道的地名之外，东莞，是我脑子里的一张白纸。

我第一次走出城区，是为了浏览一个名为旗峰的公园。在那个与我上班之地一箭之遥的地方，我看到了巨石上的两个大字，"廉泉"，从此让我与一个公园的美景等同起来。

认识东莞，了解旗峰公园，是我成为一个户籍意义上的东莞市民之后的事。《东莞市志》，让我知道了旗峰公园的历史和它不凡的身份。

始于明代的"东莞古八景"，排名第一的黄旗廉泉，即是旗峰公园的前身。广东人民出版社1995年9月出版的《东莞市志》，记录了一处著名景点的历史和它的往事：

黄旗廉泉，是明代东莞八景之首。廉泉何时取名不可考，较早见载于《唐书十道地理志》，称"黄岭为东莞邑之祖山，山有泉清洌而甘，曰廉泉，古人嘉其名而悦其味，恒叹赏之。"泉出石罅。这一带水多咸味，然此泉独甘淡，行人爱在此歇息饮泉。廉泉与广州市郊石门贪泉，皆扬名于宋代。两个意义相反的命名，均为劝告人们倡廉戒贪之意。自南宋绍熙二年（1191年），邑令为廉泉砌井，建亭立匾，此后多次修葺。

过去，东莞县令上任，皆来此亭上酌泉，标榜其为官清廉。中华人民共和国成立前，廉泉亭已毁。1982年，黄旗岭辟为旗峰公园，廉泉周边砌有水泥砖栏，游人目众。

清末流传一首《东莞八景》民谣，其中第一景为"黄旗岭顶挂灯笼"。传说山顶有棵巨榕，树身有个枯洞，为秋后萤火虫密集之所，人们夜间远看如放灯笼。后来巨榕凋萎，此景不复存在。但明清《东莞县志》所载，皆以黄旗廉泉为"八景"之首。明邑令吴中有《旗岭廉泉》诗云：旗山苍苍秀如画，一脉寒泉出山下。不知谁为号廉名，疑是夷齐共称诧。甘如醴，寒如冰，尘埃不染清且深。何当遍汲九州饮，饮使贪夫皆洗心。

翻阅东莞的历史，我始终相信，一个大自然恩赐了"廉泉"的风水宝地，一定是清官辈出的温床。

黄旗山不是东莞海拔最高的山，也没有其他山岭与它相连，但是，由于一股天设地造的廉泉，这山便有了灵气，形成了风水，影响了人文。廉泉之水，不灌溉农田，却滋润了一代又一代东莞人的心田。

我在广东教育出版社2008年1月出版的《东莞人物丛书》中，无意中看到了一群如廉泉一般干净的东莞人，他们身份非凡，官位显赫，手中的权力，足以让他们富甲一方。

祁顺为官四十年，家业无所增，任内节约公费，积三千金。明代官场惯例，节约的公费，长官可用，祁顺却分毫未取，临终之时，祁顺留下遗言："若私此金，吾目必不瞑矣。"成化十一年（1475年）的时候，祁顺以一品官员的身份出使朝鲜，他拒绝了朝鲜的所有馈赠，只带两袖清风回来。祁顺的廉行，让朝鲜官员感到了惊奇和不可思议。东莞人的历史上，就在此时出现了"却金"两个永垂不朽的汉字。

朝鲜官员，被祁顺的清廉感动，他们为祁顺的事迹建了一座却金亭。由于文献粗疏，我无法找到63年之后，东莞县令吕琼奉广东通判王十竹令在莞城北门外演武场南为李恺建却金亭，是否为祁顺的遗风传播？东莞的却金亭，是否以朝鲜的却金亭作为模版？

东莞的却金亭，表彰的对象是南海知县李恺，这个与东莞无关的人，奉广东省府之命，负责东莞进口商船的关税事务，而关系的那头，是一个来华贸易的暹罗商人。这个名叫柰治鸦看的商人，按照惯例，以百金作为抽成献给李恺。李恺拒受："彼诚夷哉！吾儒有席上之聘，大夫无境外之交，王人耻边氓之德，兹奚其至我？"在李恺的一再拒绝之下，柰治鸦看和暹罗使者柰马一起，同至广州，请求省府用李恺拒收的"百金"，在东莞建却金亭作为纪念。

东莞人在外拒金，同时又在自己的土地上建却金亭纪录别人的德行，这片土地，从此注定了将有无数李恺式的人物产生，将有许多令人赞叹的故事上演。朝鲜的却金亭，我无法找到五百多年前的文字，东莞的却金亭，却有坚硬的石头，留下了有温度的文字。

世事的巧合，尽在东莞发生。

却金亭碑上的坚硬文字，却由一个遇事死谏、弹劾不避权贵的耿直之人王希文记录。王希文，嘉靖八年（1529年）进士，刑科给事中。东莞城外圆沙坊人。在《广东历史人物辞典》的记载中，"弹劾不避权贵，得罪辅臣夏言。改任南垣织造，劾内监李政迫死工匠，使其伏法。以鲠直不为所用，家居三十年卒。"

在王希文的笔下，却金亭在莞城北门外之演武场，亭久毁，碑仍在原址。碑面南立。碑高184厘米，宽102厘米，21行，满行50字，提头高1字。篆额，楷书。此碑石质坚致，蟹壳青色，至今字口清晰。

我每次经过如今的莞城光明路教场街口北侧，都会停下脚步，在那块罩了玻璃的石碑前驻足，细读一遍上面的文字："维彼碑亭，起瞻壮睹，望之岌如，枚枚渠渠。贤者过之，询之足以兴；不肖者闻之，则有泚颡而赧面者也。"

清廉，只是流贯在血管里的血液，它从来不是贴在脸上的金箔。东莞廉官名单的长度，随着廉泉之水的流淌，漫漶于历朝历代。

道光年间的礼科给事中黎攀镠，以整治弊政，忠心耿耿留有口碑，很少有人知道他的奏章《请严禁鸦片以塞漏卮疏》，这道道光十六年（1836年）向道光皇帝提出的奏疏，早于黄爵滋的《严塞漏卮以培国本》两年。一个目光炯炯的官员，被朱嶟、林则徐的名气掩盖了。

黎攀镠那道上书道光皇帝的奏疏，是一篇极其有力的长文，我在《东莞人物丛书》中看到的这道奏疏，被他的门生广西按察使秦焕誉为"公之文，皆人心所欲言而未能言者乃特言之，又皆治道所当言而不可不言者乃悉言之"。

黎攀镠以一个清官的身份出现的时候，后人用"在任上，他认认真真，廉洁自律。他生性俭朴，对自己及亲朋、下属，他一切从严。他事无巨细，必是亲力亲为，从不假手于人。他限家眷'不得私自外出，交结游荡，致生事端'；他官署内的一切应用物件及日常柴米油盐，都是发出现银，按市场价购买，从不赊账，不拖欠；他以自己的实际行动，为百姓树下了榜样。"的现代语言评价。[①]这些比较空洞的誉词，最后以一个

---

① 中共东莞市委宣传部、东莞市文学艺术界联合会编：《东莞历史人物》，广东教育出版 2008 年版。

感人的情节应征。

　　道光十八年（1838年），黎攀镠奉旨调补江南河库道库，离开福建的时候，"生童赋诗，父老焚香者不绝"。这是一个古老的故事，这些百姓感恩戴德十里相送的情节，延伸到了历朝历代。百姓拥戴清廉官员的情节，黎攀镠开了东莞先贤的先河。

　　永乐二年（1404年）进士翟溥福，在《广东历史人物辞典》中的政德是"正统元年（1436年）任江西南康知府，明刑省罚，救治前守错判死囚百余人。沿鄱阳湖边筑石堤百余丈，方便航运。捐俸修白鹿洞书院，讲明道义，民知向学，人称江西第一贤郡守"，却忽略了他为官的清廉。翟溥福"江西第一贤郡守"的评价，出自江西巡抚侍郎赵新之口。翟溥福六十六岁那年，以年老的理由告老还乡。赵新以"翟君此邦第一贤守也，何可听其去！"的言词挽留。致仕返乡是多次恳请之后的结果，在一个平淡无奇的人生过程中，返乡的翟溥福，遇到了百姓聚集送行的场景。《明史·翟溥福传》和嘉靖《广东通志·翟溥福传》以及《广州人物传》等历史文献，都出现了"辞郡之日，父老争送金帛，溥福不受，郡民挽舟行数里，泣涕而别"的描写。翟溥福走后，当地百姓建造祠堂，供奉香火，将一位一去不再复返的官员的纪念，刻在了坚硬的砖瓦上。

　　山东按察副使郑敬在《广东历史人物辞典》中出现的时候，只有短短数语，但"廉洁奉公，拒收贿赂"八个字，却突出了文字没有的重量。这个在湖南道监察御史、江西按察司佥事、河南、云南按察司佥事等多地为官的东莞人，廉洁自持，勤于处事。在上任山东按察副使之前，云南有土司援旧例，赠与离任的郑敬以金银珍宝。由于没有细节，那个送礼的土司隐退了，郑敬的家人不幸成了矛盾的另外一方，他们劝说郑敬收下已有先例的馈赠。郑敬拒绝的方式，超过了我的想象。郑敬勃然大怒，直斥家人："我司风纪二十年，平时有俸禄之享，仍惧不能称职，何况昧天良，败名节乎？"

一个在亲人面前怒发冲冠的人，实际生活中却是另外一种形象："郑敬勤于政务，食少事烦，年方四十，身体日弱，头发尽白，于是陈请休退。年五十八，卒于家，卒时家无余资，几乎无以为殓。"

我对王缜的最初了解，并不是他在《广东历史人物辞典》中的"强直敢言"和"迁云南参政，不迎合刘瑾，被罚米五百石，变卖家产以偿"的事迹，而是厚街文化部门的朋友赠送的一套《梧山集》。这套繁体竖排线装的古籍，就是一个人的生平。王守仁的序言，不仅是宗亲的追悼，更是对《梧山集》的评价："古人后世而不朽者三，立言其一焉，如公之盛德丰功，赫赫在人耳目。……今公往集存，每披寻展读之，辄幸得所凭藉。以想见公之生平，而况天下之大，四海之广且疏，及遥遥几百载后，未识公之面貌，又不获俎豆公之书，而竹帛有湮，史策无据，其何以美而传，传而爱慕，使夫闻风生感，懦夫立，贪夫廉，重为功于名教哉。"

在文献的描述中，王缜是一个敦厚持重、不苟言笑之人，而官场生活中的严厉和坚定，同他的严肃执著融为了一体。在转任礼科给事中的时候，王缜以白纻不属于正常上供之物的理由，反对征收百姓的白纻，又要求停止上清宫的修建。乾清宫火灾之后，王缜又上疏皇帝，请求将宗室之子奉养宫中，撤销南京新增的内容，以稳定皇室的根本。武宗皇帝西巡，王缜亦大胆上疏劝阻。

文献中的描述，让我一次次想起唐太宗时期的魏征，魏征的故事，总让我在他与王缜的直言进谏中画上等号，只可惜，王缜生活的明朝，没有李世民。

一个直言进谏的官员，一定是个正直清廉的人，任何时候，正气都是他安身立命的根本。王缜出使安南的时候，国王用豪华的毡毯铺地迎接，王缜拒绝奢华和铺张，叱责对方，让其换掉。安南国馈赠的金银财宝，王缜一件未受。

如果以南宋为界的东莞历史，从李用开始，那么，以黄旗山廉泉为源头的清流，则是从祁顺滥觞。《广东历史人物辞典》记载祁顺"一品服出使朝鲜，谢绝供给，拒收馈赠。朝鲜君臣惊奇，为之筑却金亭"，开了东莞廉官的先河。祁敕，作为祁顺的三子，他不仅传承了父亲的血脉，还继承了父亲的铁面和清廉。

京城百姓赐予的"祁佛爷"称号，让我误以为祁敕是个心慈手软的老好人，却不知是它的反面。作为刑部主事，祁敕处理案件不徇私情，从无偏袒。"他办案穷根究底，务求彻底弄清案情"，许多奸猾官吏，在祁敕的铁面之前不敢妄为。为了求得办案公平，祁敕不惧权势，甚至敢于触怒龙颜，被皇帝杖责。"祁佛爷"这个与祁敕的行为不相匹配的名字，只有在百姓的口碑中，才能找到答案：

有人以上好瓷器送给祁敕，祁敕坚拒而最终未能拒，就把那件瓷器交给学宫，供祭祀之用。原本可以私自处理的公款一年达数千金，他全数上缴，不占毫厘。其廉洁平正之名大著，致使权贵不敢犯，而百姓则赞不绝口，乃至形诸歌谣："有影黄堂月，无痕碧水秋。"甚至有些人私自在家中把祁敕供奉起来。

古代官员，无不以升迁为喜，以贬谪为悲，而不以升迁贬谪为意者，凤毛麟角。钟卿在民国《东莞县志》中出场的时候，用一个官场中的意外吸引了我。时任户部郎中的钟卿，在南郊祈谷仪式时迟到。后人无法知道钟卿迟到的原因和耽误的时辰，文献中龙颜不悦的后果，是贬谪的处罚，遥远的郴州同知，就成了钟卿到任的贬所和官职。钟卿在郴州"察狱赈饥，许多百姓赖以活命，郴人立碑颂德"。

钟卿后来迁莱州府通判，入为南都水郎中，擢九江府，迁广西副使，再后历广西参政，转福建左布政使，显然与他不以物喜，不以己悲的心态有关联。文献称钟卿"为官数十载，清廉狷介，清风两袖"，在他上任广西副使时表现得淋漓尽致。腊月之时，天气寒冷，钟卿无御寒冬衣，只穿一件单薄的葛衣，其妻见状不忍，用其私藏八百钱购置新衣。钟卿不贪拒贿，致使告老归家的时候，不仅身无长物，而且生计亦难维持。同官潘季驯正好巡抚粤东，听说钟卿家贫难支，便让当地官府送来管理盐池的公文，助其解困。使者来到钟卿家里的时候，衣着单薄的钟卿，正围炉取暖，得牒之后，钟卿立即投进火炉，看着它化为灰烬。众人惊愕不已。钟卿的回应，五百多年之后，依然掷地有声："一境之利益，岂可一人独专，烧之，为汝辈开生路！"

督府李迁，是钟卿清廉的见证者，他令人制作了一块牌匾，亲书"清白"两字，赠予钟卿。钟卿身后，世人称其"百粤仪表，一代球琳"。

林烈出任福建盐运司同知分司水口的时候，并没有任何获得肥缺的得意。而在别人眼里，历任此职的官员，均财富暴涨，富贵无边。一个让官员捞得盆满钵满的地方，必定是一个风俗败坏、治安恶劣的场所。由于强盗出没，林烈之前的官员，都不会携妻扶子，捞够即走。只有林烈，上任之时，携家带口，不惧亲人沦为黑道的人质。上任之后，林烈革除陋规，实施公平交易，杜绝盘剥私吞现象，从此商至如归，盐政得以振兴。

林烈的功绩，在他死后得以彰显。林烈死于福建盐运同知的任上，家中钱财，不满十金。当地百姓知道林烈廉洁，无资财操办丧事，于是筹集了很多钱，送给林烈的家属。林烈的儿子，继承了父亲的性格，他坚拒了老百姓的好意，说："收下了这些钱，就是侮辱了先人！"这笔被林烈家人拒收的钱，被当地百姓在水口建了祠堂，用来纪念一个有作为的清官。而福州的百姓，则将林烈入了名宦之列。

在丧事现场拒绝百姓资助的林烈长子林培，万历元年（1573年）中举之后进入仕途，历任湖广新化知县、南京御史，以直言著称，有"南林北马，台省增价"的美誉。

万历二十四年（1596年）春天的上疏，是林培人生中最危险的经历。上疏的起始，是两京科道官三十四人被削去官职，撤职为民。在御史马经纶、给事中林熙春、御史鹿久徵等数十人上疏抗争被减降俸禄之后，林培又写下了《时事大有可虞，乞慎喜怒、审好恶、辨忠奸、节采织，以杜乱萌保治安疏》，长篇大论，决心死谏。上疏的结果，林培已有预料，为了不让母亲惊吓，林培让弟弟侍奉母亲还乡。

神宗皇帝的愤怒，林培早有准备，贬职的结果，也尽在意料之中。林培没有想到的是，贬谪的地点和官职，却让他因祸得福，让人间的巧合上演。

林培以福建盐运知事的身份，来到了父亲林烈当年为官的地方。林培来到水口分司，至当地百姓为父亲建的祠堂祭扫的时候，他透过三十多年的时光，看到了父亲的清廉和功绩。水口的百姓，知道了林培的身份，感到万分惊奇和欣喜。两代人的故事，让他们多年前建造的祠堂充满了神性，看到林培，就仿佛看到了林烈。

在民国《东莞县志》卷五九《人物略六·明·林培传》的描述中，林培身长玉立，气度不凡，言行举止不随便，令人敬畏。五代同居，而不私一钱。

当许多人因为买官无门而苦恼的时候，却有人拒绝向他敞开的买官门道。在东莞古代的清廉官员中，罗一道是个反其道而行之的人。罗一道初入刑部主事的时候，正值奸臣严嵩、严世藩父子当权。严氏父子看中了罗一道的才华，暗示他用金钱打点，可以获得更高的职位。罗一道拒绝说："官位高低是命中注定，读书人应当知难而进，怎么能够用钱来乞求高升呢？"严世藩从此记恨在心，百般压制罗一道，致使罗一道十多年内没有调职。

罗一道的儿子参加督学佘立主持的士子考试，先是被评为下等，之后又被评为优等。罗一道明白，佘立感恩当年罗一道主持考试时的公正，故而改变了儿子考试的成绩。罗一道立即给佘立写信，认为官员服务国家，不应该有任何私心。

罗一道在刑部主事、福建按察副使、湖广参政等职位上为官五十年，却与富贵两字从不沾边，家中只有遮风避雨的几间土屋，荒田二十余亩，遇上收成不好的年份，连稀粥都喝不上。

布衣陈益，先于他的胞兄广西兵备副使陈履进入我关注的视野。陈益冒着牢狱风险从安南引进番薯之后，被乡人以从异邦私带"妖物"蛊惑人心的罪名告发入狱，生死时刻，被时任户部郎中的陈履解救。在写《番薯，1581年的历险》这篇散文的时候，我并不知道陈履是一个有口皆碑的清廉官员。只有当他成为东莞廉泉谱系上的一个人物的时候，我才能和他在霉腐的故纸上相见。

陈履先是在蒲圻县令的任上目睹了民众的赋税繁重和流离失所，后来陈履走进乡间，体察民情，实行免劳役、宽赋税和奖励耕织，数年之后，蒲圻百姓得以安宁。陈履离任的时候，出现了百姓恋恋不舍的情景，他们到衙署挽留，然后沿途相送。陈履走后，蒲圻百姓立祠，纪录一个有为官员的功德。

在苏州海防同知的任上，针对倭盗结患，陈履调遣兵船、缉捕盗贼、收缴赃物银两，手下官员萌生私欲。陈履察觉之后，及时制止，并用"贪婪必祸"的道理教育部属。由于陈履自己的以身作则和有效的启导方法，有非分之想的部将们都及时醒悟，悬崖勒马。醒悟之后的部属，致书感谢："闻命惭赦交并，如梦甫醒，明公执法如山，诚药石爱我矣！"

陈履身后，被人用"陈履为官二十余年，家业田产依旧无增，世称廉洁之官"的评价留在《东莞县志》上。

古今中外的贪官，都是戴着面具的人，只有一尘不染的清官，才敢素面朝天。我经常在不畏权势、为民请命与清廉之间画上等号，袁崇友官宦生涯，为我的一己之见提供了有力的证据。

袁崇友的官宦生涯，从福建南安县令起步，他的铁面无私，从一把火开始，他当着部属和百姓，将一叠请托求情的书信，在大庭广众之下，化为灰烬。由于历史没有细节，后人不知道袁崇友当众焚烧书信时，有无公开那些钻营者的姓名，但是，那些瞬间化成了灰烬的文字，让所有参与了那些文字的人，从此望而却步。文献记载当地有官府畏惧的强人，侵占他人财产，衙门不敢过问，袁崇友却为民请命，让恶人受到惩处，从此以强硬闻名。

南安多逃税之人，由于受到差役暗中保护，年长日久，积重难返。袁崇友发现之后，严厉禁止逃税，严惩违禁的衙役，一时间积弊肃清，税足而民不扰。

袁崇友在任的时候，以南安土地贫瘠、市肆不盛的理由，拒绝缴纳专卖税。征税的官员来到南安的时候，没有见到袁崇友，心存怨恨。又有藩司巡查到此，袁崇友不愿意曲意奉承，自称有病，提出辞职。消息传到民间，百姓自发结队，阻塞道路，不让袁崇友辞官。此事被郡守知道，心里感动，亲自来南安劝慰。袁崇友调任望江县之后，南安百姓，自发为袁崇友立祠，将他的功绩刻在坚硬的砖石之上。

廉洁和清贫，往往具有因果的关联，即使位居人上的县令，也莫不过如此。后人记载袁崇友"生性廉洁耿直，除俸禄之外，更一无所取，所以常常入不敷出，要请求其父接济"。袁崇友的父亲袁应文，从福建沙县知县步入官场，因为政绩突出，升御使，以贵州佥事出任地方官。在《广东历史人物辞典》的记载中，袁应文计擒纵容部下剽掠的杨乘龙。因反对巡抚陈某用兵缅甸，调广西，以云南布政使致仕。亦有后人记录袁应文"在贵州时间长，举凡当地土人出没之处，袁应文可谓了如指掌。有敢不听命的，便即可擒来处置，威慑所及，境内得以安然无事。"当袁应文接到儿子要求接济的书信时，总是笑着回应："儿子当个清高的人，要累得父亲当个污浊的人吗？"

根据民国《东莞县志》卷六〇《人物略七·明·袁崇友传》整理的《东莞历史人物》，定格了袁崇友的人生评价：天启元年（1621年），朝廷起用他为尚宝司丞，他奉命前往，去到潜山，托病而归。居家二十年而卒。临终前，出外与知交一一相见。死后，不但没有留下什么财产，反而留下欠条，并遗言说："用生前所居住的房子偿还。"幸得县令李模为他办了身后事。

黄旗山的廉泉之水，是大自然的造化，那些廉泉之水养育的清廉官吏，他们一生的口碑，是一个人的天然本性，无关清规戒律和朝廷倡导。进入《广东历史人物辞典》中的东莞清廉官员，是一个长名单，明季东莞五忠中的陈象明、苏观生，官职和生命都在所不惜，钱财更被视为身外之物，他们生命的价值，已流经廉泉汇入了大海。

53 陈建与《学蔀通辨》

陈建和林光的出现，在明朝东莞学术的舞台上，似乎有横空出世的气象。

这两个人的出现，有研究者将他们安置在时代的背景和东莞的文化氛围之中，又用"必然性"为他们的成果作了背书。

五百多年之后，我在天顺《东莞县志》和崇祯《东莞县志》中，看到了明朝东莞的文化情景：

明朝声教广被，又赖贤令詹勖、卢秉安以德政化民，家有法律，户有诗书。……业儒者多，士风尤胜。逐年执政能敦化本，士崇气节，民兴礼让，淳厚复旧矣。①

莞自唐宋以来，人物寝盛，士尚淳厚，农力稼穑，工不求巧，商能致远，素称易治。……田夫野老亦曾读书，樵童牧儿多解识字，人材轩冕，文学渊薮。②

广东省社会科学院副研究员陈贤波先生，用最具体的数字，论证了明朝东莞教育和文化的人才辈出。从洪武三年（1370年）至嘉靖三十四年（1555年）的一百八十五年当中，东莞出了529个举人，占广东全省的7.6%。

陈建这粒良种落在风俗淳厚、诗书教化的肥沃土地上，官宦之家的出身，又为他日后的成长提供了足够的养分。在康熙《东莞县志》的记载中，陈建为"广南知府恩之季子"。明代方志学家郭棐，是第一个为陈建立传的人，在《粤大记》中，陈建的出身和科举仕途，呈一条欣欣向荣的生长直线：

陈建，字廷肇，号清澜，太守恩季子也。与兄越、超、赴皆领乡荐，而建为春秋魁。究心国家因革治乱之迹及道术邪正之机。两上春官，皆乙榜。以母老选授候官教谕。日勤陶铸，贫生如袁栖梧等，分俸周之。与巡按潼川白公贲论李西涯乐府，因著《拟古乐府通考》，与督学潘公潢论朱陆同异，作《朱陆编年考》。督学江公以达命校《十三经注疏》成，代作上《十三经注疏》奏稿，迁临江府学教授，编《周子全书》《程子遗书》，大有造于来学。聘典试者凡四：江右、广右、

_____

① 参见天顺《东莞县志》卷一《风俗》，《广东历代方志集成本》，岭南美术出版社2010年版。

② 参见崇祯《东莞县志》卷一《地舆志·风俗》，《广东历代方志集成本》，岭南美术出版社2010年版。

云南、湖广。所得多名士，而滇士严清，后为名冢宰，时论多之。寻升山东阳信令。未几，以母老力告归养，时年方四十八岁，益锐意于著述。

《陈建评传》的作者陈贤波，从陈建福建侯官县教谕、江西临江府教授和山东阳信县令的低级职位上，判定陈建仕途并不坦达，但是，如果结合陈建一生的著述来审视，陈建并不太长的官宦经历，并非个人无所作为，而是他无意于仕途。

陈建辞官的原因和理由，被邓淳记载在《粤东名儒言行录》中，这篇文章，被后人引以为据。文中"职哀求终养，实为老母年逼桑榆，倚闾西望，度日如年，非图日后补用，乞亟俾得早归一日，记戴二天"的文字背后，应该有着陈建更深层次的思考和选择。文字背后的想法，我愿意将它同"辞官之后定居东莞，筑草堂于郭北，锐意著述，在其母逝世之后，过起隐居的生活"联系起来，找到逻辑因果。

辞官回归故里，是陈建作为一个史学家、思想家的分水岭。陈建的著述，以嘉靖二十三年（1544年）为界。在为官期间，陈建与督学潘潢论朱陆异同，作《朱陆编年》二编；与福建巡抚白贲论李东阳《西涯乐府》，因作《拟古乐府通考》二卷；督学江以达命校《十三经注疏》，并代作《十三经注疏奏稿》。

回乡之后，陈建用隐居不出，开创了学术的另一种景象。陈建的思想，在宣纸铺成的沃野里奔驰如马，那些绝美的风景，化成繁体汉字，竖排在轻柔的纸页上。《经世宏词》《明朝捷录》《古今至鉴》《滥竽录》《陈氏文献》，都是家乡赋予他的灵感。更为重要的是，除上述著作之外，陈建还写出了奠定他学术界崇高地位的《学蔀通辨》四编十二卷、《治安要议》六卷、《皇明启运录》八卷及其增订本《皇明通纪》三十四卷。

后人在评价陈建史学思想的关键处，用了"经世"这个画龙点睛的词。"陈建著述的突出特点，是'盖为天下万世虑也'。其史学主要表现在两个方面，即'究心学术邪正之分，及国家因革治乱'。而他史学思想的核心，则是经世致用——以现实问题为思考的起点和归宿。这对于明代后期史学思想的发展，具有积极的影响。"①

陈建是明代后期重要的程、朱派理学学者，《广东历史人物辞典》陈建词条中，有在王阳明心学流行的时候，"驳斥王守仁'致良知'学说。"陈建的观点和驳辩，体现在《学蔀通辨》这部思想史著作中。对于王阳明《朱子晚年定论》所说的朱熹与陆九渊之思想"早异晚同"的说法进行了揭露，用具体的史实说明朱熹与陆九渊的思想是"早同晚异"，朱、陆思想具有根本性的差异。

以详细的资料说明朱熹与陆九渊的思想早年是接近的；通过史料的编年排比，勾画了朱熹对陆九渊的学说从将信将疑到公开争论的历史事实；除了通过史料编年在时间上揭破王阳明"朱、陆早异晚同"的结论外，还采取了史料文字比勘的方法，来进一步辩驳王阳明的所谓"权诈阴谋"，这是《学蔀通辨》用追本溯源手段解决思想史问题的方式和方法。

在陈伯陶的笔下，"建貌寒素，人望而轻之。然性缜密，博闻强记，究心学术邪正之分及国家因革治乱之故"。而现实生活中的陈建，则将北宋名相范仲淹"居庙堂之高，则忧其

---

①　吴怀祺主编；向燕南著：《中国史学思想通史·明代卷》，黄山书社 2002 年版。

民，处江湖之远，则忧其君"的名言作为座右铭，置于案头，自称"虽不肖，诚不忘江湖耿耿"，"士君子得其时行其道，则无所为书，身后虚名亦何益耶"。一个不务虚名、不作虚文、惟以经邦济世为己任的人，才有可能把自己的史学与现实政治和国家命运结合在一起，《皇明资治通纪》就是陈建上述行为思考的集中体现。

作为明代第一部私撰编年体的当代史，《皇明资治通纪》记叙了元至正十一年（1351年）至明正德十六年（1521年）之间的社会生活和历史变迁。《皇明资治通纪》分前后两篇，前编《皇明启运录》先行刊刻，后编的撰述，与香山黄佐有命运的关联。香山黄佐，在《广东历史人物辞典》中以"正德五年（1510年）解元，十五年进士，五试皆第一"的介绍出现。世宗即位始廷试，选庶吉士，授编修。历官江西金事、广西提学、左春坊经筵讲官，迁侍读，掌南京翰林院事，再迁南京国子监祭酒，进官詹学士。因与大学士夏言所论不合而归香山，卜筑禹山之阳，日与诸生讲学，从游者日众，"南园后五先生"多出自其名下；并潜心钻研孔孟之学，著书立说，成为岭南著名学者。黄佐看到了付梓之后的《皇明启运录》，对陈建提出了继续撰写洪武二十五年以后的史事："昔汉中叶，有司马迁《史记》，有班固《汉书》，有荀悦《汉纪》；宋中叶，有李焘《长编》，皆搜载当时累朝致治之迹，以昭示天下。"然而明朝建国已近二百年了，却仍然"未有纪者"，所以"子纂述是志"，就应"盖并图之，以成昭化不刊之典"。黄佐的劝告，并未立竿见影。陈建以"愧乏三才，何敢僭逾及此"婉言推辞。然而好事多磨，最终柳暗花明。在黄佐的多次劝告下，陈建回顾自己半生，"索性有癖焉，自少壮时，癖好博览多识"，"每翻阅我朝制书，洎迄来诸名公所撰次，诸凡数十种，积于胸中"，尤其是皇朝由盛及衰的历史，让他触景伤情，不能自止。洪武二十五年之后的历史，重新来到了陈建的笔下，"下迄正德，凡八朝一百二十四年之事"，铺展在庄重的宣纸之上。

在黄宗羲的《明儒学案》中，陈建是一个缺席者，这当然不是陈建的过错，而是历史的误会。漫长的沉默过后，直到二十世纪三十年代，容肇祖先生在《国学季刊》5卷3期上发表了《补东莞学案——林光与陈建》一文，这篇具有深水炸弹一般分量的论文，确立了陈建在明代理学史中应有的地位。

容肇祖教授在《林建传略》中的分析和论述，为后人撩开了历史的窗帘。容肇祖认为，在陈建的众多著述中，"著述今传者，《学蔀通辨》《治安要议》《西涯乐府通考》（以上三种有《聚德堂丛书》本）《皇明通纪》。清乾隆间，《通纪》列入禁书，经搜毁者不少。道光初修之《东莞县志》，遂不敢道陈建一字。其他乾隆以后所修之地方志，亦有不敢道其名者。陆陇其有《答徐建庵先生书》云：'陈清澜立传，最足为考亭干城。'（《三鱼堂文集》卷五，12页）今《明史》及《明史稿》皆无传，或以后来禁纲之故删去。"

陈建的学术地位，并不会因为《明儒学案》的忽视而被贬低。陈伯陶对陈建的评价，一再被后人引用，似已成为不刊之论："建明体达用，可以开古今未决之疑，立百王不易之法，其为时所重如此。"尤其是将陈建的学说与陈献章、湛若水相提并论，更是在容肇祖的论文中放大："粤有陈献章，世称新会之学；有湛若水，称增城之学；至建书出，有称之为东莞学。"

54 陈白沙的得意门生

林光，是在《广东历史人物辞典》中闪亮登场的人物，词条中"筑室榄山，拜陈献章为师，来往问学近二十年。得白沙学问精粹，推为白沙第一弟子"的定性，足以让后人仰视。

林光用一个细节，出现在容肇祖笔下："少时，家贫无油，常就舂米的灯光读书。"寥寥数字，让"凿壁偷光"、"囊萤映雪"这些古老的成语，突然从辞典里走出来，同林光汇合。

林光17岁中秀才，宪宗成化元年（1465年）中举人，这些常见的科举经历，平淡无奇。巧合的是，成化五年（1469年）他入京会试，在神乐观遇到了一同下第的广东新会人陈献章。我在工具书里找到了"下第"这个陌生的词，原来是科举考试不中落第的另一种表述。读书刻苦如陈献章、林光之辈，在教条和程式化的科举面前，竟然也有一败涂地的灰暗时刻。

两个广东举子的落第，没有成为他们沮丧的话题，倒是学问之道，让两个人走到了一起。在同船南返的漫长途中，两个人话题契合，意气相投。拜陈献章为师的决定，就在南返途中确立。

林光用了二十年的时间，问学于陈献章。林光以一个授业弟子的身份，恭敬地站立在新会白沙乡。他在榄山清湖找了一处离陈献章最近的地方，作为求取学问的住所。陈献章的学问和林光门生的姿态，让二十年的漫长时光，不知不觉地过去。

人的一生中，二十年只是一段不长不短的时光，但是，放在求取学问的读书阶段，却是超越了常态，成为了漫长的苦修。后人已经无法知道，用二十年的时间，向一个人求取学问，需要多大的毅力，需要克服多少的单调和枯燥。史称"文武兼资，伟哉一代之能臣"的两广总督朱英，是替林光解脱寂寞和艰苦的人，他用做官的建议，劝林光开启一种新的生活。我在《南川冰蘗集》卷四中，找到了林光的书面拒绝：

善学者不汲汲于施为成败利钝之际，而汲汲于吾心权衡尺度之间。其幽独细微，其事业勋劳也；其饮食起居，其进退去就也。宁学成而不用者有矣，未有不成而苟用者也。由是知士不患于不用，而患于无以致其用；不患于无时，患于有时而无器。……自识学来，颇知岁月之难得，虽坐空乏势，若无以存活，而区区小志，终不敢变。实以学之无成，非有高尚远引之志，以求异也。

林光的韧性坚持，在成化二十年（1484年）结束。由于家贫和生计的原因，林光再次走上了科举之路，名列会试乙榜，上任浙江平湖县教谕，这个职务，是林光的为官之始，却也是他作为的起步。上司出巡的时候，林光看到，所有的教官生员，一律跪地迎接。林光大为不满，当即上《论士风疏》。林光为官之途，主考福建乡试和湖广乡试，任山东兖州府儒学教授、严州府儒学教授、国子监博士、襄王府左长史等职，被《广东历史人物辞典》用"勉励学子探本穷源，躬身修行"盖棺。

林光出于新会陈献章门下。这段经历，记载在屈大均的《广东新语》中："新会志有白沙弟子传，弟子一百余六人。白沙之门，见道清澈，尤以林先生光为最。光字缉熙，东莞人，所上白沙书，得力过于甘泉，可直接白沙学脉。弟子传当

首缉熙，白沙尝语人云，从吾游而能见此道践履者，唯缉熙
耳。甘泉亦云，白沙夫子，崛起南方，溯濂雒以达于洙泗，当
是时得其门而入者，南川一人；南川者，缉熙也。"

陈献章以白沙先生的称呼亮相于《广东历史人物辞典》
时，"仪于修伟，目光如星，读书一览辄记，读书不辍，尽
穷古今典籍。筑阳春台，静坐其中，数年无户外迹。姜麟称其
为活孟子。一时名士从学者众，如辽东贺钦、番禺张诩、增城
湛若水、顺德李孔修、东莞林光等皆佼佼者。"而在现代人的
著作中，陈献章更是被赋予了一种神性。叶曙明先生的《广州
传》中，描述了一次盛大的场景。

陈献章用了十年时间，足不出户，闭门读书和静思。宪
宗皇帝被广东官员的推荐打动，下诏陈献章入京。成化十九年
（1483年）陈献章上京途经广州，官府按照古代礼制，让他乘
坐"公车"，接受百姓瞻仰。《广州传》"心学大师们"一节
写道：

尽管时值隆冬，但就像云开雾散的天空，一轮暖日冉冉升
起，全城为之疯狂，民众扶老携幼，夹道相迎，上百名画师冒
着寒风，追随车后，为他绘像。这种场面，只有当年迎接大德
高僧时才会出现。

如果不是官府给予这么高的礼遇，一般蚁民哪里知道世上
有个陈献章？他们之所以如此狂热，并非崇拜陈献章的学问，
而是因为他是受皇上眷待的人。连皇上都想见的人，模样一定
异于常人，应该是丰姿清秀，相貌稀奇，有飘然出世之表。陈
献章的弟子张诩就吹嘘，尊师脸上有七颗北斗状的黑痣，这是
朱熹投胎再世的记号。

那天想见陈献章的人太多了，挤满街道两边，后面的人

想往前挤一寸都难。陈献章凝神定气，端坐车上，一晃就过去了。很多人没看清楚他的眉毛鼻子，更无确认他脸上有没有七颗北斗状的黑痣。

　　张诩对尊师的描述，明显是一副夸张的表情，所以，容肇祖在《补明儒东莞学案——林光与陈建》一文中说："林光与张诩同为陈献章的弟子，张诩不免浮夸，林光有《与张廷实（诩）主事书》，以规其失。"

　　《行状》中"右脸有七黑子如北斗"。此朱子相也，若云白沙亦有，何吾辈之未见也？……又云："卓卓乎孔氏道脉之正传，而伊、洛之学盖不足道也。"呜呼！斯言为过甚矣。……阁下以为伊洛之学盖不足道，仆恐白沙先生地下亦未以为然也。此启争端，添谈柄之大者，不可不思也。

　　林光对张诩的批评告诫，在湛若水那里也有印证。湛若水认为张诩"往来白沙之门二三十年。未尝问学"。同门弟子之间的不同观点和矛盾，《广州传》中也有提及："陈献章生前著述不多，死后弟子们争相对师说作不同的诠释注疏，都想证明自己才是正宗嫡传。因此，竟出现了张诩、湛若水、李承箕、林光四位陈门高弟各自撰写陈献章墓志铭的情形。"

　　林光的学问和思想继承了陈献章去思、去疑、去求自得的传统和学术衣钵。《南川冰蘖全集》中的文章，鲜明地体现了这一特点。陈献章在答复林光辛卯二月二十八日书中的一段话，可以看出师生两人学术的共通之处：

　　承谕道学所见，甚是超脱，甚是完全，病卧在床，忽得此纸，读之慰喜无量，自不觉呻吟之去体也。终日乾乾，只是收拾此而已。此理干涉至大，无有内外，无有先后，无一处不到，无一息不运。会此，则天地我立，万化我出，而宇宙在我矣。往古来今，四方上下，都一齐穿纽，一齐收拾，随时随处，无不是这个充塞，色色信他本来，何用尔脚劳手攘？舞雩三三两两，正在勿忘勿助之间，曾点些儿活计，被孟子一口打并出来，都是鸢飞鱼跃。若无孟子工夫，骤而语之以曾点见趣，一似说梦。会得，虽尧、舜事业，也只如一点浮云过目，安事乎推？

　　林光的思想，在容肇祖的文章中，概括为"涵养深造，以求自得"，"重在心之自得，以心为一切事情的衡度，因此注重静养以为动应基础，这是他有得于陈献章的好处。他的思想，是从陈献章产生，但是他不是全无见解的"。

第七章

书声琅琅

55　重建白鹿洞书院

翟溥福上任江西南康知府的时候，未曾想到，他的名字，会同朱熹开创的白鹿书院联系起来，他的名字，会刻在四大书院之首的白鹿书院坚硬的石头上。

我最早在资料中看到"南康"这个地名的时候，脑子里立即跳出赣州这座城市，因为在我到达过的地方，就有过赣州——南康——大余——南雄的愉快之旅。但是，我始终无法将赣州的南康，同《明史》卷二八一《翟溥福传》中的南康等同起来。对历史的忽略，对古代地名的无知，让我在翟溥福和南康知府的汉字中迷雾重重。

让我走出历史迷雾的，是上海辞书出版社的《中国地名沿革对照表》，出版于2017年4月的《中国地名沿革对照表》，其实是一本用"表"的形式呈现的精装工具书。我在笔画索引中，轻而易举地找到了用"南康"名字打头的南康区、南康市、南康军、南康县、南康国、南康府、南康郡、南康路等多个词条，这些古代地名，用相同或相似的汉字作迷宫，让一个千年之后的人，在地名中不辨东南西北，而与翟溥福血肉相连的"南康府"，却隐藏在庐山市（南康镇）的地理之内。如今的江西省庐山市，从遥远的五代吴至2016年，走过了星子镇（治今址）、星子县、南康军、南康路、南康府、星子县、庐山市的漫长道路。而南康府时期，则用了明清两朝作了它的注释。

古人惜墨如今，在《明史》《广东通志》《东莞县志》的记载中，翟溥福与白鹿洞书院的关联，仅仅是"境内庐山白鹿洞书院，为南宋朱熹讲学之所，经元末兵燹，荡为瓦砾之场，溥福带头捐出俸禄并号召郡民捐款，重建殿堂及书斋、号房，聘邑中耆宿何博士为师，选民间俊秀子弟受业。每月初一、十五，溥福定期为生徒讲课，读书风气，为之大振。《白鹿洞志》称兴复之功，溥福为当代冠冕"等寥寥文字。

上文中的"元末兵燹"，是白鹿洞书院历史上最深的一次创伤，四个汉字的背后，是文化的深重灾难。白鹿洞书院的空前劫难，降临于元朝至正十一年（1351年）。天下大乱，战火纷飞，是乱世的描述。劫难过后，白鹿洞书院除了贯道溪上的濯缨、枕流两道石桥之外，所有的殿堂楼阁全部毁于大火。这场大火，让白鹿洞书院，成为了一片废墟，成为失去了人烟的地狱。十五年之后的1366年，与宋濂齐名的著名儒生王祎上任南康府同知。上任伊始，王祎做的第一件事，便是察看白鹿洞书院。但是，王祎的脚步，却在部下的描述中中止了。最熟悉当地情形的人告诉王祎，白鹿洞书院离南康城，虽然只有十五华里路程，但道路荒芜，遍地都是荆棘和灌木丛。近来朝廷下令进贡巨大杉木，运往南京盖建大殿，为朱元璋登基作准备，民工进山伐木，去往书院的道路勉强可通，但是，虎豹拦路，危险四伏，如果前往，必须多带武士随从。别人口里的猛兽，成了王祎心中的豺狼虎豹，于是，知难而退，就成了南康同知的必然选择。几个月之后，王祎克服了恐惧，带领众多随从，鸣锣开道，终于到达了白鹿洞书院。

王祎眼中的白鹿洞书院，在周銮书的《庐山史话》一书中，被描绘成"殿堂楼阁都没有了，瓦砾成堆，荆榛遍地，有的树已经长成几围大了，满目荒凉景象。王祎只能从一些残垣断壁来想象当年书院的宏大规模，弦歌之声完全被山鸟唱和所代替了，只有贯道溪中的泉水，依旧在静静地流。王祎十分感慨，当时各路征战正在紧张进行，他没有任何力量可以恢复白鹿洞书院的旧观，慨叹之余，在《白鹿洞游记》中写道：从朱熹以来，'守其成规，二百年如一日也。而今堕毁乃如此，余亦无如之何也'。王祎除了作为书院被毁坏的见证人，写下这篇游记外，没有任何作为。"

南康知府翟溥福在王祎眼中的破败荒凉中出现的时候，是七十年之后的明正统元年（1436年）。文献没有翟溥福来白鹿洞时的描述，在后人的想象中，翟溥福脚下的崎岖曲折和眼前的洞敞荒芜，和元至正二十六年是相同的景象。翟溥福去白鹿书院的那天，在后人的笔下，有"乘坐舆轿，出南康府城向北经五里牌、罗汉岭，到达白鹿洞，但见断墙残垣、荒草丛生，一片凄凉"的描述。在令人惋叹的废墟面前，翟溥福没有像王祎那样，留下一篇无奈的《白鹿洞游记》，而是捐出薪俸，倡导白鹿洞书院的修复。

翟溥福倡导修复白鹿洞书院，并不是一个知府的心血来潮。这个永乐二年的进士，博古好学，崇拜朱熹的理学思想，白鹿洞书院的破败，尤如他眼中的一粒沙子，肉中的一根芒刺。因此，恢复朱熹时代的学术盛景，自然就成为了他的抱负。

回到府衙之后的翟溥福，立即召集府县官员，倡议重建白鹿洞书院。消息传开，南康府所辖的星子、都昌和永修三县士民叶刚、梁仲、杨振德、万志谦、彭孟鲁、余康常、杜子诚、杜子章等人带头响应，捐钱出力。官府的力量和民间的支持，让翟溥福的倡议很快就变成了现实。重修白鹿洞书院，从正统三年（1438年）秋七月开始，至当年冬十二月完工，礼圣殿、大成门、贯道门、明伦堂、两斋、仪门、先贤祠和燕息之所，先后恢复，容光焕发。

2018年11月2日的《中国文物报》，发表了黎华的文章《明初白鹿洞书院的振兴》，在"翟溥福重建的白鹿洞书院"一节中，描述了接下来的情节：

> 正统七年，监察御史张仲益来南康，听说重建了白鹿洞书院，非常高兴，他说："能兴文教，郡守之美事也。"乃择日巡视白鹿洞书院，在游览时，他对翟溥福说："重建白鹿洞书院，不可以没有碑记。"他们商议要请一位德高望重、文才出众的学者来写，一致认为太子宾客兼国子祭酒胡俨是一个很好的人选。于是写信给胡俨，胡俨高兴地答应了。并称赞翟溥福之举，胡俨认为翟溥福重建白鹿洞书院是"达治本知先务"。作为郡守是抓到了重要的一环。他还认为："他日有贤者兴，道明德立，以嗣夫先贤之教者，则溥福今日兴建实为之张本矣。"

翟溥福重建的白鹿洞书院，奠定了明清两代白鹿洞书院的基本格局，白鹿洞书院复闻于天下。翟溥福致仕后定居在星子境内，其后代繁衍生息在这块美丽的土地上。

三十多年前，我去白鹿洞书院瞻仰的时候，对翟溥福这个名字仅是一览而过，当我成为户籍意义上的东莞人之后，翟溥福这个名字突然和我没有了距离。我知道，翟溥福的功绩，不仅刻在白鹿洞书院坚硬的石头上，而且还刻在南康人立的祠堂里。

56　弦诵之所

　　以重建白鹿洞书院名垂青史的南康知府翟溥福致仕之后的选择，超越了我的预料。黎华先生在《明初白鹿洞书院的振兴》一文中认定："翟溥福致仕后定居在星子境内，其后代繁衍生息在这块美丽的土地上。"

　　翟溥福致仕之后选择异乡定居，是一个后人无法破解的谜。面对那些枯黄的文献，我只能认定，白鹿洞书院，应该是翟溥福的一个情感寄托，是一处让他流连的精神之所。没有人可以推测和想象，如果翟溥福选择回到家乡，看到东莞的书院和学宫，又会作何感想？

　　东莞地方文献中，对东莞学宫的最早记载，始于崇祯《东莞县志》。我在这部大书的卷三《学校志·学宫》中，找到了明朝的书声："邑旧有学宫，在县治南二里许。"后人对这所学宫的跟踪，一直延伸了七百多年。南宋淳熙十三年（1186年），学宫迁建于东城外黎氏地，其址历760余年不变，历代多次修缮，为东莞培育了众多人才。（《育人之佳所，人才之渊薮》，《东莞日报》2021年5月31日）源自《东莞县志》的记载，则印证了这些历史。"东莞自晋宋以来，家事诗书，里有弦诵，咸建书院于乡，以教子弟。"

　　黎氏地，是一个消失了的地名。我在杨宝霖先生的《东莞学宫》一文中，找到了它的来龙去脉。"黎氏义祠是纪念宋元两朝黎氏对东莞学宫的贡献。黎氏四世祖黎晦捐地建学宫，黎晦曾孙、七世祖黎友龙捐资建尊经阁，十二世祖黎琼捐学宫前的鱼塘……"

　　杨宝霖先生的文章中，有描述黎氏地四世祖黎晦捐地兴建学宫的情节。南宋淳熙十三年（1186年）的时候，揭阳人王中行就任东莞县令。上任之后的第二个月，王县令朝拜孔庙。这次出行，被崇祯《东莞县志》用"闻于榛菅间者，学也。栋宇绵蕞，弦诵寂寥"记于纸上，于是与东莞绅士商量迁址。黎晦，此时以学右的身份，出现在县令王中行的现场。黎晦自告奋勇，主动请求："某有地在东城外，术者谓当世出科第，与其私之吾家，孰若公之一邑。"

　　八百多年之后，我能够在宣纸上想象得到王县令脸上的笑容。黎晦，以自己的大公无私，换来了县令的喜悦。

　　杨宝霖先生，将县令王中行《迁学记》中的文言，化成了如今通俗易懂的白话：

　　王中行《迁学记》中我们可以了解到当时的情景：文门庑和殿堂层层地建立，傍着殿堂的庑，做成书斋，两间相向；依着正中的建筑物建起楼阁，与堂相连。这样，各部门的负责人都有办公场所，并安置有厨房、仓库。祭孔子的器具，以前都不合制度，全部换去，并且配补齐全，小如桌椅床铺之物也很完备。和以前比较，学宫变化很大。学宫落成后，还要分配任务，让各都（地方行政单位，以都管村）补养学宫的建筑。把公田拨为学田，免其租税；民间无主之田，全部拨归学宫。学宫每年的收入比以前增加了一倍，又增加弟子的名额来充实学宫。此次迁建学宫，从兴工到落成仅用两年时间，可谓神速。

　　黎氏对东莞学宫的贡献，延续了几代人，黎晦的捐地，只是一个开始。

　　宋末之时，学宫的经史阁毁于兵乱。元至元二十八年（1298

年），黎晦的曾孙黎友龙，以一己之力，重建了经史阁。这段史实，记录在崇祯《东莞县志》卷六《艺文》中，李春曳的《重建经史阁记》，为东莞学宫的兴衰，留下了重要的文字证明。

166年之后的天顺八年（1464年），东莞县令吴中重修学宫，建会馔堂于明伦堂之北，并于学宫后购地，增筑号房四十余所，黎友龙的五世孙黎琼捐学宫前鱼塘两口，以佐诸生膏火。黎琼的善举，文献亦无遗漏，黄结的《重修儒学记》和钱溥的《东莞县儒学修造记》，分别成为崇祯《东莞县志》和民国《东莞县志》中的目条。

后人一直以为南宋淳熙十三年（1186年）迁建于东城之外黎氏地的学宫，是东莞最早的学府，却不知一所名为力瀛的书院，是它的前辈，是东莞学府的先驱。

力瀛书院，和一个名为邓符的人密切相关，这个书院的创始人，曾任广东阳春县令，他移居屯门镇桂角山下的岑田村之后，开始构思一座书院的蓝图。邓符的功德，记录在《邓氏师俭堂家潜·四世祖符协公家传按语》中："公性笃学，好交贤士。解任后，筑室桂角山下，创力瀛书斋，建书楼，读书讲学。置客馆、书田城于里中及郭北。修桥梁，发膏火，以资四方来学之士。乐育英才，多所造就。"

力瀛书院的旧址，如今成了香港的地盘。在城市的高楼大厦中，古老的建筑往往尸骨无存，这是时代的趋势和大多数书院的命运。

在文献的记载中，东莞，曾经是一个学宫和书院遍布的地方，书声，曾经是东莞大地上最悦耳的音乐。崇祯《东莞县志》，让我回到了那个书声琅琅的农耕年代。

"旧载书院凡九所……新建书院凡二十二所。"三十一所书院，已成隔世，只有一所名为鳌台的书院，几经修葺之后，成了东莞书院唯一的种子。

我在枯黄的故纸堆里，找到了明代东莞书院的名字。旧载九所书院为圆沙书院、养正书院、西石书院、象冈书院、城南书院、凤冈书院、宝冈书院、宁溪书院和鳌台书院。新建的二十二所书院，有龙头书院、道山书院、西垣书院、丹山书院、迎凤书院、凤楼书院、凤台书院、图南书院、朝阳书院、德生书院、孟阳书院、孟山书院、孟溪书院、七桂书院、飞鸢书院、同寅书院、金鳌书院、凤山书院、鹏南书院、濯鳞书院、中石书院、天南书院，这三十一所书院，星火一般分布在莞城、潢涌、靖康、北栅、鸡鸣冈、大宁、厚街、金鳌洲、茶山、石排、大汾等东莞辽阔的土地上。

上述这些书院，远非东莞书院的全部。明代东莞人王希文笔下的旗峰书院，就漏网在我的搜罗中。在《旗峰书院上梁文》中，后人看到了历经百年的旗峰书院，在嘉靖年间重修的史实。王希文还在《题旗峰书院》一诗中写道：青紫峰亭远俗尘，百年遗迹又重新。山如有主还须我，地不虚灵只在人。草色绿回秋后雨，梅馨煖入酒前青。斯文胜会元非偶，默想应知协鬼神。

由于出生晚，宝安书院和龙溪书院，都不在明代东莞书院的名册目录上。而在东莞书院的历史上，这两所书院却声名显赫，超过了它们的先辈。

清朝初期，书院发展遭遇了来自朝廷的巨大阻力。为了防止利用书院讲学议政，聚众成势，危及清朝统治，清政府严禁创设书院。在顺治九年（1652年）颁布的禁令中，我看到了"各提学官……不许别创书院，群聚徒党，及号召地方游食无行之徒，空谈废业"的条文，直到康熙年间，政策才有所松动。雍正十一年（1733年），朝廷正式下谕，鼓励各地创办书院，并且给予经费上的支持。宝安书院，就是在朝廷的松动之

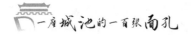

下，得到了喘息的机会。

宝安书院前身为宝安义学，由知县郭文炳于康熙二十八年（1689年）捐俸银120两兴建。三百多年过去了，宝安书院已经片瓦无存，唯一让人安慰的是：宝安书院葬身之处，立起了一所中学，夜深人静或寒暑假期的时候，这所中学寂静的校园里，似乎还能听到三百多年前的书声，看到长袍马褂的古人飘过的身影。

在一个没有照相机的时代，沈曾同用《宝安书院碑记》，为后人记录下了宝安书院的全貌：

计纵十有三丈，横七丈四尺有奇。前临卫街，后抵社仓，东宝安仓，西温氏宗祠……临街面南，屋三楹，广三丈有六尺，深一丈四尺有五寸。正中设重门，正中设重门，房则守舍，居词启闭。次讲堂三间，广如前，深二丈有四尺……又次为重屋，广亦如之，深如讲堂之数……楼之高三寻，俯盂山如案，城外黄旗峰矗立云际，笋翠檐牙之外……两旁翼以席舍，各九室，室广丈有一尺，深如其广加尺者二……。楼后附墙为轩，其数七，北向，广深称其地之隙，庖廪湢井之属备具焉。周以缭垣，树之薪木。统而仍其名曰"宝安书院"……

57　鞠躬尽瘁的山长

书院山长，皆为名士。

历史上的名士，都可以超越记忆，在枯黄的纸页上找到名字，李黼平、张维屏、何仁山，这三个名列《广东历史人物辞典》的人，都与宝安书院发生过关联，"主讲"，是他们在宝安书院留下的痕迹。

在文献的记载中，张维屏、何仁山与宝安书院，仅仅是讲授的因缘，而李黼平，则以山长的身份，与宝安书院血肉相连。

李黼平与东莞的因缘，起源于道光四年（1824年）。两广总督阮元，是他与东莞结缘的介绍人。

我在《广东历史人物辞典》中看到的李黼平，是广东嘉应州（今梅州）人，他的诗词成就，与宋湘、黄香铁、黄遵宪、丘逢甲并列，成为"嘉应五大诗人"之一。李黼平的成就，超越了诗的范围。后人在文献中，可以看到他的《毛诗绌义》二十四卷、《易刊误》二卷、《文选异义》二卷、《读杜韩笔记》二卷、赋二卷、骈体文一卷、制艺四卷、《堪舆六家选注》八卷、《小学樗言》二卷、《说文群经古字》四卷以及传奇《桐花凤》等，这些文章，与他的《著花庵集》八卷、《吴门集》八卷、《南归集》四卷合起来，被时人称誉为"著述甚丰"。

著述甚丰，只是数量而言。李黼平诗的成就，王澐评价为"不特粤中之冠，直有清二百余年风雅宗主也"，戴季陶则称："绣子先生清才绝俗，一代儒宗。诗集并擅众妙，超绝等伦，盥薇诵读，如聆钧天。"而"粤诗冠冕"，则是学海堂八学长之一曾钊的加封。

道光四年（1824年），在两广总督阮元的推荐下，五十四岁的李黼平，来到东莞，出任宝安书院山长。这一年，是李黼平人生中的一个重要转折点。作为一个为政宽和、廉明的官员，竟然在江苏昭和知县任上以改革漕运陋规为奸吏诬陷而入狱七年。阮元的知人善任，让重新获得了自由的李黼平，找到了最好的人生去处。只不过，在宝安书院施展才华的李黼平，没有想到，接下来的八年时光，成了他生命的所有日子，而东莞宝安书院，则成了他鞠躬尽瘁的地方。

在后人的评价中，李黼平并不是一个成功的地方官员，由于不谙官场游戏规则，导致小人暗算，遭遇牢狱之灾。"综其一生，以进士及第，点翰林，号为太史，可谓荣耀。然其本质是书生，旧话说，慈不领军，仁不主政，黼平于政治毫无历练，以翰林外放，骤知一繁剧冲之小富县（昭文为常熟分疆，后亦重归母体），土豪劣绅既多，靠吃漕运之刁民尤众，其不谙官场游戏规则，已蹈险辙，更自诩"不粘锅"，"职浅供文字，交疏无是非"，是三年后因漕事等亏挪罪落职系狱，昭文晋绅皆漠然视之之由也。其"莅事一以宽和慈惠为宗，不忍用鞭扑，狱随至随结，公余即手一编，民间因有'李十五书生'之目"。

对于东莞，对于宝安书院来说，李黼平的到任，无疑是一种幸运，对于不谙官场游戏规则的李黼平，可能是一个重要的解脱。东莞和宝安书院，是他晚年的柳暗花明。而命运，似乎也为他主持宝安书院，铺平了道路。

十九年之前的嘉庆十年（1805年），成进士李黼平请假回广东，无意中以山长的身份，主讲越华书院，在短短的两年时间内，"以实学教人，铸史镕经"，"每课必举本题宜采之经传、故事，详悉开示，校阅评论，动至数百年，非经义灿然者，不列优等。自是诸生咸知讲求实学，购访遗篇。"后人评价李黼平执掌越华书院时，用了"此举实开广东教育经世致用之风气，使粤中文风为之一变，培养出一大批崇尚实学的士人。"

　　李黼平主持越华书院期间积累的经验，无意中成为他日后就任宝安书院的财富。漫长的八年时间，李黼平有了充分的时间，实践他的"以实学教，铸史镕经"，莞城文风，因为他的到来而为之一变。

　　李黼平对于东莞乃至广东教育的贡献，记录在《清史稿·儒林传》中。李黼平的门人梁廷枏说："师屡主讲席，高足生以千计，飞腾去者指不胜屈。"

　　道光十二年（1833年），是李黼平主持宝安书院的第八个年头，也是他的生命结束的最后时刻。包括李黼平在内的所有人，都没有料到死神到来的时候，竟然毫无征兆。在东莞读书人的哀伤中，梁廷枏记录了李黼平逝世的时间和详细经过：

　　吾师之主讲宝安书院也，及此八易寒暑矣。院左文昌神祠，以道光十又二年十有二月二十二日落成。先一日，师率诸生习礼毕，返院，坐未定，汗出不可止。医至，气已绝矣。会城学者得之意外，相传以为无疾坐化。岁晚讣至，始悉其详，急拏舟往哭，且送灵輀之返。

　　多种文献，均以无疾而终定义李黼平的逝世。在一个医疗不发达，仅靠中医望闻问切判断病情的时代，一个人的猝死，只能是佛语中的安然坐化。如果从现代医学的表现分析，李黼平很可能死于心肌梗死，"汗出不可止"，即是急性心梗的最重要症状。

　　所有的人，都不可能预见李黼平的生命，结束在东莞宝安书院八年的门槛上。他的鞠躬尽瘁，为东莞培养了一大批精英人才。一百八十多年之后，东莞市政协编写了一本厚重的《李黼平集》，我在这本由广东人民出版社出版的繁体竖排的精装书中，找到了许多人对李黼平的评价和悼念。那些用文言和繁体汉字组成的颂词，是宝安书院山长八年贡献的写照。离开《李黼平集》，我又在叶迈修、陈伯陶编纂的民国《东莞县志》中，看到了如下的盖棺论定：李黼平被列为本县自唐至清千余年间四十九位寓贤之一。有清一代，广东省籍的东莞寓贤，含李黼平不过五人；易言之，李黼平乃系为东莞文化教育事业作出过杰出贡献的非本县籍先贤，值得东莞民众永远纪念。

"寓贤"，在所有的地方志中，都是一个让人尊敬的名词，皆为一段在异乡留芳的历史。宝安书院山长的寓贤封号，李黼平当之无愧。梅州人丘逢甲的一首诗，让"寓贤"这个词增添了分量：

> 岭南论流派，独得古雄直。
> 混茫接元气，造化入镌刻。
> 百年古梅州，生才况雄特。
> 宋公执牛耳，光焰不可逼。
> 堂堂黄（香铁先生）与李（绣子先生），亦各具神力。
> 我欲往从之，自愧僵籍湜。
> 耆旧今凋零，思之每心恻。

58　书院的种子

砖瓦石头虽然坚硬，却也不是时光的对手。八百多年过去，那些盛极一时的书院，已经片瓦无存，只有鳌台书院，成为了东莞书院残留的种子。

书院的死亡，是历史的必然，是后人无法挽回的结果。如果怀想书院，就只能驱车去厚街镇的鳌台书院，凭吊那些逝去了的书声。但是，即使是修葺之后尽显庄严肃穆的书院，再也无法寻找到讲学的司会和会约薄，听到讲会中的歌诗。

那些比建筑更柔软的仪式，早已在东莞大地上失传。只有从脆黄的故纸中，依稀可以让后人眺望到李确平们朦胧的影子。

鳌台书院，修旧如旧之后，近乎美轮美奂，但是，失去了学子和官课、坐课、命题、批卷、焚香、云板、歌诗等内容形式之后，精美的古代建筑，也只是一个没有灵魂的空壳。

李确平的门徒梁廷枏，没有记下宝安书院的辉煌，却用《粤秀书院志》一书，录下了书院的布局和形制。书院前有旷地，为考课甲乙观录、启馆时官员列队、诸生迎送的场所，左右有两座隔栅，左额题为"成德"，右额题为"达材"。经过嘉庆二十五年（1820年）重修后，书院东西宽约30米，南北长约125米，由中、东、西三部分建筑组成，中路为四进院舍，前为大门，二座大堂，三座讲堂，后座为御书楼。大门与大堂之间，为一庭园，植满梧桐、柳树。庭中有一木坊，额书"撷秀育英庭"。穿过庭园就是大堂，檐匾额书"敦诗说礼"。书院西斋有五贤祠，祀周、二程、朱、张五子，以张九龄、崔与之、李昂英、陈献章、湛若水、方献夫、霍韬、黄佑、海瑞、庞嵩、何维柏等人配祀。这些熠熠耀眼的名字，都是广东儒林之光。

讲堂前两翼为排舍，上堂阶正中横匾题"明体达用"，这是诸生听讲和考试的场所，立屏上书白鹿洞书院学规十八条，其主要内容是：一、严朔望之仪；二、谨晨昏之令；三、居处必恭；四、步立必正；五、视听必端；六、言语必谨；七、容貌必庄；八、衣冠必整；九、饮食必节；十、出入必告；十一、读书必专一；十二、写字必楷敬；十三、几案必整齐；十四、堂室必洁净；十五、相呼必以齿；十六、接见必有定；十七、修业有余功，游艺有适性；十八、使人庄以恕而必专所听。①

我去白鹿洞书院的时候，匆匆忙忙，走马观花，竟然忽视了红头文件一般重要的学规十八条，书中文字与书院所见，如同天渊之别。我想象一个学生，要有多大的毅力，才能将自己的身体，与学规严丝合缝？

由于文献的粗疏，我无法知道东莞的书院，是否同梁廷枏笔下的描述一致？书院的讲学，与我曾经的小学、中学课堂，有着哪些差异？幸好，在东莞失传了的情景，可以在资料中找到记录。

司会，是一个陌生的名词，但是在书院时代，却是一个深入到了每一个听众心里的人物。当司会以主持人的身份宣布讲会开始之后，接着是三声云板，然后是司赞宣布童子歌诗。歌诗之后又是三声云板，然后进入主讲的正题。

书院讲会这个严肃的过门，只是讲会的一个序幕，在接下来的仪式中，文字记录了主讲人和听众之间的秉笔者和讲友，还有一个质疑者。

我一生中进过的课堂，都是灌输式的教育，质疑这个词，从来没有在课堂上和求学者身上出现过，当一个思想被禁锢了一生的人在书院的讲会上看到"辩论"和"问难"这两个词

---

① 叶曙明著：《广州传》，广东人民出版社 2020 年版。

时，心中的喜悦，无以言表。

书院讲学过程中的质疑者，是书院有意识安排的一个必要角色。质疑者，不是一个可有可无的人，更不是一处装点门面的点缀，即使至高无上的帝王讲经，也必须有大臣以问难者的身份在场。

书院讲学过程中的"难"，以动词的面目出现，它以难倒讲学者为目标。成语"执经问难"，就是这个汉字的生动体现。有学者在解释"问难"时，用通俗易懂的语言表述："执经问难，就是拿着经典和老师讲：刚刚讲错了吧？或这儿没讲清楚，没听出它是什么意思。经典中疑难的地方都要去质问，所以后来就形成了难这种文体，如东方朔的《答客难》等等。难，这种论辩式的文体，是从经学中发展出来的，形成一种辩论的风气。"解释者又举出了自己学习中的例子："我的硕士论文是研究唐代孔颖达的《周易正义》。孔颖达就很有趣，他年轻时去听人家讲经，执经问难，不断追问，结果让主讲者下不了台，把人家问倒了。以致主讲人竟派刺客去杀他，他躲进大臣杨玄感家里才没被杀。可见当时问难十分激烈。"（龚鹏程《书院如何讲学》）

龚鹏程先生描述的讲学景观，是一种早已消失了的文化风景。问难，甚至是轻描淡写的批评，都不被如今的讲学者所容，每个人都希望自己的学术观点，成为不刊之论，成为人类的圣经。问难者，早已成为讲台上的公敌，这个世界上，已经没有了他的容身之地。如果换成龚鹏程的语言表述，那就是孔颖达已被人赶尽杀绝，而讲坛上的每一个主讲者，都成了那个隐匿了姓名的主讲人。

当然，孔颖达碰到的主讲者，毕竟是极端的个别现象。在漫长的书院年代，主讲者和问难人的机锋，其实是学术的肥沃土壤和阳光，不同观点的交锋、碰撞、终会擦出智慧的火花，结出思想的硕果。

朱熹办白鹿洞书院的时候，曾经请他的论敌陆九渊来讲学。这对曾经在鹅湖之会上激烈交锋过的对手，是不同哲学观点的"敌人"。南宋淳熙二年（1175年）六月，吕祖谦为了调和朱熹"理学"和陆象山"心学"的理论分歧，邀请朱熹和陆九龄、陆九渊兄弟来江西铅山鹅湖寺见面。那场为时三天的学术交锋，虽然不欢而散，但是却在中国思想史上产生了深远的影响。

朱熹并没有将鹅湖之会的激辩延伸到白鹿洞书院，他将哲学观点的辩论变成了一家观点的演讲。当然，演讲的主角不是自己，而是远道而来的陆九渊。这种友好平等的学术姿态，让陆九渊心情愉快。围绕"君子喻于义，小人喻于利"这个讲题，陆九渊作了充分的准备，以至口若悬河，举座动容。朱熹以听众的谦虚始终参与，并且心中充满了感动。朱熹的"感动"，既不是空洞浮泛的描述，也不是后人缺乏根据的猜测和想象，因为朱熹请陆九渊将讲义留了下来，并且刻在了白鹿书院的墙上。

书院的山长，另外一重身份是教师。片瓦无存的宝安书院，已经看不到了李裴平讲台上的风采，更无法眺望曾经有过的问难和辩论。倒是在厚街的鳌台书院，还能依稀看到历史的影子。

我眼中的鳌台书院，一派容光焕发，即使修旧如旧，细心的人，也可以想象到它的沧桑和曲折。文化的口红，无法掩盖皮肤的皲裂。这所明代成化十二年（1476年）由东莞先贤王恪创办的书院，历经五百多年依旧不倒，可以算是东莞建筑的奇迹了。

　　在文献的记载中：鳌台书院原址坐落于厚街长生庙侧，今乡贤亭附近，清乾隆二十一年（1756年）书院进行第一次重建，移建于现址菊塘坊菊山之侧；光绪二十六年（1900年）书院进行第二次修复重建。1908年鳌台书院成为鳌溪小学的分校，中华人民共和国成立后书院改办为厚街中心小学。二十世纪六十年代至七十年代期间，书院主体建筑被完全拆毁，只剩下大门匾额和断成两截的石联，两侧厢房和正门后来被改建成可用于教学办公的楼房，直至1998年9月中心小学迁址。2008年书院经历史上第三次涅槃重生，由厚街镇政府斥资两千余万元全新重建，并于2012年12月竣工。①

　　鳌台书院之所以成为明清两代东莞的著名学府：一是书院自创办以来，出过王缜、王应遇两个文进士和王万年一个武进士以及二十多名举人；二是有庄有恭状元、冯愿榜眼和陈伯陶探花用题词的形式，为书院捧场。

　　创办鳌台书院的王恪，是一个颇有声望和口碑的东莞名人。《广东历史人物辞典》和《东莞历史人物丛书》中，都有他的事迹。这个明代景泰七年（1456年）的举人，曾官至广西庆远府同知、宝庆知府，为政清廉。去官之日，宝庆建祠奉祀之。王恪是一股可以归入黄旗廉泉的清流，是一个可以同祁顺、黎攀镠、翟溥福、彭谊、郑敬、祁敕、钟卿、林烈等人并列的廉官，《东莞历史人物丛书》，用"恪洁己爱民，久著廉能之绩，辞荣避禄，独怀恬退之心，平生自奉俭约，薪俸收入外，丝毫悉归公用，居家暇则课僮仆耕耘，以勤俭谦让训子孙，而身教居多"褒扬他，令我感到不足的是，上述两书，均

　　① 赵水平《育人之佳所，人才之渊薮——东莞科举文化之书院篇》，《东莞日报》2021年5月31日。

笔墨简省，隐去了王恪创办鳌台书院的功德。

王缜，是从鳌台书院走出去的进士，所以，他的名字，就成了鳌台书院的荣光。如果不是文献的白纸黑字，恐怕不会有人在王恪和王缜两个名字之间，画上血缘的等号。在为官清廉的人生中，王缜和他的父亲王恪一脉相承。王缜以兵科给事中身份强直敢言，弹劾官员，出使安南，拒收馈赠，迁云南参政，不迎合刘瑾，被罚米五百石，变卖家产以偿。正德间任右副都御史，巡抚应天，镇压刘七农民起义，又治郧阳，令罢烦费，惩罚贪虐宦官吕震、李文。嘉靖二年（1523年）擢南京户部尚书的人生经历，将他与一座书院的名字融为一体。

鳌台书院，在二十世纪恢复了它的原貌。重建后的鳌台书院，占地面积四千多平方米，总建筑面积二千六百五十平方米，由正门、中堂、魁星楼构成东西走向的三进结构，南北共有十二间厢房，主要用作展览、培训、创作、教学等用途。鳌台书院的新貌，是它的创办人王恪无法想象的变迁。鳌台书院，以一星火种的悲壮，延续了东莞所有书院的理想。当我以一个游客的身份走进这幢建筑时，当我看到由状元、榜眼、探花的题词和从这里走出去的进士名字组成的光荣榜时，我觉得应该在书院的中堂上，摆放一套《梧山集》，让古人的文字，成为一座古建筑的广告词："五百年鳌台书院，弦歌不绝，文笔生花，是东莞至今唯一曾有状元、榜眼、探花留迹墨宝的书院。"正如《梧山集》序二谭纮所言："后世人读其书，想见其为人。虽时异代更，未尝不赫赫如昨日事也。"

第八章

一座名园的前世今生

59 马上的张穆

我知道张穆的名字，最早不是出现在他画马的宣纸上，而是在张家玉抗清的队伍里。从浪漫的丹青笔墨到尸横遍野的战场，这个中间隔着南方到北方的遥远距离。

张穆的名字，与张家玉紧随其后，是在《明季东莞五忠传》中："至镇平、赖其肖以众万余人降。（《鹿樵纪闻》）按原文云：'其肖以众万余人从之。'考《张铁桥年谱》，其肖系家玉遣张穆致书招降。"而在《张家玉集》一书中，点校者杨宝霖先生则表述得更为直接："三月，家玉至潮惠，派张穆招降镇平（今广东省蕉岭县）赖其肖，得万人，又招降啸聚山林的黄元吉、黄海如等，又得万人，分为五营。"这段历史，在容庚教授的《张穆传》中亦有记载。

在与张家玉起兵、拥唐王入闽、招降镇平赖其肖之前，张穆的脚步就在崇祯六年（1633年）到达过北方，二十七岁的张穆，思立功边塞，欲投奔山海关督师杨嗣昌，然而命运却让他止步。心有不甘的张穆，又以总兵陈谦徵幕僚的身份，献策于镇将陈邦傅，不被重视和采纳，才有了此后的唐王朱聿键入闽，张穆来谒东莞同乡大学士苏观生，苏观生以御史王化澄疏叙张穆为靖江王党人，摈不录。

报国一再受挫，足可令人心灰意冷，悲观失望。然而，在张穆的命运中，太常寺卿曹学佺出现了，他以张穆贵人的姿态，上疏推荐。我在《铁桥集·附录》中，找到了这封决定了张穆命运走向的《荐张穆疏》：

臣闻六师之出，必有先锋后劲，即今之见选用郭禧、陈秀是也，而车左车右，夹辅至尊，岂可无人？臣已荐游击段成龙，获备驾前之用矣！兹复得一人曰张穆者，广东东莞人，才能用众，谋裕韬钤，盖亦不易遘之士。为此荐举，伏祈陛下授以职衔，资以兵甲，俾与段成龙鬐控，互资击刺。臣实保其堪为爪牙，而一旦足备缓急也。穆亦能文，因以文章谒，臣以谓此时所重，在乎敌忾，故惟以甲胄之士进。

曹学佺的上疏，收到了立竿见影的效果。圣旨中"张穆既称勇力能文，便可上马杀贼，下马草露布，着御营兵部试用"的回复，冲破了一切阻拦，让张穆实现了沙场报国的愿望。张穆奉诏随兵科给事中张家玉募兵潮惠，就成了水到渠成的事。

张家玉认为，赖其肖是可用之人，于是，张穆用一封书信，让赖其肖归降。文献中记载的史实，缺少情节和细节，让后人充满了疑惑：一封书信的力量，如何胜过万千兵马？

我在容庚、汪宗衍辑录的《铁桥集补遗》卷二中，见到了招降书中的文字：

尝闻声气感通，针石为应，岂虚语哉？仆客岁残秋，仙源误入，徘徊形胜，披拂光风，不谓孔融亦识刘备，倾尊促席，不尽良宵，沥血披衷，有如一日。方运祚播迁，不堪凌替。近闻将军整练之众，虎豹如林。当时把手之期，不意正在今日。

家翰科持节西来，有事王室，知将军师次城下，冀接鸿图。昔东南延誉，已非一朝，祖士稚之渡江，徐无山之连骑，能迟望丰采乎？

　　赖其肖在这段文字面前心悦诚服的归降，是张穆书信达到的效果。然而，一个三百多年之后的人，却产生了疑惑，张穆的劝降书，未见泰山压顶的气势，也没有让人胆寒的锋芒，如何让赖其肖放下刀枪，前来归附？

　　我的疑惑，在东莞人陈伯陶的《胜朝粤东遗民录》卷四赖其肖传中得到了答案。唐王朱聿键在福州改元隆武招兵买马之时，张穆满腔热情，昼夜投奔。有热心人指引了一条近路，即由镇平（今广东省蕉岭县）直抵上杭，可节省时间，缩短路程。张穆大喜，采纳了这个建议。出现在陈伯陶笔下的赖其肖，并非等闲人士。"镇平僻处万山，衢通四省。先是，钟凌秀啸聚十余万，久方削平，甲申国变后，盗复起，道为之梗。其肖素以豪杰自命，为宗族所推，至是练乡兵自卫。"张穆没有在江湖人称的赖公子赖其肖把守的关隘面前犹豫和退缩，也没有被一方豪强的威势吓倒。他对赖其肖的拜访，不仅没有被刁难扣留，而且礼为上宾，出现了"赖其肖留穆夜宴，出美人侑觞。张穆赋诗答谢，有'千岫白云留马足，一尊红烛对蛾眉'之句，两人于是结为好友"的戏剧性场面。

　　张穆与赖其肖在镇平夜宴欢饮的时候，没有人可以预料到，不久之后张穆的一封书信，可以使赖其肖放弃山寨营垒，归附明军。我想，书信的力量，全赖那个晚上的美酒欢饮和言语投机。

　　由于明朝的大势已去，张穆与张家玉亦好景不长。就在招降赖其肖和黄元吉之后不久，清军南下，汀州事变，隆武帝朱聿键死，张家玉和张穆如鸟兽散，回到了东莞。

　　张穆与张家玉的人生分水岭，出现在隆武元年（1645年）十一月。隆武帝之后，苏观生等人拥立隆武之弟朱聿鐭于广州，而于魁楚、瞿式耜则拥立桂王朱由榔于肇庆。广东两帝并立，形同水火，交战于三水。外敌面前的内讧，张穆为之悲愤和叹息，毅然作出了归隐东莞的选择，而张家玉则起兵于到滘，誓死抵抗清军。

　　永历元年（1647年）十月，张家玉战于增城，寡不敌众，在身中九箭之后坠马，在突围无望中，跳入野塘，悲壮尽忠。张穆闻讯，作悼诗两首，在《哭家文烈》中，后人看到了张穆的不死之心和一个忠烈臣子气节：

　　　昔当壮年万事轻，身骑快马横东城。
　　　与兄意气作兄弟，立身每励为人英。
　　　世悲叔季各出处，嘉尔献策名峥嵘。
　　　文采风流曲江旧，墨渖翻浪如长鲸。
　　　一朝群鼠折地轴，两京失陷无完城。
　　　身余黄冠返故里，揭竿斩木随死生。
　　　只手独出建旗鼓，虎豹复集如雷轰。
　　　呼天饮血誓报国，转战千里无援兵。
　　　层城复合得市众，未睹大敌先呼惊。
　　　阵移不复泜水固，日暮犹闻钲鼓声。

　　回到东莞之后的张穆，筑东溪草堂于东湖（今莞城北郊），以作晚年栖息之所。这一年，张穆四十七岁，人到中年的张穆，在家乡开始了一个画家的起步。

　　莞城，是东莞的政治、文化中心。莞城离张穆的家乡茶山，有数十公里的距离。筑于莞城的东溪草堂，并未能让张穆

的脚步扎根。以诗画自娱的张穆，经常出门旅行访友，文献中
"既学道又信佛法，皈心道佛，数迁其家"的行踪记载，在张
穆自己的诗文中亦有印证："余家东湖，去芥庵一水间，或放
舟常亲空隐老和尚，晤澹归大师夜话……"而茶山，则是张穆
的血缘之地，一个游子，不可能割断自己与故土的脐带。

　　我在容庚的《张穆传》中，寻找传主的精神源头时，无意
中被容庚关于茶山"巨镇"的定语引出了笑声。我在东莞定居
的近三十年里，走遍了东莞的每一个镇，我无法将茶山同"巨
镇"两个字连接起来，版图、人口、GDP及财政收入，茶山都
不可能名列前茅。后来才明白，容庚对于"巨镇"的判断，是
历史的标准，是人文的标准。

　　容庚对于张穆回乡之后的描述，复现了元末的一幕，它同
何真眼中的情景，高度吻合。

　　茶山。东莞巨镇也。背山临水，周围百里皆浅泽。及宣德
隆庆间，科第鼎盛，里皆殷富，造七孔石桥，高壮雄伟，为邑
中冠。万历中，刘、陈、袁三姓以大贝明珠起家，家辄千万，
争夸斗美。天启旧积渐销，樗薄一掷百万以为奇豪，智者已知
其盛极而衰矣。崇祯八年，穆抵家山，故旧多死丧。作诗自
励。崇祯十五六年间海内骚动，土人窃发，贫贱奔投他方，焚
掠石冈，南社失守，茶山东西相连十里，犹能会合声势，土人
相望不敢正视。至事少平，意见分歧，罢不复御。顺治四年十
月，土人兼程夜袭，焚杀掳掠，寻拔去。五年四月大饥，土人
空巢而下者数千人，各乡不能固守，乏食相从，死亡十之七。
穆三月中，犹居莞城东郭，知旱必及乱，归经里门，傲丹载家
口还新沙。

天下大乱民不聊生的情景，张穆用诗记在纸上："里门
枯草破垣齐，邻屋无烟白露低。社酒坛边思故老，沙鸡自咽路
旁藜"。"狐狸昼处旧华居，恶木交衢不及锄。愁问居人懒垂
手，长饥犹畏长官驱"。

避难，是乱世中的一个动词。张穆离开故土，迁往遥远的
罗定州东安县，还有另外一个原因，他赖以栖身的东溪草堂，
被清兵焚毁，一个无家可归的人，只好将栖身的眼光，投向远
方。偏僻的东安，成为了张穆人生最后的落脚之处。

张穆为何选择遥远的云浮石鳞山作为栖身之所，是一个秘
而不宣的事实，也是后人心中的一个疑惑，幸好容庚的文字，
为我们提供了答案：

泷水县隋置，僻在东粤，崇峦峻岭，瑶僮据地，累世为
梗。万历四年，始定其地，改名罗定州，东安县属焉。康熙
六年至九年，韩允嘉任知县，以诗赠穆。穆和答，有"政闲驯
鹤亲书幌，税薄归人就石田。朝来多辱琅玕赠，久愧贫居侣米
船"之句。

60 东安的群骏图

张穆告别抗清战场的标志，是离开马鞍，在东莞和东安的
大地上行走，但是，那群随他在战场上驰骋杀敌的战马，却随
同他回到了故乡，并且伴随终生。

张穆不是马夫，他不用精细的草料和缰绳牵引马群，宣纸和笔墨，成为他指挥战马的辔头和口令。

一个战场杀敌的勇士和在宣纸上倾泻丹青的画家之间的距离，是肉眼无法看到的。在所有的文献中，张穆似乎跳过了学习阶段，直接进入了名画家的行列。

在《广东历史人物辞典》和其他文献中，张穆都是一个"性倜傥，工诗，善击剑。擅长画山水兰竹，画马尤其有名"的名士，但后人对张穆丹青的研究和欣赏，都转移到了马上。对山水兰竹的爱好，是那个时代画家共同的兴趣，而对于动态的马，却是一个壮志未酬的战士的深情寄托。

张穆的马，没有师承，也没有模仿，甚至连临摹的痕迹都未在宣纸上流露过。张穆的无师自通，被后人用"线条的用笔似乎可归结于他的书法功力，而更主要是他切身把马看成生活的亲切伙伴。从爱马、租马、饲养马、骑马等都有深切的体验，加上他对绘画的天分才华，所以他画马的成绩，是自己扎实努力探索中而取得的"（谢文勇《试论张穆画马》）来作为诠释。

张穆的爱马，并非上文中的租马，而是不惜重金买马。东莞人谢创志认为："张穆不惜高价买马，仔细研究马的习性，日夕与马一起。"这个陈述，我在古人的著作中，也得到了有力的印证。屈大均在《广东新语》卷十三《诸家画品》中说："穆之尤善画马，尝畜名马曰铜龙，曰鸡冠赤，与之久习，得其饮食喜怒之精神与夫筋骨所在，故每下笔如生。尝言韩干画马骨节皆不真，惟赵孟頫得马之情，且设色精妙。又谓骏马须见骨，瘦马见肉。于其骨节长短，尺寸不失，乃为精工。又谓马相在骨，其腹前有两蓝筋尝微动者则良，前蹄后有灶谓之寸金，马奔驰时，后蹄能击到寸金，谓之夸灶。跨灶高一寸者为骏，低者次之。寸金处常破损如豆大有血流出不生毛，是为夸灶之验。凡马皆行一边，左前足与右后足先起，而右前足与左后足乃随之，相交而驰，善骑者于鞍上已知其起落之处。若骏马则起落不测，瞬息百里，虽欲细察之，恒不能矣。故凡骏马之驰权以蹄尖寸许至地，若不沾尘然，画者往往不能酷肖。"

铜龙和鸡冠赤两匹名马，是张穆最好的"模特"，它们从走进主人的生活到与主人融为一体，再到赋予情感和人性，这是一条超越了师承的捷径。马的每一个动作神态甚至每一茎须毛，首先在张穆的眼光中细细箧过，然后被准确定位。

没有一个画家对马的熟悉，对马的情感，能够超越张穆。在与铜龙、鸡冠赤的朝夕相处中，张穆眼光的解剖刀，切开了马的皮肤，看到了马的肌肉和筋脉，然后深入到了骨髓。在张穆的宣纸上，唯有马可以入画，唯有马，可以对话，可以超越物种。所以，在后人的研究中，省去了梅兰竹菊和苍鹰，直接进入了马的世界，并且用"爱国热情"为张穆的马插上翅膀。韩纯玉在《蓬庐集·题张铁桥画马》中，为张穆赋诗道："用之疆场一敌万，如何闲置荒坰畔。壮心烈士悲暮年，永日披图发长叹。"张穆画马，知音众多。李黼平说："虽然役不汗一马，承平武备犹当修。谁持此画责真骨，我知岛王不敢留。龙驹万匹出水献，付与大帅防河州。"（《南归集·张穆之画马》）。张庚在《国朝画征录》中，用"画马为岭表好手"的赞誉，评价张穆，而屈大均在《广东新语》中对张穆评马的引述，更是成为了东莞画家最早的一篇画论。

张穆的马，寄托了平生之志，他的马，曾经成为张家玉的珍藏。张家玉战死之后，这幅画不知所踪，后人看不到了赠马的雄姿，只能在文字上，读到张穆悼念张家玉的两首诗。

　　张穆的马，我只在美术作品中看过，那些精美的印刷品，缩小之后，失去了战场的风烟和画家的嶙峋瘦骨，已经没有了原生的气息。幸好，张穆的生命，还能以文物的珍贵，收藏在博物馆和美术馆里。我见过太多的国画八骏图，那些后人的手笔，大同小异，面目模糊，那些以数字命名的马匹，从一到百，从百到千，代代相传，从未改变。只有张穆的八骏图，让我认识了那些马的个性、气质和名字。

　　八骏，在古人的丹青中，不是一个敷衍的群体符号，而是一个个鲜活的生命。它们的名字，记载在《穆天子传》卷一中，赤骥、盗骊、白义、逾轮、山子、渠黄、华骝和绿耳等八匹骏马，共同组成了群马奔腾的图画。而在《拾遗记·周穆王》中，则是另外一种称呼："王驭八龙之骏。一名绝地，足不践土；二名翻习，行越飞禽；三名奔宵，夜行万里；四名超影，逐日而行；五名逾辉，毛色炳耀；六名超光，一形十影；七名腾雾，乘云而奔；八名挟翼，身有肉翅。"张穆的八骏图，最早的一卷，作于顺治四年（1647年）他41岁的时候，画作上，有他自题的一首诗："穆王西返八龙空，留影犹能绝世雄。身染瑶池五云彩，至今毛鬣散秋风。"无独有偶的是，这首诗，又被他重题于顺治十八年（1661年）为汉英所作的八骏图卷中。可见他的自喻自叹，始终刻在心里。

　　张穆丹青中的独马，都是征战疆场的战马。对胜利的渴望，冲锋陷阵的勇猛，是战马独有的神情和姿势，从战场上退下来的张穆，最熟悉战马的特性，而他的朋友，也从张穆的笔墨中，看到了张穆不死的雄心。韩纯玉题其画马诗云：

　　　　铁桥年已七十五，醉里蹁跹拔剑舞。
　　　　余勇犹令笔墨飞，迅扫骅骝力如虎。

维执萧萧古白扬，血蹄卓立明秋霜。

昂然顾盼气深隐，风鬣雾鬓非寻常。

　　陈恭尹的《张穆之画鹰画马歌》也称，"战士场中不一嘶，瑶池可到谁为御……"

　　现存广州美术馆的《七十龙媒图卷》，是张穆画马技法的集中体现。这幅纵25.5厘米，横1068.5厘米的画作，是香港人杨铨的旧藏，是他二十世纪七十年代的捐赠。画上张穆题款"辛酉腊月为公叔世兄作《龙媒图》卷，得七十体似。"作为画作的说明和阐述，后人轻而易举就找到了辛酉的年号，康熙二十年（1681年）的时候，张穆已经是七十五岁高龄了，所以屈大均有"铁桥老人七十五，画马画鹰力如虎"的誉评。

　　张穆的《七十龙媒图卷》，以73匹骏马，细腻地营造了群马自由的生活状态。

　　张穆另辟蹊径，舍弃了"群马"的传统命名思路，直接用七十三这个具体的数字，张穆的写实，深入到了马的细节。

　　马与河流的天衣无缝，是《七十龙媒图卷》呈现在欣赏者眼中的第一画面。开卷之后，即见黑白二马交头直立，另一马举脚腾空，回头和三马呼应。又见六马奔跑至河边，而河边二马交头相呼正欲下河涉水，小河中各色马十五匹，饮水或戏水，神态生动。河滩边上，两马跃起，作上岸姿态。岸上马匹四十，有的站立观望，有的低头吃草，或滚尘嬉戏，或踢腿跃腾，姿态各具，生动活泼。有细心的欣赏者，提出了一般人难以发现的疑问，在涉水过河的群马中，有二匹马仅露出头部，另有一匹小马，坐于地上。后人认为，此三匹马，疑为别人所加，理由在于过河二马，线条板硬，墨色沉滞，位置安排拥挤，缺少空间，后一小马卧于不显眼之处，似有离群之嫌。

张穆作《七十龙媒图卷》的时候，已经离开了故乡在东安县的麒麟山上筑草堂隐居。在云浮地方志的记载中，张穆的许多朋友，前来寻访，在此唱和，留下了许多诗词。东安到东莞的遥远距离，张穆用一首《麟山秋思》，将它们串联起来：

山馆初寒陨夜霜，径边残菊剩丹黄。
石塘鱼跃观明月，水槛鸦啼眷白杨。
一瓮已甘贫亦足，故园翻是老难忘。
千峰路邈寻津寮，小洞三株只自芳。

一座荒山，随着张穆的脚步，热闹了起来，今释、屈大均、陈恭尹等人的诗，为麒麟山带来了前所未有的文化气息。张穆的心，也未被草庐困住，许多时候，他的脚步越过山的阻隔，到达了远处。在容庚的文字中，张穆"前后尝游楚南，上衡岳，泛湖湘，东行入留都，历吴越，所作纪游诗，皆奇杰可诵。海内诸名士多与之游，如侯官曹学佺、仁和今释、宁都魏礼、曾灿、秀水朱彝尊、归安韩纯玉、粤人邝露、屈大均、陈恭尹、高伊、今元等，均有诗人投赠。"

张穆远足过的地方，几乎就是半个中国。张穆与地理学家刘献廷的见面，不在南粤，也不在刘献廷的居住地天府大兴，他们在苏州相遇。两个故乡相隔万里，年龄相差三十三岁的忘年交，在异地他乡，赋诗吟哦。历史，记下了"广阳学派"代表人物刘献廷的喜悦之情："我生燕山下，君住罗浮巅。相去万余里，苍茫隔风烟。我年三十七君七十，南溟绝塞谁通连？金阊忽相遇，会合非徒然。庞眉拄杖指天外，招我把臂谈重玄。……西湖重遇又经春，笈里烟霞别有神。还期遍走齐州地，同作天台采药人。"刘献廷的诗留下来了，却不知道张穆是否回赠了他的骏马。

如果不是刘献廷的诗，后人无法想象，耄耋之年的张穆，奔走忘年，莫非他笔下的骏马，天天从纸上走下来，背着它的主人，阅遍名山大川，遍访天下好友？

张穆和他的马及诗，终止于容庚的笔下。据《张穆传》记载：隐居东安后，戴竹皮冠，支藤杖，广袖宽衣，年八十余，走履如飞，一日无病卒。

61　水墨丹青的故园

陈琏的去世和张穆的出生，之间隔了一百五十多年，后人很难从这两个人身上，找到逻辑的关联，只有丹青，能够让他们之间的距离拉近。

容庚认为："吾邑画家以明陈琏为首，其题《方方壶武夷山水图》有'我亦平生亲画史，落笔时时追董米'之句，又《自题山水为敦生作》云：'敦生携我昔作图，复索新吟耀桑梓。'罗亨信《为姑苏未以仁题琴轩山水》诗有云：'琴轩先生太丘裔，学海汪洋富才气。贾董文章世共珍，米高山水尤清致。'今真迹不可得见，见之自穆始。穆晚年遁迹东安以终，见其首不见其尾，知己其犹龙乎。"

陈琏以《琴轩集》《归田稿》留名史册，但是他的丹青却湮没无闻。《广东历史人物辞典》亦无其画名画作的只鳞片爪。张穆之后，我只在一处名为可园的私家园林里，看到过纸上的丹青，即使专门研究陈琏墨迹的文章，也只是引用罗亨信的《题琴轩山水》诗，在此之上铺陈。

朱万章的《陈琏传世书迹考》认为，陈琏之书为明朝最早之广东名人墨迹。陈琏"以文学知名，兼擅绘画、书法"，"陈琏于书画之造诣尤深。他擅画山水，宗法董源、米芾，惜无画迹传世。"朱万章从罗亨信诗句"峰峦浓淡列远近""无光云影含模糊""碧海茫茫曲涧通"和陈琏在《题扇面山水》中"云过山疑动，风来树欲颠。长江波浩浩，应有未归船。"中，推断出了"在明初岭南画坛清寂无为之时，陈琏开岭南山水画之先声，堪称明代岭南画坛之先驱"的结论。

由于无墨迹传世，致使容庚、朱万章等人对陈琏画作的评价，在后人的印象中，总免不了有雾里观花、虚无缥缈的感觉。张穆之后东莞的水墨丹青，在陈琏这里，被命运开了一个悲剧性的玩笑。这个空白，直到张敬修的出现，才用一座园林建筑填补了。

张敬修建造可园的初衷，只是为了自己的居住休闲，并无让一座私家园林成为东莞标志性建筑和为东莞丹青延续血脉的雄心。后来的一切，都是一个战场归来者的无意插柳。

道光末年的水深火热和连绵战火，让张敬修难以安心读书，为了出人头地，他按照当时惯例，花钱捐了个副同知的官职，在东莞城里修筑炮台，议论兵法，演习枪法。

张敬修似乎看见了自己的未来和前程，他在家乡东莞的努力，没有白费。几年之后，他终于等来了机会，朝廷以在籍修筑炮台之功，任官为广西，又以捕获农民起义领袖的功劳，升为庆远县同知。

上任广西镇压农民起义军，被正史用"平思恩巨盗"记录在纸上，张敬修剿灭的对象，被冠以盗贼、匪人，而在民间的话语中，张敬修的敌人，则被赋予了"起义"的正面形象。对立的史观只是评价的标准不同，在个人的经历和战争行动中，张敬修的出生入死却是相同的。

升为庆远同知之后，张敬修"历官柳州、梧州、平乐、百色各地，皆捐资募勇，备器械，勤于捕务。时湖南盗贼雷再浩、李世得等为乱于桂林，广西罗大纲又起于平乐，张敬修保危城，防堵省会，救援外郡，屡著劳绩，升为以知府用"，但是，张敬修人生的顺风，中止于道光二十九年（1849年），这一年，广西盗贼蜂起，攻城略地，战火蔓延，而地方官员则因为粮饷欠缺、兵员不足的原因决定招抚起义者，张敬修反对这种绥靖策略，认为招安等于变相鼓励起义，会引起更多人的仿效。由于建议没有被采纳，张敬修一气之下，以弟弟病逝，母亲患病的理由，辞官回到了东莞。

张敬修的辞官，应该是一种深思熟虑的选择，即使因生气所致，踏上返乡之路的张敬修，绝无可能想过还有重新出山的一天。回到东莞之后，张敬修立即将"可园"两个字奠基在离东莞西城门一箭之遥的博厦。此时的张敬修，可以通过大门两旁他亲自手书的门联而一目了然：未荒黄菊径；权作赤松乡。后人从道光二十九年（1849年）的这幅对联上，看到了张敬修胸中的陶渊明和张良，还有后人，用现代汉语翻译了张敬修辞官时的自负："事后多年，张敬修回忆此事说，如果当时取纳自己的意见，花几十万银元，就会平定广西，不使后来用上千多万银元，还治不好太平天国的起义。"①

张敬修的东山再起，受惠于尚书杜受田。

①　中共东莞市委宣传部、东莞市文学艺术界联合会编：《东莞历史人物》，广东教育出版 2008 年版。

1850年7月，道光皇帝派两广总督李星沅为钦差大臣，以漕运总督周天爵代理广西巡抚，从广西、广东、湖南、贵州、云南、福建六省调集兵勇一万多人，镇压洪秀全的拜上帝会。在那个尚未发明金属手铐、脚镣的时代，信心满满的江协副将伊克坦布带了二十四担棕绳，准备捆绑即将到手的俘虏，不料中了起义军的埋伏，那些为敌人准备的绳索，反过来成了官军的镣铐，伊克坦布的战马跑过了追赶的敌军，却不幸马蹄陷入桥缝，跌入江中，被乱石砸死。

这个时候，尚书杜受田在广西人口中听到了张敬修这个名字，尤其记住了张敬修辞官前镇压起义军的对策，他觉得在兵败如山倒的时候，应该起用熟悉广西战场情况的官员。于是，在杜受田的推荐下，张敬修进入了皇帝的视野。

张敬修本来已经冷却的血，在朝廷的激励下，重新沸腾起来。1851年2月，张敬修在家乡东莞招募了三百子弟兵，驰往广西前线。

张敬修日夜兼程的时候，洪秀全的太平军已经抵达了武宣县城三十里的三里圩，知县刘作肃看不到援兵，急得几乎上吊，幸好广西代理巡抚周天爵在绝望之时赶到。

张敬修赶到广西的时候，太平军用退兵之策击败了广西提督兼前线指挥向荣的兵马，又用三面夹击的方式，让周天爵陷入了重围，在即将全军覆灭的危急关头，张敬修三百人的队伍恰巧赶到，在混战中，张敬修的人马也被太平军分割，张敬修未能扭转战局，却在混乱中冒死救出了周天爵。

张敬修的救命之举，换来了周天爵的上奏。张敬修的广西浔州知府和皇帝赏赐的四喜攀指大小荷包，就是广西巡抚上奏之后的结果。张敬修的威望和名声，从此开始起步。

张敬修扬名之后，有人建议他酬谢举荐恩人杜受田。对于这个从未谋面的举荐者，张敬修却有异于常人的认识，他说，杜文正（受田）推荐我，是为了国家，不是为了我个人，不是我应当去酬谢他，相信他亦不肯受我的酬谢。但这样的知遇之恩，我是不敢忘记的，只是怕自己无所建树，对不起他而已。

为了报答杜受田的举荐之恩，张敬修确实竭尽了全力。洪秀全率领起义军攻占永安州，建立了太平天国之后，张敬修招募了七千新兵，加上旧部两千人，用九千兵马把守六黎冲口，封锁通往梧州的道路，参加围剿太平军。

在与起义军的直接交锋中，思恩县的唐元修、柳州的李志信和来宾县的谢开八几支武装，都败在张敬修的手下。在与唐元修的起义军交战的时候，张敬修仅率四百多精兵，快速行军三昼夜，直接冲入两千多敌军阵中，获得大胜。咸丰三年（1853年）二月，张敬修获悉武缘、迁江两县农民起义军，准备与兴安县起义军联合，攻打桂林。张敬修先发制人，各个击破，先后击败武缘、迁江、兴安的起义军。

战场上的节节胜利，让张敬修军威大振，并在凯歌声中升任广西按察使。

张俭东《可园创建人张敬修》一文中，此时出现了居巢的名字，这个日后成为可园座上宾和岭南画派启蒙祖师的画家，以幕僚的身份，出现在张敬修身边。在张敬修的胜利中，居巢也获得了同知衔的奖赏。

不幸的是，张敬修在此后同陈金刚、郑金亦的天地会起义军的梧州水战中大败，被撤去官职。心有不甘的他，以报仇雪恨和戴罪立功的心理留在广东提督叶名琛的军营里效力，不料又在同李文茂的浔州水战中铩羽，而且还被红巾军的炮弹击中大腿，掉入江中。

两场败战之后，张敬修自感恢复无望，加之疗伤需要，张敬修作出了辞职回乡的选择。

张敬修回到东莞的时候，他看见了可园正在故乡的土地上缓慢生长。

62 可园，一个武将的杰作

一百七十多年之后，张敬修的可园，成为了游人如织的旅游景点，成为了岭南四大名园之一。这是张敬修生前无法想到的结局和盛景。

我是可园的常客，作为一个对历史感兴趣的写作者，我对张敬修和可园的历史，在纸页上作过多次梳理。张敬修是一个战场上的勇士，同时也是一个世俗生活的热爱者和享受者。他心中的可园，是他预留的一条退路，所以，每逢人生挫折，他便要退隐故乡，在他精心建造的园林里疗养伤口，抚平伤痕。

可园的砖瓦奠基于道光三十年（1850年），那是张敬修在广西因为建议遭拒不忿辞官回乡的选择。建筑需要时间，需要金钱，但是张敬修缺乏一座园林成长需要的耐心，他对园林的热爱敌不过尚书杜受田的推荐，他以东山再起的姿态离开了家乡。

从辞官回乡到东山再起，张敬修在家乡的日子不足一年。他心中的可园，仅仅是离开纸上的蓝图在大地上奠基的建筑轮廓。没有人知道，张敬修此去广西，需要多少岁月？刚刚萌芽的可园，是否能够继续生长？

可园的传奇，首先是它的建造时间，很难有张敬修这样的主人，放任他的私家园林，在十四年的漫长时间里，任意开花结果。而且，这漫长的十四年时间，张敬修大多在战场上出生入死。一个出入于枪林弹雨的人，能否活着回到家乡，享受可园的荣华富贵，这肯定是张敬修无法回避和经常思考的话题。

可园建成于清同治三年（1864年），漫长的十四年，正是张敬修带兵在外的岁月。每次在可园走过的时候，我都产生过建造资金来源、何人主事等一系列疑问。可园的导游词粗疏，不具备深入细节的主观，无法让游人穿越古老的砖瓦，回到可园建造的现场。

我在杨宝霖先生编著的《东莞可园张氏诗文集》中，找到了可靠的线索：

张敬修自道光二十五年（1845年）出仕以后，带兵在外，虽三次"赋闲家居"，但时日无多，且第三次（咸丰十一年七月）在可园养伤，可园的建造基本完成。第二次"赋闲家居"时间最长，共三年半，可园的建造，以此时期为主。在第二次"赋闲家居"的三年半中，张敬修伤病交加，可园建造工程，料理需人，何人辅助？书无明文。但张嘉谟《邀山阁记》"汝其知所处矣（你大概知道怎么做了）"一句，泄露其中消息：可园建造工程辅助人是张嘉谟，至少，邀山阁的建造，是张嘉谟指挥的。

历经十四个春秋才完工的建筑，在张敬修那个时代的东莞。它的漫长可能史无前例。

在我最早的想象中，一座用十四年时间建造的园林，应该和苏州的拙政园、留园、狮子林、网师园那样占地宏阔，集中了天下的佳山秀水，却没料到张敬修的可园，却是一处螺蛳壳里的道场。

可园的面积，以亩为单位，精确到了小数点后一位数。3.3亩，约2200平方米，是它自竣工至如今一百多年间始终未曾修改过的数字。

可园的小，我相信是张敬修的有意为之。我的相信，不是猜测，张敬修自撰的《可楼记》用"幽"和"览"两个汉字，为一幢园林作了规划定位：

> 居不幽者，志不广；览不远者，怀不畅。吾营可园，自喜颇得幽致；然游目不骋，盖囿于园，园之外，不可得而有也。既思建楼，而窘于边幅，乃加楼于可堂之上，亦名曰可楼。楼成，置酒落之。则凡远近诸山，若黄旗、莲花、南香、罗浮，以及支延蔓衍者，莫不奔赴，环立于烟树出没之中；沙鸟江帆，去来于笔砚几席之上。劳劳万象，咸娱静观，莫得遁隐。盖至是，则山河大地，举可私而有之。苏子曰："万物皆备于我矣。"

可园的土地，最早并不姓张。在文献的记录中，可园的原址，是冒氏的宅园。后人从居巢的题咏中，找到了土地交易的线索："水流云自在，适应偶成筑。拼偿百万钱，买邻依水竹。"一百七十多年之后，当年出卖宅园的冒氏，已经不见了踪影，但是张敬修和可园，成为了东莞文化的一处地标。时间像水一样，漫过了岁月光阴，没有人关注当年张敬修和冒氏交易的情景和细节。别人的家道中落和张氏可园的兴起，充满了偶然性。

　　可园的成功和它日后成为岭南四大名园之一的盛名，肯定是出卖宅园的冒氏没有预料到的结果。在与张敬修的交易中，冒姓人家，不会想到张敬修是一个经济实力雄厚、懂得建筑营造和艺术审美的高人。一块平常的土地，在张敬修的手中，开出了奇异的花朵。

　　建造私家园林，在道光三十年（1850年）的时候，博厦也许不是最好的地段。可园的前身，是一块外形不规整的多边形地块。从"南面原为过村石板路，隔路为张家祖居，北面为风景秀丽的可湖，西面为邻家杂屋，东面则为花圃"的描述上，看不出这个地方的风水。

　　有建筑研究者认为，"张敬修文武兼备，著有《可园剩草》，精绘兰石。居家时间常和文人墨士吟诗作画，岭南名士郑献甫、陈良玉、简士良、居巢、居廉等是该园常客，对可园的筹划兴造必有深刻影响。"①可园的建造，张敬修"聘来了当地的名师巧匠，模仿广西、江西名园式样，集岭南园林之大成，大胆创新，别开生面，形成了自己独特的风格。"

　　由于土地面积的限制，可园只能在小巧上做文章。当我以一个采风者和游客的姿态许多次出入之后，可园的巧妙和精致，已经到了无一寸土地闲置的建造极致。可园内的每一幢建筑，每一处景点，都天衣无缝地镶嵌在园林的肌体上，它像一个美人的五官，自然天成。

　　可园的楼台亭阁，像一串珍珠，串联在金线上。那些璀璨的珠宝，被人工命名为可堂、可楼、可轩、可亭、邀山阁、问花小院、博溪渔隐、滋树台、擘红小榭、花之径、环碧廊、湛明桥、曲池、草草草堂、双清室、雏月池、雏月池馆、绿绮

---

①　邓其生《东莞可园的园林建筑艺术》，《建筑历史与理论》1982年3月。

楼、壶中天和拜月台、假山涵月、石山、可湖、可舟、茉莉田、息窠、观鱼篌、香光阁、昔耶室、花隐园。建筑研究者，用"金角银边"形容可园的格局："可园的建筑内容非常丰富，厅堂室舍、廊榭房轩、亭台楼阁，一并俱全。它运用南方传统民居、庄寨、园林的布局手法，把居住、防卫和游览三方面统筹考虑，别出心裁地构成了它的特有个性。其主要特点是建筑沿外围边线成群成组布置，'连房广厦'地围成一个外封闭内开放的大庭院空间，其中布置山池花木等，把建筑、山池、花木和外围美景融为一体。"

东莞，不是园林的世界，可园只是张敬修无意中留下的杰作，每一个到过可园的人，无论是游客还是怀古之人，都会在走出可园大门的时候，将可园同顺德清晖园、佛山梁园和番禺的余荫山房相提并论。"粤中四大名园"的赞誉，可园当之无愧。

63　生死之交

战场，是士兵的生死之地，绝对不是丹青的温床。我在资料文献、文学著作和影视作品中见到的战争，无不是尸横遍野，血流成河，从未见过血腥的土地上，盛开过一朵水墨的花朵。只有张敬修和居巢居廉的联手，打破过铁定的规律。

东莞人张敬修和番禺人居巢居廉的第一次见面，历史无从记载，我在文献中找到的线索，只是杨宝霖在《居巢居廉与东莞可园张氏》中的一句话："张敬修在道光二十五年（1845年）'服官粤西'之前，以画友交及'二居'"。他们三个人之前的交往，被历史无声勾销，只是"画友"这个词，成为了后人研究他们的唯一指引。

张敬修的出身和生平，绝不是一介赳赳武夫。在杨宝霖先生的文章中，张敬修"其父张应兰，乾隆四十五年（1780年）附贡生。主持家政的张敬修仲兄张熙元，道光九年（1829年）增贡生，后任揭阳儒学训导、德庆学正。张敬修的家学自有其渊源，他的文化素养较高，能诗善画。喜交纳文人。对寒士如简士良（东洲）、罗珊（铁渔）辈，屈节相交，并不时周济"，这个特点，贯穿了张敬修的一生，也将他与居巢居廉的友谊和丹青喜好，延续到了军营。

居巢的友人符翁在《居古泉先生六秩寿序》中说："曩有东莞方伯张公，领巨军，眷怀旧雨，累函相招，旋至营。"相似的内容，也出现在后来的岭南画派创始人之一的高剑父的文章中，只不过，写这篇文章的时候，他正在师从居廉学画，"师弱冠失怙，依从兄巢以居，师伯梅生固善画，与东莞张德甫为画友。时值粤乱，德甫办团卫里，军以勇称，奉师檄词广西防剿，因聘梅生兄弟入幕"。[1]高剑父用梅生、德甫的尊称，取代了居巢和张敬修的名字，但文章的内容，和符翁的文言，走在一条相同的路上。

张敬修在广西征战，前后共十二年时间，十二年里，居巢始终以幕僚的身份，伴随在张敬修左右。

在我查阅过的文献中，几乎没有居巢居廉同张敬修战场上奋战杀敌的场景，白纸黑字的行间，都是他们之间切磋画艺

---

① 高剑父《居师古泉家传》，《中央日报》1949年9月22日。

丹青酬唱的描写。在战场的背后，张敬修的军营，成了一间画室，里面聚了一群丹青描画的文人墨客。

咸丰元年（1851年）五月，张敬修以招募的七千兵马，破太平军于象州，获朝廷四喜攀指和大小荷包的奖赏。这场胜利，被军营中的居巢用一副《连捷图》画在纸上，居巢还赋诗于纸上，作为《连捷图》的配角和说明：书生分无肉食谋，空尔行叹复坐愁。闭门弄翰聊颂祷，好音旦夕传飞邮。这幅收藏在香港中文大学文物馆中的国画作品，没有刀枪厮杀的战争场面，也没有人类相残的血腥，居巢巧妙地用莲子和藕节，寓意深刻表现了张敬修的胜利和祝福。不仅居巢的宣纸上隐藏了战场的硝烟，后人还在张敬修的军营里，看到了喜庆的洞房红烛，看到了新人拜天地的和平景象。

居玉征，是居巢的侄女，她的良辰吉日，在战争的间隙中进行。时官任广西知府的梅州人张其翰，用诗题记录了一对新人的太平盛世：

番禺女史居玉征，吾粤名士居先生溥女孙也。善书画，工吟咏，家德甫观察为相攸，得于丹九参军，遂谋定焉。咸丰二年前一日，成婚于桂林。观察即席以团扇索绘事，玉征为画牡丹，丹九填词以谢冰人，两美双绝，时传为佳话，形之歌咏。

战争年代的婚礼，与和平时代的洞房花烛，并无区别，我的兴趣，落在"善书画""工吟咏"和"画牡丹""填词"等动词之上。丹青翰墨，不仅是张敬修、居巢的喜好，而且也是居玉征、于丹九等后辈的热爱和传承。

居巢，只是张敬修军中的幕僚，是一个可远可近的角色，但在文献的记录中，张敬修和居巢的关系，似乎到了形影不离的地步。

居巢如同张敬修的影子，在有光线的地方，居巢总是恰到好处地现身。在军中如此，即使回到了家乡东莞，居巢也是紧随在张敬修的左右。

张敬修第一次回东莞，闲居了七个月，第二次回到东莞的时候，足足度过了三年多的时间，这些相加之后的漫长时光里，后人都看到了居巢的身影。可园的昔耶室，就是居巢起卧的居所。

"昔耶"这个后人不知其意的词，只有它出现在可园景点之列的时候，才会脱离迷雾，面目清晰，通俗易懂。这个来源于园主人命名的名词，如今依然和可堂、可楼、可亭、可轩、邀山阁、问花小院等众多的汉字并列在可园的风景之上，但游客一一走过可园中的楼台亭阁和房间时，没有人会联想到画家居巢。我也是一个熟视无睹的盲人，后来由于写作的需要，深入可园的砖瓦石头，才发现"昔耶室是居巢在东莞可园长期的住所，但在可园中的具体位置没有提及，今人难以妄断"。

"昔耶室"这个名词，经常出现在居巢的笔下。

居巢《今夕庵诗抄》中的《古泉画我小影置梅花中，戏题七绝句》中，就有昔耶的出场："昔耶寄迹好池台，客子光阴数举杯。莫抚头颅伤寂寂，梅花于我尽情开。"《今夕庵诗抄》中的另一首《咏可园并蒂菊》诗中，昔耶同样是诗中的主角："莫怪平泉寄昔耶，深秋群卉俪春华。"我在广东省博物馆中看到的"昔耶"，出现在咸丰九年（1859年）居巢赠与张家齐的《野塘闲鹭图》扇面款识中，"己未四月园居即事，成此并拟山谷道人演雅诗意，汝南仁弟大人两正。居巢并识于昔耶室"。由于和生活起居关联，昔耶室在时光中同居巢融为了一体，成为了大树上美丽的攀援寄生，以至居巢将自己的诗集，命名为《昔耶室诗》。

由于张敬修财富雄厚，性耽风雅，住在昔耶室里的居巢，从未产生过寄人篱下的感觉。这段时期，广州诗人陈良玉与居巢同住可园，成为张敬修的座上宾客，莞地诗人简士良、罗珊、何仁山等，也经常来可园雅集，除了举盏赋诗，咏梅赏菊，居巢还与东莞诗人登钵孟山，访资福寺。居巢将他的心情感受，化作诗行，留在纸上。在《今夕庵诗抄》中，处处是东莞的风土人情和佳山胜水。

可园中的一砖一瓦，更是居巢见景生情的景点。我在《张德甫廉访可园杂咏》组诗中，见到了居巢的笔墨，可园、可堂、可舟、可亭、可楼、邀山阁，问花小院，博溪渔隐、滋树台、擘红小榭、花之径、环碧廊、茉莉田、湛明桥和曲池等十五处美景，排列在他的诗行中。后人在居巢的诗中感慨："幸好居巢记下可园这些景名，否则，百年之后，任人臆说了。"

张敬修与居巢、简士良、何仁山、罗珊等人植梅于罗浮，着于重修梅花村结邻偕隐的时候，时光已经来到了咸丰八年（1858年），他们的合谋以及展望的美好图景，突然被太平军翼王石达开部将石镇吉进攻粤东北，梅州即将失陷的消息打破，两广总督黄宗汉，急忙起用张敬修督军东江。江西按察使，是一个急如火燎的任命，军情的紧迫，竟然让张敬修来不及让居巢同行。

望着张敬修远去的帆影，心有不舍的居巢作《白梅图》，寄寓深情，他用文字表现的款识，让后人看到了揖别的一幕：

　　补梅罗峤方寻约，筹笔龙荒又借才。寄语翠禽相怅望，功

成长揖早归来。己未仲春，德甫廉访大人方约同人补梅罗浮，
适有督师东江之行，作此奉寄，殊无足观，欲使知山灵相望，
不减苍生待命也。番禺布衣居巢并识。

张敬修上任江西按察使，并不是他与居巢的隔离，而是一
场短暂的分别。到任之后，张敬修即以书简招之，这个情景，
被居巢记载在《张德甫廉访招游豫章，留别诸同社》中：

桂海归来得几时，又从庚岭度鞭丝。
流离未有安居策，衰老偏轻去国思。
待补平生行脚债，重申凤昔素心期。
罗浮只在芒鞋底，游倦相寻倘未迟。

在文献的记录中，居巢起程于咸丰十年（1860年）正月初
八，春节的余庆，依然浓郁，这似乎让居巢有些依依不舍，脚
步也未免有些迟缓和沉重，以至三月十四日才到达南昌。

张敬修在江西按察使的职位上只有两年左右的时间，他
的致仕，与身体和病情有关。在《可园创建人张敬修》这篇文
章中，作者用演义的语言描述了张敬修的这段经历："张敬修
见皇上如此看重自己，含着热泪，带着医生，身上裹着药物，
赴江西上任。当时清政府为镇压农民起义，国库空虚，各地军
饷任务繁重，因此事务日多，精神消耗加重，皇上给他的职务
也加重，要他兼代布政使。这样，张敬修主持江西一省财政大
权。无奈伤病亦加重。张敬修终于积劳成疾，支持不住，请求
病休。"

张敬修回归可园的时间是咸丰十一年（1861年）七月，文
献资料，没有记载张敬修归途的工具和天气，却记录了一个随

同他从南昌回到东莞的人，那就是居巢。

伤病交加的张敬修，将人生最后两年零五个月的时间，全部留给了家乡，留给了可园，而居巢，则陪伴了张敬修人生中最后的光阴，并为他的上路送行。张敬修与居巢两人的友谊，后人用了"生死之交"这个成语形容。在《东莞张氏如见堂族谱》中，张敬修的侄儿张嘉谟，也用一段文字，为张敬修和居巢的生死之交，作了可信的证明：

故人番禺居梅生布衣巢，避地至东莞，公资给之屡年矣。弥留之际犹以为念，嘱侄善视之。且为之筹□粥之费，送之归里。

64 岭南画派的滥觞

在《广东历史人物辞典》中，居巢一作居仁，字梅生，号梅巢，居室曰今夕庵，清番禺人。廉之兄。尝任广西张德甫按察军幕。工画，山水、花卉、鸟禽、皆成一家之法。尤精于草虫。亦精书法，能诗词。卒年七十余。著有《昔耶室诗》《烟语词》《今夕庵读画绝句及题画诗》。

作为一个画家，世所公认的是，可园是居巢的风水宝地，是他绘画的鼎盛期和高峰期。居廉作为居巢的堂弟，是母亲和姐姐病逝之后的孤苦伶仃之人，全凭堂兄携归教养和传授画艺。居廉早期的绘画作品，无论是技法构图，题材选择还是画上的题诗，都是临仿居巢的。居廉的绘画，半生都在堂兄的阴影里度过。

年长十七岁的居巢，对堂弟居廉倾其所有。后人将居巢居廉合并为"二居"相称，实在是亲缘和绘画成就的相加和融合。后人用"'二居'与张敬修及其家族三代相交甚厚，在张氏提供的优越环境中，'二居'的绘画创作进入了黄金时代"概括他们这一时期的绘画和生活，是非常准确的。唯一不同的是，居巢住于可园，而居廉，则住在与可园一路之隔的道生园。道生园园主张嘉谟与居廉的关系，等同于可园园主张敬修与居巢的关系。

道生园，是晚清东莞的一道风景，它的消失，是命运的安排，如果道生园命运不绝，延续至今，当与可园并肩而立。

可园与道生园，张敬修和张嘉谟伯侄，共同栽培了岭南两朵最美的奇花，且常开不败。道光二十五年（1845年），张敬修任官于广西之时，十六岁的张嘉谟便放弃了举子之业，随伯父从军，当他被委以重任之后，便辅助张敬修完成修建营垒，办理兵饷军械，以及往来公文撰写等事务。

咸丰六年（1856年）五月，张敬修在与太平军的浔江水战中大败，在中炮伤足堕水的危急关头，张嘉谟拒绝了伯父为了避免同归于尽令他撤退的命令，他激励将士，整顿营垒，誓死相守。此后父亲去世，他随张敬修回到东莞，从此侍奉母亲，不再复出。张嘉谟坚守家乡的决心，从未动摇。同治初年，云南总督岑毓英亲写书信，邀请张嘉谟入帐效力，他以身体有病婉拒了好意。

居廉的绘画艺术，成熟于可园。1864年张敬修去世之后，居廉才长住道生园。这一住，就是近十年。张嘉谟和居廉年龄相近，性格相似，两人交情深厚，亦师亦友，张嘉谟的热情，让居廉衣食无忧。

张嘉谟与居廉亦师亦友的关系，在《印象可园》①一书中，有令人信服的分析：

> 他自小从堂兄居巢习画，并跟随张敬修作战于广西，约30岁后，应张敬修、张嘉谟之邀，居廉客居东莞道生园近十年，且常往返于可园和道生园之间。
>
> 为使居廉安心作画，张嘉谟派人四处搜奇花异草，鸟雀虫鱼，以供居廉写生之用。居廉在东莞过着无忧无虑的惬意生活，丰厚的生活资源，饶有诗情画意的名园为其提供了优美的创作环境。他在可园和道生园所作之花鸟草虫册页，尤其是后来被称为"宝迹藏真"的十几本花卉草虫册，成为他早期花卉画作之经典作品。
>
> 张嘉谟与居廉相仿，志趣相投，两人相交甚笃。居廉长期在道生园居住，与张嘉谟互相切磋画技。两人常一起合作，张嘉谟常为居廉写题画诗。两人还合作有《兰石图》《瓶蕙蒲石图》《菖蒲兰石图》；居廉所画的《得寿图》《寿石图》《紫藤图》《疏梅月影》等，均由张嘉谟题诗。
>
> 后人将张嘉谟和居廉的亲密关系，用"古泉石、鼎铭兰"予以准确概括。而张嘉谟，也用一首诗表明了他与居廉的友谊和交情：我与君结交j，敢云金石友。画理共相参，朋颇称耐久。

"居派"，是东莞土地上生长出来的名词。这个由"二居"派生出来的现象，从一粒良种，到发芽长叶直至开花结果，是一个过程，是一个与东莞可园与张敬修、张嘉谟密不可

---

① 东莞市可园博物馆编：《印象可园》，广东人民出版社2014年版。

分的过程。它沐浴着阳光雨露，拒绝揠苗助长。这个过程，《印象可园》一书作了一个逻辑的梳理：

"二居"跟随张敬修和张嘉谟在可园和道生园生活居住多年，他们绘画创作的环境完全是一个充满了花卉虫鸟的美妙世界，可园与其周围的珠江三角洲田园浑然融为一个整体，构成了一种清新灵秀的自然与文化氛围，影响和决定了他们的画风。寓居可园时期是居巢、居廉绘画（主要是花鸟画）的鼎盛期与高峰期。"二居"以岭南人的眼光来看岭南，以乡土的物产作为绘画的对象。他们以写生为实为旨趣，其绘画清新明丽，灵动地表现了岭南四季常绿的大地上蓬勃的生命力。他们极具地域色彩的创作，形成了个性鲜明的"居派"绘画面貌，突破了当时风靡全国的文人花鸟画固有的程式，完全是一种创造性的岭南风格。

"居派"这个词，如同水流花开，完全是自然的产物，它没有石破天惊，然而，此后的发展和延伸，超出了所有人的想象，"二居"这棵树上，结出了"岭南画派"这个硕果。他们襄助军事的角色，彻底被丹青诗词掩埋。

岭南画派这个词，是高剑父、高奇峰和陈树人等人的共同开创，它是一个绘画流派成就和风格成熟的标志。它的源头，却在可园，从居廉开始。

高剑父在可园临摹老师居廉作品的时候，可园主人张敬修已经去世了三十一年。张敬修未能看到可园丹青繁盛的景象，未能看到居巢居廉的山水花鸟，在宽阔无边的宣纸上远行。

光绪二十一年（1895年）的时候，高剑父在可园寄居了四五个月，他将全部的时间，都用来学习居廉的绘画技巧，高奇峰，则从兄长高剑父处转授，而陈树人，由于聪敏俊雅，勤奋好学，更是获得了别人没有的机缘，他被居廉看中，撮合了与居廉孙女居若文的姻缘。被称为岭南三杰的高剑父、高奇峰和陈树人共同撑起了岭南画派的大旗，在多达五六十人的居廉弟子中，他们三人是最杰出的代表。

张敬修早逝，没来得及看到一个画派从他的园林中发源，但后人从可园的砖瓦中，看到了不朽的水墨丹青。大型工具书《辞海》，用简洁的语言，归纳了岭南画派的艺术特点："他们的作品，多写中国南方风物，在运用中国画传统技法的基础上，融合日本和西洋画法，注重写生，笔墨不落陈套，色彩鲜丽，别创一格。"

与陈琏的无墨迹传世相比，命运更加偏爱张敬修。他留下来的字画，大多得到了好的保存。后人用列表的形式，罗列了张敬修的十六幅作品，而这些斗方、扇面、轴和册页，还不是全面的统计，那些散落在海内外的丹青，深深地隐藏着主人的面目。

为了写作本书，我又一次走进了可园，在2022年初春的霏霏冷雨中，我收拢雨伞，放轻脚步，深恐我的粗鲁，惊醒张敬修、张嘉谟和居巢、居廉的丹青旧梦，然而，他们都走远了，即使是岭南画派的第二代传人，关山月、黎雄才、赵少昂、杨善深，也都去了天国。

由于新冠肺炎疫情和寒风冷雨的影响，游客寥落，古园寂寞，但是，一个熟悉的游客，依然看到了可园的前世和今生。后人的总结，画出了这座园林的容貌：可园主人张敬修招纳"二居"客居可园，资助"二居"创作，收藏"二居"绘画，"二居"的学生创立了"岭南画派"，使可园成为岭南近代花鸟画的摇篮和"岭南画派"的重要策源地。

65 可园，盆中的山水

可园，让张敬修留下了不朽的名声，但是，作为一个官员，张敬修却不在黄旗山廉泉的清流之中。

每一次进入可园，我都会在建筑和风景之外产生一个疑问，一座如此富丽堂皇的园林，需要花费多少银两？张敬修修建可园的钱，从何处得来？

修建可园耗费多少银两，始终是一个谜，所有的文献，均忽略了这个话题，但是，一座占地三亩三的豪华园林，与巨资之间，应该匹配。大多数文献均用"雄于财"描述了张敬修的富有，却隐去了张敬修财富的来源，只有张俭东的《可园创始人张敬修》一文，用一句"他在镇压各地不断涌起的起义中，和别的县官一样，'一年清知府，十万雪花银'，搜刮了不少民财"，暴露了张敬修的财源。

张敬修的暴富，始于咸丰元年（1851年），他在战场上救出了被太平军围困的广西巡抚周天爵之后，得到了尚书杜受田的推荐，得授广西浔州知府。在围剿太平军的过程中，张敬修充分利用了自己懂粤语方言的优势，同被围困中的太平军做起了生意。在张俭东的文章中，张敬修对财富的渴望和攫取金钱的手段，超出了我的意料。"张敬修利用刚刚获得的好名声，仗着自己会讲方言土话，在围攻中，和太平军做起'买卖'来。交易前，双方放火烧火堆，打空炮，喊杀连天。在茫茫的烟雾中，用船将枪、火药、粮食、猪肉等，换取太平天国大量的白银、黄金、宝物。从此，张敬修暴发起来。张敬修这一行为，对洪秀全在永安筹建太平天国，无疑是极大地支持。太平军所以能在永安半年时间，从容讨论各种事务，张敬修的'支持'，是有'功'的！关于这件事，有龙启瑞的《纪事诗》为证：'东勇尤狡黠，与贼为弟兄。更于阵前立，土音操其乡。苞苴互相投，烟焰何茫茫……'"

龙启瑞是道光二十一年（1841年）的状元，因在广西镇压太平天国的功绩而升江西布政使，龙启瑞的这首诗，引用并不广泛，我只在马学青的论文《太平天国粮食仓储供应制度研究》中见到过踪影。作为一个证据，这首诗少被人关注，显然与严谨的欠缺有关。

张俭东的文章，还有张敬修财富来源的进一步描述："1852年4月4日，洪秀全下令太平军突围。4月5日晚上出发，沿途抛置大量金银财物，引得清兵去抢。张敬修得到留守永安的命令，当然乘机搜刮了大量钱财。"

张俭东的《可园创建人张敬修》一文，虽然不是严谨的论文，但是在张敬修和可园的研究中，提出这个被研究者有意无意忽略的话题，开启了一种思路和角度。

张敬修那个年代，黄旗山是居巢居廉写生的景点，也是张敬修、张嘉谟、陈良玉、简士良、罗珊、何仁山等人笔下的风光。可园的邀山阁，是东莞建筑的最高点，黄旗山，则是东莞自然风景的最高海拔，站在邀山阁上，可以眺望到黄旗山上的灯笼，登临黄旗山，也可以一览可园的全貌。从可园到黄旗山的距离只是快马的一鞭，或者是轿夫脚下的半个时辰。天气晴朗的日子，人们的肉眼，可以将可园和黄旗山连成一线，夜深人静的时候，黄旗山下的人，可以隐约听见可园传来的古琴声。

可园所有的景点中，绿绮台并不是原装的风景，在最早的建筑布局中，它是一个缺席者。在杨宝霖先生的论文中，绿绮台是为一张古琴安置的暖巢。"张敬修购得唐绿绮台琴，因名可园中一楼为绿绮楼，并作《予既得绿绮台琴，因检<峤雅集>读之，杂书所感七绝四首》诗，居巢关于此琴一连作了三诗：《德甫廉访既得绿绮台琴，因检<峤雅集>读之，即事成咏》《题邝湛若绿绮台遗琴拓本》《就绿绮台拓摹畸人像，题此当赞》。"

我愿意用"鹤立鸡群"这个出自东晋戴逵《竹林七贤论》中的古老成语，形容绿绮台琴在可园中的地位。

绿绮台琴到达可园的日子，粗疏到只剩一个年份。不同的文章，均有一个相同的记载：咸丰八年（1858年），张敬修辗转得到绿绮台琴。一张出自唐朝具有皇室血统的名琴的转手细节，就被寥寥一行汉字轻易掩盖。后人只能在可园的繁华中，遥想那个盛大的场面。

由于绿绮台古琴的到来，可园张灯结彩，容光焕发，可园曾经的光芒和荣耀，都被一张稀世古琴遮盖了。张敬修的客人，闻讯蜂拥而至，几乎踏破了坚硬的石质门槛。居巢、居廉、陈良玉、简士良、罗珊、何仁山等人，眼睛放光，满脸喜悦。

在这些观赏绿绮台琴的客人当中，有一个被文献忽视了的人。这个日后与绿绮台琴生死相依的读书人，由于年少的缘故，没有成为众人的中心，但是，绿绮台古琴身上，永远刻上了他的名字：邓尔雅。

第九章

古琴弦绝有知音

66 绿绮台琴，邝湛若的化身

绿绮古琴的变卖转手，是张敬修生前没有想过的故事。而且，令所有观赏者出乎意料的是，以购买的方式接手绿绮台琴的人，就是他们之中的客人。

邓尔雅花巨资买下绿绮台琴的时候，无论如何都没有想到，后世的俗人，会用"收藏"这两个汉字与他的购琴联系起来。

在后人的想象中，绿绮台琴"唐武德二年"的制作年代和宫廷血统以及"岭南四大名琴"的声誉，一定可以囤积居奇，让它的身价插上升值的翅膀。

所有的文献，都没有绿绮琴身价的记录，邓尔雅的巨资，始终是后人猜测的一个谜。在记录这个发生在1914年8月东莞可园的情节之时，也只有"邓尔雅毅然以千金购下，希望琴以传人，人以传琴"[①]的简单描述。

没有价格的器物，才能潜藏巨大的价值，这些隐藏在交易深处的商业原理，是精明投机者的发财秘籍。后人的眼光落在绿绮台古琴身上的时候，许多人都忽略了邓尔雅一介书生的身份和传统文人的精神气节。

---

① 陈莉编著：《邓尔雅评传》，广东人民出版社 2017 年版。

得到绿绮台琴之后，邓尔雅视如珍宝，他的欣喜和珍爱，多次通过他的诗文表露。我从《双琴歌题邝湛若遗像》《纪得绿绮台琴》《绿绮台记》《绿绮台琴史》《绿绮古琴拓本》等诗文以及为绿绮台所得篆刻的系列印章中，看到了邓尔雅内心的崇敬和笑容。邓尔雅的《绿绮台记》，拂去了岁月时光的尘埃，让后人看到了一介书生耗费巨资购琴的真相：

　　明季邝湛若先生蓄古琴二：曰南风，宋理宗物；曰绿绮台，唐制而明武宗物也。出入必与俱。庚寅，广州再陷，先生抱琴殉国，王渔洋有《抱琴歌》及"海雪畸人死抱琴"之句，海雪，先生所居堂名也。初，武宗以绿绮台赐刘某，先生得之于刘家，至是，骑兵取鬻于市，归善叶犹龙（佚其名，以祖荫锦官衣卫指挥同知）见而叹曰："噫嘻！是御琴也！"解百金赎归。……继归马平杨氏，杨氏世善琴，随将军果氏来粤，寄籍番禺，其裔字子遂者，值咸丰戊午之役，以琴托其友，友私质诸吾邑张氏可园。光绪壬寅，余识子遂于潘氏缉雅堂，子遂述此事，相与痛惜久之。又十余年，张氏益式微，琴亦残甚，室壁蠹蚀，每以为憾。余知张氏子孙不能守，谋得见之，首尾小毁，安弦试弹，已病敂痹。甲寅八月，始以廉值有之，摩挲再四，断纹致密，土花晕碧，深入质理，背镌分书"绿绮台"三字，真书"大唐武德二年制"七小字。……琴成距今千三百年，虽不复能御，然无弦见称于靖节，焦尾见赏于中郎，物以人重，固有然者，非经海雪之收藏，安知不泯然与尘劫而俱尽也。

　　购琴的真相，就是邓尔雅内心的真实想法。七十多年之后，我以一个局外人的身份推测，如果此琴不曾为邝湛若拥有，绿绮台琴的价值，在邓尔雅眼中，将会大打折扣。即使此琴年代悠久，尽管它出身高贵，它在珍藏意义上的光芒，将会黯然失色。邓尔雅没有任何掩饰，他旗帜鲜明地用"物以人重"作了购买绿绮台琴的理由。在他心中，绿绮台琴就是邝湛若的化身，就是"海雪畸人死抱琴"这句诗的最好诠释。

67 抱琴殉国

邝湛若在邓尔雅心中的重量，可以用泰山来比拟。

邝湛若，名邝露，号海雪。我对邝露的了解，来自陌生的粤剧舞台。《天上玉麒麟》和《蝴蝶公主》，是广东南海人邝露在粤剧舞台上的演绎。在粤剧舞台上，邝露用洒脱浪漫、传奇色彩和忠贞不屈塑造了一个诗人与英雄的光辉形象。由于邝露落拓不羁，情感丰富，通晓兵法、骑马、击剑、射箭等多般武艺，喜爱收藏和文物鉴赏，精于骈文，书法自成一格，又出任过南明唐王时期的中书舍人和出使广州，一生充满故事，所以最易成为舞台上的戏剧形象。

戏剧是艺术的演绎和塑造，现实生活中的邝露，除了诗人、书法家的身份之外，还是一个品格高尚的琴人。在邝露的平生珍爱中，有两张名琴，一张为今藏于山东省博物馆的宋琴南风，另一张为1914年邓尔雅用巨资购买的唐琴绿绮台。

南风曾是宋理宗赵昀的内府珍品，绿绮台则为明武宗朱厚照所有。帝王宫廷的高贵血统，让两张古琴价值连城，名扬天下。

天下所有的名琴，除了高贵的出身和皇家血统之外，无不经历曲折，命运坎坷。南风和绿绮台如何历经磨难艰险落到邝露手中，由于时光的久远已难以考证，但当邝露成为新的主人之后，它们的经历就逐渐清晰。传奇，是天下所有名琴的必然经历和命运。

古代的琴人，对古琴的珍爱，形同生命。在文献的记载中，出生于书香之家的邝露，琴不离身，"出游必携二琴"。在邝露那里，琴是生命的一部分。一个爱国者的生命中，可以没有金钱物质，却不能缺失寄托心志的七弦琴。因此，当敌人兵临城下，面对死神的时候，邝露用生命实践了他对琴的承诺，人在琴在，琴亡人亡。

永历四年（清顺治七年，1650年），邝露奉使还广州，遇清兵围城。他把妻儿送回家乡，只身还城，与守城将士死守达十个月之久。是年十一月，西门外城主将范承恩通敌，导致广州城陷。此时，邝露已将生死置之度外，恢复名士风度，身披幅巾，抱琴外出，适与敌骑相遇。敌军以刀刃相逼，他狂笑道：'此何物？可相戏耶？'敌军亦随之失笑。然后，他慢步折回住所海雪堂，端坐厅上，将自己生平收藏怀素真迹和宝剑等文物，尽数环列身边。抚摩着心爱的古琴，边奏边歌，将生死置之度外，绝食，最后抱琴而亡，死时年仅四十七岁。

抱琴而亡，是人类死亡最庄严的形式。它的悲壮和崇高，超过了战场上所有的血腥。"抱琴而亡"四个汉字，升华了一种古老乐器的精神内涵，将人类的肉体生命与器物的灵魂融为一体。

邓尔雅不在邝露抱琴殉国的现场，但他穿越数百年的漫漫时光，看到了一个诗人的爱国气节，听到了七根丝弦在人的指头上发出的铿锵之声。在一个散文写作者七十多年之后的想象中，邓尔雅对邝露的崇敬，对古琴的理解和热爱，从此开始。

在邓尔雅的心里，世界上所有价值连城的器物，只有古琴没有铜臭的气味，那是一种不能亵渎的天地精灵，从七根丝弦上发出的声音，都是天籁。

68 天籁之音

邓尔雅从东莞张氏后人手中购得绿绮台琴的时候，他的心情一定错综复杂，百感交集。时光流逝了七十多年，如今的人，隔着一个时代，已经无法看到一个人的内心世界和听见一张琴的天籁之音。

我愿意将七弦琴看成是弦器的始祖。在我的臆想中，没有一种乐器比七弦古琴更久远，更没有任何一种乐器比古琴更能穿透人心，在人世间留下不朽的故事。

由于古琴的出现，人世间才会产生"知音"这样千古不朽的名词，才会出现伯乐、钟子期、聂政、公明仪、蔡文姬、嵇康、阮咸等流传后世的名字，才会让伯乐摔琴谢知音、聂政学琴报父仇、公明仪调弦对黄牛、蔡邕访友闻杀音、完颜璟雷氏琴殉葬[1]、乐古春艳遇得古琴等故事从弦上走下来，与后世

---

[1] 殷伟著：《中国琴史演义》，云南人民出版社 2001 年版。

相遇。

古琴历史悠久，它出现的年代，有多种说法，但都与"古老"这个词关联。人世间没有一种乐器像古琴这样，用七根弦串联起伏羲、神农、黄帝、尧、舜、禹这些远古时代的圣贤。

在没有音乐的混沌时代，第一个凝集乐音，再用材料和丝弦再现天籁之音的人，一定是人世间的天才，他是神派来人间传播福音的使者，所以，伏羲的出生，只能是圣灵感孕的结果。伏羲从风流动的声音中，感悟并制定了音律。

在古琴没有发明之前，世界上最美妙的声音都是野性的，自然的，无法捕捉的。伟大的伏羲，第一个将风一般不可捉摸的美妙声音收进一个由桐木和丝弦组成的魔盒之中，然后在手指上跳跃展示。

清人徐祺认同伏羲发明古琴，用丝弦感通万物，在《五知斋琴谱·上古琴论》中，他用文字展示了一件乐器的来路：

　　琴这种乐器，创始于伏羲，成形于黄帝，取法天地之象，暗含天下妙道，内蕴天地间灵气，能发出九十多种声音。起初是五弦的形制，后来在周文王和周武王时，增加了两根弦，是用来暗合君臣之间恩德的。琴的含义远大，琴的声音纯正，琴的气象和缓，琴的形体微小，如果能够领会其中的意趣，就能感通万物。①

古琴之后的乐器，钟磬簧笙，丝竹管弦，五花八门，没人有能够数清人世间能够称得上乐器的发声物，无论它们形体如何变化、形状如何创新、演奏方法如何花哨、制作材料如何

---

　　① 殷伟著：《中国琴史演义》，云南人民出版社 2001 年版。

高端、表演场所如何转移，它们都是古琴的子孙。单纯的音乐可以悦耳，但是无法通灵，更不可能将一个世界浓缩于匣中，储存于弦上。古人将七根弦上的声音，接通了正心、修身、齐家、治国、平天下的内涵，接通了天地宇宙。

古琴发明于创世之神，它的诞生，一开始就注入了贵族的血统，所以，古代的帝王君臣都精通琴艺。世间的君臣，人类的道德，都包容在弦上。伏羲以"琴"名命的乐器，用"禁"的含义规范了人世间的伦理，即禁止淫邪放纵的感情，蓄养古雅纯正的志向，引导人们通晓仁义，修身养性，返璞归真，和自然融为一体。伏羲面对群臣，诠释了古琴与治世的要义：

寡人今削木为琴，上方浑圆取形于天，下方方正效法大地；长三尺六寸五分，模仿周天三百六十五度，一年三百六十五日；宽六寸，和天地六合相比附；有上下，借指天地之间气息的往来。琴底的上面叫池，下面叫沼，池暗指水，是平的，沼借指水的暗流，上面平静，下面也跟随平静。前端广大，后端狭小，借喻尊卑之间有差异。龙池长八寸，会通八风；风沼长四寸，和合四时。琴上的弦有五条，来配备五音，和五行相合。大弦是琴中的君主，缓而幽隐；小弦是臣子，清廉方正而不错乱。五音之中，宫是君、商是臣、角是民、徵是事、羽是物，五音纯正，就天下和平，百姓安宁，弹奏琴就会通神明的大德，与合天地的至和。

这段引自《中国琴史演义》中的文字，不可能是作者的现场耳闻和纪录，后人的现代汉语翻译，遵从了真实准确的原则，再现了古琴发展史上最重要最生动的场景。

在后人的推测和想象中，群臣茅塞顿开，感受到了古琴无穷的奥妙，君臣对话，让一种乐器登上了哲学与人伦的最高峰。在伏羲的号令中，工匠们上山，砍伐桐木，精心制成样板，颁发天下。天下百姓，遂按图索骥，从此古琴繁衍，世代不息。人类最灵巧的手指，第一次在弦上纵跃翻飞，闪躲腾挪，曲尽世间奥妙。郑觐文先生的《中国音乐史》记录古琴指法四百多种，正是手的功能的最好展示和指法的发展与繁衍。古琴指法，"属于左手者有五十二种，属于右手者有五十种，更有古指法五十种，再加以轻重化法（如一挑有圈指弹出者，有竖指弹出者，有弯指轻弹者），细分之有四百多种，一法有一法之特点。自古音乐从未有若此之繁复者。"

古琴的漫长历史，从伏羲始祖开篇，从此蔓延不绝。后人通过文字看到的号钟、绕梁、绿绮、焦尾和齐桓公、楚庄王、司马相如、蔡邕等名词，都是琴的经典，都是不朽的故事。

邓尔雅不是琴家，但他是一个深谙琴理的文人，他知道，一张琴，就是一个世界；一张琴，从做成之后的首音到焦尾之时的弦绝，就是一个琴人的一生。所以，1914年8月，他从可园主人张敬修的后人手中购下绿绮台琴的时候，心中无以名状，他轻轻地抚摸绿绮台琴，立即感受到了邝露的体温。

69　绿绮台琴的苦难

邓尔雅心中山一般伟岸的邝露，远不是绿绮台琴最早的主人。对于千年历史来说，绿绮台琴之于邝露，也不过是短暂的寄托，是它漫长路途中的一处驿站。

世界上所有的名琴，都有非凡的出身。中国古代的帝王，都是古琴的知音，凡是世上最好的乐器，他们都要收入宫中。绿绮台琴作为世上的珍稀，必然有高贵的出身。我在所有文献中见到的绿绮台，都是一张髹黑漆仲尼式的皇家面孔，通体细密的牛毛纹，折射出一千三百多年的岁月沧桑，"绿绮台"三个汉字，用隶书体刻在琴底颈部，龙池右侧则是"大唐武德二年制"七个楷体字。

岁月沧桑，时光漫长，已经无人知道绿绮台琴出自何人之手。绿绮台琴问世的唐朝，正是制琴名家辈出的盛世，京城路氏、樊氏，江南张越、沈镣，蜀中雷俨、雷威、雷霄、雷迅、雷珏、雷文、雷会、雷迟，无不大名鼎鼎，出自他们手中的古琴，价值连城。所有的琴家，都以得到一张名琴而自豪得意。可以断定，绿绮台琴如不是出自制琴名家之手，明武宗断不会将它藏入宫中。

世上的每一张名琴，都有各自不同的命运。出身高贵，并非注定一生钟鸣鼎食、荣华富贵。绿绮台琴命运坎坷，是一千三百多年前制作它的工匠和拥有它的明武宗朱厚照所没有想到的。九泉之下的主人，如果知道他的珍爱流落民间，一定心如刀绞，痛不欲生。

屈大均在《广东新语》中记录了绿绮台琴和它的行踪。绿绮台与春雷、秋波、天蠁一起，被誉为岭南四大名琴。明武宗朱厚照将琴赐予刘姓大臣。从刘姓大臣到邝露之间，是一段漫长的光阴，这段历史可惜被岁月湮没了，我无法找到其中的关联脉络。现有的文献，只是记载了琴归邝露之后的踪迹，此前的经历遭遇，已经成了一个难以破译的谜。

世事难料。所有的研究者，都只能在刘姓大臣到邝露之间留下空白，文献也只能用"明末散出民间"来敷衍后世。

邝露殉国，绿绮台落入了清军之手。这个不知道名姓的清兵，不知道这张琴的来历和价值，只是谋划着如何将邝露的平生之爱兑换成银子。于是，一个爱财的士兵，抱着绿绮台琴，来到了街市。

对于一张价值连城的古琴来说，这个清兵仅仅是个爱财的小人，他无法看出"绿绮台"三个字的奥秘，更不可能知道"大唐武德二年制"的价值，他眼中只有银子。万幸的是，绿绮台古琴没有埋没，它无意中遇到了知音。

许多文献在叙述这个重要转折时，异口同声地描述：

> 琴被清兵所抢得，售于市上，为归善（今惠阳）人叶龙文以百金所得。（百度词条）
>
> 湛若既殉难，绿绮台为马兵所得，以鬻于市。（屈大均）
>
> 初武宗以绿绮台赐刘某，先生（邝露）得之于刘家，至是骑兵取鬻于市。（邓尔雅）

这是一个没有争议的情节，也是一个不可忽略的过程，可惜的是，后人在以可园绿绮楼为背景的写作中，屡屡忽略了绿绮台琴从清兵至叶龙文过渡的重要过程，即使曾与绿绮台琴密切相关的岭南四大名园之一的东莞可园，在编辑出版可园的图书中，有意无意地隐匿了这个戏剧性的情节。后人的粗疏，总是捡了芝麻，丢了西瓜，所以，再近的历史，也常常面目模糊，云山雾罩。

一张名琴的波折，并没有在此终止，只要世道坎坷，绿绮台琴就免不了流离失所。归善人叶龙文，是一个慧眼识珠的人，他在热闹的街市上看到了那个摆卖名琴的清兵。历史常常忽略细节，在史无记载的地方，我能够想象得到叶龙文（亦有文献写为叶犹龙）见到绿绮台琴时的惊异和狂喜，此时的叶龙文，肯定心跳加速，他开始怀疑自己的眼睛，当他定下心来，仔仔细细打量那张琴之后，才相信了这个意外和惊喜。我见到的所有文献，在记录一个人的欢欣时，仅仅用了"见而叹曰：'噫嘻！是御琴也'"一笔带过。

慧眼识珠的叶龙文，肯定不是等闲之辈。邓尔雅在《绿绮台记》中注明为"佚其名，以祖荫锦官卫指挥同知"，只有具有书香官职背景之人，才有可能认识一张琴的真实面目。

历朝历代，都有造假之物。抗金名将岳飞的孙子岳珂，在其记载遗闻轶事的《桯史》一书中，就揭露过古琴造假。由于此事为岳珂亲历，所以为后世信服。

南宋嘉定三年（1210年），有一士人携一张名为"冰清"的古琴，来到酷爱鉴藏古琴的北京官员李奉宁家，用传家宝的名义让主人当即心动，爱不释手。冰清古琴形制奇特，通体断纹鳞波，刻有晋陵子的铭文，又有"大历三年三月三日上底蜀郡雷氏斫"和"贞元十一年七月八日再修，士雄记"的落款。李府家中上下宾客，都认为此琴为唐代古物，稀世之珍，不可多得。还有人引经据典，搬出《渑水燕谈录》中有关冰清古琴的记载，证实此琴生自唐代制琴名师雷氏之手。就在主人即将花巨资交易古琴之时，岳珂站了出来，他力排众议，从避讳和凤沼孔眼无法探笔写字的理由，让所有人醍醐灌顶，茅塞顿开。岳珂认为，本朝仁宗皇帝赵祯即位以来，当避讳"贞"字，古琴的凤沼中的贞字从卜从贝，而且贝字有意缺笔，少了旁点。两百多年前的唐人，如何知道为宋朝的皇帝避讳？

在古琴的历史上，岳珂火眼金睛识破伪琴的故事，至今为后世的琴家乐道，也记住了《桯史》中的警告："今都人多售赝物，人或赞姝，随辄取赢焉。或徒取龙断者之称誉以为近厚，此与攫昼何异，盖其蔽风也。"

叶龙文的眼光没有辜负绿绮台名琴，他当得起"慧眼见真"这个出自佛教经典《无量寿经》中的词语的褒扬，他没有丝毫犹豫，当即"解百金赎归"。

从杀人的清兵手中来到有鉴赏能力的文人怀抱，对于灾难中的绿绮台琴来说，绝对是一件幸事。我在文献中看到了接下来的欢娱和悲伤场面：

暇日招诸名流泛舟西湖（叶遭国变，不复仕进，筑泌园于惠州之西湖），命客弹之，于是屈翁山、梁药亭、陈独漉、今释诸子皆流涕，为赋长歌。

时光流逝，后人已无法听到绿绮台琴在惠州西湖上的凄伤之音，也不可能考证出弹奏的曲调，但从座中诸子的声名影响来看，绿绮台琴遇到了最好的知音。

屈翁山，即番禺屈大均，岭南三大家之一；

梁药亭，为南海梁佩兰的号，岭南三大家和岭南七子之一；

陈独漉，即顺德陈恭伊，其父为南明抗清英雄，岭南三忠之首。与屈翁山、梁药亭齐名。

今释，广东丹霞别传寺名僧。

应叶龙文之邀游览西湖欣赏名琴的四个人，有一个共同的身份：诗人。这些力主抗清、名气高洁的岭南名流，动情流泪之后，为绿绮台琴泼墨挥毫，作长歌赋。

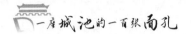

70 绿绮台，可园最美的风景

　　我曾经认为，具有一千三百多年历史的唐代古琴绿绮台，历经磨难之后，被叶龙文收藏，当是最好的结局。然而，没有眼睛能够看得见千里之外的山河，也没有预言家能够占卜到绿绮台琴未来的命运。

　　绿绮台琴与可园的缘分，其实是古琴的磨难与波折。绿绮台琴是如何从叶龙文处流落，最终被马平杨氏所得，后人的所有解释，都附会于邓尔雅的《绿绮台记》：

　　继归马平杨氏，杨氏世善琴，随将军果氏来粤，寄籍番禺。其裔字子遂者，值咸丰戊午之役，以琴托其友，友私质诸吾邑张氏可园。

　　邓尔雅及后来的文章，均没有交代绿绮台为何归于马平杨氏，马平杨氏，又如何从叶龙文处得到名琴。历史的粗疏之处，常常有故事发生，可惜的是，所有的情节和细节，都被岁月埋葬了，无处掘墓，无人考古。

　　广东古琴研究会副会长莫尚德先生在《广东古琴史话》一文中用白话翻译了邓尔雅的《绿绮台记》，认为"以后琴归马平杨氏，他们世代都弹琴，随果将军来粤，寄籍番禺，值咸丰戊午（1858年）有兵灾，杨氏子孙名子遂的把琴托朋友保存，朋友却私自把琴典质给东莞张氏可园。"

　　《邓尔雅评传》在交代这一线索时，虽然简洁，却更为清晰：后来此琴由叶龙文后人保存了数代。太平天国时期，此琴落入平县杨氏家中，杨氏后裔将此琴交付东莞朋友陈氏保管，而朋友私自押在东莞张氏当铺。时当铺主人，乃明末抗清名将张家玉后人。深知此琴的重要性，于是张敬修当以重金，陈氏无力赎回。

那个违背杨氏信任与嘱托、私自将绿绮台抵押的人，是绿绮台的灾难，所幸的是，他遇到了张敬修。可园博物馆原馆长王红星先生认为："张敬修收藏绿绮台琴，应凝聚了身为一员武将的张敬修追崇英雄忠贞不屈的思绪"①。

我从王红星先生文章中"咸丰八年（1858年），张敬修辗转得到绿绮台琴。张敬修专门在可园中命名一楼为'绿绮楼'，以宝藏之"的叙述中看到了张敬修的欣喜和珍惜。

在可园一楼五亭六阁十九厅十五房的古典格局中，绿绮楼并不是最高的建筑，也没有最气派的设计，有关资料中"此楼按照古制狭而修曲，修建而成，歇山顶，青砖砌筑墙体。内侧沿楼设廊道，廊道设风雨槛窗。人依廊栏，石山伫立，紫荆淡雅，石榴花开，龙眼苍翠，廊榭环绕，花木扶疏，竹影参差。随曲廊移步，景随步移"的世俗描述仅仅是一种外相，并没有让它鹤立鸡群，唯有绿绮台，用千古的琴声，将它奇峰峻拔，一览众山。

绿绮台琴，以贵宾的身份，隆重地置放于绿绮楼的中心位置。绿绮台琴到来的那天，绿绮楼里的红木桌椅、雕花门扇和丝绸布幔乃至桯几上的精致景德镇瓷器，都成了陪衬。不仅如此，可园中的所有楼阁亭榭和花草树木，都一齐向这张来自遥远唐朝的古琴致敬。我想，绿绮台琴，辗转来到东莞，从此成了张敬修可园的镇园之宝。

---

① 　王红星著:《东莞可园》，华南理工大学出版社2011年版。

张敬修以当铺主人的身份，得到了无价之宝绿绮台琴，他在可园绿绮楼中一遍遍抚摸古琴的时候，只有欣喜涌上心头，他不会想到，坚硬的砖瓦，也有衰败的时光。

可园幽深，所有的建筑和花草树木，均掩藏了张敬修曾经的当铺主人身份和他用重金当琴、让陈氏无力赎回的手段和心机。

71 绿绮台琴的新主人

绿绮台琴在张敬修可园的绿绮楼上吸引文人骚客们击节赞叹的时候，邓尔雅，正是座上的一个客人。

文献只记载了"邓尔雅与可园张家素有交往，对于邝露高风亮节，邓尔雅一直深为钦佩"的事实，却没有人知道。在绿绮楼上欣赏名琴古声的时候，邓尔雅有没有过"江州司马青衫湿"的心境。与白居易诗里的琵琶相比，古琴显然更久远，更多经典故事。

邓尔雅在可园欣赏绿绮台琴的时候，总是想起抱琴殉国的英雄邝露，他从未想过，绿绮楼上的绿绮台琴，还会有易主的时候，他更没有想到的是，有朝一日，自己会成为这张名琴的新主人。那个时候，建园的张敬修已经不在了人世，可园，也随着张敬修的离去而逐渐暗淡。

绿绮台琴和可园，是相互依存的关系，它们的存在，如同车的两个轮子，形似鸟的一对翅膀。邓尔雅亲眼见证了可园的兴盛和式微，那座岭南著名的私家园林，和那张邝露曾经拥有过的古琴，构成了血缘般的荣辱关联。

在关于绿绮台古琴一节中，《邓尔雅评传》有"民国初年，张家逐渐中落，要靠变卖家藏度日"的描述。九泉之下的张敬修，已经不能为他始创的园林力挽狂澜了。

一座园林的衰落，同时也是一张古琴式微的开始。

1914年，是绿绮台琴命运的又一次转折。是年8月，邓尔雅听到了可园后人变卖家藏的消息。一丝忧虑，开始从夜深人静的时刻弥漫，逐渐占据了他的心。邓尔雅想到的是，当一个世家不能以他们擅长的书画谋生的时候，家财的散失，当是不可避免的结果，邓尔雅想到了绿绮台古琴……

邓尔雅用"探访"开启了他与绿绮台古琴的缘分。《邓尔雅评传》如此记载了一张名琴的易主：

> 1914年8月，当听说张氏子孙在变卖家藏度日，邓尔雅就预知此绿绮台琴必不能守，遂前往探访，只见绿绮台琴的尾巴已经损坏，琴身已被虫蚁所蚀，不禁悲从心生。邓尔雅毅然以千金购下，希望琴以传人，人以传琴。

绿绮台古琴，当它以珍稀宝贝的身份易主时，新的主人，一定充满了喜悦，那个从邝露的尸体上夺得古琴的清兵如此，那个辜负杨氏重托、私自质押古琴的未名者更未能逃脱，可园主人张敬修得到古琴，以宝藏之，亦不免得意，只有邓尔雅，念英雄邝露，购殉国遗物，虽是残琴，已经绝响，却无丝毫遗憾。

邓尔雅得手绿绮台琴之后的心情，通过一个篆刻名家最擅长的方式体现。他用坚硬的石头，记录了这个瞬间。我在文献中看到了邓尔雅作于一百年前的印："绿绮台"，并留下了"摩挲再，断纹致密，土花晕碧，深入质理，背镌分书'绿绮台'三字真书，'大唐武德二年制'七小部，十四年八月得邝湛若藏唐琴绿台"的边款文字。在邓尔雅心目中，唐琴绿绮台，只为英雄邝露留名，其他的拥有者，都是过客与陪衬，可以忽略。

邓尔雅，出身书香门第，幼承家学，善小学，精鉴赏，工诗文，篆刻书画俱精，门人弟子众多，被研究者称为"金石印人，文字学人，书画奇人"。因为邝露的缘故，绿绮台琴被邓尔雅赋予了传奇色彩和爱国气节，一张古琴，超越了器物的属性升华为人与精神的象征。

在一个金石印人眼里，文字可以说话，石头最有温度，邓尔雅一生中，用诗词、文章、印石、拓片等多种方式为绿绮台琴树碑立传，远远超过了对一件器物的热爱，只有从历史中逃难出来的琴家，才能看到古琴背后的人物，那是人的风骨和气节。

《邓尔雅诗稿》中，随处可见到绿绮台的影子，邓尔雅刻刀走过的石头上，多是与古琴关联的文字。后人在《双琴歌题邝湛若遗像》等诗中读到"双琴南风、绿绮，出亦琴，入亦琴，海雪之堂二雅文心，今我见琴如畸人，急弦亮节难为音，自然有奇气，自然有奇意，人间不能名，希声闻上帝"这样发自心灵深处的文字时，如何能够无动于衷？

我在黄脆的文献中，见到过邓尔雅分赠给章太炎、西神祠丈、高旭、张其淦、苏曼殊、容庚、容肇祖等人的绿绮台古琴拓本，当受赠者读到拓本上的附诗时，立即就看到了一张古琴和一个古琴收藏者的情怀。

名士名琴亡未亡，岿然若见鲁灵光。
畸人亦有凌云作，古调如闻海雪堂。

愿学谪仙怀犹抱，亲窥赤足境难忘。

先生往矣流风水，余韵而今极绕梁。

　　容肇祖是邓尔雅的外甥，由于血缘亲情的关系，面对绿绮台琴拓片，他比旁人更加准确深入地理解舅舅的内心情感和精神寄托。在写于1944年的自传中，这个中山大学的历史学教授，回忆了邓尔雅与绿绮台琴的往事：

　　1920年（民国九年庚申）我23岁。我在广东高师三年级。这年，我与四舅母表妹兰微结婚。我翻译莫泊桑《余妻之墓》投《小说月报》发表。邓尔雅四舅获得绿绮台，我得有绿绮台琴拓本，题词云："风入桐秋，月窥帘寂，绿绮梧桐庭院。奏罢南风，抱残娇雅，飘零土花斑点。广陵散，宫声往，畸人剩幽怨。水山远，暗情移，囊桐无恙，弦未上，焦尾早经泪染。问古调谁弹，坐空斋银烛重剪。想牙琴邓牧，后世子云难见。"

　　容肇祖教授眼中的绿绮台琴，已经不再风华正茂，暮岁之琴，像人一样风烛残年，琴面斑驳，空无一弦，面对沧桑世事，只能哑口噤声。但是，容肇祖知道，一张残琴，对于一个读书人的价值和寄托。

　　饱经磨难颠沛流离的绿绮台古琴，终于以一副哑琴的沧桑在邓尔雅那里得到了最温暖的安置。

　　1929年，是绿绮台古琴一生中最静好的岁月。这年五月，邓尔雅用鬻印卖字的收入，在香港九龙大埔，买下了一块地，为绿绮台琴筑一个温暖的小巢。三个月之后，小屋建成，邓尔雅命名为"绿绮园"。

　　绿绮园与绿绮楼，一字之别，都是东莞人为千年古琴的量身定制，也是邓尔雅与张敬修对英雄邝露的敬慕。这个情节，记录在《邓尔雅年表》中：

在香港新界大埔购地筑"绿绮园"，贮藏绿绮台琴，以表敬慕邝湛若之高风亮节。八月绿绮园落成。崔师贯来访，作《寻邓尔雅新居，观邝海雪旧藏绿绮台琴，为赋此解，依梅溪元儿体》。

邓尔雅筑绿绮园，只是为了给绿绮园寻找一个安全稳固的住所。那个时候的绿绮古琴，已经丧失了发声的功能，它无法恢复到叶龙文的那个时代，让文人雅士在山水之间吟咏抒情。

由于交流困难，聋哑之人，一般深居简出，在不可避免的社交场合，只以手势表达一个人的内心和情感。绿绮园中的绿绮台琴，由于不能歌唱。也只能以沉默的方式深藏不露，它拒绝抛头露面，显露风头。

真正的知音，只有面对一张无弦的哑琴时才能检验。绿绮园里的邓尔雅，当他沐浴焚香，虔诚地触摸一张古琴时，总是能够听到《高山》《流水》的声音，千年之前的人物，从琴的深处一个个走出来，与绿绮园的主人相会、神交。

在古琴漫长的历史上，绿绮台绝不是第一张无弦的古琴。

清代张随的《无弦琴赋》，是我读到的关于无弦古琴的最早文字。《无弦琴赋》的主人公，是不为五斗米折腰的西晋伟大诗人陶渊明。

因为没有记载，陶渊明琴桌上的那张琴显然不是名琴；因其淡于功名，只在乡村陇亩间躬耕的布衣，也无力成为名琴的拥有者。陶渊明的古琴没有丝弦，也没有用于音阶标记的徽。每有客人走进篱墙，叩开柴扉，诗人便用家酿招待。酒酣耳热之时，五柳先生每每取过琴来，醉眼蒙眬地虚按一曲。

闭目陶醉的诗人，早已看出了朋友们的诧异与不解。后来的《晋书》，也认为陶渊明"性不解音"，所谓的无弦空弹，只是故弄玄虚。

我在五柳先生的《与子俨等疏》中，找到了驳斥《晋书》的证据：

> 少学琴书，偶爱闲静，开卷有得，便欣然忘食。见树木交荫，时鸟变声，亦复欢然有喜。尝言五六月中，北窗下卧，遇凉风暂至，自谓是羲皇上人。

陶渊明诗中，提及琴处甚多，"息交游闲业，卧起弄书琴"；"今日天气佳，清吹与鸣弹"；"弱龄寄事外，委怀连琴书"；"清琴横床，浊酒半壶"，连《归去来兮辞》中，也有"乐琴书以清忧"的句子。所以，在陶渊明那里，无弦胜过有弦，无声胜过有声，《幽兰》虽然没有声响，却如庭园的花草一样芬芳，《流水》还没有弹奏，却似屋后的小溪潺潺流过。

绿绮台琴弦绝于可园，一张一千三百多年历史的名琴，见过了太多的岁月生死，弹尽了天下所有的琴曲，它的衰败，是器物的宿命。绿绮台弦断之日，便是它的哑声之时。此后的岁月里，名琴化为铁石，只有邓尔雅，在绿绮园的夜深中，能够听到《广陵散》的绝响。

自古至今的琴家名单上，找不到"邓尔雅"这个名字，窃以为，邓尔雅是一个真正懂琴的人，他是绿绮台的知音，他以一介隐士的姿态，深藏在七弦之后。所以，哲人老子说："大音希声，大象无形。"这句出自《道德经》的千古名言是绿绮台琴最早的注脚，后来李白的"大音自世曲，但奏无弦琴"，

"抱情时弄月，取意任无弦"，陆龟蒙"垆中有酒文园会，琴上无弦靖节家"，司空图"五柳先生自识徽，无言共笑手空挥"，苏东坡"若言琴上有琴声，放在匣中何不鸣；若言声在指头上，何不于君指上听"的诗和欧阳修"若有心自释，无弦可也"的主张，更是为绿绮台与邓尔雅的结缘作了最有力的辩护。

72 琴人不朽

古琴，是世界上唯一设置了密码的神秘乐器。在一个发声物体众多、丝弦簧管均可速成的快餐时代，人类离高雅七弦的距离越来越远，那些由阿拉伯数字组成的密码，只能用在金钱财富的防线上。

我在东莞居住的二十多年里，无数次进入可园，在没有认识绿绮楼和邓尔雅之前，我只是可园的一个过客，那些古旧的青砖黑瓦，遮蔽了我的眼睛，隔绝了一张古琴的天籁之音。

在所有能够用"美"来形容的发声体中，只有古琴，才是乐器的化石。由于时光的古老，我们无缘见到曾祖父以及曾祖母以上的长辈。对于吉他来说，古琴，是它遥远的祖先。

我曾经被七根细若游丝的弦和桐木板隔绝在声音之外，我与古琴的缘分，直到老年，才冲破那道坚固的篱墙。查阜西，是掩护我逃出禁锢耳朵的电网高墙进入音乐世界的引路人。两年前，我在海天出版社1991年出版的《修水县志》上，见到了这个令人尊敬的义宁先贤，他以古琴大师的身份为我解惑。

　　查阜西的故里，离我知青时代的下放地不远。在那个鄙薄知识和文化的混乱年代，我们这些所谓的读书人，无一人知道漫江公社的来苏大队竟然是大名鼎鼎的古琴大师查阜西的籍贯。

　　查阜西一生致力古琴研究，民国25年（1936年）的时候，即在苏州创立今虞琴社，主编《今虞琴刊》。二十世纪40年代，查先生赴美讲学，传授古老的中国琴艺，一时轰动国际琴坛。

　　两年前我返乡时，专门去漫江寻找一个古琴大师的足迹，空手而归，毫无所获。对一个为古琴而生的人的追寻，只能来自纸上。当我在黄脆的文献中看到查阜西先生的《现代古琴曲传谱解题汇编》《存见古琴曲谱辑》《古指法辑览》《历代琴人传》等琴学著作时，立刻产生了高山仰止的崇敬。尤其是那部被琴学界誉为中国古琴学百科全书的《琴典集成》，让一个琴外之人五体投地。

　　查阜西先生的贡献在于，将七根古老的琴弦，推陈出新，将虞山派的传统风格，发扬光大，形成了清越、雅朴、富有韵味的个人艺术特征，复苏了濒临灭绝的古琴音乐。

　　天下所有的名琴，尽在查阜西的视野之中。邓尔雅的绿绮台古琴，虽然不再续弦，但远在北方的查阜西先生，依然还能听到绿绮台抱琴殉国时的悲壮声音。这个与吴景略、管平湖齐名的古琴大师，最早在西方的学术圣殿里找到了中国古琴的足迹，当他提着录音机走遍中国大陆，收藏起古琴的所有声音之后，他眺望到了与大陆一河之隔的香港大埔的绿绮园，虽然无法近距离地与邓尔雅交谈，和绿绮台握手，却能深刻理解一张名琴的归宿。在查阜西的心目中，绝弦之后的绿绮台琴，再也不可能重复国难当头时的抱琴殉国，也不会再现惠州西湖泛舟时名人悲欣流泪的雅集了。邓尔雅和查阜西，是两个不曾相识的文人。他们所居之地，数千公里，只是一张古琴，将两人的精神连在了一起。

1929年的绿绮台琴，静静地安放在邓尔雅精心构筑的绿绮园中。绿绮台琴一生中最安详的姿态，就是弦绝之后的面孔。绿绮台琴告别了可园时期门庭若市的热闹，也失去了泛舟湖上的文人雅趣。于无声处听惊雷，是现实生活一种夸张的描述，对于有生命的古琴来说，"弦外之音"则是一个更准确的成语。能够发出弦外之音的古琴是七弦的精灵，它已经超越弦上发音的规律，而能够听出弦外之音的人，则是月夜里的樵夫。人世间许多不可能的事情，却在古琴深处发生，古人用了许多后人熟悉的诗句，描述了古琴的神奇：

庄周高论伯牙琴，闲夜思量泪满襟。（罗隐《重过随州故兵部李侍郎恩知因抒长句》）

借问人间愁寂意，伯牙弦绝已无声。（薛涛《寄张元夫》）

闻说萧郎逐逝川，伯牙因此绝清弦。（温庭筠《哭王元裕》）

知音既已死，良匠亦未生。（邵谒《赠郑殷处士》）

真正的古琴，只与知音结缘，所以，伯牙摔琴谢知音的故事，流传千年不朽。只是不辨音乐的耳朵，永远无法揭晓古琴与其他乐器的区别。

邓尔雅的诗文，许多都与古琴有关。他在《绿绮台琴》一诗中，就有"崇祯甲申毅宗烈皇帝御便殿鼓琴忽七弦俱断"的说明，而在《听琴师杨子遂先生弹琴》中，更有"群聪难索解，聋者独知音"的独特见解。邓尔雅从未以琴师扬名，却对古琴的理解深入到了骨髓，七弦的本质，被他用中医般的敏感手指，轻轻地触探到了脉搏的跳动。

古琴与其他乐器的本质区别，在于对象的不同。古琴只向弹奏者敞开内心，古琴美妙的声音，弹奏者往往是唯一的知音，在虚静中，弹奏者听见的是自己的心灵之音，而其他乐器，则是用声音取悦他人，听众多寡以及欢呼喝彩的掌声，则是乐器和演奏者的最高奖赏。

古琴的美妙之处，还在于与其他乐器弹奏的差异。当中国的民族乐器和外国的西洋乐器在教材上指引技法的时候，统一、规范必然是书上的教条，而传统的古琴谱上，只标明左手按弦和右手弹奏的指法，音名、节奏则隐匿无痕，不同的演奏者，按照各自的理解处理琴曲，演奏者和创作者身份的交叉变换，使琴曲在古典的意境中复活，变化多端，生机无限。所以，有论者认为，古琴具有不可再现的当下性，或许正是"琴"字底下那个"今"想表达的妙意。

邓尔雅终生浸淫在书画篆刻艺术中，他用触类旁通的灵感觉悟打通了个人心灵通往古琴境界的秘密孔道。他在《绿绮台记》中回忆了自己于光绪壬寅年（1902年）在潘氏缉圮堂与马平杨子遂畅谈古琴艺术和绿绮台琴流离命运的往事，为绿绮台的未来和绿绮园埋下了伏笔。

崔岱远先生在《京范儿》一书中真实地表达了古琴的境界，这些描述，正是邓尔雅、查阜西追求的生活方式。在真正的琴家那里，琴只是修养和雅玩，不是职业，也不是谋生手段，更不是在歌舞场里出卖的艺术。"琴人只在感触极深时才会去弹琴，他们的琴艺也只是献给能理解他的人，而不能去变成钱。"

弹琴是一种境界，听琴同样是一种境界。弹琴和听琴都是极讲究的事情，而精于此道的人也都是内心高贵的人。他们或许现在很穷，但他们永远也摆脱不了精神贵族的派头和文人的影子。他们深信"一箪食，一瓢饮，人也不堪其忧，回也不改其乐"。权贵们请他们弹琴也必得在相互尊重的氛围下大家一起玩儿。即使有些馈赠，也不能明码标价。若真是有了标价，那琴家也就真不乐意弹了。而所谓的雅集，也只限于三五知己。要是有陌生人在场，是不会轻易弹的。必得先坐下喝茶攀谈，若是投机，再摆琴，焚香，弹奏。若不对路子，也就找个托词婉言谢绝了。因为琴声是无处逃心的。琴者的情绪、心思，乃至气质、品性，会听的人全听得出来。谁又肯轻易对陌生人抛露心声呢？

73 朽而不死的绿绮台

邓尔雅和邝露，都是绿绮台的贵人。遇上一个贵人，是一张名琴的幸运。对于绿绮台琴来说，最好的贵人，并不能保它一生无忧，但可以竭尽全力爱护它，在它遇难之时，奋不顾身。邓尔雅，作为绿绮台琴的贵人，更是在大难来临之时，两次让绿绮台琴化险为夷。那两次危难场面，均记录在《邓尔雅年表》中。

1920年，是绿绮台琴与邓尔雅结缘的第六个年头，没有任何征兆，预示绿绮台琴的第一场灾难。杨宝霖先生在《邓尔

雅的〈绿绮园诗集〉》一文中有简略记叙："是时粤中政变频
繁，尔雅广州寓所遭兵火，书画焚烧殆尽，幸绿绮台琴无恙。
1922年，尔雅携眷避地香港。"[①]1920年的兵燹，对于邓尔雅来
说，是一次重大损失，而对于绿绮台琴，则只是一场虚惊，或
者一次灾难的预演。杨宝霖先生的记叙虽然简略，却透露了邓
尔雅未来行动的某些信息。两年之后，邓尔雅带着家眷离开广
州转往香港，躲避乱世，更多的是出于绿绮台琴的安全。

　　一个将古琴作为自己生命组成部分的人，选择香港避居，
当是他视琴如命的必然逻辑。从邓尔雅用象牙缩刻一对绿绮台
琴作为女儿嫁妆的行动中，所有人都可以看出绿绮台琴之于他
的价值和意义。所以，"1929年，邓尔雅以治印、卖字所得，
积资买地于九龙大埔，构小园，名为绿绮园，以中贮绿绮
琴"，就成了一个文人的选择。

　　邓尔雅用诗表达了他为绿绮台琴建筑暖巢的心情：

宋时庐墓锦为田，累叶犹容近祖先。
堂窄高吟暖岚气，岛荒长物富春天。
剩残山水非生客，勾股梅枝入梦圆。
床左囊琴虽弗御，不妨高举契无弦。

　　此诗之前还有八句。除了为绿绮台筑室告成纪念之外，邓
尔雅还为能够近守安葬于元朗葵涌的祖墓而欣慰。

　　八十多年过去了，绿绮园成了纸上描述的建筑，后人无法通
过实物看到那座寄托了邓尔雅心血的房屋。1937年7月的飓风，
是一切人工建筑的杀手，绿绮园，不幸葬身在风暴中。从诞生

① 东莞市政协编：《容庚容肇祖学记》，广东人民出版社2004年版。

到消失，绿绮园，只在香港大埔存活了六年。

1937年飓风的威力，没有视频资料记录那些恐怖的现场，在文献的记载中，邓尔雅的绿绮园屋顶吹跑，只剩下四堵墙壁，藏书尽毁。在风灾面前，邓尔雅的心碎成了一堆瓦砾，但是，奇迹却也在废墟中出现，他视同性命的绿绮台琴，安然无恙。

"奇迹"，都是无法用语言解释的现象，在幸运面前，邓尔雅没有感恩上帝、佛祖、菩萨、鬼神等通灵的偶像，他认定的只是一张名琴的气节，那是一个抱琴殉国者英魂的护佑。

风灾之后，邓尔雅立即迁居九龙，他要为绿绮台寻找一个更安全的"家"。冥冥之中，他得到了来自邝露的暗示。他用《丁丑七月飓风大步小园藏书被毁感赋》表达了绿绮台琴劫后幸存的庆幸。

绿绮台琴，在邓尔雅心中，已经成为了抱琴殉国的抗清英雄邝露的化身。对一个英雄的崇敬，通过一张古琴折射，邓尔雅的高尚之举，同样得到了朋友的尊敬。

曾经在惠州西湖游船上参加过叶龙文召集的岭南名家雅集的丹霞别传寺和尚今释，在聆听过绿绮台声音之后，精心创作并手书了长诗《绿绮台琴歌》。邓尔雅的好友潘至中，在广州的书肆中见到这幅墨宝，知道了绿绮琴藏于邓尔雅处，当即买下长卷。后来邓尔雅来潘至中家中探访，看到《绿绮台琴歌》欣喜不已，当他读到"南社风俊邓先生，求琴飞涕哀虫蚁。莫道无弦曷若弹，望海筑园惟景止"等诗句时，感慨唏嘘。

邝露当年，拥有两琴。在邝露的心爱之物中，绿绮台和南风，是一对同胞兄弟。邝露殉国之后，手足分离，血肉撕裂，邓尔雅能够感受到古琴的疼痛。如今的绿绮台，成了琴的孤儿，再也无人知道南风的生死下落。

绿绮台琴，还有另外一重意义上的亲缘。在所有的琴史文献中，绿绮台还和春雷、秋波、天蠁并列为岭南四大名琴。岭南四大名琴，在琴的家族中，就是一母所生的同胞手足。邓尔雅在绿绮园寂寞的长夜里与孤独的绿绮台琴沉默相对的时候，常常想起春雷、秋波、天蠁，却不知它们流落在何方。

邓尔雅从未想过，绿绮台和秋波、天蠁，会有团聚的一天。

1940年，广东的一些文化精英，被日本侵略军的战火赶到了香港，许多珍贵文物，也随着它们的主人，来到了这个暂时安全的地方。绿绮台和秋波、天蠁相会的因缘，就在这个时候产生。在中华文化协进会的倡导下，邓尔雅带着心爱的绿绮台琴，参加了在香港大学冯平山图书馆举办的广东文物展览会，绿绮台和秋波、天蠁，一同在这个艺术氛围浓郁的展览馆中相会，接受无数观众惊喜的目光。著名的岭南四大名琴，除了春雷缺席之外，其他三琴，在文化的圣殿里，享受了千载难逢的荣耀。而此时的唐代名琴春雷，被张大千带到了万里之外的异国巴西，它缺席了这场古琴的盛会。

古琴，不仅是一种乐器，更是一种由木头、丝弦和精神组成的生命体，爱琴之人，则是它们的天使和护法。只是由于人的寿命短暂，古琴终不免易主更弦，但是它们的故事，总是和人融为一体。

邓尔雅七十二岁高龄时病逝于香港。在最后的日子里，绿绮台琴静静地陪在他病榻旁边，邓尔雅时时抚摸，依依不舍。他以一种异于常人的方式，与绿绮台琴告别。

五年之后，香港《大公报》举办了一场隆重的广东名家书画展，邓尔雅的儿子将父亲所藏绿绮台琴和今释和尚的书法长卷《绿绮琴歌》展出，引起了文物界和艺术界的轰动。已经蚀于虫蚁而暗哑多年的绿绮台琴，又一次复活，让人看到了殉国的烈士和英雄的气节。

74 千年绝响

关于绿绮台琴的下落，有多种版本。陈莉女士认为"此琴由其后人捐赠广州博物馆"的说法似乎更让我信服。

我不是琴人，只是出于一个东莞市民的情感和写作者的需要，想看一眼那张邝露殉国时在现场见证的古琴，想触摸一下邓尔雅先生留在琴上的余温。可是可园的绿绮楼上，只剩一个空阁，不见了绿绮台的影子。

惆怅，是可园，也是所有游客无法避免的遗憾。

我在灯下为邓尔雅和绿绮台琴绞尽脑汁的时候，一条信息和视频跨越千山万水到达身边，古琴的乡音将我带回到了义宁，在故乡的舞台上，游子终于见到了查阜西先生，听到了一个古琴大师遥远的声音。有史以来，这是义宁首次以古琴的名义，为一个被忽略了的先贤正名。在查阜西古琴艺术座谈会上，来自全国各地的古琴艺术家和古琴研究学者，一致肯定了查阜西先生"传统琴学的总结者和现代琴学的奠基者"的地位。"查阜西在古琴造诣上是最为杰出的，没有查先生就没有我们这一代琴人对古琴的延续"的评价，让一张古琴穿透百年时光，在义宁的幕阜大山中水落石出。

这场迟到的古琴盛宴的高潮，是一台名为古琴经典的音乐会，在富丽堂皇的大剧院舞台上演奏的《梅花三弄》《离骚》《广陵散》《渔樵问答》《流水》《乌夜啼》《阳关三叠》，虽然古意盎然，但却没有了空灵的意蕴。在古琴时代，所有经典的琴曲都是在面对知音和个人内心的情境下完成的，月夜、空山、幽篁、冷雨、古渡、断桥……这些自然界中的景致，在琴声里化作了永恒的意境，真正的琴人，不会在权贵和金钱面前低头，真正的古琴，不会在闹市和俗人面前发声。

我不相信华丽的现代化剧场是古琴开言的最好场所，我怀疑最懂音乐的耳朵，也未必能在五光十色的舞台上领悟到高山的巍峨，听见山泉飞流的声响，知音不在，琴弦再也不会突然崩断。在八百里幕阜大山中，在辽阔的义宁故土上，最适合古琴弹奏的场所，应该是偏僻幽静的漫江乡来苏村，能够成为古琴知音的听众，应该是那些勤劳朴实的乡人。

古琴的身体上，找不到装饰的金属，但七弦的声音，却全是骨头。典故"雪夜访戴"中的戴逵，以琴为修身之道，而不作艺人之技，多次拒绝大宰武陵王司马晞弹奏古琴的邀请，在司马晞的纠缠之下，戴逵摔碎古琴，留下了"碎琴不为王门伶""别鹤凄凉指法存，戴逵能耻近王门"的千古佳话。

从遥远的故乡义宁回到东莞，能够为我洗去一身疲惫的当是音乐。我踩着清朝的青砖登上可园的绿绮楼。可园的管理者们，让绿绮台琴回归的设想一次次破灭之后，只好请一个王姓琴人仿制了一张绿绮台琴。那张后人斫制的古琴，以替身的姿态，虚拟在古旧的岁月中。为绿绮台而来的人，只会收获失望。

真正的绿绮台古琴，只能在岁月深处寂寞，没有人看得穿它的心思。幸好琴事频繁，爱琴之人，总能在新闻中，得到慰藉。

即将到来的2018年8月8日，号称古琴拍卖价格之最的古琴"松石间意"，将离开北京的保利艺术博物馆，不远千里来到南粤，在肇庆庆祝广东省第十五届运动会。这张898岁的古琴，由于宋徽宗的御制和乾隆的御铭，在古琴拍卖史上以1.3664亿元的价格独占鳌头，创造了世界古琴和世界乐器的拍卖纪录。

在《羊城晚报》看到这则消息的同时，我立即联想起了邓尔雅的绿绮台琴，想起了查阜西尽一生心血搜集的一百多首古琴曲。每一张名琴，都有着不同的命运遭际，在特殊的器物后面，活着的都是人物。

焚琴煮鹤，是汉语中最令人恐惧的一个成语。这个在李商隐《杂纂》中与清泉濯足，花上晒裤，背山起楼，对花啜茶，松下喝道并列的大煞风景之举，却令我想起残暴的秦始皇焚书坑儒。拿琴当柴烧，把鹤煮了吃，只是人类失去了理智之后的疯狂。绿绮台琴一生中，有过战火的历险，有过风灾的考验，所幸它都一一逃脱，没有成为焚琴的悲剧。

一千多年前，就有人用诗歌预见了古琴的命运。唐朝赵博，在《琴歌》中看见了世道光阴：

> 绿琴制自桐孙枝，十年窗下无人知。
> 清声不与众乐杂，所以屈受尘埃欺。
> 七弦脆断虫丝朽，辨别不曾逢好手。
> 琴声若似琵琶声，卖与时人应已久。
> 玉徽冷落无光彩，堪恨钟期不相待。

一张名琴，无论出身如何高贵，无论血缘如何正统，总免不了断弦、蒙尘、烂尾，直至腐朽。从物质层面来说，没有一个人的寿命是古琴的对手，但千年过后，琴不复存在，但琴背后的人物，却依然站立在岁月的尘埃中，栩栩如生。

第十章

番薯的历险

75 明朝的饿殍

陈履以一个廉官的面目出现在本书第六章的廉泉清流之中，二十多年之后，他再次以血缘、亲情的角色，出现在番薯的危急时刻。

《凤冈陈氏族谱》卷七《家传·素讷公小传》载："壬午（万历十年，1582年）夏，乃抵家焉。先是邻囊卢某武断乡曲，公尝排击其恶，卢衔之，阚公归，擿其事，首白当道，时航海关防严肃，所司逮公下狱，定庵公（陈履，字德基，号定庵）方转部郎，闻报大骇。"这是番薯在中国最早引发的牢狱事件，番薯主角陈益生命的惊险，与他的长兄陈履密切相关。

当一个后人为陈益性命担忧的时候，《凤冈陈氏族谱》中的《家传·素讷公小传》出现了化险为夷的一幕："适同谱御史某奉命巡按东粤，诣诉状。抵任，首摘释之。"

布衣陈益将那个神奇之物藏之铜鼓偷带出境的时候，他肯定没有预见到番兵追杀的凶险以及回到家乡之后的牢狱之灾。从清同治八年（1580年）刻本《凤冈陈氏族谱》中读到这段情节的时候，我一次次掩卷沉思，如果陈益能够预判到前路中的灾难，他是否会放弃那个梦寐以求的禁物？

假设，不仅仅是后人的好奇，更是历史的诡异和逻辑的歧路。

一介平民的安危生死，在枯黄的纸页中波澜不惊，却让一个四百多年之后的写作者惊心动魄。我的忧虑和牵挂，只能在线装的古籍中找到答案。

"饥饿"，是我在小学语文课堂上学到的汉字。由于这个动词能够带来刻骨铭心的肉体和精神痛苦，所以，从认识它的那一天开始，我就没有忘记过它的狰狞面目。这个出现频率最高的词，在明朝的历史上占去了半壁江山，明史中的大量篇幅，都让位于这个笔画并不复杂而且没有歧义的动词。广袤的中华大地，没有一处逃出了饥饿的魔掌。"太原大饥，人相食"；"南阳大饥，有母烹其女者"；"浙江大饥，父子、兄弟、夫妻相食"；"自淮而北至畿南，树皮食尽，发瘗胔以食"；"德州斗米千钱，父子相食，行人断绝。大盗滋矣"等记录，令人不寒而栗。而记载在《南村辍耕录》中的文字，更是让饱食之后用诗歌抒情的文人难以置信。

天下兵甲方殷，而淮右之军嗜食人，以小儿为上，或使坐两缸间，外逼以火。或于铁架上生炙。或缚其手足，先用沸汤浇泼，却以竹帚刷去苦皮。或盛夹袋中，入巨锅活煮。或男子止断其双腿，妇女则特剜其两乳，酷毒万状，不可具言。

东莞人陈益，也看见了身边的惨状。"饥饿"这个词，在明朝的版图上，无处可以幸免。崇祯《东莞县志》中，有关东莞饥饿的记录，亦比比皆是。

天顺辛巳岁旱，米腾，饥殍载道。

天道靡常，阴阳不协；朝则风，暮则雨，潦涨为灾；冬无麦，秋无禾，生民缺食。

次年者，复值阳愆，稽事不作，崔苻乍惊，米价腾涌，石至一金有余，扶携展转，乞丐弥路。

辛巳之夏，阳德愆候，潦水为灾，广之属郡，大无麦禾，东莞境内，被灾尤甚，民艰之食，赢惫不支，几为饿莩。

陈益虽然是一介布衣，但显然与县志中的饥民无关。《凤冈陈氏家谱》和东莞地方志书中均无陈益家境状况的记录，但其祖父陈志敬和长兄陈履，以明嘉靖官广西左江兵备道按察使司佥事和明隆庆五年进士官至户部郎中的家庭背景，断无衣食之忧。中国历史上的饿莩，都是无名的饿鬼，能够在史籍中留下名字的人，饥饿，绝对不会成为他致命的毒药。

所以，神宗万历八年（1580年），陈益跟随朋友登船开往遥远的安南之时，他的脸上，一定没有菜色，送行的亲人和朋友，看到的只是微笑和轻松。

76　泛舟安南

在开往安南的船上，陈益看到了天水一色的景象。大海的辽阔，让人的肉眼看不见远方，更无法看到前程和命运。

陈益的安南之行，毫无目的。"客有泛舟之安南者，公偕往。"在史料的记载中，我看到了那条驶往安南的船，其实是一条运载货物的交通工具，船上的主角，是陈益的朋友。陈益，只是一个搭顺风船的游客。陈益的家乡东莞虎门，后人在叙述先贤安南之行的原因时，还形象地描述了陈益心情不爽，被朋友邀去安南散心的情节，而那个邀约陈益的朋友，是一个去往安南经商的生意人。历史粗疏，没有细节，我更愿意相信民间的口头文学，"旅游"，这个如今滥俗了的名词，不可能让饥饿的农耕时代的平民承担得起漫长时光消耗的资财。

经商小船上的配角，命运注定了他会成为中国农业史的主角，而那个热心邀请陈益游玩的主人，却被历史遗忘了名字。文史专家杨宝霖先生根据《凤冈陈氏族谱》转述了明朝万历八年（1580年）陈益到达安南之后的情节：素讷公（陈益字德裕，号素讷）和他们一同前往。到了安南，得到安南酋长的礼遇。请入宾馆，每次宴会，常用珍贵的土产叫做"薯"的款待，薯味很甘美。①

在中国漫长的农业史上，这是"薯"的第一次出场。

我遍查农史，没有发现任何对"薯"的外形、颜色、大小的描述，历史只是用"味甘美"三个汉字刺激了读者的味觉，让一种食物逃过外在形状颜色的制约而通过味道进入我们的生活。

"薯"，是安南人对一种食物的命名。这种从草的食物，让万历八年的中国平民陈益两眼发光，见到薯的那一刻开始，陈益的魂魄就离开肉体而去，成了薯的俘虏。

杨宝霖先生的文字充满了诱惑力，它让一个曾经在少年时代因为缺少大米而经常用红薯充饥，从而产生厌恶的散文作者看见了文字的饵食。"每宴会，辄飨土产曰薯者，味甘美。公觊其种……"

陈益的安南之行是一次漫长而陌生的异国之旅，幸运的是，遥远的安南用开门见山的方式让一个漂洋过海而来的中国

---

①　中共东莞市委宣传部主编：《影响中国的东莞人》，广东经济出版社2014年版。

客人直接进入了主题。陈益尝到薯的甜头之后，他的心思便长
出藤蔓，他来到了山野里，化身"间谍"，不惜一切手段，刺
探薯选种、种植、管理乃至烹调的"绝密情报"。

安南的酋长，历史隐去了他的姓名，也深藏起了故事发生
地的名字，一个地方的所有风水，都凝聚在宴会的薯上。

安南，即如今的越南。陈益生活的那个时代，安南为明朝
的属国，陈益到达的北部安南，历史上曾是莫氏王朝的天下。
莫氏祖先莫登庸为东莞蕉利（今属东莞中堂）人，以武功为
武卫都指挥，累封武川侯、仁国公、安兴王，统元六年（1527
年）逼恭皇禅位，始建莫朝，改元明德。由于属国和血统的关
系，陈益和他的朋友受到地方礼遇，所以，"酋长延礼宾馆，
每宴会，辄飨土产曰薯者。"

酋长热情好客，每次宴请，他总是劝客人多吃薯，提起这
个安南的独有之物，酋长总是眉飞色舞，薯的容易种植、高产
和多种用途，在酋长的演说中栩栩如生。陈益是酋长最热心的
听众，粗心的酋长，竟然没有从陈益的神情态度中发现密探的
蛛丝马迹，更没有想到，他那句薯是上天赐给安南的礼物，让
人间断绝了饥荒的炫耀，改变了陈益的行踪，并且深刻地影响
了他的未来人生。

77　上帝的禁果

四百多年之后，安南酋长宴席中的薯，演变成了中国人餐

桌上最常见、最普通的食物，它的名字，也繁衍了代代子孙。番薯、红薯、朱薯、甜薯、土瓜、地瓜、甘薯等等，都是安南薯派生之后的字号。

人类是最容易忘本的动物。"饮水思源"这个成语，只是中国人反思自己忘恩负义之时轻描淡写的短暂愧疚，从来没有人在饱食之后的抒情中追根溯源。

对于我的东莞乡贤陈益来说，我也是个忘恩负义的人。

我的名字，寄托了父亲对儿子人生温饱的期望，五谷丰收，可以让天下人的脸上笑容饱满。但是，饥饿，却是一个跟踪而至的恶魔，我的少年时期，常常因为城镇商品粮供应定量不足而饥肠辘辘。父母经常勒紧裤带，但也无法填充我和弟妹们没有边际的食欲。有时，乡下的亲戚进城，送一小布袋红薯，便是父母盼望的甘霖。那个年代粮站定量供应薯丝，以弥补大米的不足，那种红薯刨丝晒干之后的食品，掺杂在米中，有效地填补了城镇人口的肠胃。薯丝的记忆，在一个少年心中扎根，那个熟悉的粮本，充满着薯丝的气味。在随后的知青生涯中，饥饿也成为了我摆脱不了的梦魇。我经常在深夜的梦中饿醒，久久不能重新入眠，只好和我一样因饥饿难以入睡的同伴一起，打着手电，在老乡的地里偷挖几个红薯，洗净之后用煤油炉煮熟。我们的睡眠，在红薯的香甜软糯中成熟。

我的青少年时代，与饥饿和红薯为伴。红薯是一个时代救命的粮食，它用特殊的记忆在我心中扎根，然后牵藤，蔓延成一片绿色。

对于人类来说，红薯有着救命之恩。一根蔓延的薯藤，牵扯着中国人口的变化。

清朝康熙之前的3800多年间，中国人口始终在数千万之间徘徊，除了战乱之外，饥荒是影响人口增长的重要因素。有数据表明，公元前22世纪，中国人口为1355万，西汉初年为5959万，隋朝时人口降至1616万，唐朝、宋朝、明朝洪武年间，中国人口分别为4628万、5800万和6000万。中国人口的直线上升，开始于明朝万历年间番薯的引进。那条人口增长的直线，标列出火箭般蹿升的数字：清朝康熙年间，中国人口突破1亿大关，乾隆二十八年，达到2.04亿，乾隆五十五年和道光十五年，人口迅速发展到3.01亿和4.01亿。

在不足两百年的时间内，中国人口增加了三亿多，人口专家用"爆炸式增长"描绘那条人口增长的直线，在这些数字的背后，我看到了番薯的伟大贡献。

没有一种外来的农作物，像卑贱的番薯一样改变中国的人口结构，从一种果腹的食物上升为国家政局的稳定利器。番薯对中国社会的稳定发挥了极大的作用，"古代社会的农业经济，基本上是靠天吃饭的经济，一旦遇到了天灾，很容易导致经济危机，进而引发农民起义。在番薯引进中国之前，干旱年里平均每12个州府地区就有一个发生农民起义或暴动，而在番薯引进中国之后，即使干旱年，每40个州府才有一个发生农民起义。主要原因在于番薯对水稻有很强的补充作用。"

饥荒之年，番薯不仅有效地安抚了黎明百姓的肠胃，而且进入宫廷，成为皇权的国策。乾隆五十一年（1786年），清朝皇帝向全国颁布诏书，"广栽植甘薯，以为救荒之备。"乾隆皇帝下旨直隶总督刘峨和河南巡抚毕沅等地方官员，大量印发《番薯录》。官员陆耀因为推广番薯有功，被提升为湖南巡抚。皇上又指令福建巡抚雅德将薯苗运往河南，大力推广，圣旨到处，番薯牵藤，绿遍广袤大地，以至康乾盛世，被人用番薯冠名，称为"番薯盛世"。

由于丰衣足食，由于老一代人的离去，数十年来，"饥饿"这个词逐渐被人遗忘，"饥荒""饿殍"，那些恐怖的场景只在影视和文学作品中出现，我已经多年未在餐桌上见到番薯的影子了，也遗忘了土地上番薯牵藤、绿满世界的丰收景象，只有那些经过繁琐加工之后的薯类制品，以花枝招展的形式出现，在远离充饥意义的背后，让人依稀回想起"充饥""救命"这些动词。

为了谢罪，我在回到故乡的时候，总是去山野里寻找那些逝去的记忆，在农贸市场上购买了大量的红薯、白薯和紫薯，然后运用蒸、煮、炒等多种烹调方式，希望与番薯一起，回到饥饿年代的现场。

在向番薯谢罪的时候，我心中默念着陈益的名字。

78　铜鼓中的秘密

陈益的心思，在许多个寂静的夜晚，发酵成了一个人心中的计划。在肚皮的严密包裹之下，没有人可以看穿陈益的内心，连邀请陈益同来散心的商人朋友，也没有发现陈益想法的蛛丝马迹。

所有的文献，在记述陈益引进番薯的时候，全部忽略了情节。那些数百年前的故事，其实是最生动的历史，是番薯引进中国最有力的证据，可惜后人无法从古旧的文献中看到最鲜活的画面和场景。即使在东莞，后世的研究者也只有"素讷公很希望得到薯种，于是，不惜重金从安南酋长的下人获薯种……过了些时，素讷公寻得机会，秘密携带薯种和铜鼓回国"的简略描述。

口传文学，往往是历史文献的有效补充。在陈益的家乡虎门，不少文化人随口就能描绘出四百多年前陈益与安南番薯的精彩故事，他们口述的情节和细节，足以同当今的小说媲美。

为了探寻番薯的奥秘，陈益走进了安南的山野，在青翠欲滴的大地上，陈益看到了番薯以藤蔓的姿势在土地上匍匐，看穿了番薯在泥土之下的真实面孔。

离开了酋长的餐桌之后，陈益在山野里不再是客人，安南人怀疑和警惕的目光，确认了他密探和间谍的身份。陈益的中国粤方言口音在安南水土不服，更让他心惊肉跳的是，安南街道上张贴的那张布告。

陈益的生意朋友翻译了布告的内容，白纸上的每一个文字，都让陈益感到了压力，但是，他没有退缩，一个被番薯摄走了魂魄的人没有将布告上禁止携带番薯出境、违禁者斩首的警告放在心上。

经商的朋友办完事后启程，满载货物的商船扬帆之时，却不见了陈益的身影，货船离开了安南的水域，陈益滞留不归却成了回国之人心中的一个谜。

陈益又一次走进了田野土地，他的行踪是我破译滞留不归之谜的钥匙。一年之后，陈益摇身变成了一个地道的安南人，他的语言、服装和黝黑的皮肤，彻底消除了他同当地人的区别，而且，陈益用中医方法，用安南山野里的草药，治好了许多人的疾病。安南人将陈益当成了朋友，教会了他敲击铜鼓，吟唱越音，并且传授了番薯种植、栽培、管理、收获、贮藏乃至烹调的全部秘密。

当安南人以为陈益断绝了思念，从此扎根安南的时候，陈益却在一个夜晚乘着一只木船走了。陈益的出走，完全可以用

"悄悄""偷偷"这些汉字描述，他将秘密藏在铜鼓中，他的铜鼓瞒过了安南海关的火眼金睛，却不料酋长识破了陈益的机心。酋长的大船，以超越陈益小船数倍的速度追赶。陈益拼尽了力气，在大船赶到之前，进入了中国的水域。安南酋长望洋兴叹，他没有想到，上帝赐给安南的番薯，竟然在中国农夫的深重机心中，漂洋过海，去到另一片大陆繁衍子孙。

79 谁第一个引进番薯

番薯进入中国，其实是安南酋长无力阻挡的命运安排。

明朝万历年间，是中国农业的幸运时期和饥饿的老百姓的幸福年代，番薯先后从安南、吕宋、交趾以秘密的方式悄悄传入，在番薯的历史上，福建长乐人陈振龙、广东吴川人林怀兰，都是冒死的功臣，只不过广东东莞人陈益，捷足先登，比他们更早一步引进。中国农史的功德薄上，陈益的名字排列在陈振龙和林怀兰之前。

用严谨的论文和翔实的史料廓清番薯进入中国的时间真相的是一个名为杨宝霖的东莞人。为了写作《我国引进番薯的最早之人和引种番薯的最早之地》这篇文章，时任华南农业大学副教授的杨先生查阅参考了数百种文献，在对照分析的基础上形成了自己的判断。

在《我国引进番薯的最早之人和引种番薯的最早之地》在《农业考古》杂志发表之前，所有的资讯，都认为我国最早引进番薯者为陈振龙或林怀兰。

番薯的原乡，在遥远的中南美洲的墨西哥和哥伦比亚。哥伦布发现美洲新大陆后，番薯逐渐传播到欧洲和东南亚。中国农史学界的共识是，番薯传入我国的时间为明神宗万历年间，但是，引进番薯的人物、路径、方式和地点，出现了很大的差异。古籍文献的不同记载，让后世难以判断。

明代何乔远、徐光启，清代周亮工、谈迁、陈鸿，明代陈纪伦等人和光绪《电白县志》、民国《桂平县志》以及清同治刻本《凤冈陈氏族谱》等文献，为番薯提供了一副纷繁杂乱的图景，没有人可以梳理清历史的一团乱麻。

陈振龙首个引进番薯的观点主要源自清朝陈世元的《金薯传习录》："父振龙历年贸易吕宋，久驻东夷，目覩彼地，土产朱薯被野，生热可茹，询之夷人，咸称薯有六益八利，功同五谷，乃伊国之宝，民生所赖，但此种禁入中国，未得栽培。纶（陈经纶，陈世元之五世祖）父时思闽省隄山阨海，土瘠民贫。……朱薯功同五谷，利益民生，是以捐资买种，并得岛夷传授法则，由舟而归，犹幸本年五月开棹，七日抵厦。"

这段文字隐去了具体时间，让番薯的面目在进入中国之时就一片模糊。明代何乔远的《闽书》所称"番薯，万历中闽人得之于外国，瘠土砂砾之地，皆可以种"，也没有指明具体的年分，让总共四十八年的万历处处面目可疑。后人在陈经纶呈送福建巡抚金学曾的《献番薯禀贴》中找到了万历二十一年（1593年）十一月的具体日期。

而林怀兰最早引进番薯的根据则来自光绪十八年（1892年）的《电白县志》：

相传番薯出交趾，国人严禁，以种入中国者罪死。吴川人林怀兰善医，薄游交州，医其关将有效，因荐医国王之女，病亦良已。一日，赐食熟番薯，林求生者，怀半截而出，亟辞，归中国。过关，为关将所诘，林以实对，且求私纵焉。关将曰："今日之事，我食君禄，纵之不忠；然感先生之德，背之不义。"遂投水死。林乃归，种遍于粤。

另外，光绪十四年（1888年）的《吴州县志》，亦有上述记载，两志均以"相传"开头，且没有林怀兰去交趾及回国的时间。历史的疑云，让红薯的真实面目始终漫漶不清。

只有清同治八年（1869年）刻本《凤冈陈氏族谱》卷七《家传·素讷公小传》中，对番薯的引进，标明了具体的年代，描述了真实可信的情节：

万历庚辰（万历八年，1580年），客有泛舟之安南者，公偕往，比至，酋长延礼宾馆，每宴会，辄飨土产曰薯者，味甘美，公觊其种，赂于酋奴，获之。地多产异器，造有铜鼓，音清亮，款制工古，公摩挲抚玩弗释，寻购得，未几伺间遁归。酋以夹物出境，麾兵逐捕，会风急帆扬，追莫及。

杨宝霖先生在论证番薯引种年代时，并没有忽视和回避专家的观点。陈树平发表于《中国社会科学》1980年第三期的文章《玉米和番薯在中国传播情况研究》认为，万历四年《云南通志》有临安、姚安、景东、顺宁四府种植红薯的记载，从而推断云南引进番薯，比福建早一二十年，比广东也早七八年。

陈树平先生的观点之所以不被农史学界重视和采纳，是因为其混淆了番薯的概念。杨宝霖先生认为：《云南通志》所载，乃"红薯"，非指明"番薯"。番薯虽有别名曰红薯，但不是只有番薯才有此别名，一些薯蓣科的植物或近于薯类的植物，都会有红薯的称号。现在广东人叫薯蓣科的甜薯（Dioscorea esculenta）肉色紫红者为"红薯"。

杨宝霖先生引用了光绪十三年刻本《滇南本草》中的记载：

> 土瓜，味甘平。一本数枝，叶似葫芦，根下结瓜，有赤白二种。（略）产临安者佳，蓄至二、三年，重至二、三斤一枚者更佳。

杨宝霖用严密的逻辑和翔实的资料，还原了云南土瓜的真实面目。云南土瓜，借用了番薯的名字，蒙蔽了世人多年，最终在一个学者的论文中回归。

80 虎门，番薯的中国故乡

饥饿年代，当我用软滑香甜的番薯充饥的时候，从来没有想过，与番薯相依为命、血肉相连的薯藤，对于中国农业的意义和对于人类的价值。

番薯藤，从来都是猪的美食。番薯藤进入人类的餐桌，应该是改革开放之后，人们生活水平提高之后的口味返祖，当人类厌倦了大鱼大肉之后，就会想起荒土里的野菜，想起专门用来喂猪的薯藤。一种食物的美妙味道，常常与经济价值和身份尊卑无关，更多在于人类对它进行重新评价，用味蕾对它进行重新审视。

无法想象，离开地表上的薯藤之后，泥土中的番薯还能够修成正果。我曾经在一个梦里看到，番薯藤变成了一根脐带，一个母亲胞衣中的婴儿，成了一个巨大的番薯。没有人为我破译这个奇怪之梦的暗示和征兆，直到我写这部散文的时候，才突然明白了梦的意义。有的时候，梦的应验必须穿过漫长的时光隧道，缺少耐心的性急之人，可能错失千载难逢的心灵感应。

番薯引进中国，陈益们在功劳簿上的名字，除了时间的排列顺序之外，引入方式也有差异。那些文献记录中的细节，成为了刺激食客味觉的酸甜苦辣。

从生长的意义来说，番薯真是一种神奇的植物，番薯的每一个部位，都是繁衍生命的燎原星火。陈益、陈振龙和林怀兰都窥视到了番薯生长、繁殖的全部秘密，所以，他们在引进番薯的时候，各展其能。

明代杰出科学家徐光启在《农政全书》中记载："有人把番薯藤绞入船上汲水的绳子中，于是，番薯种就秘密渡海，来到中国。"

相似的记载，亦见于清人周亮工的《闽小记》："中国人截取八、九寸长的番薯藤，挟带入小盒中，带回中国。"

清人谈迁，也在《枣林杂俎》中有如下记录："明神宗万历（1573—1619年）年间，福建人把番薯藤带回家乡。"

而在光绪《电白县志》和同治《凤冈陈氏族谱》中，番薯却是以块茎的形态秘密出境，冒死进入中国。林怀兰收藏的是半截生番薯，陈益则是将完整的番薯藏入铜鼓中。

无论以何种方式来到中国，番薯都没有拒绝中国的水土，不管是断藤，还是完整的茎块，番薯在陌生的土壤中依然生机勃勃，它们没有辜负陈益们的一片苦心。

安南酋长在陈益面前炫耀番薯是上天赐给的礼物的时候，番薯还是餐桌上的神秘之物，更是拥有者掌握的"国家机密"。如今的我们，已经无法看穿万历年间的秘密，也不可能明白低贱的番薯，如何能够成为招待贵客的佳肴。

杨宝霖先生以一个学者的睿智，作出了符合生活逻辑的推断：

就安南酋长在宴席间以番薯款待外宾陈益这一点来看，番薯之在安南，当时珍贵可知，可见在万历十年的时候，番薯传入安南，为时极短。如果番薯遍野，岂有以此贱物款待外宾之理？

无论是陈益，还是陈振龙和林怀兰，他们在万历年间的异国，都是在宝藏面前不知道阿里巴巴开门秘诀的羡慕者。那些深知番薯特性的主人，严守秘密，用严刑峻法筑成封锁的铜墙铁壁。他们知道，番薯生命力顽强，哪怕一茎短藤半块番薯流出，都会绿遍异国的大地。所以，我能够想象得到，驾船追赶陈益失败的酋长，一定痛悔莫及，一定会仰天长叹，上天的礼物，将会断绝中国人的饥荒。

我读中学的时候，经常离开课堂去野外开荒，然后在贫瘠的土里插上番薯的秧苗，数十天之后，绿藤铺地，番薯出土。番薯的种植和收获，是我接触农耕的开始。当饥肠辘辘的我们拣来松针枯枝，在土穴中用火煨薯的时候，番薯的香味渗透了我的每一个毛孔。只是，一个荒诞年代里的初中学生，不可能知道番薯漂洋过海的历史，也不可能知道一个名叫陈益的布衣的安南历险，更不可能预见到，二十多年之后，我会举家迁徙，在一个名叫东莞的地方，见到中国的第一块番薯地，看到陈益引进番薯之后的灾祸。

81 牢狱之灾

　　一个人的隐秘心思，从来不会记录在粗疏的历史中。所有的正史、野史，都不会让一种陌生的植物在进入大陆时有一个私下喘息的空间。我在搜寻陈益私藏番薯逃生路上的细节时，一无所获。即使描述最详细的家乘——《凤冈陈氏族谱》，也仅仅只有"壬午（万历十年，1582年）夏，乃抵家焉"的语焉不详。

　　四百多年之后，我无法知道陈益秘藏番薯回到东莞北栅家中时的心情，欣喜，紧张，谨慎，甚至担忧与害怕，都复杂地交织在他的情绪中。家乘中"公至自安南也，以薯非等闲物，栽植花坞"的描述，隐隐透露出了陈益小心翼翼的神情状态。只有"非等闲物"，所以陈益才会不露声色地将上天之物"栽植花坞"。对于耕种的土地来说，花坞，只是私人的庭院天地，触手可及，可时时观照，具有较强的私密性。

　　在我的想象中，陈益是在夜深人静之时，悄悄地将那个来之不易的安南番薯，小心翼翼地埋在花坞的泥土里，狗已眠，鸡未鸣，只有朦胧的月光，偷窥到了陈益的心思和行为。

　　陈益的小心谨慎是有理由的。安南的番薯是否服中国的水土？是否会有不怀好意的人密告官府？陈益每天假装悠闲地看守着那个埋藏着秘密的花坞，心里却紧张得如同十五个吊桶打水。那天，陈益看见那个姓卢的乡人从自家门口经过时鬼鬼祟祟的样子，他就觉得是不祥之兆。

由于历史的粗疏，这个卢姓乡人没有在文献中留下名字。《凤冈陈氏族谱》也只有"邻蠹卢某"的记述。一个卑微到留不下名字的人物，能够让冒死引进番薯的智勇双全者紧张，必定有逻辑的因果。杨宝霖先生在《陈益：中国引进番薯第一人》中用现代汉语准确地演绎了古籍文献：

先前邻乡有不务正业的卢某，恃强倚恶，横行乡间，素讷公曾经揭发他的劣迹，卢某心怀旧恨，打探得素讷公从安南回来，就搜集材料，向官府告发素讷公里通外国。

在朱元璋的大明王朝，"里通外国"是无人敢于触犯的杀头大罪。洪武年间，朱元璋为了防止海盗滋扰，下令实施严格的海禁政策。禁止中国人赴海外经商，也限制外国商人到中国进行除进贡之外的贸易。"片板不许下海"，"有等奸顽之徒，擅造违式大船，将带违禁货物，前往番国买卖，潜海通贼，同谋结聚，及为向导劫掠良民者，正犯比照已行律处斩，仍枭首示众，全家发边卫充军。其打造前项海船，卖与夷人图利者，比照将应禁军器下海者，因而走泄军情律，为首者处斩，为从者发边充军。"《大明律》颁布的坚硬法规和杀气腾腾的惩处办法，足以让每一个试法者心惊肉跳。

卢某上书官府文书中的每一个文字，都围绕着海禁展开，卢某检举陈益的每一句话，目的都是让陈益人头落地。陈益的七寸掐在了别人的毒手之中。

大祸在陈益的心惊肉跳中不可抗拒地到来。《凤冈陈氏族谱》仅仅用了一句"所司逮公下狱"，就让陈益的命运水落石出了。

　　大牢中的陈益，对自己的生死已经无能为力，他日思夜想的，就是花坞中的番薯。在历史没有指明的阡陌上，后人依然可以找到危机四伏的羊肠小道。作为一个四百多年之后的散文写作者，我用文学的想象推测，此时的陈益，已经没有了死亡的恐惧，也没有了生死的担忧。在安南的所有日子里，他做过的一切，都是为了私藏引进番薯，在酋长率兵追赶的危急时刻，他肯定想到过"杀头""死亡"这些血腥的字眼。

　　"柳暗花明"这个成语，常常让事物或人的命运出现意料之外的转折。陈益命运的走向，也符合这个规律。

　　陈益的次子燕规以一个求援者的身份紧急赴京，向伯父定庵公陈履报告噩耗。

　　陈益一介布衣，家世却不寻常。陈益的祖父陈志敬，明世宗嘉靖年间官至广西左江兵备道按察使司佥事。陈益的父亲，虽然未入官场，却也是当地庠生，素有声名。陈益的长兄陈履，明穆宗隆庆五年（1571年）进士，官至户部郎中。陈益下狱之时，长兄正由苏州海防同知升为户部郎中。

　　"闻报大骇"，是古籍中描绘陈履得知陈益下狱之后的面部表情。人命关天，刻不容缓，陈履立即带上侄儿，找人诉说冤情。

　　陈益的救命恩人，是一个在所有的史料中均未出场的人物。《凤冈陈氏族谱》用一个"某"字，替代了这个关键之人的姓名。此人的关键之处，在于他正奉旨巡按广东，尚方宝剑，平添了他的分量。陈履凭着他与此人同榜进士的交情，让冤情直达权力，使陈益的生命，出现了转机。

　　一场蓄谋制造的冤情，直取一个人的性命。我相信，四百多年前的那场斗争，一定由许多惊心动魄的情节和细节组成，可惜历史粗疏，不仅省略了诡计和心机，而且也隐去了当事人的面目。《凤冈陈氏族谱》简洁到用一句话，化解了素讷公的牢狱之灾和杀身之祸：

定庵公（陈益长兄陈履，字德基，号定庵）闻报大骇。适同谱御史某奉命巡按东粤，诣诉状。抵任，首摘释之。

82 陈益的祭品

陈益的无罪释放，史料没有平反昭雪之类的描述，也没有诬告者结局的交代。"冤白日"三个平凡的汉字，就是一件冤案的平反和一个故事的大团圆。

余悸尚存的陈益，离开大牢，见到儿子燕规的第一句话，当是他的番薯。

从遥远的安南冒死引进的番薯，没有辜负陈益的期望。花坞满眼绿色，番薯牵藤，蔓延一地。陈益忘记了大牢中囚禁的痛苦和冤屈，立即掀开薯藤，掘土挖薯。史料中"冤白日，实已蕃滋，掘啖益美，念来自酋，因名'番薯'云"的文字，当是现场的真实描述。

陈益蒙冤之时，番薯刚刚入土，出狱之后，藤已燎原，果正成熟，这样想来，番薯的一季，正是它的主人受屈的半年。

陈益的花坞，是番薯进入中国的第一块试验田。它的面积，微不足道，但它的价值和意义，却宽阔无边。

　　四百多年过去了，沧海桑田，在无边的高楼大厦中，后人已经找不到了陈益的旧屋和他的花坞。庆幸的是，陈益用超前的眼光，为番薯的传播安置了新家，为后人留下了历史的蛛丝马迹。

　　我在《风冈陈氏族谱》"公置莲峰公墓右税地三十五亩，招佃植薯"的记载中找到了小捷山。这块安葬着陈益祖父莲峰公陈志敬的山地，是中国番薯正式种植的地点。花坞试种的成功，给了陈益巨大的信心。有限的花坞已经无法安置番薯的前景，陈益将祖父墓旁的三十五亩地租下，为安南番薯找到了中国的最好温床。

　　喜高温，耐旱，高产，适宜多种土壤，番薯的这些优点，通过陈益找到了最好的生长环境。中国南海边那个名叫虎门的地方，是漂洋过海的番薯在中国落脚的第一站。

　　小捷山，是一个地图上找不到的地方。如果不是为了番薯，我会永远与这个地方无缘。几年前，我在虎门热心朋友的帮助下，找到了这块种满了番薯的土地。功臣陈益，已经以一抔黄土的形式陪伴在祖父的身边，坟墓的前面，番薯牵藤，绿满人间，只不过，如今的番薯，已经不是为了果腹，而是为了纪念。

　　杨宝霖先生是最早来此考证并用论文论证这块土地历史的文人。二十世纪八十年代初期，时为华南农业大学副教授的他多次深入陈益家乡虎门公社北栅大队，搜集史科，寻访线索，发现了番薯成为中国独特祭品的依据："每年祭祀或扫墓，必用红皮番薯为祭品，并写上'红薯一对，富胜千箱'八字，这是祖宗遗制。"

　　中国番薯的滥觞之地，在杨宝霖先生的文字中揭开了面纱，辽阔的中国大地上，番薯遍种，只有陈益知道，那些充饥救命的番薯，都是从小捷山牵去的绿藤。而近在咫尺的东莞，则是最早闻到番薯香味的村庄。屈大均在《广东新语》中说：

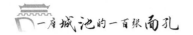

"篁村、河田甘薯，白、紫二蔗，动连千顷，随其土宜以为货，多致末富。"

陈益坟前那块种满了番薯的土地，没有留下历史的任何痕迹，如果不是墓表上嘉靖三十六年（1557年）广东香山人黄佐撰写的文字，不会有人想起番薯的来历，更不会有人通过番薯看到陈益的功绩。

我来到小捷山那块留下了陈益脚印的番薯地的时候，已经看不到了农耕时代的沃野庄稼，溪流、树木、炊烟、耕牛和农人，都被现代化吞噬干净。在一个远离祭祀的日子，我看到了陈益墓前残存的香烛和番薯。我明白，陈益家族后人用番薯祭祀先人的传统，依然在祖训中延续和发扬。从虎门回来之后，我写下了一段感受：小捷山，被高楼大厦和高速公路挤得瘦弱不堪，难以禁风。在传统农业已经成为人们久远了的记忆的今天，小捷山这片四百多年前的坡地可能是虎门这片繁华之处最后的土地了，农业，它只是以一种纪念和象征的形式孤独地呈现。虽然，虎门人每年都以两个番薯供奉在陈益的墓前，然而土地失去了，农业消失了，春天也无法在农业的枝头美丽绽放。[①]

83　番薯的化身

没有人知道番薯退出中国人主食行列的具体时间，在我的

---

①　陈志伟主编；詹谷丰著：《莞草，隐者的地图》，甘肃文化出版社2011年版。

记忆中，番薯变化的方式是悄无声息地以一个辅食和配角的身分让餐桌上的米饭更香甜，让人类的食物谱系更加丰富。荒年和饥饿已经远去，目光短视的人们已经看不见了番薯的背影。

战争、瘟疫、自然灾害，没有一个国家和领袖可以完全截断这些饥荒的源流。未雨绸缪这个成语，常常是人类的马后炮。富庶时代，人类应该将一幅幅惨绝人寰的饥饿图景挂在墙上，印在心里，让饥饿的恶魔在人类的防线面前知难而退。所幸的是，仍然有一些像我一样从饥饿年代走过来的人，依然记得历史，诺贝尔文学奖获得者莫言在回答记者提问时，就小时候最深刻的记忆说：饥饿！

番薯远涉重洋来到中国，已经有了四个世纪的漫长历史。没有一只番薯或薯类制品，在丰盛的餐桌上自我广告那些久远而艰辛的时光岁月。我无法穿越时光隧道回到明朝，更不可能回去安南、吕宋、交趾那些番薯的第一现场。追溯番薯的中国史，只能通过人物和器物进行。

先薯祠，道光十四年（1834年）建于乌石山。这是福建人为引进番薯的陈振龙和支持推广番薯种植的福建巡抚金学曾立的纪念碑。

坐落在广东电白县霞洞乡的番薯林公庙，则是为了纪念林怀兰从交趾引进番薯而建的家庙。此庙建于乾隆年间，为霞洞副榜崔腾云率当地民众所建。每年番薯收获之时，后人必挑选完整大薯，悬吊于庙内，以此纪念林怀兰。

先薯祠和番薯林公庙，用坚硬的材料，记录了番薯的历史，让功臣的名字永垂不朽。而陈益的家乡，却找不到一处记录先贤事迹的建筑。挖掘浩如烟海的文献史料为我国引进番薯最早之人证明的文史专家杨宝霖先生，无奈叹息说："陈益涉鲸波，渡大海，几为酋长所捕，历尽艰辛，又因此受铁窗之苦，为祖国引进番薯付出了巨大的代价。可惜陈益不仅无祠、庙可资纪念，而且引种番薯的事迹也湮没无闻。"

三十多年前一个爱乡之人的遗憾，其实也是所有得到过番薯恩惠的异乡人的遗憾。我多次到虎门，在小捷山那块中国最早种植番薯的土地上，看不到历史的任何影子，只有陈益和祖父的坟墓，寂寞在荒草丛中。我在用这些陈旧的文字追忆番薯的时候，终于有一条令人欣喜的消息传来。2018年10月28日的《东莞时报》，记者沈汉炎披露了陈益纪念公园筹建的新闻。这份陈益家乡的报纸，没有忘记陈益和番薯，多次通过不同的版面，讲叙番薯的曲折经历，回顾乡贤的伟大贡献。

陈益纪念公园的蓝图，描画在虎门小捷山那块中国最早种植番薯的土地上，古代农业遗址和陈莲峰墓、陈益墓，将在时光中展现番薯的前世与今生。饱食之后抒情的后人，将会在番薯面前，看到一种食物的真相。

末章

从城池到城市

从一座城池到一座城市，是东莞自我选择的宿命。

城池，是由城墙和护城河作保护的屏障，它是冷兵器时代的产物，而城市，则是人口集中，工商业发达的政治、经济和文化中心。我在东莞这座城市生活了近三十年，一直没有找到它从城池过渡到城市的分界线，幸好我从繁体竖排的古籍中，认识了从李用至陈益等众多先贤，他们或从城池中走出去，或在城池中生存，或在沙场上战死，或在鸡鸣犬吠声中寿终正寝，他们死后，都化成了这座坚固城池中的一块青砖，一条红石。从南宋李用，甚至比他更早的五代十国时代的邵廷琄到清朝末年的张敬修，八百多年的时光，最后孤悬为一段残垣的迎恩门，成为了供人凭吊的文物。

"东莞"，并不是它出生之后的第一个命名，在五千多年漫长的文明史和一千六百多年的建置沿革史上，我居住的这座城市，先后被赋予了东（郡）、东官、东莞，东筦的名字，它们分别用"场""郡""县""市"来设置。公认的研究认为，东晋咸和六年（331年），是东莞立县的开始。东官郡下辖宝安、安怀、兴宁、海丰、海安、欣乐六县，郡治在如今的深圳南头，时称莞城。

一千六百多年之后，已经少有人关注东莞这个地名的由来。在学者的研究中，莞草、移民、莞盐，都可以成为一个地名出生的考察线索，它们都是东莞的胞胎。

东莞的城池史，至少一千六百年，而它的城市史，只能从1985年9月份撤县设市开始，两年多之后的升格，以地级市的级别举起了新兴城市的大旗，这是它作为城市历史的全部。

由于时间短暂，东莞作为城市的历史，历历在目，而作为城池的历史，则遥不可见。人类的记忆，最终是遗忘的坟墓，所以，文字就成为了人类抵抗遗忘的有效手段。前人的壮举，后人通过文字的银幕上映，然而，却没有一个先人，能够预料到百年之后的情节。东莞这座古老城池里的人物，后人借助那些繁体竖排的线装古籍，复活了他们的音容笑貌。我在浩如烟海的汉字中，看到他们变成的黄土，化身的石狮，以及转世为祠堂里的牌位，广场上的雕塑。

城池与城市，并没有明显的楚河汉界。在堆积如山的文献中，我常常将东莞古代的城池和如今的城市区分对立起来。其实，城池也是城市，城墙只不过是冷兵器时代的防御工事，如今的城墙，都成为了文物，成了历史的见证，成了旅游的景点，这个被专家纠正过来的观点，成了我对东莞这种城市的重新认识。

东莞一千六百多年的城池史，已经在日新月异的城市化建设中荡然无存，它所有的遗迹，只能到东莞市中心广场上寻找。

中心广场，离我的住所，只是咫尺的距离，当我在那些化身何真、李用、熊飞、袁崇焕、罗亨信、陈建、陈益、张家玉、伦明、居巢、居廉的青铜上抚摸的时候，他们突然有了人体的温度。这组群雕，被后人以"影响中国的东莞人"定位。宣传的策略，虽然与历史的真相隔着一层帷幕，但何真、罗亨信、陈建、陈益、伦明和袁崇焕、张家玉、陈策、陈象明、苏观生等先贤，确实用自己的壮举，在某种程度上，影响了中国历史的进程。

　　我从赣西北的义宁来到东莞的时候，东莞作为一座城池的历史已经结束，我在这片有着"中国近代史开篇地"之称的土地上，享受了改革开放带来的荣光，我作为一个东莞市民的身份，从此开始，我对东莞历史的了解和对先贤的崇敬，都是无意间的闯入，那似乎是神的指引，是一种不由自主的宿命。

　　城墙和护城河的消失，宣告了一座城池的倒塌，也从另外一层意义上发布了城市新生的预告，东莞一千六百多年的建置史，符合人类社会发展的规律。当后人回望历史的时候，只能在蚝岗贝丘遗址、迎恩门城楼、却金亭、熊飞墓、可园、黄旗山等古代遗迹上寻找曾经的英雄。我作为一个户籍意义的东莞人，许多年里，都没有看到那座诞生于东晋咸和六年（331年）的坚固城池。

　　区划调整之下的版图和名称的变化，不仅是改朝换代的需要，也是生产力和生产水平发展的需要。没有人可以预测东莞作为一个地级城市的寿命，在经济建设的汪洋大海中，东莞有可能成为一个被涨潮的海水淹没的小岛或隐匿或消失，但它永远不会解体，它作为一座城市千年以来形成的精神会依然不朽。